KELLY HARMS

Ein Sommer nur für mich

Über die Autorin:

Bevor Kelly Harms sich entschloss, selber Bücher zu schreiben, war sie Lektorin und Literaturagentin in New York und arbeitete mit zahlreichen Bestsellerautoren zusammen. Heute lebt sie mit ihrem cleveren Sohn Griffin, dem charmanten Iren Chris und dem besten aller Hunde in Madison, Wisconsin.

KELLY HARMS

EIN *Sommer* NUR FÜR MICH

Roman

Aus dem amerikanischen Englisch
von Alexandra Kranefeld

lübbe

Dieser Titel ist auch als E-Book erschienen

Die Bastei Lübbe AG verfolgt eine nachhaltige Buchproduktion. Wir verwenden Papiere aus nachhaltiger Forstwirtschaft und verzichten darauf, Bücher einzeln in Folie zu verpacken. Wir stellen unsere Bücher in Deutschland und Europa (EU) her und arbeiten mit den Druckereien kontinuierlich an einer positiven Ökobilanz.

FSC
www.fsc.org
MIX
Papier aus verantwortungsvollen Quellen
FSC® C014496

Vollständige Taschenbuchausgabe

Deutsche Erstausgabe

Titel der amerikanischen Originalausgabe: »The Overdue Life of Amy Byler«
Originalverlag: Lake Union Publishing, Seattle
This edition is made possible under a license arrangement
originating with Amazon Publishing, www.apub.com,
in collaboration with Agence Hoffman.

Titelillustration: © shutterstock.com: Ardea-studio | Marish
Umschlaggestaltung: Christin Wilhelm, www.grafic4u.de
Satz: two-up, Düsseldorf
Gesetzt aus der Minion
Druck und Verarbeitung: GGP Media GmbH, Pößneck
Printed in Germany
ISBN 978-3-404-18514-6

1 3 5 4 2

Sie finden uns im Internet unter luebbe.de
Bitte beachten Sie auch: lesejury.de

Für alle alleinerziehenden Mütter

Liebe Mom,

die Sache ist die … Ich weiß jetzt schon, dass du wieder ein Riesending daraus machen wirst, weil du eben meine Mom bist und ein bisschen speziell und einfach nicht anders kannst. Wahrscheinlich machst du gleich ein Facebook-Meme draus und stickst es auf Kissen oder irgend so was Bescheuertes. Aber was ich eigentlich sagen wollte: Du hattest recht.
Nicht was das Lesen angeht. Lesen ist … etwas, das ich mache, um dir einen Gefallen zu tun und weil ich aufs College will. Immerhin waren die Bücher, die du mir empfohlen hast, neunzig Prozent weniger langweilig als die Bücher, die ich für die Schule lesen muss. Aber eben immer noch langweilig. Wusstest du, dass die Hälfte der Bücher, die du ausgesucht hast, verfilmt wurden? Vermutlich weil Filme einfach besser sind und Leute beim Lesen immer denken: »Oh Mann, als Film könnte das richtig gut sein.«
Aber egal. Du hattest recht mit Dad.
Klar, ich wollte, dass du glücklich bist, aber deshalb musstest du ja nicht ausgerechnet in dieser einen Sache recht behalten. Ich hätte es besser gefunden, wenn alles mehr schwarz-weiß gewesen wäre, denn seien wir ehrlich, wäre Dad einfach ein schrecklicher Mensch, ließe sich viel einfacher erklären, was mit unserer Familie passiert ist. Er ist aber kein schrecklicher Mensch, wie ich mittlerweile weiß, sondern einfach bloß

ziemlich schwierig. Selbst jetzt, nach den letzten drei Monaten, wüsste ich nicht, wo ich anfangen sollte, wenn jemand mich fragen würde, wie es so weit hat kommen können mit uns. Wahrscheinlich würde ich irgendwas in der Art sagen wie »Äh … keine Ahnung?«.

Und dass ich jetzt hier im Krankenhaus liege, Mom, also was soll ich sagen …

Mir ist schon ZIEMLICH GENAU klar, wie ich hier gelandet bin. Eine dumme Entscheidung nach der anderen, und jetzt liege ich von piependen Apparaten umgeben in diesem Zimmer und habe Schläuche in den Armen und in der Nase. Müsste ich alles noch mal machen, würde ich mich definitiv anders entscheiden.

Das nennt man Reue, oder? Genau das, was du Joe und mir ersparen wolltest, als Dad im Frühjahr aus dem Nichts aufgetaucht ist und du uns gebeten hast, ihm wenigstens eine Chance zu geben. Hier liege ich jetzt also und bereue bitterlich, denn wer weiß, ob ICH jemals eine Chance bekomme, alles wieder in Ordnung zu bringen. Wenigstens weiß ich jetzt, wie Dad sich fühlt, und ganz ehrlich, das wünscht man niemandem.

Und egal, was du jetzt mit ihm vorhast, Mom, das geht schon in Ordnung. Es ist deine Entscheidung. Ich weiß, was ich will, und Joe macht sowieso sein eigenes Ding. Aber wir wünschen uns beide, dass du wenigstens einmal eine Entscheidung triffst, mit der du glücklich wirst.

Das wollte ich eigentlich nur gesagt haben. Und jetzt bist dann du dran, schätze ich.

Alles Liebe,
deine Lieblingstochter (Cori)

1. Kapitel

Drei Monate zuvor

Bei manchen Menschen rechnet man überhaupt nicht damit, ihnen in einer Kleinstadt in Pennsylvania zu begegnen. Manchen dagegen läuft man ständig über den Weg. Meine beste Freundin Lena beispielsweise sehe ich fast täglich. Sie unterrichtet an derselben Schule wie ich, und selbst wenn wir einander aus dem Weg gehen wollten, würden unsere Wege sich zwangsläufig kreuzen: auf dem Schulflur oder im Lehrerzimmer oder eben auf dem Parkplatz, wo wir selbst Ende April noch die Autoscheiben freikratzen müssen.

Oder Trinity, die beste Freundin meiner Tochter. Ein Tag ohne Trinity scheint ein Ding der Unmöglichkeit. Trinity in der Schule, Trinity bei uns zu Hause, Trinity, die schon mit ihrem Auto bereitsteht, um meine Tochter vom Schwimmtraining abzuholen und dann mit ihr in die Stadt zu fahren und Jungs zu gucken.

Oder meine Dentalhygienikerin. Ich sehe sie jeden Samstag auf dem Markt, wo sie mit den Frauen ihrer Kirchengruppe handgeschöpfte Seifen und Kerzen verkauft. Wenn ich mal nicht an ihrem Stand vorbeischaue, bekomme ich umgehend Post von ihr, und weil ich weiß, wie geizig sie ist, muss ihr das wirklich ein Anliegen sein. *Liebe Amy*, schreibt sie dann, *ich mache mir Sorgen um dich und hoffe, dir und den Kindern geht es gut. In Gottes Liebe, Miriam.*

Und natürlich die Leute, mit denen man erst gar nicht rechnet. Jamie aus *Outlander* zum Beispiel. Nach dem kann ich mir noch so sehr die Augen ausgucken, der lässt sich partout nicht blicken, weder auf dem Markt noch in der Schule noch bei den Kreativwettbewerben meines Sohnes.

Oder Oprah Winfrey. Mit Oprah würde ich mich gern mal über Bücher unterhalten, das stelle ich mir sehr nett vor.

Oder meinen Mann.

Nur dass genau der doch jetzt vor mir steht. Der Mann, mit dem ich seit achtzehn Jahren verheiratet bin und den ich zuletzt vor drei Jahren gesehen habe, als meine Tochter zwölf war und mein Sohn gerade noch acht, und er sich zwei von mir gebügelte Hemden und zwei von mir gekaufte Krawatten, seine Laufschuhe, Sportklamotten, Rasierzeug sowie sechs verschiedene angstlösende Medikamente in sein Handgepäck packte und zu einer Geschäftsreise nach Hongkong aufbrach, von der er nie zurückgekehrt ist.

Bis jetzt.

Denn er ist es, definitiv. Auch nach drei Jahren würde ich ihn überall erkennen, selbst wenn er wie jetzt vor dem Pflasterregal in unserer Drogerie steht. Er schaut zu mir herüber und ringt sich ein Lächeln ab. Mir ist sofort klar, was er hier will, und mir hat seit Jahren vor genau diesem Moment gegraut.

Dabei war es bloß eine Frage der Zeit.

Er will sein altes Leben zurück.

Wie jede erwachsene, mit beiden Beinen im Leben stehende Frau es in Anbetracht der Situation machen würde, ziehe ich erst mal den Kopf ein und verstecke mich hinter den Wattestäbchen.

Ein zweckloses Manöver. John ist vielleicht fünf Meter von mir entfernt und hat mich längst gesehen. Er hat ja extra dieses verlegene Lächeln für mich aufgesetzt, an das ich mich noch bestens erinnere. Es wird stets von einem entschuldigenden Schulterzucken begleitet und soll so viel heißen wie »Tut mir leid, dass ich vergessen habe, auf dem Heimweg noch Milch zu besorgen, aber es war ein langer Tag, und ich bin müde, und können die Kinder morgen nicht einfach trockenes Müsli zum Frühstück essen?« Meine Schüler haben eine ähnliche Variante, bei ihnen ist es das »Kann ich auch für meine Mühe eine Eins haben?«-Lächeln.

Das Problem ist, dass John nicht einfach vergessen hat, auf dem Nachhauseweg Milch zu besorgen, sondern gar nicht erst nach Hause gekommen ist. Drei Jahre hat er sich nicht blicken lassen, hat sich nicht um seine Kinder gekümmert, keine Rechnungen bezahlt, hat vergessen, dass er eine Frau hat, für die er da sein sollte. Und da kann man schon eine andere Miene erwarten, finde ich. Eine Miene zum Beispiel, die ein gewisses Schuldbewusstsein ausdrückt. Oder die Ahnung, dass deine Ex gleich mit einem stumpfen Gegenstand auf dich eindreschen wird.

Aus meiner geduckten Haltung am Ende des Erste-Hilfe-Regals schaute ich mich nach stumpfen Gegenständen um.

Alles, was ich sehe, sind neonpinke Hula-Hoop-Reifen. Es dürfte schwer sein, einen Mann mit einem rosa glitzernden Plastikreif k. o. zu schlagen, doch allein die Vorstellung erfüllt mich mit süßer Genugtuung.

»Amy?«, höre ich John fragen. »Amy, bist du das?«

Er weiß, dass ich es bin. Ich weiß, dass er es ist. Ich würde ihn überall erkennen. Im ersten Jahr nach seinem Verschwinden habe ich ihn dauernd irgendwo gesehen. Manchmal, wenn ich in der Stadt unterwegs war, meinte ich ihn in einem vorbeifahrenden Auto zu erspähen. Und jedes Mal machte mein Herz einen Satz, nur um im nächsten Moment in sich zusammenzufallen, wenn ich merkte, dass es mal wieder falscher Alarm war. Einmal, wenige Wochen, nachdem er uns verlassen hatte, sah ich einen Mann, der aus der Ferne wie John wirkte, in einem Mietwagen in unsere Straße einbiegen. Plötzlich war ich von einer solchen Gewissheit erfüllt, dass mir das Blut heiß in den Ohren rauschte und ich mich fühlte wie, keine Ahnung, wie jemand, der in einer einsamen Schlucht feststeckt, ohne Wasser und Verpflegung, und plötzlich kommt jemand und lässt eine Strickleiter herab. Ich fuhr rechts ran und wartete ab, ob der Wagen vor unserem Haus halten würde, aber er fuhr einfach weiter. Ich schaute ihm im Rückspiegel hinterher und brauchte bestimmt zwanzig Minuten, um mich davon zu erholen.

Aber das jetzt ist etwas anderes. Das ist keine Übung. Diesmal ist es wirklich John. Er ist wieder da, und lieber würde ich verhungern und verdursten, als nach dem rettenden Seil zu greifen.

»John«, sage ich mit gespielter Verwunderung und richte mich langsam auf. Dann gehe ich um die Ecke in seinen Gang, zu den Kühlpacks und Mullbinden und Wundsalben. Alles da, um ihn zu verarzten, nachdem ich ihm mit Plastikspielzeug und Vorratspackungen Vitamin D eins übergezogen habe.

»Ich glaub's ja nicht, dass ich dich hier treffe«, sagt er, und da weiß ich auch nicht mehr, was ich sagen soll. Er glaubt es nicht, mich hier zu treffen? Hier in dieser Stadt, wo wir fast zwanzig Jahre zusammengelebt haben? Wo unsere Kinder die ersten Worte gesprochen und ihre ersten Schritte gemacht haben und jetzt darauf warten, dass ich nach Hause komme mit – ich muss in den Einkaufskorb schauen, weil ich ganz vergessen habe, was ich eigentlich besorgen wollte – mit Mikrowellenpopcorn, Tampons und Clearasil? »Also, ich dachte natürlich, ich würde bei euch vorbeikommen, und hatte mich schon gefragt, wie du es aufnehmen würdest und wie ich es anstellen sollte, erst unter vier Augen mit dir zu reden, bevor ich dann die Kinder wiedersehe. Aber so ist es ja viel besser, oder was meinst du? Dann rücke ich euch nicht gleich so auf die Pelle.«

Ich starre ihn bloß an und bin sprachlos. Ich könnte schreien. Oder heulen. Was gäbe ich jetzt darum, eine dieser Frauen zu sein, die so eine richtige Szene machen und dem anderen die Fingernägel ins Gesicht krallen können. Aber so bin ich nicht. Außerdem stehen wir ja mitten in der Drogerie, also starre ich einfach bloß.

»Amy?«, fragt er. »Ist alles in Ordnung, Amy?«

»Verschwinde«, höre ich mich sagen. »Ich weiß nicht, was du hier willst, aber wir brauchen dich nicht. Verschwinde einfach wieder, am besten sofort.« Ich setze den Einkaufskorb ab, der plötzlich unerträglich schwer ist, und scheuche ihn mit der Hand weg wie einen Vogel, der sich im Park zu dicht neben mir niedergelassen hat.

»Es tut mir leid«, entgegnet er da. »Ich meine, tut mir leid, aber ich habe nicht vor, so bald wieder zu verschwinden.«

Gehhilfen, schießt es mir durch den Kopf. Verkaufen sie hier nicht auch Gehhilfen? Damit ließe sich einiger Schaden anrichten, vor allem mit den dreibeinigen, die extrastarken Halt bieten.

»Amy?«, kommt es erneut von ihm, und ich frage mich, ob man mir meine Gedanken ansieht. Hat sich ein Lächeln in mein Gesicht geschlichen, ein Grinsen gar? Ich spüre ein Lachen in mir aufsteigen und kann es mir selbst nicht erklären. »Möchtest du dich setzen?«, fragt John nun.

Und dann geht er zu weit. Er tut, was er nicht hätte tun sollen, was in Anbetracht der Umstände eine solche Anmaßung ist, dass es mir fast egal ist, was die Leute denken und ich aus vollem Hals hätte schreien können, nur damit er aufhört.

Er streckt die Hand nach mir aus.

Ich reiße meinen Arm weg. »Oh nein«, protestiere ich, und damit scheint der Bann gebrochen, die Gefahr gebannt, die im Grunde gar keine war – kein Übergriff, kein Grund zu schreien oder sich zu verstecken –, und endlich bin ich wieder klar im Kopf und in der Realität dieses Augenblicks angekommen. Ich atme tief durch. »Ich weiß wirklich nicht, was du hier willst, John. Aber es ist jetzt drei Jahre her, seit du mit mir und den Kindern unter einem Dach gelebt hast, seit wir Tisch und Bett und unseren Alltag geteilt haben, tagein, tagaus. Drei Jahre. Das sind mehr als tausend Tage. Du kannst nicht einfach zurückkommen und so tun, als ob nichts wäre. Kannst nicht hier in meiner Drogerie auftauchen und dich bei den Pflastern und den Mullbinden herumdrücken und, keine Ahnung, einfach nach meinem Arm greifen, als wäre ich alt und gebrechlich. Das kannst du einfach nicht bringen. Nicht nach all den Tagen und Nächten und den unbezahlten Rechnungen und dem Kredit, den wir umschichten mussten, und dann die Besuche beim Zahnarzt! Das kannst du nicht machen. Das geht einfach nicht.«

John ist immer kleiner geworden. Sein betretenes Lächeln ist einem Schmerz gewichen, der dem meinen wohl in nichts nachsteht. Plötzlich wird mir klar, dass auch er in einer tiefen Schlucht steckt. Und dass er glaubt, ich wäre diejenige mit dem Seil.

Er schüttelt den Kopf, und was dann aus seinem Mund kommt, ist genau das, was ich schon vor Jahren von ihm hätte hören wollen, noch bevor er uns verlassen hat und unsere Welt zusammengebrochen ist. Jetzt hingegen klingen die Worte wie Hohn in meinen Ohren.

»Du hast recht«, sagt er. »Es war unverzeihlich, was ich getan habe, und es tut mir leid. Aber ich bin nicht hergekommen, um dich noch einmal zu verletzen, Amy. Ich würde es gern wiedergutmachen, deshalb bin ich hier.«

»Ich wüsste nicht, wie du das anstellen willst.«

»Das überlass einfach mir«, erwidert er, und seine Worte sind so entwaffnend, dass ich wieder mal stumm dastehe. »Ich möchte all das wiedergutmachen, was ich versäumt habe und unseren Kindern ein guter Vater sein.« Er bückt sich nach meinem Einkaufskorb und hebt ihn auf. »Ich werde alles wieder in Ordnung bringen, versprochen.«

»Er will *was?*«

Meine Tochter Corinne, mein Sohn Joseph und meine beste Freundin Lena sitzen zusammen im Wohnzimmer unseres schönen, alten doppelgeschossigen Hauses, das nur einen kurzen Fußweg von der Country Day School entfernt liegt, an der ich als Schulbibliothekarin arbeite. Wie schöne Dinge es so an sich haben, ist auch das Haus ziemlich anspruchsvoll. Es sorgt beispielsweise dafür, dass mir am Monatsende kein Geld mehr bleibt. Sowie es spitzkriegt, dass ich ein paar Dollar zurückgelegt habe, um mit den Kindern mal eine Woche Urlaub zu machen, geht irgendetwas kaputt. Das Haus scheint unsere Aufmerksamkeit zu brauchen. Vielleicht hat es Angst, verlassen zu werden.

Als John noch bei uns lebte, war das alles kein Problem.

Er verfügte über handwerkliches Geschick, hämmerte gern im Haus herum und brachte in Ordnung, was aus dem Lot geraten war, auch wenn er sich dazu erst Heimwerkervideos auf YouTube anschauen musste. Und musste er sich doch einmal geschlagen geben und einen echten Fachmann hinzuziehen, ließ sich die Rechnung von seinem soliden Gehalt als Firmenjurist eines großen Lebensmittelkonzerns ohne Mühe begleichen.

Das Haus hatte schon einhundert Jahre auf dem Buckel, als wir einzogen, und wir wussten natürlich, worauf wir uns einließen. Es war von Anfang an eine Art Liebhaberprojekt, doch das würden wir schon hinbekommen, dachten wir. Erst wurde die Elektrik auf den neuesten Stand gebracht, dann das Mauerwerk trockengelegt, der Keller neu versiegelt, die alte Holzfassade stilgerecht erneuert. Eine Baustelle nach der anderen tat sich auf, aber wir hatten Zeit. Es gab nichts, oder doch fast nichts, was John, der in der tiefsten bäuerlichen Provinz aufgewachsen war, umgeben von Amish-Gemeinden und meilenweit von jedem Baumarkt entfernt, nicht mit seinen beiden Händen hätte wieder hinbekommen können.

Außer, so schien es, sich selbst. Um sein eigenes Leben in Ordnung zu bringen, verfuhr er nach einem Zwei-Stufen-Modell. In Phase eins alle Gefühle für sich behalten, damit niemand merkte, dass etwas nicht stimmte, und in Phase zwei dann Frau und Kinder verlassen.

»Er will ...«, druckse ich herum, denn ich werde vor den beiden jetzt garantiert nicht schlecht über ihren Vater reden, nachdem ich ihn und ihre Erinnerungen an ihn drei einsame Jahre lang in Schutz genommen habe. »Er will Zeit mit euch verbringen. Er hat euch immer geliebt und euch sehr vermisst. Es tut ihm leid, dass er nicht mehr für euch da sein konnte.«

Cori gibt eins ihrer undefinierbaren Teenagergeräusche

von sich, das je nach Situation so viel bedeutet wie: »Erzähl doch keinen Scheiß/Du hast ja keine Ahnung/Lass mich in Ruhe.« Ein zwischen verächtlichen Lippen hervorgestoßenes Prusten, als würde sie gleichzeitig niesen und gekitzelt werden. Dank zweier langer und schwerer Geburten könnte ich einen solchen Laut gar nicht mehr produzieren, ohne meinen Beckenboden über Gebühr zu strapazieren.

»Hören wir uns doch erst mal an, was er will«, schlage ich vor. »Wir setzen uns zusammen und halten eine Familienkonferenz ab, dann sehen wir weiter.« Und als wäre das nicht schon schlimm genug, erzähle ich ihnen, was John dann vor dem Erste-Hilfe-Regal noch sagte. »Bald sind doch Sommerferien, und er würde gern die erste Ferienwoche mit euch verbringen.«

»Wie bitte?«, sagt Cori. »Nö. Nicht mit mir.«

Ziemlich genau das dachte ich auch, als er mir mit dem Vorschlag kam. *Nicht mit mir.*

»Ich kann verstehen, wie dir zumute ist«, sage ich und bereue es sofort.

»Du hast ja keine Ahnung, wie mir zumute ist! Oder hat dein Dad sich eine Woche vor deinem zwölften Geburtstag aus dem Staub gemacht? Eben.«

»Ja, du hast recht«, gebe ich zu und flehe um Geduld. »Aber dafür hat mein Mann mich mit zwei wunderbaren, aber bisweilen auch anstrengenden Kindern, einem wunderbaren, doch leider sehr kostspieligen Haus und ohne Job oder Geld sitzen lassen. Glaub mir, ich kann dir das sehr gut nachfühlen.«

Sie verdreht die Augen. »Aber um dich geht es doch gar nicht, Mom. So, wie ich das verstehe, ist er nicht wegen dir zurückgekommen.«

Und da ist sie – die geheime Superkraft pubertierender Töchter. Sie hat es nicht so gemeint, aber ihre Worte treffen einen wunden Punkt. Habe ich nicht genau das gedacht, als ich ihn in jenem ersten Moment meinen Namen rufen hörte? Oder als er mich zum Abschied umarmen wollte und in seinem Blick fast ein stummes Flehen lag?

Wie hätte ich denn nicht annehmen sollen, dass es um mich ginge?

Ich schiebe energisch das Kinn vor. »Wir werden in aller Ruhe darüber reden. Ohne eure Zustimmung passiert gar nichts. Wir setzen uns zusammen, mit eurem Dad, und dann entscheiden wir, wie es weitergeht.«

»Aber ich habe mich schon entschieden!«

Wie die Mutter, so die Tochter. Genau das habe ich auch zu John gesagt, als er um eine Woche mit den Kindern bat. Eine Woche, um drei Jahre wiedergutzumachen? Nein. Da müsse er sich schon was Besseres einfallen lassen.

»Erst die Familienkonferenz, dann wird entschieden«, bleibe ich dabei. »Er ist immerhin euer Vater, und ich fände es gut, wenn ihr das mit ihm persönlich klärt. Vielleicht lernt ihr etwas von ihm. Und wenn es nur ist, sich einem Menschen zu stellen, der einem wehgetan hat.«

»Punkt eins«, meldet sich mein schlauer Sohn zu Wort. »Er kann überhaupt nicht an der Familienkonferenz teilnehmen, weil er ja gar nicht mehr zur Familie gehört.«

Cori nickt nachdrücklich und verschränkt die Arme. »Genau. Er gehört nicht mehr dazu.« Ich muss lachen und erinnere mich daran, wie ich mir früher, als die Kinder noch klein waren und sich ständig in den Haaren lagen, oft nicht anders zu helfen wusste als mit einem »Denkt dran, dass euer Vater in zwei Stunden nach Hause kommt«, und wie dann sofort aller

Zwist vergessen war. Anscheinend hat Johns Auftauchen noch immer diese einigende Wirkung auf sie.

»Punkt zwei«, fährt Joe fort. »Ich wüsste nicht, was ich von meinem Dad lernen sollte. Außer vielleicht, wie man einen Nervenzusammenbruch bekommt, seine Familie sitzen lässt, sich nach Hongkong absetzt und sein angekratztes Ego mit jüngeren Frauen aufzupolieren versucht.«

Mir klappt die Kinnlade herunter. Soll ich entsetzt oder dankbar sein, dass Joes Kindertherapeut es geschafft hat, meinen Sohn schon im zarten Alter von zwölf Jahren seine Gefühle so eloquent in Worte fassen zu lassen?

»Dürfte ich auch mal was sagen?«, schaltet sich Lena ein. Wir nicken erleichtert, denn Lena gehört quasi zur Familie, seit sie vor drei Jahren das sinkende Schiff gerettet hat. Eine bessere Freundin hätte ich mir nicht wünschen können, und ich weiß bis heute nicht, wie ich das ohne sie durchgestanden hätte. Lena hat sich um die Kinder gekümmert, mir zu einem Job verholfen, für uns gekocht und tröstend meine Hand gehalten, wenn ich Rotz und Wasser heulte.

Ihre Stimme ist klar und bestimmt. »Lasst uns die Frage einfach mal juristisch betrachten, das ist doch sein Gebiet. Was genau habt ihr gegen euren Vater vorzubringen? Und wenn zahllose Folgen von *Good Wife* mich eins gelehrt haben, dann dass es gute, triftige Gründe sein müssen, um jeden Kontakt zu ihm abzubrechen.«

Cori, die ein großer Fan von Gerichtsdramen ist, spitzt die Ohren. Joe, der viel von logischem Denken hält, sich aber weder für Fernsehserien noch Dramen im Allgemeinen interessiert, wartet geduldig ab.

»Ist euch dadurch, dass er vor drei Jahren eure Familie verlassen hat, irgendein greifbarer Nachteil entstanden?« Lena schaut Cori und Joe fragend an, ehe sie die Antwort gleich mitliefert. »Objektiv betrachtet, nein. Denn eure Mom hat sich doppelt für euch ins Zeug gelegt. Sie hat quasi über Nacht einen Job als Schulbibliothekarin angetreten, um weiterhin eure nette kleine Privatschule finanzieren zu können. Ihr habt nicht einen einzigen Tag versäumt. Sie hat das Haus refinanziert, damit auch ohne Unterhaltszahlungen von eurem Dad genug Geld für alle eure Wünsche da ist und ihr hier wohnen bleiben könnt. Ihr habt auf nichts verzichten müssen. In Sachen Lebensqualität hat sich durch den Auszug eures Dads nichts Wesentliches für euch verändert.«

Ich schaue sie an und denke, nett gemeint, aber was dieses kleine Plädoyer mehr als deutlich macht, ist doch wohl, dass *meine* Lebensqualität ganz erheblich gelitten hat. Ich leide hier seit drei Jahren vor mich hin und bade alles aus. Ein Aufklärungsvideo über subakuten chronischen Stress würde im Zeitraffer zeigen, wie ich frühmorgens in einer meiner in drei flotten Farben vorhandenen Stretchhosen mit Gummiband knietief im Schnee stehe und die Einfahrt freischippe, damit meine Kinder pünktlich zu ihren außerschulischen Aktivitäten kommen, wie ich dann zweihundertfünfzig überprivilegierten Kids beizubringen versuche, dass Computernutzung nicht zehn Stunden Pornokonsum bedeutet, und mich abends völlig fertig mit einer Folge *Outlander* aufs Sofa fallen lasse und viel zu erledigt bin, um überhaupt auf den Gedanken zu kommen, jetzt noch meinen Vibrator hervorzukramen, geschweige denn ihn zu benutzen.

Es wäre ein ziemlich deprimierendes Filmchen.

Aber Lena ist noch nicht fertig. »Moment, werdet ihr sagen, das ist rein materiell und viel zu kurz gedacht, denn was ist mit den seelischen Verletzungen? Mit unserer Wut und unserem Schmerz? Natürlich tat es weh, als er euch verlassen hat. Aber kann man das nicht vielleicht wiedergutmachen? Das dürfte die Frage sein, die er sich stellt. Und die er auch euch stellen wird. Lässt sich die verlorene Zeit mit euch nicht nachholen?«

»Was geht es uns an, was er will?«, entgegnet Cori. »Es sollte doch darum gehen, was wir wollen.«

»Gut«, fährt Lena fort. »Dann überlegen wir mal, was ihr wollt. Was glaubt ihr denn, was sich besser anfühlt – ihm zu verzeihen und ein paar nette Tage mit ihm zu verbringen oder ihm bis ans Ende eures Lebens Vorwürfe zu machen? Oder anders gesagt: Schneidet ihr euch nicht ins eigene Fleisch, wenn ihr ihn bestraft?«

Corinne stöhnt genervt. »Bei dir klingt es so, als wäre es total ungerecht von uns, ihn zu hassen, Lena.«

»Jemanden zu hassen ist sowieso keine Lösung«, bemerke ich automatisch und mehr zu mir selbst. »Wenn ihr mich fragt, hat Lena mal wieder recht.«

Sie hebt die Hände, als wolle sie sagen »Tja, hab ich's nicht gesagt?«.

»Ich heiße das Verhalten eures Vaters keineswegs gut«, stelle ich klar. »Wenn ich ganz ehrlich sein soll, hat es mich damals zutiefst verletzt, dass er uns einfach so verlassen hat.« Noch ehrlicher wäre es zuzugeben, dass es mich auch keineswegs kaltgelassen hat, ihn einfach so wiederzusehen.

»Ach nee«, sagt Cori.

»Aber so verlockend es ist, ihn die Konsequenzen seines Handelns spüren zu lassen, will ich das eigentlich Wichtige nicht aus den Augen verlieren – und das seid ihr beide. Und mein größter Wunsch ist es, dass ihr glücklich seid. Obwohl«, setze ich nach, »am meisten wünsche ich mir, dass ihr das College, oder zumindest die Schule, ohne Vorstrafen beendet *und* glücklich seid. Ich glaube, wenn ihr Zeit mit eurem Vater verbringt – und versucht, ihm seine Fehler zu verzeihen –, würde euch das eher glücklicher als unglücklicher machen.«

Glaube ich das wirklich, was ich da sage? Bin ich auf einmal eine Verfechterin selbstloser Vergebung geworden? Könnte ich John verzeihen, was er getan hat, ihn wieder in unser Leben lassen, als wäre nichts geschehen?

Wohl kaum. Aber würde ich es mir nicht wenigstens für die Kinder wünschen?

»Ihr wisst, dass euer Dad uns nicht ohne Grund verlassen hat, auch wenn es sich damals so anfühlte. Er hat uns verlassen, weil er dachte, wir wären ohne ihn besser dran. Er hat uns verlassen, weil er ständig traurig und wütend war und Angst hatte, euch damit zu schaden. Er dachte, wenn er weggeht, würde es ihm irgendwann besser gehen und dann könnte er, wenn er zurückkommt, auch ein besserer Vater sein.« Ich versuche mir nicht anmerken zu lassen, wie schwer mir diese Worte fallen, wie verletzend sie noch immer sind. Da kann er mir noch so sehr versichern, es habe nichts mit mir zu tun gehabt. Wie sollte es denn nichts mit einem selbst zu tun haben, wenn der Mann, den man liebt, auf größtmöglichen Abstand zu einem gehen muss, um sein Glück zu finden? »Ihr wisst, dass er trotz allem immer an euch gedacht hat. Denkt doch nur an diese lustigen Karten, die er euch geschickt hat …« John hatte sich angewöhnt, den Kindern zu allen möglichen und unmöglichen Anlässen Grußkarten zu schicken, denen jedes Mal ein viel zu üppig bemessener Scheck beilag: zum Geburtstag, zu Weihnachten, zu Thanksgiving und Ostern, einmal sogar zum Tag der Arbeit, was man wirklich nicht verstehen muss. Ich suche nach den passenden Worten. »Das zeigt, dass er … zwar nicht immer alles richtig gemacht, sich aber doch zumindest bemüht hat.«

Joe hat sein nachdenkliches Gesicht aufgesetzt. Lena und Cori schauen ihn erwartungsvoll an, denn was Joe als Nächstes sagt, dürfte Gewicht haben und für uns alle sprechen. Joe ist der Vernünftigste von uns, für sein Alter vielleicht etwas zu vernünftig. Ich neige dazu, mich aufzuopfern und die Märtyrerin zu spielen, Cori ist unsere Drama Queen, und John hat, wen überrascht es, eigentlich immer zuerst an sich gedacht. Bei Joe haben sich all diese Eigenschaften ins Positive gewendet: Er ist großzügig, einfühlsam, strebsam und dazu noch blitzgescheit. Bisweilen übersteigt er damit meinen Horizont, aber das tut meiner Mutterliebe keinen Abbruch.

»Lena«, sagt er schließlich, und ich weiß, dass jetzt eine Gewissensfrage kommt, denn bevor Lena Lehrerin an der Country Day wurde, war sie Ordensschwester. »Ist Vergebung etwas, das man lernen kann, so wie Schach, oder ist es ein Talent, das einem angeboren ist, so wie musikalisch sein?«

»Beides«, antwortet Lena auf ihre diplomatische Art. »Manche Menschen müssen es lernen, anderen zu verzeihen, und es wird ihnen nie leichtfallen. Wenn sie sich Mühe geben, können sie es darin zur Perfektion bringen, es wird aber immer eine Kopf- und keine Bauchentscheidung für sie sein. Wer sich nicht darum bemüht, wird im Laufe der Zeit immer mehr Kränkungen mit sich herumschleppen – und ich weiß, wovon ich rede, denn ich tue mich selbst schwer damit und muss mich ständig zur Nachsicht disziplinieren.«

Dann nickt sie zu mir herüber. »Anderen Leuten, wie eurer Mutter, wurde das Verzeihen praktisch in die Wiege gelegt. Sie merken es kaum noch, wie oft sie anderen etwas nachsehen. Dadurch werden sie zwar viel öfter ausgenutzt und gekränkt als andere Menschen, empfinden das aber gar nicht so, weil sie vergeben und loslassen können.«

Ich spitze nachdenklich die Lippen und weiß nicht, ob ich Lena darin zustimmen würde, habe aber natürlich nichts dagegen, dass sie mich vor den Kindern in einem besseren Licht erscheinen lässt.

Cori seufzt. »Dann gehöre ich definitiv zur ersten Gruppe, denn ich bin immer noch sauer, dass Trinity sich den Lippenstift in derselben Farbe gekauft hat wie ich. Das sollte mein Alleinstellungsmerkmal werden«, sagt sie, und ich muss mir eine bissige Bemerkung über Trinity verkneifen, die mir von Coris Freundinnen nicht gerade die liebste ist. »Und was Dad sich geleistet hat, ist ja noch mal was ganz anderes. Ich könnte ihm das mindestens noch mal drei Jahre nachtragen. Warum sollte ich nicht stinksauer auf ihn sein, wenn ich doch allen Grund dazu habe?«

»Es steht dir natürlich völlig frei«, sage ich. »Aber ich glaube, du lässt dir dadurch einiges entgehen. Was ist mit dir, Joe?«

»Ich mache, was Cori macht«, entgegnet er auf seine nüchtern bedachte Art. »Wenn sie keine Zeit mit ihm verbringen will, nicht mal eine Woche, dann will ich das auch nicht – nicht mal eine Woche.«

Lena lehnt sich zurück und lächelt. Sie hat schneller begriffen als ich, was hier gespielt wird.

»Oh Mann, meinetwegen«, stöhnt Cori theatralisch. »Blödmann.« Das geht an Joes Adresse. »Dann eben eine Woche. Eine Woche werde ich schon überleben.«

Joe lächelt still in sich hinein, Lena und ich wechseln einen kurzen Blick.

»Also eine Woche am Anfang der Sommerferien«, halte

ich fest. »Das klingt doch nach einem Kompromiss, mit dem alle leben können. Und ich bin ja nicht aus der Welt«, verspreche ich. »Wenn irgendetwas sein sollte, stehe ich bereit, um die Scherben zusammenzukehren.«

Wie hätte ich in diesem Moment ahnen können, dass ich vor Ende des Sommers mehr als genug mit mir selbst zu tun haben würde?

2. Kapitel

Liebe Mom,

mir ist schon klar, dass du dieses sogenannte Lesetagebuch, zu dem du mich verdonnert hast, erst Ende des Sommers zu Gesicht bekommen wirst. Trotzdem würde ich gern ein paar Kritikpunkte anbringen.

1. *Das Schuljahr ist noch nicht mal um, warum muss ich jetzt schon mit meinem Sommerferienleseprojekt anfangen?*
2. *Warum soll ich überhaupt etwas in den Sommerferien lesen, wenn Sinn und Zweck der Sommerferien doch ist, NICHTS lesen zu müssen?*
3. *Müssen Kinder, deren Eltern keine Bibliothekare sind, auch solche Projekte machen? Ich meine, ganz ehrlich, denk mal drüber nach. Müssen Kinder von Zahnärzten jeden Sommer dreimal am Tag Zahnseide benutzen? Oder was, wenn du das Pech hast, und deine Eltern sind in der Army? Geht es dann dreimal am Tag auf den Schießstand?*
   Übrigens: Wenn ich die Wahl hätte, würde ich mich für Zahnseide und Schießstand entscheiden.
4. *Ein Wort zur Lektüreliste: Du schreibst, ich soll* Supergute Tage oder Die sonderbare Welt des Christopher Boone *lesen. Na super. Weißt du, was mir das bringt, ein Buch über einen autistischen Jungen zu lesen, der in England*

lebt und eine zahme Ratte hat? Absolut NICHTS. Damit kann ich mich NULL IDENTIFIZIEREN, MOM.

Und wenn ich mir die anderen Titel anschaue, soll ich also was über Leute lesen, die entweder vor hundert Jahren gelebt oder gegen die Nazis gekämpft haben, in einer nicht näher benannten Zukunft leben oder in einem erfundenen Königreich aus einem Disneyfilm.

Mom. Sind dir John Green oder Stephenie Meyer ein Begriff? Sind die Tribute von Panem *zu viel verlangt? Geht es bei diesem Projekt vielleicht darum, mich dafür zu bestrafen, das schwarze Schaf in einer Familie superschlauer Leseratten zu sein?*

Ich finde das ehrlich gesagt ziemlich unfair. Weil … na, weil es halt einfach nicht fair ist.

Fair wäre, wenn du im Gegenzug einen ganzen Sommer lang mit Trinity am Pool abhängen müsstest.

Alles Liebe,
deine dumme kleine Tochter, Cori

Eine Woche. Am Beginn der Sommerferien. So richtig klar wird mir das erst am nächsten Tag in der Schule. Eine ganze Woche. Keine Kinder, keine Arbeit, kein gar nichts.

In bin gerade in der Schülerbücherei – wo sonst –, als ich zwei Schülerinnen über ihre Ferienpläne und Sommercamps reden höre. Beim Blick in den Kalender stelle ich fest, dass der Sommer keine irgendwie vage Idee ist wie Weltraumtourismus oder Bikini Waxing, sondern in Form der Sommerferien in genau drei Wochen ganz konkret Gestalt annehmen wird. In drei Wochen ist es so weit, und mein Mann, oder vielmehr mein Ex-Mann, nimmt die Kinder. Sie sind dann eine Woche nicht bei mir, ihrer Mutter, die sie besser kennt als irgendjemand sonst. Ich weiß, warum Joe keine Muscheln essen mag und was man tun muss, damit Coris Haare vom Chlor keinen Grünstich bekommen. Als John sich aus dem Staub gemacht hat, waren die beiden wirklich noch Kinder. Jetzt sind sie drei Jahre älter und um einiges komplizierter. Wird er mit zwei Teenagern klarkommen? Schafft er es, auch mal Nein zu sagen, oder wird er ihnen jeden Wunsch erfüllen? Als er sie das letzte Mal gesehen hat, waren beide noch einen Kopf kleiner und vertrauten ihm blind. Wird er sie wieder enttäuschen? Können sie sich überhaupt noch mal auf ihn einlassen? Will ich sie ihm wirklich eine Woche überlassen?

Zum dritten Mal in dieser Woche rufe ich John während meiner Pause aus dem Lehrerzimmer an.

»Hallo Amy«, grüßt er und klingt dabei weder überrascht noch verärgert, eher etwas resigniert.

»Was machst du, wenn Joe von einer Wespe gestochen wird?«, will ich von ihm wissen, ohne mich mit Nettigkeiten aufzuhalten.

Er ist einen Moment still. »Das ist eine Fangfrage«, sagt er dann. »Joe hat keine Wespenstichallergie.«

Ich runzele die Stirn und ärgere mich tatsächlich, dass er das weiß. »Weh tut es trotzdem«, halte ich bockig dagegen.

»Ja«, stimmt John zu, und ich könnte wetten, dass er still in sich hineinseufzt. »Ich mache zuerst einen Wickel mit Backnatron, danach kühle ich mit Eis.«

»Hm, okay.« Ich überlege, womit ich ihn drankriegen kann. Coris Sozialversicherungsnummer? Aber da müsste ich selbst passen. Irgendwas mit vielen Siebenen.

»Es wird schon nichts passieren, Amy. Ich bin für alle Eventualitäten gewappnet.«

»Sie sind stinksauer auf dich.« Ich bin stinksauer, denke ich. »Sie könnten dir das Leben zur Hölle machen.«

»Ich weiß«, sagt John. »Aber ich bin es, der sie gegen mich aufgebracht hat, also sollte ich auch versuchen, die Kluft zwischen uns zu überwinden.«

Ich schüttele den Kopf. »Wenn es dazu nicht schon zu spät ist.«

Wieder ist er einen Moment still. »Lassen wir es auf einen Versuch ankommen«, meint er dann. »Und wer weiß, am Ende profitieren wir alle davon.«

Es läutet. Ich habe immer noch ein ungutes Bauchgefühl, aber ich verabschiede mich hastig und hetze zur nächsten Stunde, wo mir erst mal kalter Schweiß ausbricht, was eine ziemliche Leistung ist in Anbetracht der auf einstellige Temperaturen heruntergekühlten Schulräume. Vielleicht hofft man, die Pheromone der Jugendlichen im Zaum zu halten, wenn man sie schockfrostet. Nachdem ich meine Klasse begrüßt und die Aufgaben an den Computerarbeitsplätzen verteilt habe, mache ich das, was alle Bibliothekarinnen tun, wenn sie die nackte Angst packt: Ich schreibe eine Liste.

Hier eine Auswahl dessen, was meinen Kindern zustoßen könnte, während sie sich in der Obhut ihres unzuverlässigen, verantwortungslosen Vaters befinden:

- sie fangen an zu rauchen/trinken/Sex zu haben
- Cori wird schwanger, Joe bekommt Herpes
- John lässt sich mit ihnen Versöhnungs-Tattoos stechen
- er verliert sie in einer Menschenmenge/sie fallen in ein Zeitloch/sie müssen auf der Straße schlafen, auf Pappkartons, inmitten streunender Katzen, bis ich komme, um sie zu retten

So furchtbar wahrscheinlich das alles anmutet, bleibt noch ein weiteres Szenario – vielleicht das schlimmste von allen:

Sie haben eine prima Zeit und ich nicht.

Obwohl Lena – die, wie ich betonen möchte, keine Kinder hat und auch keine will – behauptet, das sei eine »tolle Gelegenheit« für mich, habe ich gar kein Interesse daran, so lange von den Kindern getrennt zu sein. Ich will auch nicht eine Woche mit dem Zug durch Europa reisen, selbst wenn ich das Geld dafür zusammenbekäme, oder in irgendwelchen Töpfer- und Aquarellkursen die Künstlerin in mir entdecken. Wie wohl die meisten Mütter bin ich einfach nur müde. Ich könnte drei Tage am Stück schlafen. Aber danach, was mache ich dann? Mich weitere drei Tage nicht vom Sofa bewegen und Serien schauen? Pizza bestellen und Wein aus Tetra Paks trinken? Einmal ohne langen Einkaufszettel ganz gemütlich durch den Supermarkt bummeln?

Ich versuche, mir das Haus ohne die Kinder vorzustellen. Meinen Kalender ohne einen einzigen Termin. Eine seltsame Mischung aus Erleichterung und Einsamkeit steigt in mir auf. Ich muss an das lange Wochenende letztes Jahr denken, als meine Eltern mit den Kindern zum Sightseeing in Washington waren. Tag eins: *Gilmore Girls*, zwanzig Maschinen Wäsche, einmal alles gründlich durchputzen, endlich das Ikea-Regal aufbauen, fünf Stunden Bibliothekaren-Podcasts hören und für eine Kollegin Babymützchen stricken. Tag zwei: vor dem Kühlschrank hocken und heulen. Tag drei: ich, wie ich die vier einen Tag früher im Aquarium in Baltimore überrasche. Nicht unbedingt eine Sternstunde meines Lebens.

Ich bin wirklich bei einigen meiner Serien hinterher, denke ich. Die Küche könnte auch mal wieder einen Anstrich vertragen.

Mein Blick wandert über die Jugendlichen in meinem Medienraum. Während sie mit ihren iPads beschäftigt sind, sollte ich mich administrativen Aufgaben widmen. Wahrscheinlich chatten sie die meiste Zeit und tun bloß so, als würden sie an ihren Absolventenprojekten arbeiten, mit denen wir die Abschlussklassen in der langen, zähen Phase vom Frühjahr bis zu den Sommerferien bei Laune zu halten versuchen. Eigentlich ist es so gedacht, dass sie sich wie am College einen Studiengang aussuchen und das Ganze einmal in der Theorie antesten. Mindestens eine Stunde am Tag ist diesem Probestudium gewidmet. Die Kids sollen sich mithilfe von Collegebroschüren Lehrveranstaltungen zusammenstellen, für eine Seminararbeit in ihrem Fach recherchieren, sich einen Praktikumsplatz suchen und in ihrem angestrebten Berufsfeld hospitieren. Am Ende wird eine Gesamtnote vergeben, die sich aus Praktikumsbewertung, Studiendossier und einer Abschlussarbeit von zehn Seiten zusammensetzt, und benotet wird der ganze Spaß von dem Fachbereich, der nicht unter dem eigentlichen Prüfungspensum zusammenbricht, sprich von mir. Von mir, den Sport- und Beratungslehrern, ja sogar von der Schulkrankenschwester. Alle dürfen mal mit anpacken.

Und weil ich so ungern schlechte Noten verteile – am liebsten würde ich allen eine Eins geben, um sie mit gesundem Selbstbewusstsein in die Welt hinauszuschicken –, begebe ich mich nun gemessenen Schritts ans Whiteboard, wo der Countdown gezählt wird. Hinter mir herrscht angespannte Stille, als ich langsam die *15* wegwische und durch eine *14* ersetze. Noch zwei Wochen bis zur Abgabe. Darunter schreibe ich:

Studiendossier?
Abschlussarbeit?
Referenzen?

Dann lasse ich die Liste der Anforderungen und die verbleibenden Tage ihre selbsterklärende Wirkung tun, hole mein Tablet hervor und schreibe erst mal Lena eine Nachricht.

Amy:
Wenn die Kinder nicht da sind, komme ich zu dir.

Lena:
Nein.

Amy:
Doch, wirklich. Ich könnte die Woche bei dir wohnen.

Lena:
Nein.

Amy:
Wir machen es uns gemütlich.
Ich koche für uns, und wir veranstalten
ein Daniel-Craig-Festival.

Lena:
Machen wir doch jeden Samstag.

Amy:
Warum mit liebgewonnenen Traditionen brechen?

Lena:
Traurig, wenn dir nichts Besseres einfällt.

Amy:
Ich dachte eigentlich, Nonnen sollten nett sein zu ihren Nächsten.

Lena:
Was du alles so denkst.

Gut, dann verbringe ich die Woche eben nicht mit Lena. Besuche ich mal wieder meine Eltern in Florida. Eine Woche, um unter der brütend heißen Sonne Tampas darüber zu grübeln, wie es sein kann, dass man bei der Geburt vertauscht wurde, seinen Eltern aber dennoch wie aus dem Gesicht geschnitten ist. Die beiden haben den ganzen Tag Fox News laufen, und das in einer Lautstärke, die allein schon bleibende Schäden der Hirnfunktion verursachen könnte.

Es muss doch etwas geben – außer der Wäsche –, was ich in dieser einen Woche machen könnte. Etwas Schönes, Sinnvolles. Etwas, das ich schon immer machen wollte, wozu ich aber nie gekommen bin. Seit die Kinder da sind, hatte ich keine Woche am Stück mehr frei. Sollten sich da in den letzten fünfzehn Jahren nicht ganz viele unerfüllte Wünsche angesammelt haben? Oder wenn schon keine Wünsche, dann vielleicht Aufgaben, die man vernachlässigt hat. Hm. Wann war eigentlich meine letzte Fortbildung?

Aha! Eine Fortbildung! Jetzt kommen wir der Sache schon näher. Von den Lehrenden der Country Day wird erwartet, jedes Jahr fleißig Fortbildungspunkte zu sammeln. Ich könnte mir auch mal wieder ein paar Stunden gönnen, mich beispielsweise mit neuen Computerprogrammen vertraut machen oder etwas über effiziente Stundenplangestaltung lernen. Zu Hause könnte ich meine Skills dann einsetzen, um Coris

Handynutzung zu überwachen oder Joe automatisierte Erinnerungen schicken, dass er mindestens ein Mal am Tag an die frische Luft gehen soll.

Ich schaue auf der Seite der American Library Association nach Konferenzen und Fortbildungsangeboten. Als die vorbildliche Bibliothekarin, die ich nun mal bin, habe ich die Seite natürlich mit Lesezeichen versehen – grün: Berufliches, blau: Bücher. Nicht zum ersten Mal wünsche ich mir, dass beide Kategorien auf dem Bildschirm zu einem satt leuchtenden Swimmingpool-Türkis ineinander verschwimmen würden.

Während der Veranstaltungskalender lädt, überlege ich, dass ein Kurs in Scranton optimal wäre, da könnte ich morgens hinfahren und abends wieder zurück. Oder gleich ein Online-Workshop. Dann könnte ich zu Hause bleiben und meine Fortbildung im Pyjama machen. Bitte, bitte lass mich einen Online-Kurs finden, den ich noch nicht belegt habe …

New York, NY
1.–4. Juni
Columbia University

Die Schulbibliothek der Zukunft: Lernen Sie neue Ressourcen kennen und machen Sie Ihre Schule fit für die Anforderungen von morgen. Wir wollen gemeinsam Ideen und Methoden entwickeln, um Lehrpläne zeitgemäßer zu gestalten, ohne dabei auf Bewährtes zu verzichten. Was wird für Lernende in fünf oder zehn Jahren mediale Normalität? Wie lassen sich die Möglichkeiten neuer Technologien im Unterricht und in der Leseförderung nutzen?

10 Credit Points – Beiträge werden erbeten

Hm. New York.

Ja! New York. Immer noch nah genug, dass ich schnell nach Hause komme, falls John mit den Kindern nicht klarkommt. Trotzdem genügend Abstand, um schon als Urlaub durchzugehen. Und wann war ich eigentlich zuletzt in New York? Seit ich John kenne auf jeden Fall nicht mehr. Dabei habe ich New York so geliebt! Talia, mit der ich mir auf dem College ein Zimmer geteilt hatte, und ich sind, so oft es nur ging, mit dem Zug nach New York reingefahren, haben auf fremden Sofas und in drittklassigen Hotels übernachtet und einmal, als wir bis vier Uhr morgens Tanzen waren, dank eines leichtgläubigen oder sehr nachsichtigen Nachtportiers auch in den gediegenen Samtsesseln in der Lobby des *St. Regis*.

Verrückt, was wir alles erlebt haben in New York. Das meiste davon habe ich John nie erzählt, geschweige denn den Kindern. Und so ist New York in den letzten fünfzehn Jahren ziemlich in Vergessenheit geraten. Spätestens seit John und ich beschlossen hatten, eine Familie zu gründen und Corinne dann bald darauf auf dem Weg war. Seit ich Geschmack gefunden habe an meinem Vorstadtleben mit Mann und Kindern, dem großem Haus und meiner schönen Küche. Dass besagter Mann sich dann aus dem Staub machte und drei Jahre keinen Unterhalt zahlte, darauf hätte ich natürlich verzichten können, aber alles in allem war es genau das Leben, das ich mir gewünscht hatte.

Aber so war es nicht immer gewesen.

Es hat eine Zeit gegeben, in der ich anderes im Sinn hatte. Eine wilde, unbeschwerte Zeit. Vor vielen, vielen Jahren, als ich noch eine andere war.

Ich beschließe, Talia eine Nachricht zu schreiben. Wie lange habe ich mich jetzt nicht bei ihr gemeldet? Ein Jahr, nachdem John uns verlassen hatte? Oder nach ihrem letzten Karrieresprung beim Magazin? Auf jeden Fall ist es viel zu lang her. Oder zumindest so lang, dass es mir etwas unangenehm ist, es jetzt zu tun.

Wobei das bei Talia nie ein Problem war. Wenn wir uns sehen, ist es sofort wieder wie in alten Zeiten. Und plötzlich kann ich es kaum noch erwarten, sie wiederzusehen, von ihrem Leben ohne Mann und Kinder zu hören, ihrer tollen Karriere als Moderedakteurin und wie es sich mit einer Garderobe lebt, die nicht beinahe komplett von Target stammt, weil man sowieso schon mal da ist, um Zahnpasta und Slipeinlagen zu kaufen.

Hallo Süße,
ich bin die erste Juniwoche in New York. Wollen wir uns auf einen Kaffee treffen oder was trinken gehen?

Keine Reaktion. Dann drei Pünktchen. Dann wieder nichts. Ich werde nervös. Ist sie doch sauer, dass ich mich so lange nicht gemeldet habe? Hat sie eigentlich noch meine Nummer?

Ich bin's, Amy.
Amy Byler

Dann wieder die drei Punkte. Okay. Sie hat die Nachricht also gesehen.

Talia:
Amy ...
AMY!

Ich deute es als gutes Zeichen.

Talia:
WO ZUM TEUFEL HAST DU GESTECKT, AMY BYLER?

Ich tippe erleichtert drauflos:

Amy
Viel um die Ohren gehabt, alles etwas anstrengend,
tut mir leid, dass ich mich so lange ...

Talia:
Du wohnst selbstverständlich bei mir.

Ich lösche, was ich geschrieben habe, und fange noch mal an.

Amy:
Echt?! Hast du denn Platz?

Talia:
Bin in einem Meeting. Melde dich noch mal,
wenn du unterwegs bist.

Total überrascht starre ich auf ihre Nachricht. Das ist ja super! Jetzt brauche ich auf der Konferenz nicht mit irgendeiner Wildfremden aus Idaho für zweihundert Dollar die Nacht ein Zimmer zu teilen. Und kann die Fortbildungspauschale der Schule für Essen auf den Kopf hauen. Oder für Drinks. Oder …

Amy:
Toll! Danke!! Ich rufe dich an.

Talia:

Lass mich jetzt in Ruhe arbeiten.

Amy:

Sorry. Freue mich einfach total.

Darauf kommt keine Antwort mehr. Keine Pünktchen, kein Emoji, nichts. Gespräch beendet. Mit vor Aufregung zitternden Händen lege ich das Tablet weg. Sollte es wirklich so einfach sein? Sollte das Leben es gut mit mir meinen? Ein Kurzurlaub in der großen Stadt, um mit Kollegen über Bücher zu reden und meine fabelhafte Freundin aus alten Zeiten wiederzusehen, und das alles im Rahmen meiner finanziellen Möglichkeiten? Während die Kinder bei ihrem ebenso plötzlich wie wundersam wieder aufgetauchten Vater sind? Kann das wirklich wahr sein, oder ist es eine fiese Falle, in die ich da zu tappen drohe?

Mein Tablet blinkt mich an. Ich wecke es wieder auf und sehe, dass eine neue Nachricht gekommen ist – von Talia, ein Link zu Google Maps. Ich klicke ihn an und finde mich in der hippsten Ecke Brooklyns wieder. Da lebt sie also, warum wundert mich das nicht. Überall rote Standort-Marker. Bars, Restaurants, von denen ich in Zeitschriften gelesen habe, kleine, feine Läden, ein Biometzger. Tja, Talia war schon immer die Coolere von uns beiden.

Und noch eine neue Nachricht – wieder Talia, die es schafft, besagte Coolness in drei knappe Worte zu packen:

Yeah, wird super.

Auch wenn das Schicksal mir also ungewohnt gewogen scheint, sähe es mir nicht ähnlich, John nicht noch einmal herbeizuzitieren, um alles für diese eine Woche mit ihm zu klären, was noch ungeklärt ist, zumindest meinem Ermessen nach. Und weil ich so bin, wie ich bin, habe ich natürlich eine Liste zur Hand.

Familienkonferenz, Dienstag, 9. Mai, 17.30 Uhr bis ?
- Protokoll der letzten Konferenz: nicht vorhanden
- Lagebesprechung für die erste Juniwoche:
- Beispiel Tagesplanung und wöchentliche Pflichten
- Erwartungen an Joes Verhalten
- Erwartungen an Coris Verhalten
- Erwartungen an Johns Rolle als Vater
- Grundsätzliche Vereinbarungen
- Tägliche Kommunikationszeiten
- Tutorial: Handhabung des EpiPen bei versehentlichem Erdnussverzehr
- Sonstige Themen:
- Warum hat John Amy verlassen?
- Warum ist John jetzt auf einmal zurückgekommen?
- Liebt John Amy noch?
- Wird Amy jemals wieder Sex haben und wenn ja, wann?

Diese Liste ist natürlich nur für mich gedacht.

John kommt fünfzehn Minuten zu früh, worauf ich emotional schlecht vorbereitet bin. Aber jetzt steht er vor der Tür und schaut mich erwartungsvoll an, und ich kann ihm ja schlecht sagen, er soll in einer Viertelstunde noch mal wiederkommen.

Ich schaue ihn einen Moment an und denke, wie gut er noch immer aussieht, sicher und selbstbewusst, die breiten Schultern. Plötzlich ist alles wieder da. Johns Faible für Flachwitze, über die beim gemeinsamen Abendessen trotzdem alle lachen mussten. Pokémonspielen in der Nachbarschaft. Football mit den Kindern und Coris helles Jauchzen, wenn er so tat, als sei Joe der Ball. John, wie er mit verstellter Stimme Daffy Duck nachahmt.

»Wo sind die Kinder?«, ist seine erste Frage, keine Spur von Daffy in der Stimme.

»Die müssten in einer halben Stunde da sein«, erkläre ich. »Joe hat heute Debattierclub, und Cori macht ihre Hausaufgaben in der Schule, damit sie nachher zusammen nach Hause laufen können.«

»Ich hatte angenommen, sie wären hier.«

Ich verkneife mir die Bemerkung, dass er sowieso zu früh dran ist. »Die beiden sind recht umtriebig.«

»Das merke ich. Ich habe extra etwas früher Schluss gemacht, weil ich es kaum erwarten konnte, sie zu sehen.«

»Du hast ja auch lange genug damit gewartet«, erwidere ich.

Er sagt nichts, wirkt aber getroffen, und ich versuche, meinen Ärger herunterzuschlucken. Aber ihn hier in unserem Haus zu sehen weckt alte Gefühle, die guten ebenso wie die schlechten, und ich spüre, wie mir das Blut im Kopf rauscht. Ich fühle mich wie ein Stern kurz vorm Verglühen. »Du kannst mir gern helfen«, schlage ich versöhnlich vor. »Der Tisch im Esszimmer ist noch von den Kindern in Beschlag genommen. Der müsste erst abgeräumt werden.«

Wenn sie keine Nachmittagsaktivitäten haben, machen Cori und Joe dort ihre Hausaufgaben. Sie sitzen sich an den

Stirnseiten des für sechs Personen ausgelegten Tischs gegenüber, und weil Cori jede Möglichkeit nutzt, sich vor Mathe zu drücken und ihren kleinen Bruder abzulenken, haben wir aus doppelseitig bedruckten Pappaufstellern vom letzten Naturwissenschaftswettbewerb eine provisorische Trennwand gebaut. Ganz oben auf der *Sind Kartoffeln Stromleiter?*-Seite hat Joe ein Übersichtsblatt aufgehängt mit allen guten Noten, die er im letzten Jahr geschrieben hat, den Colleges, auf die er später gehen möchte, sowie verschiedenen Berufsfeldern, die ihn interessieren. Zur Erinnerung: Der gute Junge ist gerade mal zwölf und macht das freiwillig.

Von *Farben als Wärmeleiter* auf Coris Seite ist nicht mehr viel zu sehen, weil sie alles mit Fotos von diesem Typen aus *Arrow* und Benedict Cumberbatch überklebt hat, der bei uns nur The Batch heißt.

Es ist mir eigentlich ganz recht, dass ich von der Küche aus nur Coris Seite sehen kann.

Johns Augenbrauen wandern immer höher, während er diese Versuchsanordnung betrachtet. »Ich will nur hoffen, dass das hier Coris Seite ist«, bemerkt er dann und deutet auf einen muskelbepackten Stephen Amell. Und auch wenn Joe in letzter Zeit erste Anzeichen einer romantischen Schwärmerei für Macy Feathers gezeigt hat, die etwas älter ist als er und ihn regelmäßig beim Schach schlägt, rege ich mich schrecklich über Johns Engstirnigkeit auf.

»Ah, verstehe, du hast Angst, dein Sohn könnte bei mir schwul werden«, sage ich spitz und kann mir die Frage nicht verkneifen: »Und was, wenn er es wäre? Wäre er dann für dich gestorben?«

John wird rot, und da hat er auch allen Grund zu. »Ach Quatsch. Tut mir leid, du hast natürlich recht. Von mir aus kann er sein, was er will. Wahrscheinlich rede ich vor lauter Nervosität einfach dummes Zeug.«

»Kein Wunder«, bemerke ich kühl. »Nach allem, was du dir geleistet hast, wäre ich auch nervös, wenn ich mich den Menschen stellen müsste, die ich vor Jahren im Stich gelassen habe.« Ich deute hinüber zu den Plätzen der Kinder, als würde The Batch mit zur Familie gehören.

John seufzt. Zwar hatte sich unser Verhältnis irgendwann wieder halbwegs normalisiert, aber in den ersten Monaten nach seinem Verschwinden hinterließ ich ziemlich regelmäßig Nachrichten auf seiner Mailbox, in denen ich endlich all die Worte verwenden konnte, die ich aus HBO-Serien aufgeschnappt hatte und den Kindern niemals durchgehen lassen würde. Meine Wut dürfte ihm also nicht ganz neu sein.

»Wie ich sehe, hängst du dich noch immer an alten Zeiten auf«, erwidert er.

»Gar nicht wahr«, verteidige ich mich. »Ich hänge vielleicht an diesem Ort, aber aus gutem Grund. Ich arbeite wieder, ziehe zwei Kinder groß und stecke unheimlich viel zurück, damit sie eine gute Schule besuchen können, vernünftiges Essen auf den Tisch kommt und sie ein Dach über dem Kopf haben. Ich habe gelernt, von einem Lehrerinnengehalt zu leben, einen verstopften Abfluss selbst zu reparieren und Theaterkostüme für die Shakespeare-Schulaufführung aus Resten und Kleiderspenden zu basteln. Ich habe gelernt, ganze Tage nur mit Kaffee, Büronickerchen und den Sonderangeboten von Lean Cuisine durchzustehen. Wenn du wüsstest, was hier alles passiert ist, während du weg warst! Danke der Nachfrage, ich komme bestens klar, immer was zu tun, zack, zack, zack!« Ich hole Luft und setze etwas ruhiger nach: »So viel zu alten Zeiten.«

John trägt jetzt diese missmutige Miene zur Schau, eine Mischung aus schlechtem Gewissen, Gereiztheit und getretenem Hund, die mir zu verstehen geben soll, dass ich nicht noch Öl ins Feuer zu gießen brauche, weil er sich sowieso schon schlecht genug fühlt. Früher genügte das, um mich meine Worte mäßigen zu lassen, jetzt regt es mich nur noch mehr auf. »Was kann ich denn noch tun?«, will er wissen. »Entschuldigt habe ich mich doch bestimmt ein Dutzend Mal.«

Was soll ich darauf antworten? »Die Zeit zurückdrehen und uns hier nicht hängen lassen, während du nach Hongkong verschwindest, wie wär's damit?« Oder nein, denke ich, noch mal zwei Jahre früher. Und dich dann, wenn es hart auf hart kommt, einfach mal auf meine Seite schlagen.

Er seufzt, als sei ihm schon jetzt alles zu viel. Am Ende ist immer er es, dem Unrecht geschah, und so wird es auch heute laufen, jede Wette.

»Aber jetzt bin ich hier, Amy. Können wir versuchen, das Kriegsbeil zu begraben, bevor die Kinder kommen?«

Ich gehe nicht darauf ein. »Räum bitte den Tisch ab.«

Schweigend befolgt er meine Anweisung, während ich anfange zu kochen. Von außen betrachtet mögen wir wie ein ganz normales Paar wirken, das den täglichen Vorbereitungen fürs Abendessen nachgeht, sich gleich als Familie zu Tisch setzen und vom Tag erzählen wird. Auf einmal fühlt es sich wieder an wie früher, und gerade dieses Vertraute stimmt mich traurig. Denn was uns verloren ging, als John uns verließ, waren diese normalen Momente des Zusammenlebens. Seit drei Jahren rede ich mir ein, dass ich nichts daran vermisse, doch es stimmt nicht.

Ich zerhacke Knoblauch und Basilikum für Pesto. In einer großen Schüssel steht ein frischer Salat bereit, der noch mit Balsamico-Vinaigrette angemacht werden muss. Nichts Aufwendiges, aber doch mehr als unser übliches Montagsessen, das meist aus gebratenem Reis mit Tiefkühlgemüse und aufgewärmten Teigtaschen besteht. Aus den Augenwinkeln sehe ich, wie John den Tisch deckt, ohne zu zögern Geschirr und Besteck aus der Anrichte holt. Er kommt nach drei Jahren zurück und findet alles dort vor, wo er es zurückgelassen hat – mich eingeschlossen.

Warum stelle ich mich in die Küche und versuche ihn mit meiner Kocherei zu beeindrucken?, überlege ich etwas ratlos. Was passiert hier gerade?

Während das Nudelwasser langsam warm wird und das Pesto sich im Mixer dreht, fällt mir die Liste ein und worüber ich mit John reden wollte, bevor die Kinder kommen. Regeln und Grundsätzliches, Grenzen, die auch in der einen Woche mit ihrem Dad gelten. »John«, rufe ich ins Esszimmer. »Vielleicht können wir uns kurz auf die Rahmenbedingungen verständigen?«

Aber John ist nicht mehr im Esszimmer, er ist wie vom Erdboden verschwunden. Ich stelle den Mixer ab und gehe ins Wohnzimmer. Dort sitzt er, auf unserem alten Sofa mit dem grauen Baumwollbezug, und hat den Kopf in die Hände gestützt. Neben ihm das Fotoalbum, das die Kinder mir letztes Jahr zu Weihnachten geschenkt haben: »Hör auf, uns Tweens zu nennen«, eine Sammlung von Schnappschüssen, die Cori und Joe im Laufe eines Jahrs zeigen, bei allem, was sie eben so machen: Sport, Debattierclub, Halloween, Sonntagsfrühstück in Wollsocken und Pyjamas.

Ich bleibe wie angewurzelt stehen. In all den Jahren unserer Ehe habe ich John vielleicht drei- oder viermal weinen sehen. Er ist in einer Familie aufgewachsen, in der die Geschlechterrollen noch klar verteilt waren, und hat nie erlebt, dass sein Vater geweint hätte. John hat immerhin bei der Geburt unserer Kinder geweint und auch bei jenem Anruf aus Hongkong, als er mir mitteilte, dass er nicht zurückkommen würde. Dieser Anruf … oh je. Irgendwann heulten wir alle beide, und nichts von dem, was wir sagten, ergab noch irgendeinen Sinn, das meiste war kaum mehr verständlich. »Es tut mir leid«, sagte er nur immer wieder. »Es tut mir so leid, aber ich kann nicht mehr. Ich gehe sonst kaputt.«

Er geht kaputt, hörte ich, und weil unser Verstand sich im Krisenmodus nur das herauspickt, was er verarbeiten kann, dachte ich: Er geht kaputt, er wird sterben. Oh Gott, John stirbt, aber er verlässt mich nicht, ein Glück! Fast dachte ich, er wollte mich verlassen!

Sowie mein Verstand sich nach der ersten Schrecksekunde aus seiner Starre löste, sickerte allmählich die Erkenntnis durch. *Von wegen er stirbt. Er verlässt dich, der Scheißkerl.* Ich weiß noch, wie ich fragte: »Du gehst kaputt? Mit mir zu leben macht dich kaputt?« Und er hat bestimmt dreimal nachgefragt, weil ich vor lauter Weinen nicht zu verstehen war. Dass er nicht mal mein ersticktes Schluchzen begriff, machte mich noch wütender, und dann ließ ich all meinen Schmerz heraus und hörte gar nicht mehr auf: »Wie kannst du so etwas tun? Wie kannst du etwas so Schreckliches tun … Was bist du für ein Mensch, du bist ein schrecklicher Mensch, ein schrecklicher, schrecklicher Mensch bist du!« Und so weiter, immer wieder, bis er irgendwann auflegte, aber es sollte in den kommenden Monaten mein Mantra werden, mit dem ich meinen Freunden und meinen Eltern ebenso wie den seinen so lang in den Ohren lag, bis niemand es mehr hören konnte. Nur zwei Menschen blieben davon verschont: Cori und Joe.

Ich hole tief Luft und setze mich zu ihm auf die Couch.

»John«, sage ich sanft und lege eine Hand auf seinen Rücken. Es geschieht mehr instinktiv als absichtlich, und ich bereue es sofort. »Das bekommen wir schon wieder hin.« Ich meine natürlich seine Beziehung zu den Kindern, aber dann kommt mir, völlig ungebeten, mein Ehering in den Sinn, den ich in die hinterste Ecke der Schmuckschatulle verbannt habe. Ganz trennen mochte ich mich davon nicht, und sei es bloß als Notreserve für schlechte Zeiten, wie ich mir einzureden versuchte. Dabei stand mir doch damals das Wasser bis zum Hals, und ich hätte das Geld gut gebrauchen können.

John schaut mich an. »Drei Jahre. Das ist ein Viertel von Joes Leben.«

Ich nicke. Und weil Schmerz sich auf die Zeit legt, bis sie nur noch schwerfällig vorankommt, fühlt es sich für mich an wie die Hälfte *meines* Lebens. »Du bist ihr Vater. Du hast sie enttäuscht und im Stich gelassen, aber sie haben nicht grundsätzlich etwas gegen dich. Sie sind wütend und verletzt und werden dir kaum vor Begeisterung um den Hals fallen. Sie werden wissen wollen, was du jetzt hier willst, was du von ihnen willst. Aber im Grunde wünschen sie sich nichts mehr, als dass du diese Chance, die sie dir geben, auch nutzt.« Ich spreche natürlich für die Kinder, nicht für mich. Zumindest glaube ich das.

Er schüttelt resigniert den Kopf, und ich merke, wie mein Zorn wieder hochkocht. Keine Ideen, immer gleich die Flinte ins Korn werfen, das ist so typisch.

»Reiß dich zusammen, John. Wenn es dir nicht ernst damit ist, wenn du dich nicht um sie bemühen willst, dann brauchst du gar nicht länger bleiben. Dann kannst du gleich wieder gehen. Ich werde nicht zulassen, dass du sie noch einmal verletzt.« Und mich gleich mit.

Er schüttelt den Kopf. »Mir ist mindestens so sehr daran gelegen wie dir. Es ist nur … Ich weiß noch nicht, wie ich es anstellen soll. Ob es überhaupt zu schaffen ist.«

»Das kann ich verstehen. Ich wüsste es auch nicht. Aber glaub mir, die Kinder sind klüger als wir. Sie merken das, wenn wir es nicht ernst meinen. Falls du also vorhast, jetzt eine Woche mit ihnen zu verbringen und dich die nächsten drei Jahre wieder rarzumachen, werden sie das mitbekommen. Sie werden deine Grenzen austesten, um zu sehen, wie schnell du aufgibst. Sie werden dich zurückweisen, bis du ihnen bewiesen hast, dass du für sie da sein willst. Wenn es dir nicht ernst ist, John, dann lass es einfach bleiben. Das spart uns nämlich allen Zeit und Nerven.«

»Natürlich ist es mir ernst. Ich wüsste nicht, was mir wichtiger wäre«, erwidert er sofort. »Und ich will dir jetzt keinen Schreck einjagen, aber ich möchte den Kindern wieder ein richtiger Vater und in ihrem Leben präsent sein. Ich bin mittlerweile stellvertretender Geschäftsführer und kann den Sommer über Homeoffice machen. Wenn etwas sein sollte, ist es nur ein kurzer Flug zur Niederlassung in Chicago. In Hongkong werde ich erst wieder ab September gebraucht, und dank meiner Beförderung werde ich in den kommenden Jahren auch flexibler sein und mehr Freiräume haben. Diese Woche mit den Kindern könnte erst der Anfang sein … natürlich nur, wenn du damit einverstanden bist.«

Das kommt jetzt doch etwas plötzlich. Jede Löwenmama-Zelle meines Körpers pulsiert in höchster Alarmbereitschaft, das Blut weicht aus meinen Wangen. Will er das Sorgerecht? Hat er vor, mir die Kinder wegzunehmen?

»Okay, ganz ruhig«, beschwichtigt er mich, als er meine Panik bemerkt. »Du wolltest wissen, ob es mir auf lange Sicht ernst ist, und ich sage dir: Ja, das ist es. Hör auf, in Gedanken gleich ein Anwaltsteam aufzufahren und das Drehbuch für ein Scheidungsdrama zu schreiben.«

Ich atme tief durch und nicke. Er hat recht, natürlich. Wie kann jemand, von dem ich seit drei Jahren getrennt lebe, mich immer noch besser kennen als irgendjemand sonst? Und warum ist die Antwort darauf so verstörend?

»Sie leben aber bei mir«, höre ich mich sagen, als müsse ich mich selbst vergewissern.

John nickt. »Sie leben bei dir. Du bist ihre Mutter. Ich möchte ihnen bloß ein etwas besserer Vater sein als bisher.«

Ich hebe schweigend die Brauen.

»Ihnen überhaupt ein Vater sein«, verbessert sich John.

»Gut, dabei helfe ich dir«, lenke ich ein, auch wenn es sich schrecklich unfair anfühlt. Ich soll *ihm* helfen, seine Beziehung zu den Kindern zu kitten, die *er* kaputtgemacht hat. Von der Beziehung zu mir ganz zu schweigen. »Damit wir uns nicht falsch verstehen«, stelle ich klar. »Ich tue das nicht für dich. Ich tue es für die Kinder.«

Und sowie ich eine Sekunde nicht aufpasse, stiehlt sich wieder mein törichtes, unbelehrbares Herz in den Vordergrund und flüstert mir zu: *Und vielleicht ja auch für mich.*

3. Kapitel

Liebe Mom,

okay, weiß jetzt schon was du sagen wirst. Das Lesetagebuch ist eigentlich nicht dazu gedacht, sich dauernd über die Lektüreliste zu beschweren. Ich sollte die Bücher EINFACH LESEN, mir meine Gedanken dazu machen und meine Gefühle schriftlich festhalten, und zwar von Hand, in diesem unhandlich großen Notizbuch, damit ich lerne, wie Menschen früher gelebt haben, als Autos noch nicht sprechen konnten und Dinosaurier die Erde unsicher gemacht haben.
Merkst du was? Das gerade war ein Witz, und es ist echt seltsam, einen Witz zu machen, ohne dass jemand darauf mit LOL antwortet. Kurznachrichten schreiben fühlt sich viel natürlicher an, wie ein richtiges Gespräch eben. Man kriegt sofort mit, ob die Message angekommen ist – oder eben nicht. Von Hand in dieses Buch zu schreiben fühlt sich irgendwie falsch an.
Tagebuchschreiben ist wie Selbstgespräche führen. Man schreit hinaus ins All, und es kommt keine Antwort. Hast du überhaupt vor, das zu lesen? Oder überfliegst du es bloß? Lachst du dabei? Bekomme ich Feedback?
Ich hab dich echt lieb, Mom, doch, wirklich. Aber ich glaube, du tust dich sehr schwer damit, in mir nicht mehr nur das kleine Mädchen zu sehen. Du arbeitest ja praktisch den

ganzen Tag mit jungen Erwachsenen, aber es scheint bei dir noch nicht angekommen zu sein, dass ich jetzt auch eine bin. Also eine junge Erwachsene. Mit fünfzehn hat man schon so einiges begriffen, ist aber noch nicht weise und abgeklärt. Und bevor du mir jetzt mit der gesammelten Weisheit deiner mehr als doppelten Lebensjahre kommst, würde ich gern wissen, wo genau du deine Erfahrung hernimmst? Ich meine, ich weiß, dass du und Dad eure Flitterwochen in Paris verbracht habt, aber was ist danach noch groß passiert? Was macht dir überhaupt Spaß im Leben? Worüber freust du dich? Ich sehe dich eigentlich bloß immer arbeiten oder dich über mich und Joe aufregen.

Aber okay, wenn ich mir den letzten Satz so anschaue, ist mir schon klar, dass dein Leben gerade nicht besonders spaßig ist und das nicht deine Entscheidung war, sondern die von Dad. Er ist schuld, dass du zu nichts mehr kommst außer Arbeiten und Einkaufen und Joe und mich durch die Gegend zu kutschieren. Wenn Dad geblieben wäre, hättest du wieder nach Paris gekonnt. Oder überhaupt irgendwohin.

Wenn Dad geblieben wäre, hätten wir vielleicht alle mal zusammen nach Paris fliegen können.

Lange Rede, kurzer Sinn – eigentlich wollte ich bloß sagen, dass ich nach reiflicher Überlegung zu dem Schluss gelangt bin, dass ich Supergute Tage *NICHT lesen werde. Auch wenn es vermutlich ein »sehr wichtiges« Buch ist, nur eben leider kein sehr interessantes. Stattdessen lese ich jetzt* Five Days in Paris *von Danielle Steel, und es geht schon mal richtig vielversprechend los: Die Frau eines Senators verliebt sich in einen anderen, der natürlich auch steinreich ist. Wie das halt so läuft.*

Tja. Und du kannst mir da nicht mal reinreden, weil das hier

nämlich ein Lesetagebuch und kein Chat ist, und hey, wie genial ist das?!
Sehr genial.

Liebe Grüße,
deine unbelesene Tochter Cori

Am nächsten Tag nach Schulschluss renne ich regelrecht in Lenas Büro.

»Lena!«, rufe ich. »Lena, lass alles stehen und liegen und komm mit mir Kaffee trinken.«

»Kann gerade nicht«, antwortet sie. Ihre Augen kleben förmlich am Bildschirm. »Super Angebot bei RealSteal.« Dazu muss man wissen, dass Lena – ehemalige Ordensschwester, jetzt Ethik-Lehrerin und moralischer Kompass nicht nur für mich, sondern auch für meine Kinder – eine unverbesserliche Schnäppchenjägerin ist. »Ich *muss* diese Handtasche haben.«

Ich ziehe mir einen Stuhl an den Schreibtisch und schaue mit auf den Computer. »Du weißt, dass der erste Schritt immer darin besteht, sich einzugestehen, dass man ein Problem hat?«

»Wäre der erste Schritt nicht eher, dass man *glaubt*, ein Problem zu haben – und es sich dann eingesteht? Wenn du dir etwas eingestehst, woran du nicht glaubst, wem soll das was bringen?«

»Du hast ein Problem«, versichere ich ihr. »Glaub mir.«

»Ich habe eine Leidenschaft«, stellt sie klar. »Schau dir dieses Schätzchen an.« Sie dreht den Bildschirm zu mir. Hübsche Tasche, doch, aber überhaupt nicht Lenas Stil. Eine Longchamp: bieder, klassisch, konservativ. »In zehn Minuten wird der Preis um zehn Prozent heruntergesetzt«, sagt Lena und klickt auf *Aktualisieren.* »Ich muss exakt den Zeitpunkt abpassen, damit mir niemand zuvorkommt.«

»Sollten zehn Minuten verschwendete Lebenszeit nicht mehr wert sein als zehn Prozent?«

»Die ersten zehn Minuten nach Schulschluss sind gar nichts wert«, erwidert Lena. »Wenn wir jetzt rausgehen, laufen wir direkt in die Rushhour. Die Kids sind gerade überall: in den Cafés, auf dem Parkplatz, im Park, sogar im Handy-Reparaturshop, weil um Viertel nach drei so ziemlich alles verlockender erscheint als Hausaufgaben machen. Wenn du reden willst, schließ die Tür und mach es dir gemütlich. Lass dich nicht davon stören, dass ich alle fünf Sekunden diese Seite aktualisiere, wenigstens sind wir hier vor lauschenden Kids sicher.«

Ich stehe seufzend auf, um die Tür zuzumachen. Immerhin hat Lena einen sehr bequemen Sessel in ihrem Büro stehen, einen Sperrmüllfund, den sie mit einem grell geblümten Stoff eigenhändig neu bezogen hat und der so etwas wie ihre Geheimwaffe ist, denn, so Lena, wer bequem sitzt, wird sofort gesprächiger. Vielleicht ist das der Grund, warum sie selbst sich mit einem eher kargen Bürostuhl begnügt.

»John war gestern Abend da«, lege ich los, sowie mein Hintern ins weiche Polster sinkt.

Zum ersten Mal, seit ich hereingekommen bin, wendet Lena den Blick vom Computer ab und schaut mich an. »Oha«, macht sie und zieht die Augenbrauen hoch, während sich leichtes Amüsement in ihrer Miene spiegelt.

»Er hat geweint.«

»Passt zu ihm«, findet sie und blickt wieder auf den Bildschirm. »Und sonst? Was hat er sonst gemacht?«

»Komplimente. Zu meinen Kochkünsten. Und dazu, wie toll ich das mit den Kindern mache. Er hat die guten Noten der Kinder gelobt. Und ihre Manieren. Es war ehrlich gesagt etwas nervig, wie er sich anzubiedern versucht hat.«

»Nur nervig? War da nicht auch ein bisschen Genugtuung?«

Lena kennt mich einfach zu gut. »Vermutlich beides.«

»Und die Kinder, wie fanden sie es?«

»Ich habe die beiden gestern und heute mit Argusaugen beobachtet, ob sie irgendwie gestresst oder traurig wirken. Aber sie scheinen mit der Situation besser klarzukommen als ich.«

»Kinder können unglaublich resilient sein«, meint Lena.

»Ich weiß, das sage ich mir auch die ganze Zeit. Aber nachdem er weg war, kamen sie mir trotzdem dünnhäutiger vor als sonst.« Ich muss an ihre verhaltenen Blicke denken, mit denen sie John gemustert haben, als sie gestern Abend nach Hause kamen. Sie haben es ihm nicht gerade einfach gemacht. Am Anfang zumindest. Er hat sich erst mal bei ihnen entschuldigt, was sollte er auch sonst machen, aber seine Entschuldigungen kannten sie ja schon.

Ich sinke tiefer in Lenas Beichtstuhl. »Drei Jahre, Lena. Wie kann man das überhaupt entschuldigen, drei Jahre im Leben seiner Kinder verpasst zu haben?«

Lena denkt kurz nach. »Eigentlich gar nicht. Man kann nur versuchen, es ab jetzt besser zu machen. Taten statt Worte, sag ich bloß. Was hat John in der Hinsicht vor?«

Ich überlege, was ich antworten soll. Pläne wurden gestern Abend reichlich geschmiedet, aber wirklich überzeugen konnte mich nichts. »Ich muss dir erst mal von dieser Aktion erzählen, die er gebracht hat.«

Sie klickt mit der Maus, starrt auf den Bildschirm und lehnt sich dann zurück. »Schieß los.«

»Die erste halbe Stunde war ziemlich anstrengend und bemüht. Joe und Cori haben John die ganze Zeit angeschaut, als käme er von einem anderen Stern. Ich habe die Kinder keine Sekunde aus den Augen gelassen, um bei der kleinsten Irritation eingreifen zu können. Und John hat sich tierisch einen abgebrochen, ohne viel Erfolg. Cori hat ein paar Mal damit gedroht, sie würde gleich abhauen und zu Trinity gehen, und Joe ist immer tiefer auf seinem Stuhl in sich zusammengesunken, als versuche er, sich unsichtbar zu machen. Ich war kurz davor, dem ganzen Spuk ein Ende zu machen, als John plötzlich ein kleines Fläschchen Lavendelöl aus seiner Tasche gezaubert hat.«

»Lavendelöl?«, hakt Lena nach.

»Monsterspray«, erkläre ich. »Du erinnerst dich an Joes Angst vor Ungeheuern, die sich in seinem Schrank versteckten? Da war er vier oder fünf, und John und Cori haben damals ein Etikett für Ungeheuervernichtungsmittel gebastelt, es auf einen Zerstäuber geklebt und Joe weisgemacht, dass Monster beim leisesten Hauch von Lavendel tot umfallen. Und jetzt kommt John mit dieser alten Flasche an, gibt sie Cori und sagt, dass sie davon ruhig Gebrauch machen könnten, wenn sie ihn loswerden wollten. Wenn sie ihn nicht hierhaben wollten, würde er wieder gehen. Zwar seien sie ihm das Liebste auf der Welt und er wünsche sich nichts mehr, als wieder bei ihnen zu sein, aber wenn sie das nicht wollten, bräuchten sie es einfach nur zu sagen.«

»Clever«, sagt Lena.

»Das hat das Eis gebrochen. Cori nahm die Flasche, schraubte sie auf, um daran zu schnuppern, und mir stieg der Duft in die Nase. Du weißt ja, wie das mit Gerüchen ist.« Lena nickt. »Sofort war alles wieder präsent. Wie wir durchs Haus gelaufen sind und in allen dunklen Ecken Lavendelwasser versprühten und bei jedem Ungeheuer, das vor unseren Augen zu Staub zerfiel, in hellem Triumph aufjohlten. ›Da hinten hat es eins erwischt! Schnell – oh, du hast es verpasst.‹ Und wie wir am Ende lachend auf Joes Bett lagen und uns darüber beschwerten, wie lange das jetzt wieder dauern würde, die ganzen Monsterleichen wegzuschaffen.«

»Ihr habt noch nie halbe Sachen gemacht«, meint Lena mit einem milden Lächeln.

Ich nicke. »Und dann gibt Cori die Flasche an Joe weiter, und er nimmt sie und richtet sie auf John. Wir haben alle den Atem angehalten. Aber er stellt sie einfach neben seinen Teller ab und sagt: ›Mom, ich sterbe vor Hunger. Wann gibt's endlich Essen?‹ Und das war's.«

»Alle Achtung«, findet Lena.

Ich überlege. Und ja, es ist durchaus beachtlich, wenn man meine eigenen ambivalenten Gefühle John gegenüber außen vor lässt und es mal ganz objektiv betrachtet. Und ist nicht genau das meine Aufgabe als Mutter, meine eigenen Gefühle hinter ihren Bedürfnissen zurückzustellen? Bin ich es ihnen nicht schuldig, ihnen nach drei Jahren der Trennung wieder eine Annäherung an ihren Vater zu ermöglichen, wenn sie es so wollen?

»War es das, was du mir erzählen wolltest? Diese Aktion, mit der er sie rumgekriegt hat?«, reißt Lena mich aus meinen Gedanken.

»Was? Oh nein, das war erst der Anfang. Das andere kommt noch. Wir reichen die Nudeln und das Pesto herum, und die Stimmung wird immer gelöster. Du hättest mal sehen sollen, wie aufmerksam John mein Weinglas im Blick hatte, um mir sofort nachschenken zu können. Als wäre ich so blöd, in seiner Gegenwart keinen klaren Kopf zu behalten. Aber egal, es läuft jedenfalls alles ganz prima, alle verstehen sich prächtig, und irgendwie fängt mich das schon wieder an aufzuregen. Es ist echt erstaunlich, wie sehr ihm die Kinder ähneln.«

»Wirklich?«, fragt Lena, die John zwar gut kennt, ihm aber nie besonders nahestand.

Ich nicke. »Doch. Joe hat auch diese Denkermiene. Und wenn Gefahr im Verzug ist, rennt er genauso weg, würde sich bei der kleinsten Unstimmigkeit lieber in Luft auflösen, als sich dem Problem zu stellen. Sie sind beide eher …«

»Zauberer, keine Werwölfe?«, schlägt Lena vor.

»Genau. Zauberer, keine Werwölfe«, sage ich. »Cori hat mehr Biss, sie ist halb Frau, halb Tiger.«

»Grrrr. Eine Wertigerin«, sagt Lena und faucht leise.

»Das gibt es gar nicht, oder?«

Sie geht nicht darauf ein. »Und worin ähnelt sie John?«

»Ihr Sinn für Humor. Obwohl er drei Jahre in Hongkong war, scheinen sie noch immer dieselben Sendungen zu schauen wie früher. Beim Essen war so viel von Jimmy Fallon die Rede, dass ich das Gefühl hatte, Jimmy hätte mit am Tisch gesessen und sich dann unbemerkt verabschiedet. Sie hören sogar ein paar derselben Bands. Manchmal hatte es was von einem Blind Date: ›Du findest Soundso gut? Wahnsinn, ich *liebe* Soundso! Ich habe sie neulich live gesehen! Sie haben *Skunky McGee* gespielt!‹ ›Echt?! Ich dachte, sie würden bei Konzerten *nie* Skunky McGee spielen!‹«

»Was ist ›Skunky McGee‹?«, unterbricht mich Lena.

»Mein Versuch, mir einen hippen Songtitel auszudenken.«

»Das solltest du noch üben«, meint sie und klickt auf *Aktualisieren*.

»Wahrscheinlich, ja«, räume ich widerstrebend ein. »Dass

du uncool bist, merkst du daran, dass du dir nicht mal was glaubhaft Cooles ausdenken kannst.«

»Coolness ist jetzt auch nicht so deins.«

»Fürchte ich auch. Die drei sind also fast schon wieder ein Herz und eine Seele, und je mehr die Kids aufgetaut sind, desto eifriger wurden Pläne geschmiedet, was sie in der Woche alles Tolles machen wollen und was ich alles Tolles anstellen könnte, wenn ich sie eine Woche los bin. Ich habe mir das eine ganze Weile angehört, und als ich schließlich einwarf, dass ich vielleicht für ein paar Tage nach New York fahre, sind plötzlich alle ausgeflippt.«

»Du willst ein paar Tage nach New York?«, fragt Lena dazwischen. »Das ist doch super!«

Ich weiche ihrem Blick aus. »Vielleicht«, sage ich, obwohl ich mich bereits als Referentin für die Bibliothekskonferenz angemeldet habe, da ein Vortrag Bedingung dafür ist, dass die Country Day meine Teilnahmegebühr übernimmt. Weil mir auf die Schnelle nichts Besseres eingefallen ist, werde ich meine jüngste Idee zur Leseförderung präsentieren, die ich seit dem Frühjahr ausprobiere. Es ist mir erstaunlich leichtgefallen, ein kurzes Konzept zu schreiben und es mit einem Mausklick abzuschicken. »Drei Tage Fachkonferenz an der Columbia«, dämpfe ich Lenas Erwartungen. »Klang zumindest ganz interessant. Und ich hätte meine Fortbildungsstunden für dieses Jahr schon mal sicher.«

Lena verliert wie erwartet sofort das Interesse. »Ach so. Ich dachte, du willst New York unsicher machen und ein paar Typen aufreißen.«

»Klar, so was sieht mir auch total ähnlich«, sage ich sarkastisch. »Und wenn ich schon mal da bin, könnte ich mir gleich noch ein Tattoo stechen lassen.«

»Unendlichkeitssymbol als Arschgeweih?«

»Eins zwanzig Punkt eins fünfundzwanzig«, entgegne ich.

Lena schaut mich fragend an.

»Dewey-Dezimalklassifikation für Unendlichkeit«, kläre ich sie auf. »Wird allerdings nicht mehr genutzt, weil sich gezeigt hat, dass eins zwanzig Punkt eins fünfundzwanzig doch nicht unendlich war.«

»Raffiniert«, sagt Lena. »Oh! Ich hab sie!«

»Was?« frage ich, in Gedanken noch bei der 120er-Kategorie der Dewey-Dezimalklassifikation, zugeordnet der Epistemologie, der Wissenschaft vom Wissen – vielleicht eine meiner liebsten.

»Die Tasche – guck!« Sie dreht den Bildschirm wieder zu mir. Neben der Schnäppchenseite hat Lena jetzt die Longchamp-Website geöffnet, die gleiche Tasche, tausend Dollar teurer.

»Du liebe Güte! Was willst du denn mit einer Elfhundert-Dollar-Tasche anfangen?«

»Auf eBay verkaufen«, sagt sie. »Für fünfhundert Dollar mehr, als ich dafür gezahlt habe.«

»Nicht dein Ernst. Wer gibt so viel Geld für eine gebrauchte Tasche aus?«

Lena zuckt mit den Schultern. »Hat bis jetzt jedenfalls immer funktioniert. Vielleicht verkaufen sie es gleich für neunhundert Dollar weiter, aber das soll nicht mein Problem sein.«

»Ich nehme alles zurück«, sage ich. »Das waren zehn sehr gut angelegte Minuten.«

Sie grinst mich an. »Hab ich doch gesagt.«

»Und was hast du jetzt mit den fünfhundert Dollar vor?«, will ich wissen. Denn an einem Faible für Designerhandtaschen kann es ja kaum liegen, dass sie ständig knapp bei Kasse ist.

»Einen Mikroständer kaufen und ein neues Mikrofon«, sagt sie. »Kabellos.«

»Aha«, sage ich verwundert.

»Für die Talentshow im DAYS-Camp.« Lena engagiert sich ehrenamtlich bei Domestic Abuse Youth Services gegen häusliche Gewalt, und jedes Jahr im Sommer findet ein Ferienlager für betroffene Kinder und Jugendliche statt.

»Oh Lena«, sage ich gerührt. »Du bist die Beste.«

»Und mir kaufe ich das hier«, sagt sie und klickt auf eine Canvas-Umhängetasche – zweite Wahl für fünfunddreißig Dollar.

»Die passt schon viel besser zu dir.«

»Du darfst sie dir jederzeit ausleihen«, verspricht sie. »Vielleicht magst du sie ja mit nach New York nehmen?«

»Wenn ich nach New York fahre.«

»Bitte fahr nach New York«, sagt Lena. »Und versuch, wenigstens ein bisschen Spaß zu haben, wenn du schon mal da bist.«

»Genau das meinte John auch, wenn auch nicht so direkt. Das musst du dir mal vorstellen, wie er so dasitzt und das sagt, vor den Kindern! Als ob es nicht maßgeblich ihm zu verdanken wäre, dass mein Leben kein funkelndes Feuerwerk ist.«

»Er hat gesagt, du sollst Spaß haben? Hm. Aber was ist daran so schlimm?«

»Dass er mir dafür seine Kreditkarte geben wollte!«, rufe ich und rege mich gleich wieder auf.

Lena schiebt ihren Stuhl zurück und sieht mich fragend an. »Und?«

»Er will mir etwas Gutes tun, während er die Kinder hat.

So hat er es ausgedrückt: *mir was Gutes tun*. Ich hätte kotzen können.«

»Der Mann will sich um eure Kinder kümmern und sich bei dir mit einem Blankoscheck bedanken. Und das findet du … zum Kotzen?«

Ich verdrehe die Augen. »Ich brauche keinen Blankoscheck, ich kann selbst für mich sorgen. Ich habe die letzten drei Jahre für mich und die Kinder gesorgt, ich werde mich jetzt ganz sicher nicht von meinem Ex aushalten lassen.«

»So kann man es sehen, muss man aber nicht.«

»Ich nehme sein Geld nicht, Lena. Als John uns verlassen hat, stand ich vor dem Nichts. Wir hatten von seinem Gehalt gelebt und zwar so gut, dass ich mit den Kindern zu Hause bleiben konnte, seit meinem Abschluss waren zwölf Jahre vergangen, meine Berufserfahrung war mehr als überschaubar. Wenn nicht plötzlich diese Stelle frei geworden wäre, wenn die Country Day mir als Angestellten nicht mit den Schulgebühren entgegengekommen wäre, würde das Leben meiner Kinder heute völlig anders aussehen. Es war ungelogen die schlimmste Zeit meines Lebens. Ich meine, eine Bibliothekarin mit zwei schulpflichtigen Kindern ohne jede finanzielle Unterstützung sitzen zu lassen, da fehlen einem echt die Worte.«

»Du hast vollkommen recht. Und ich bewundere dich dafür, wie gut du das alles gepackt hast mit dem Job, dem Haus, den Kindern. Aber es würde deine Leistung nicht schmälern, wenn du dich eine Woche auf Johns Kosten amüsierst.«

Ich schüttele den Kopf. »Mir käme es aber so vor.«

»Dann hast du sein Angebot abgelehnt?«

»Genau. Nett gemeint, aber danke, ich verzichte, habe ich gesagt. Und dann fingen die Kinder an, auf mich einzureden.

Sie haben überhaupt nicht kapiert, warum ich seine blöde Kreditkarte nicht will.«

»Kann man es ihnen verdenken?«, fragt Lena. »Sie wollen nur dein Bestes, Amy. Genau wie ich.«

Ich gehe nicht darauf ein. »Sie geben einfach nur gerne anderer Leute Geld aus. Cori hat die ganze Zeit von allen möglichen angesagten Restaurants geschwärmt, die sie aus irgendwelchen Serien kennt. Joe hat mir sämtliche Museen aufgezählt, die ich unbedingt besuchen muss. Was soll ich nur mit diesem Jungen anfangen? Stell dir bloß vor, wenn er seine Genialität am Ende an ein Geschichtsstudium verschwendet und womöglich Lehrer wird!«

Lena lacht. »Was wünschst du dir denn für ihn?«

»Dass er glücklich wird, was denn sonst? Und Jura könnte natürlich auch nicht schaden.«

»Ziemlich diametrale Interessenslage, würde ich sagen. Aber was weiß ich schon, ich unterrichte Ethik.«

Ich schüttele lachend den Kopf. »Ich weiß schon, dass er das am Ende selbst entscheiden muss, aber mir blutet wirklich das Herz, wenn ich mir vorstelle, wie er in einem schlecht bezahlten Job feststeckt, der in unserer Gesellschaft nicht das verdiente Ansehen genießt. Sozialarbeiter oder Lehrer an einer staatlichen Schule zum Beispiel. Joe ist einfach zu gut für diese Welt, und ich habe Angst, dass er damit böse auf die Nase fällt.«

»Das kann ich sehr gut nachfühlen. Es muss schwer sein, seine Kinder ihre eigenen Fehler und Erfahrungen machen zu lassen«, meint Lena und ruft mir damit zugleich in Erinnerung, was vielleicht das Wichtigste bei der Erziehungsarbeit ist – egal ob Mutter oder Lehrerin, oder beides. Aber leicht ist es nicht, Kinder sehenden Auges ins Verderben rennen zu lassen und ihnen dabei, solange keine Gefahr für Leib und Leben besteht, lediglich mit liebevoller Unterstützung zur Seite zu stehen.

»Bei Joe kommt erschwerend hinzu, dass er gar keine unüberlegten Entscheidungen trifft. Ich habe einfach keine Übung darin, ihn seine eigenen Fehler machen zu lassen.«

Lena lächelt mich an. »Dann wird er, wenn es so weit ist, sicher auch bei der Berufswahl die richtige Entscheidung treffen. Die richtige für ihn, wohlgemerkt.«

Ich nicke und ergreife die Chance auf die perfekte Überleitung, die sich mir bietet. »Genau wie es für mich die richtige Entscheidung war, Johns Kreditkarte nicht anzunehmen. Aber die Kinder haben so getan, als wäre ich die absolute Spaßbremse, und John war mal wieder sehr beharrlich. Furchtbar, wirklich – er hat mich so lange genervt, bis ich schließlich meinte, gut, dann nehme ich die Karte eben, aber nur für Notfälle. Ich habe jetzt also eine American-Express-Karte, die auf meinen Ex läuft. Aber das Schlimmste kommt noch. Bist du bereit?«

Lena nickt. »Mich kann so schnell nichts erschüttern, das weißt du doch.«

»Um ihm gleich klarzumachen, dass ich wirklich nicht vorhabe, davon Gebrauch zu machen, sage ich: ›Sieht ja auch irgendwie blöd aus, wenn ich mit einer Karte zahle, auf der ein Männername steht.‹ Und weißt du, was er antwortet? ›Ich habe eine auf deinen Namen bestellt, die in den nächsten Tagen kommen müsste.‹ Und ich so: ›Warum stellt American Express denn eine Karte auf deine geschiedene Frau aus?‹ Und da sagt er: ›Noch sind wir nicht geschieden, oder?‹«

Lena schaut mich mit großen Augen an. »Im Ernst?«

»So haben die Kinder auch geguckt.«

»Ich fasse es nicht. Du bist immer noch mit John verheiratet? Ich dachte, du hättest damals direkt die Scheidung eingereicht?«

»Habe ich auch. Und ich dachte, damit sei es erledigt, wenn man keine weiteren Forderungen stellt.«

»Nein, damit ist es nicht erledigt«, sagt Lena. »Ich bitte dich, das solltest du eigentlich wissen.«

»Und wenn schon«, sage ich achselzuckend. »Er war in Hongkong. Anwälte sind teuer. Ich hatte zu der Zeit andere Sorgen, und später erschien es mir nicht mehr so wichtig.«

»Wie, nicht mehr so wichtig? Du hättest Unterhalt für die Kinder von ihm verlangen können.«

Ich seufze. »Den hätte er mir auch ohne richterliche Anweisung zahlen können. Ich wollte ihn nicht darum bitten, verstehst du? Er ist ihr Vater, er sollte sich um sie kümmern, ohne dass ein Gericht ihn dazu verpflichtet.«

Lenas Augenbrauen schnellen in die Höhe. »Du spielst lieber die Märtyrerin, als John zur Rechenschaft zu ziehen?«

»Ich wollte auf eigenen Beinen stehen«, verteidige ich mich. »Im Nachhinein betrachtet war es auch die richtige Entscheidung. Unsere größte Geldanlage war das Haus, und das hat er mir ohne lange zu diskutieren überschrieben. Und …« Ich überlege, ob ich Lena gestehen soll, was der eigentliche Grund war, denn es kommt mir so egoistisch vor, dass ich es mir selbst kaum eingestehen mag.

»Ja?«

»Die Kinder sind bei mir geblieben.« Ich sage ihr nicht, dass ich die Scheidung auch deshalb nicht durchgedrückt habe, weil ich Angst hatte, er könnte wider Erwarten das Sorgerecht verlangen. Geteiltes Sorgerecht ist mittlerweile Standard, alles andere muss hart erstritten werden. Mir war klar, dass es nicht leicht für mich würde, sollte er auf seinen fünfzig Prozent bestehen. John zu verlieren hatte mich emotional so mitgenommen, dass ich es nicht ertragen hätte, auch noch die Kinder bloß jede zweite Woche zu sehen und die Hälfte ihres Lebens zu verpassen.

»Du bist noch verheiratet«, stellt Lena kopfschüttelnd fest.

»Ich bin noch verheiratet«, bestätige ich. »Mit John.«

»Obwohl ihr seit drei Jahren getrennt seid.«

»Was willst du von mir hören? Es stand auf meiner To-do-Liste.«

»Das muss eine sehr lange Liste sein.«

Ich versuche, es ihr anders zu erklären. »Meine Ehe auch offiziell zu beenden hatte in einer Zeit, in der es für mich ums nackte Überleben ging, nicht unbedingt oberste Priorität. Du erinnerst dich, das erste Jahr war wirklich schlimm. Ich war in der Zeit nicht mal beim Friseur, ich hatte einfach andere Sorgen. Und als sich dann alles so weit beruhigt hatte, dass mir auffiel, oh, zum Friseur müsstest du auch mal wieder, da bin ich eben zum Friseur gegangen. Ganz einfach.«

»Und jetzt fällt dir ein, oh, ich wollte mich ja scheiden lassen«, ergänzt Lena. »Und dann lässt du dich eben scheiden. Ganz einfach.«

Ich blinzele. Diese Parallele habe ich noch gar nicht gezogen, aber so wie Lena das jetzt sagt … »Wahrscheinlich«, sage ich. »Ja.«

Aber so wahrscheinlich ist das gar nicht. Denn wenn ich ehrlich bin, will ich überhaupt keine Scheidung. Zumindest nicht jetzt. Es scheint mir kein guter Zeitpunkt, die sensible Balance gleich wieder zu stören.

Aber das kann ich Lena so nicht sagen. Vielleicht will ich auch nicht so genau darüber nachdenken.

»John kann ein ziemliches Arschloch sein«, stelle ich stattdessen fest, auch wenn eigentlich schon alles gesagt ist, »aber er lässt mit sich reden. Die Scheidung ist eine reine Formsache. So einfach wie das mit dem Haareschneiden.«

Und dass Lena mehr als skeptisch schaut, das übersehe ich einfach.

Die Woche darauf stehe ich im Schlafzimmer und fange schon mal an zu packen, auch wenn es mir selbst etwas lächerlich erscheint, da es bis zu meiner Abreise noch eine Woche hin ist, aber Cori wird die letzten Tage vor den Sommerferien ziemlich eingespannt sein und ich ehrlich gesagt auch. Die Arbeiten des Absolventenprojekts wollen begutachtet und benotet werden. Und mein Vortrag für die Konferenz schreibt sich auch nicht von allein. Außerdem muss ich die einmalige Gelegenheit nutzen, dass Trinity nicht hier ist. Wenn ich von meiner fünfzehnjährigen Tochter absegnen lassen will, was ich an Klamotten mit nach New York nehme und was besser nicht, heißt es jetzt oder nie. Sie ist in Stil- und Modefragen die unbestrittene Autorität im Haus, und ohne sie wäre ich echt aufgeschmissen.

Cori hat es sich bereits auf der am Fußende des Betts stehenden Polsterbank bequem gemacht. Sie fischt mit dem Fuß in dem kläglichen Häufchen meiner Schuhe herum und versucht etwas zu erspähen, was vor ihren Augen Gnade findet. Seit sie acht war, ist diese Bank ihr angestammter Platz, um mir alles zu berichten, was sie so im Herzen bewegt, kleine Sorgen, große Dramen, Alltägliches. Einmal mehr danke ich dem Himmel, dass wir, so unwahrscheinlich es auch erst erschien, nicht von hier wegziehen mussten, nachdem John uns verlassen hatte.

Was wir, Ironie des Schicksals, seiner Umsicht verdanken. Das Haus mit all seinen Macken schluckt zwar eine Menge Geld, aber zumindest ist es solide finanziert. John war sehr eigen, was Schulden anging. Beim Kauf bestand er auf einem Drittel Eigenkapital, um die monatlichen Raten überschaubar zu halten und das Haus schneller abbezahlt zu bekommen. Als er dann weg war, verlängerte ich, ohne dass es mir auch nur eine schlaflose Nacht beschert hätte, die Laufzeit von fünfzehn auf dreißig Jahre, was die monatlichen Raten so weit drückte, dass es am Ende billiger war, in unserem Haus wohnen zu bleiben, als anderswo etwas zu mieten.

Und es ist wirklich ein schönes Haus. Die Kinder haben beide ihr eigenes Zimmer und viel Platz für alles, was sich im Laufe der Jahre so angesammelt hat. Nach Unmengen an Lego und Kleidern zum Verkleidenspielen nehmen derzeit Comics (Joe) und Pullover (Cori) den meisten Raum ein. Kein Pullover ist vor meiner Tochter sicher, manche hat sie in mehreren Farben. Wenn ich mit ihr zur Shoppingmall fahre, kommt sie garantiert mit einem neuen Pulli zurück. Mehrfach herabgesetzte Pullis, Outlet-Pullis, Billigpullis. Bei jedem Schnäppchen strahlen ihre Augen, aber mir bereitet es zunehmend Bauchschmerzen, wenn die Sachen, ein Mal getragen, dann auf einem der vielen Klamottenhaufen in ihrem Zimmer in Vergessenheit geraten.

Dabei sieht sie in ihren Outfits immer sehr hübsch aus, was nicht allein ihrer Jugend geschuldet sein kann, sondern auch einem untrüglichen Sinn für Farben und Formen, der an meiner Generation völlig vorbeigegangen zu sein scheint. Oder vielleicht ja nur an mir. Sämtliche meiner Kleiderkäufe müssen, bevor ich die Etiketten entfernen darf, vorgeführt werden. Manchmal genügt Cori schon ein Blick in die Tüte, um die Augenbrauen fast bis zum Haaransatz hochzuziehen und etwas in der Art zu sagen wie: »Es ist nicht leicht, jemanden zu lieben, der so unbelehrbar ist« oder »Willst du damit ein Statement setzen, ein Bekenntnis zum Hässlichen?«.

Heute habe ich mal wieder eine solche Einkaufstüte. Ich bin mit einem Budget von einhundert Dollar zu Target marschiert und mit einem Stapel Oberteile und Hosen zurückgekommen, die ausnahmsweise alle aus dem mittleren Ladenbereich stammen und nicht aus den unscheinbaren Niederungen vor der Umstandsmode und den Umkleiden, wo ich üblicherweise meine Klamotten für die Arbeit kaufe, aber eben auch nicht so schrill und jugendlich daherkommen wie das, was im vorderen Teil des Shops verkauft wird. Ich habe Shirts in Trendfarben mit moderatem Ausschnitt erstanden, Blusen aus weich fließender Viskose mit Stickerei und Spitze und sogar einen Rock, der knapp oberhalb der Knie endet. Auch wenn ich mir bei Röcken nie sicher bin, wie ich sie tragen soll oder ob ich sie überhaupt tragen kann. Sind Ende Mai Strumpfhose und Stiefel noch drin? Mit nackten Beinen komme ich bestimmt nicht mehr durch, oder? Gibt es so etwas wie eine offizielle Altersgrenze für nackte Beine?

Außerdem habe ich zwei tiefblaue Jeans mitgebracht und bin sicher, dass der Schnitt von mindestens einer davon bei Cori als absolutes No-Go durchfällt, meine clevere Tochter wird mir schon sagen, welche ich behalten soll. Dass ich keinen Blick mehr für Hosen habe, muss eine Begleiterscheinung des Alters sein, so wie mich irgendwann auch Gleitsichtbrillen und grauer Star ereilen werden. Ich kann den Unterschied zwischen einer hippen Jeans und einer, die nur Mütter tragen, einfach nicht erkennen, was mich shoppingtechnisch natürlich zu einem hoffnungslosen Fall macht.

Unter Coris unerbittlichem Blick packe ich alles aus und lege es aufs Bett. »Ich dachte mir, dass ich diese Oberteile zu den Jeans tragen könnte, und die hier passen doch ganz gut zu dem Rock, oder was meinst du? Wenn ich das ein bisschen kombiniere, brauche ich nicht so viel Gepäck mitzunehmen.«

»Schuhe?«, fragt sie.

»Oh, Schuhe. Natürlich. Aber die habe ich ja schon an.«

Cori seufzt bloß. »Mom. Du fährst nach New York. Du nimmst an einer Konferenz und an Meetings teil, gehst essen, hast Dates. Dein Gepäck müsste zur Hälfte allein aus Schuhen bestehen.«

Ich blinzele sie an. »Wer sagt das? Ist das irgendeine wissenschaftliche Erkenntnis? Und wie kommst du darauf, dass ich auf ein Date gehen will?«

»Jetzt tu nicht so. Natürlich wirst du das.«

Ich will ihr sofort widersprechen, aber dann denke ich, dass ein Date doch wirklich nett wäre, auch wenn ich keinen blassen Schimmer habe, wie ich das anstellen soll – oder mit wem. »Ist denn irgendetwas davon date-tauglich?«, frage ich.

Sie nimmt die ausgebreiteten Kleidungsstücke prüfend in Augenschein. »Na ja … vielleicht das hier …« Sie angelt das Oberteil mit dem tiefsten Ausschnitt von der Jeans-Seite des Betts und legt es zu dem knielangen Rock, drapiert dann eine meiner farbenfrohen Halsketten darüber, legt den Kopf schief und schlägt den Rock an der Taille zweimal um, wodurch er deutlich kürzer wird. Dann bedeutet sie mir zu warten und verschwindet in ihr Zimmer. Sie kommt mit einem Paar Schuhe zurück, das zu tragen ich ihr nie erlaubt hätte, hätte ich gewusst, dass sie solche Schuhe besitzt. Sie stellt sie zu dem Outfit und verkündet: »Damit wärst du date-tauglich.

Jetzt kein superschickes Date, aber schick ist ja auch eher nicht so deins.«

Ich betrachte die biederen Vorstadtmutti-Oberteile in Größe L, die meine Tochter mit zwei Handgriffen in ein Straßenstrichkostüm verwandelt hat. »Cori, so laufe ich nicht herum.«

»Musst du ja auch nicht. Du wolltest dich sowieso nicht verabreden.« Sie grinst mich an.

Kurz, ganz kurz nur, male ich mir aus, ich würde in New York jemanden kennenlernen. »Die Schuhe sind wirklich hübsch«, sage ich und nehme einen der Riemchenpumps in die Hand. Kann ich mich nicht glücklich schätzen, eine so stylishe Tochter zu haben, die noch dazu dieselbe Schuhgröße hat wie ich? Die Schuhe sind *wirklich* hübsch. Die Spitze schimmert in einem golden-geometrischen Muster, ein bisschen retro sehen sie aus, genau das, was ich vor zwanzig Jahren getragen hätte, damals, in einer anderen Zeit. Das schwarze Lederriemchen umfängt, von einer kleinen goldenen Schnalle gehalten, den Knöchel – wie perfekt kann ein Schuh sein? Stark und feminin, subtil und sexy. In einem anderen Leben wäre ich eine Frau, die genau solche Schuhe trägt.

»Darf ich mir die wirklich leihen?«

»Du darfst, Mom. Ist ja nicht so, dass ich sie anziehen würde, wenn wir bei Dad sind. Und wenn er ein guter Vater ist, würde er mich die auch gar nicht tragen lassen. Irre, oder, wie sexy die sind, obwohl sie kaum Absatz haben?«

»Du hast völlig recht. Eigentlich solltest du so etwas noch gar nicht anziehen.«

Cori lacht. »Ich hab's geahnt! Immerhin waren sie fast umsonst.« Und schon fängt sie an, von irgendeinem Gutschein zu erzählen und dass es bei Macy's vierzig Prozent auf alles gab und so weiter. Ich blende sie kurz aus und versuche mir vorzustellen, was das wohl für ein Gefühl wäre, in einem kurzen Rock, Riemchenpumps und figurschmeichelndem Oberteil durchs frühsommerliche Manhattan zu schlendern. Ein Traum. Es würde sich absolut märchenhaft anfühlen.

»Wir machen es so: Ich kaufe sie dir ab«, falle ich ihr mitten in ihrer Story ins Wort. »Oder ich kaufe dir ein Paar neue, die nicht ganz so … erwachsen sind.«

Cori strahlt mich an. »Deal!« Und schon hat sie ihr Handy gezückt und zeigt mir ein Paar Gladiatorensandalen, die auf zwanzig Dollar herabgesetzt sind und deren Schnürung bis hoch zum Knie reicht, wirklich absurd. »Die hier als Ersatz«, verkündet sie.

Immerhin kein Absatz, denke ich. Moment, kein Absatz?

»Die sind ja ganz flach«, stelle ich fest. »Dann also doch Brian?«

Cori seufzt und legt den Kopf schief. »Genau. Brian. Und groß ist er ja nicht gerade.«

»Aber süß«, erwidere ich. »Bist du größer als er?«

»Gleich groß. Glaubst du, das ist ein Problem? Napoleon-Komplex und so?«

»In seinem Alter wächst er bestimmt noch, Cori. Und dieser Komplex ist nichts als ein soziales Konstrukt, um Männer nach ihrer äußeren Erscheinung zu beurteilen.«

»Aber was ist mit Napoleon?«, beharrt sie.

»Größenwahnsinnige gibt es in allen Ausführungen«, gebe ich zu bedenken. »Statt dir über Brians Körpergröße Gedanken zu machen, sollten wir uns lieber fragen, ob er ansonsten gut genug für dich ist.«

Neuerliches Seufzen von meiner Teenie-Tochter. »Woher soll ich das wissen?«

»Das merkst du schon«, versichere ich ihr. »Am besten, solange du noch dein Oberteil anhast.«

Cori schaut mich bloß an und zieht eine Augenbraue hoch.

»Gut, dann wenigstens die Hose«, räume ich ein.

»Das sollte zu schaffen sein«, erwidert sie so cool, dass mein Mutterherz vor Freude hüpft. »Aber worauf genau soll ich achten, wenn ich wissen will, ob jemand gut genug für mich ist?«

»Frag dich einfach, was dir an den Menschen gefällt, die du magst. Dich eingeschlossen.«

Sie überlegt einen Moment. »Ich glaube, ich mag es, wenn Menschen freundlich sind. Also sich gar nicht groß anstrengen müssen, so zu sein, sondern eben einfach so sind. Und wenn sie einem die Wahrheit sagen. Und zuverlässig sind. Oh, und sich nicht für etwas Besseres halten, das mag ich auch.«

Ich nicke. »Das ist doch schon eine sehr schöne Liste, nach der du Brian abchecken kannst. Ich finde übrigens, dass du sämtliche dieser Eigenschaften besitzt und sie daher bei anderen ruhig auch erwarten darfst.«

Cori nagt an ihrer Unterlippe.

»Oder nicht?«, hake ich nach.

»Manchmal tue ich ja selbst so, als wäre ich besser als andere. Weil, na ja … Jungs gefällt es, wenn man selbstbewusst ist.«

Ich muss lächeln. »Vielleicht tust du ja nicht bloß so. Für mich bist du unbestritten die Beste.«

»Klar, dass du das denkst. Du bist schließlich meine Mom.«

Ich schüttele den Kopf. »Damit hat das nichts zu tun. Oder nicht nur. Du bist eben ein klasse Mädchen. Aber denk immer daran, was du dir vielleicht entgehen lässt, wenn du die Nase zu hoch trägst.«

»Mache ich. Gilt dann aber auch für dich.«

»Was gilt für mich?«

»Nicht eingebildet zu sein. Wer tut denn immer so, als könne kein Mann ihr das Wasser reichen?«

»Was, ich? Wie kommst du denn darauf?«

»Weil dir in drei Jahren nicht einer gut genug war für ein Date – nicht ein Einziger.«

Ich bin wie vor den Kopf geschlagen. Was soll ich dazu sagen? Dass ich mich für nicht liebens- geschweige denn begehrenswert hielt, weil mein Mann mich verlassen hat? Dass ich zwar Bibliothekarin bin, aber eine fast vierzigjährige aus der Provinz mit zwei Kindern und entsprechender Figur und nicht etwa die sexy Variante mit schwarz gerahmter Brille, schmalem Rock und adrettem Haarknoten? Dass meine Frisur kaum den Namen verdient und ich am liebsten Clogs trage und Hosen mit Gummizug? Dass die Männer, denen ich tagtäglich – oder überhaupt – begegne, die Väter meiner Schüler sind, oder aber Lehrer, die meine Kinder unterrichten? Dass ich, trotz allem, noch immer mit meinem Ex verheiratet bin?

»Mom, hallo?« Cori wedelt mit den Händen vor meinem Gesicht herum. »Jemand zu Hause?«

»Tut mir leid, ich war in Gedanken. Ich dachte gerade …« Mein Blick irrt durchs Zimmer und bleibt an der Uhr hängen. »Ich dachte gerade an deinen Bruder. Ich wollte heute Abend Orangen mitbringen. Haben wir überhaupt noch Orangen? Sonst müsste ich unterwegs noch welche bei Wegmans besorgen. Soll ich dir auch etwas mitbringen?«

So einfach ist das. Meine Tochter liebt die Sushitheke bei Wegmans. »*Sushi!*«, ruft sie begeistert und zack, ist das mit dem Daten vergessen.

»Dann also Sushi«, beschließe ich. »In einer Stunde bin ich

zurück. Könntest du solange die Kleider, die völlig indiskutabel sind, beiseitelegen und den Rest zu passenden Outfits zusammenstellen?«

»Ach, Mom«, winkt sie ab. »Das ist in einer Minute erledigt. Was soll ich die restlichen neunundfünfzig Minuten anfangen?«

Ich lege den Kopf schief. »Wie wäre es, wenn du einen Essay für deine Collegebewerbung schreibst – über die hohe Kunst des Schuhepackens fürs Handgepäck?«

»Alles klar«, sagt sie sarkastisch. »Mache ich sofort.«

»Oder du schreibst Brian«, setze ich nach, als ich schon halb zur Tür hinaus bin, um ihr das Desinteresse-Heucheln zu ersparen. »Wäre doch auch eine Idee.«

Als es dann endlich so weit ist, komme ich mir vor, als wäre *ich* das Kind und würde ins Sommercamp verabschiedet. John, Lena und meine Nachbarin Jackie, die sich erboten hat, aufs Haus aufzupassen und als Plan B für die Kinder einzuspringen, wenn doch etwas sein sollte, haben sich zum großen Abschied eingefunden, und ein bisschen kommt es mir vor, als könnten sie es kaum erwarten, mich endlich los zu sein. Zum ich-weiß-nicht-wievielten Mal versichern sie mir, wie gut sie alles im Griff haben, dass ich mir keine Sorgen zu machen brauche und tägliche Videoanrufe bekommen werde, dass Jackie sich um den Garten, das Haus und die Post kümmert und Lena um alles andere. Selbst John wirkt ungewohnt patent und zuverlässig. Er zeigt mir Bilder von der Wohnung, die er für den Sommer gemietet hat, und alles sieht tadellos aus, sogar einen Volvo hat er besorgt, wie ein richtiger Vorzeigevater. Alles wird gut, versuche ich mir zu sagen, die Kids packen das schon, und John hat alles im Griff. Doch mein Mutterinstinkt hält mit aller Macht dagegen: *Nein!*, schreit es in mir. *Was fällt dir ein, deine Kinder allein zu lassen?*

Das Gefühl ist so überwältigend, dass ich den Taxifahrer bitte, noch einmal umzudrehen und zurückzufahren, weil ich angeblich etwas vergessen hätte. Aber als wir uns dem Haus nähern, sehe ich die Kinder mit John auf der Verandatreppe sitzen und sich gemeinsam den Wanderführer anschauen, den er mitgebracht hat. Die Karte liegt ausgeklappt vor ihnen, John wirkt entspannt, die Hände hat er hinter den beiden auf den Boden gestützt, Cori und Joe sitzen ihm zugewandt und lachen.

Was meinte Cori heute Morgen zu mir? »Für dich gibt's hier nichts mehr zu tun, Mom.« Dass ich nicht lache! Für mich wird es hier *immer* etwas zu tun geben, schließlich bin ich ihre Mutter. Aber für heute könnte sie recht haben. Ich werde hier nicht mehr gebraucht. Also sage ich dem Taxifahrer, dass es nicht so wichtig sei und er wieder umdrehen und mich zum Bahnhof bringen könne. Und in dem Moment passiert etwas mit meinen Schultern, das ich seit fünf Jahren nicht mehr gespürt habe – wenn nicht sogar länger.

Sie entspannen sich.

Ich merke, wie eine längst vertraute Last von meinen Schultern gleitet, wie die Spannung in meinem Nacken sich löst und ein wohliger Schauer über meinen Hinterkopf rieselt, bis alles sich ganz leicht und lebendig anfühlt. Verrückt, denke ich. Wie lange schon bin ich mit bis zu den Ohren hochgezogenen Schultern durchs Leben gelaufen? Und warum merke ich das erst jetzt?

Sofort muss ich an das Weihnachten denken, als ich eingeknickt bin und den Kindern eine Spielekonsole gekauft habe. Die Nutzungsregeln waren immer klar definiert, bis heute, und die erste Prämisse lautet, dass ich jedes Spiel erst einmal selbst ausprobiere, bevor ich es den beiden überlasse. Mir kommt kein *Call of Duty 17* unbemerkt ins Haus. Joe wollte dann unbedingt einen Fahrsimulator, wofür man noch extra einen Lenkradaufsatz für den Controller brauchte. Er hat tapfer gespart, bis er sich alles von seinem Taschengeld kaufen konnte, wohl wissend, dass ich die Beute erst mal konfiszieren und auf Tauglichkeit überprüfen würde.

Als er stolz mit dem Spiel nach Hause kam, packten wir also zusammen aus, und Joe erklärte mir die Grundregeln, die eigentlich ganz einfach waren: lenken, keinen Unfall bauen, Punkte abgreifen, Turbo einsetzen. Im Prinzip alles genauso wie bei den Computerspielen, die ich früher bei irgendwelchen Schulfreunden gespielt hatte, nur dass die Grafik bedeutend besser und der Soundtrack wirklich sehr beeindruckend waren. Kein Problem, dachte ich mir, eine meine leichteren Übungen. Aber von wegen. Ich war unglaublich schlecht. Es fing schon damit an, dass ich nicht gleichzeitig lenken und den verflixten Turbo bedienen konnte und alles an Hindernissen abräumte, was mir in den Weg kam. Schließlich legte Joe mir die Hand auf die Schulter, als wolle er mich und nicht das Auto in der Spur halten, während ich krampfhaft versuchte, mich aus einer tiefen Pfütze zu manövrieren. »Mom, setz zum Lenken doch einfach den Controller ein, du musst nicht mit dem ganzen Körper mitgehen.«

Und während ich jetzt auf einer der harten Holzbänke sitze und auf den Expresszug nach New York warte, wird mir klar, dass mein ganzes Leben ziemlich körpergesteuert ist, dass ich alles, im Guten wie im Schlechten, immer über meinen Körper ausagiert habe, dass ich mir meine Sorgen, meinen Kummer und meine Unsicherheiten, nachdem John uns verlassen hatte, auf die Schultern geladen habe wie ein Päckchen, das ich fortan zu tragen hätte. Jedes Mal, wenn ich mich mal wieder darüber aufregte, dass Joe sich so schwer damit tat, Freunde zu finden, oder wenn ich bis spät wach lag und lauschte, ob Cori pünktlich nach Hause kam, oder wenn ich mir mein Gehalt und meine Rechnungen ansah und entscheiden musste, was zuerst bezahlt wurde und was später, kam das alles zu dem Päckchen hinzu, das ich mit mir herumschleppte. Die Last auf meinen Schultern wog immer schwerer, und bis jetzt war es mir kaum aufgefallen – als mache der Schmerz sich erst bemerkbar, wenn er anfängt nachzulassen.

Ich konzentriere mich auf meinen Atem, versuche ganz tief in den Bauch zu atmen und meine Gedanken auf meine armen malträtierten Muskeln zu richten, die blockierten Wirbel, das warme Strömen des Blutes und sage mir: *Loslassen. Einfach loslassen.* Ich sage mir, dass die Kinder wohlbehalten bei ihrem Vater sind, dass Jackie ein Auge auf alles haben wird, und Lena ein Auge auf Jackie, und dann wieder: *Loslassen.* Ich male mir das Gästezimmer aus, das in Talias Wohnung auf mich wartet, denke an die Workshops, an denen ich teilnehmen werde, und an die Mittagspausen in kleinen Bistros, an frische Salate und gekühlten Weißwein, wie ich mir Zeit lassen und einfach den Augenblick genießen kann, und zum ersten Mal seit einer gefühlten Ewigkeit spüre ich, wie alles Schwere von mir abfällt.

Es fühlt sich so gut an.

Und dann kommt auch schon der Zug, und das Abenteuer kann beginnen.

4. Kapitel

Liebe Mom,

du bist in New York! Erlebst endlich mal was! Mom, ich bin so stolz auf dich. Du bist das achte Weltwunder und eine Inspiration für uns alle. Ich meine das übrigens sarkastisch, falls das nicht klar war. Aber ich freue mich total, dass du endlich mal Urlaub machst, auch wenn es eigentlich gar keiner ist, weil du nur wieder mit Bibliotheksmenschen abhängst und wir eine Woche unserer Ferien opfern mussten, um dich überhaupt so weit zu bekommen. Nur dass wir uns nicht falsch verstehen: Das mit Dad ist nicht unsere erste Wahl, aber wir machen das Beste daraus. Er gibt hier den Cheerleader und kann uns vor lauter schlechtem Gewissen keinen einzigen Wunsch abschlagen, was natürlich praktisch ist, und ich wäre wirklich enttäuscht von mir selbst, wenn ich ihm bis Ende der Woche nicht mindestens ein neues Auto aus den Rippen geleiert hätte. Joe spekuliert aufs Space Camp, wusstest du das? Ich bin richtig stolz auf ihn. Hätte ich ihm gar nicht zugetraut. Und du Arme kriegst bloß eine Woche in New York, übernachtest wahrscheinlich im Super 8 in Yonkers und gehst jeden Abend mit einem Buch ins Bett.

Du hättest mich mitnehmen sollen. Ich würde dir zeigen, wie man richtig Urlaub macht. Zuerst ein Besuch im Spa, und damit meine ich kein blödes Nagelstudio, sondern ein richtiges Promi-Spa. Dann ein komplettes Makeover (für dich natürlich, nicht für mich), anschließend Dinieren im Balthazar *und danach* Hamilton, *erste Reihe. Wir würden neapolitanische Pizza essen und in Kunstmuseen gehen und Weißwein trinken.*

Wenn du wissen willst, was ich stattdessen mache: Im Prinzip genau das, was ich machen würde, wenn du hier wärst. Irgendjemand muss Dad dein Regelwerk für die Sommerferien zugespielt haben, weshalb ich abends Sperrstunde habe. Tja, wer kann DAS bloß gewesen sein? Außerdem tischt er uns zu jeder Mahlzeit eine Salatbeilage auf. Und du wirst es nicht glauben, aber als wir hier ankamen, gab es im Kühlschrank literweise Cola. Wow, dachte ich, der Himmel auf Erden – doch dann, ich war nur mal kurz im Bad, mir die Haare machen, und als ich rauskomme, war alles verschwunden! Du hast Dad nicht zufällig eine Nachricht geschrieben, von wegen keine Cola? Ich verstehe dich nicht, Mom. Was hast du gegen Diet Coke? Diet Coke ist, was Amerika im Innersten zusammenhält. Warum hasst du dieses Land nur so sehr?

Dad meinte, eine Cola am Tag wäre okay, aber nur bis Mittag und nach dem Training. Außerdem müsse ich dazu ein Glas Weizengrassaft trinken. Und ich so: »Wo hast du das denn her, aus den Froschteichen von Bucks County?« Und weißt du, was er dazu gesagt hat? »Hat euer Team keinen Entsafter?« Kein Scherz, Mom. (Ich wollte erst »Kein Scheiß« schreiben, aber ich mache mein Vokabular schon mal für den Ferienjob als Rettungsschwimmerin fit, also kein Scherz.) Und ich darauf zu ihm: »Hallo? In welchem Paralleluniversum statten Schulen ihre Sportmannschaften bitte mit Entsaftern aus?« Dann zeigt er mir einen Artikel im

Harvard Business Review *über ein Juice-Bar-Unternehmen, das die Effizienz der Trainingseinheiten der NFL revolutioniert hätte, und dann bestellt er gleich noch einen Weizengrasentsafter für unser Team.*

Er ist echt von einem anderen Stern, Mom – vom Planeten »Reicher Typ«. Aber hey, es ist nicht alles schlecht, denn mein Team bekommt jetzt einen Entsafter, ich ein Abo für die Harvard Business Review, *und außerdem glaube ich, oben die Formulierung* Effizienz der NFL-Trainingseinheiten *korrekt wiedergegeben und somit fürs Leben gelernt zu haben, und so sind alle glücklich. Dad erkauft sich unsere Zuneigung, ich arbeite an meinem Wortschatz, und das Kunstsprungteam kriegt einen Entsafter – klassische Win-win-win-Situation, würde ich sagen.*

Nur du gehst leider leer aus. Und wie wir aus jedem Teenie-Film wissen, ist es meine Aufgabe als deine Tochter, dich daran zu erinnern.

Aber wenn es dich beruhigt: Jedes Mal, wenn du mir schreibst und wissen willst, ob ich schon beim nächsten Buch bin, kommt es mir fast vor, als wärst du hier. Und zwar nicht auf die gute Art. Entspann dich, es ist Sommer. Ich will nur den Zauber der Senatorengattin und ihres reichen Lovers noch ein bisschen auskosten, dann nehme ich mir das nächste Buch von der Liste vor.

Das wäre Die Bücherdiebin. *Das erste Kapitel habe ich sogar schon angelesen, und was soll ich sagen – es klingt echt FINSTER. Glaub mir: Wenn der Tod persönlich der Erzähler ist, dann ist es KEINE gute Strandlektüre. Oder hast du bei den Sommerbuchempfehlungen irgendeiner Zeitschrift schon mal was mit dem Tod als Hauptfigur gesehen? Sag mir Bescheid, wenn du was findest. Bis dahin lese ich lieber noch*

mal die Biss-*Bücher, denn wenn schon tot, dann wenigstens mit sexy Vampiren.*
Was denn? Ich lese doch!

Alles Liebe,
deine vitaminangereicherte Tochter Cori

New York ist genau so, wie ich es in Erinnerung habe – und doch ganz anders. Die Grand Central Station empfängt einen noch immer mit ihrem unvergleichlichen Mix aus schmuddelig und schillernd, das Austernrestaurant verteidigt eisern seine Stellung, alles ist noch ebenso laut und hektisch wie früher. Aber die Leute tragen andere Kleidung, haben andere Frisuren, die Läden sind nicht mehr die wie zu meiner Zeit. Mich überkommt das Gefühl, diesen Ort zu kennen und doch völlig verloren zu sein.

Ich irre durch die endlos hallenden Gänge und versuche mir nicht anmerken zu lassen, dass ich den richtigen U-Bahn-Abgang schon zweimal verpasst habe. Als sich dann noch mein Trolley im Drehkreuz verhakt, gebe ich das mit der Coolness auf. Hallo New York! Hier kommt ein weiteres Landei, das wie ein gefundenes Fressen für dich ist.

Als ich Talia letzte Woche grünes Licht gab und schrieb, wann ich kommen würde, meinte sie, ihre Wohnung wäre von der Columbia aus gesehen am völlig anderen Ende der Stadt, und ob ich die Konferenz nicht einfach sausen lassen und die Zeit nutzen wolle, um bei ihr abzuhängen: »ermattet hingegossen auf meinem Diwan, mit einem Glas Wein in der Hand«. Weil ich selbst nach einwöchigem Hungerstreik ermattet hingegossen keine gute Figur machen würde, habe ich an meinem ursprünglichen Plan festgehalten, denn was ist schon eine einstündige Zugfahrt zweimal am Tag, wenn man dabei lesen und seine Ruhe haben kann?

Leider gerate ich mitten in die Rushhour und muss mich in einen der überall haltenden Bummelzüge quetschen, weil die beiden Expressbahnen davor dermaßen voll waren, dass weder für meinen kleinen Rollkoffer noch für meine Wenigkeit Platz war. Von wegen seine Ruhe haben. Wir stehen so dicht an dicht, dass ich mich nicht mal festzuhalten brauche, um in der Vertikalen zu bleiben. Leider entpuppen sich die 360-Grad-Rollen an meinem Koffer, die so unglaublich praktisch sind, wenn man damit von einem Flughafen-Terminal zum nächsten hetzt – nicht dass ich das täte, aber rein theoretisch – als geradezu tödlich in der New Yorker Subway. Bei jedem Halt – von denen es gefühlt vierhundert gibt – illustriert mein Köfferchen sehr anschaulich das Newtonsche Trägheitsgesetz, nach dem sich ein in Bewegung befindlicher Körper, wenn keine äußeren Kräfte auf ihn einwirken, mit konstanter Geschwindigkeit weiterbewegt, und so trudelt er zuverlässig meinem Nebenmann gegen die Schienbeine. Versuche ich, den Koffer festzuhalten, muss ich mich gerade so weit bücken, dass mir die Sporttasche des anscheinend frisch aus dem Fitnessstudio kommenden Typen hinter mir hart in die Nieren stößt.

Es ist ein ewiger Reigen: Mein Koffer ramponiert Schienbeine, die pralle Sporttasche schlägt mich grün und blau, derweil in Sichtweite, doch unerreichbar, acht Anzugträger im besten Alter komfortabel und breitbeinig alle Sitzplätze belegend, die Zeitungen auf handliches Format gefaltet und das Handy stets im Blick. In der Subway einen Sitzplatz zu ergattern, ist eine Kunst für sich, die ich zunächst neidlos anerkenne, doch als dann beim nächsten Halt eine Schwangere mit riesigem

Neunmonatsbauch zusteigt und die Menschenmassen sich vor ihr teilen, als wäre sie der Messias, regt sich leiser Groll in mir. Ausladend, verschwitzt und beileibe keine Fruchtbarkeitsgöttin, lässt ihr Anblick erst einen, dann zwei, dann drei der Anzugträger fast schon panisch von ihren Plätzen aufspringen. »Ma'am«, rufen sie um die Wette, »wollen Sie sich setzen?« Und sie lässt sich in ihrer ganzen Fülle nieder, und einer der Verschmähten steckt beflissen sein Handy weg und nimmt wenigstens ihre riesige Einkaufstasche auf den Schoß.

Immer wieder herzerwärmend, dieses Schauspiel, das sich bestimmt tausendmal am Tag ereignet in dieser Stadt, die niemals stillsitzt.

Als wir Brooklyn Heights erreichen, schieße ich, kaum dass die Wagentüren sich öffnen, wie ein Champagnerkorken aus dem Zug und mache mich auf den Weg zu Talias Wohnung. Nachdem ich eine Weile forschen Schrittes durch kleine, verwinkelte Straßen gelaufen bin, merke ich, dass ich eigentlich in die andere Richtung gemusst hätte. Ich bleibe stehen und werde zu jener Ortsunkundigen, die an jeder Straßenecke erst mal ihr Handy konsultieren muss. Zum Glück fällt das hier keinem auf. In New York fällt niemand auf, und ich schon gar nicht.

Endlich stehe ich vor Talias Haus – nicht gerade das, was ich erwartet hätte. Meinen Erinnerungen, ihren Facebook-Posts und ihrem monatlichen Editorial nach ist Talia sehr glamourös. Dieses Gebäude ist weder glamourös noch sonst irgendwie bemerkenswert. Es ist ein funktionaler Backsteinbau, eine Mietskaserne der unerfreulichen Art. Kein schmuckes, in eine Handvoll Wohnungen aufgeteiltes Stadthaus mit Gärtchen und verschnörkeltem Eisenzaun, kein schimmernder Wolkenkratzer mit einer Aufzugsanlage, die einen in Sekundenschnelle in die Stratosphäre befördert. Ich schaue an den zehn Stockwerken empor und entdecke keinerlei Lebenszeichen, und auch der Eingang wirkt nicht gerade einladend.

Als ich am Türgriff ziehe, gleich die nächste Überraschung.

Die Tür ist verschlossen.

Ich probiere es noch mal. Dann drücke ich, aber nichts bewegt sich. Ich rüttele kräftig, vergebens. Also lege ich die Hände seitlich ans Gesicht und versuche, durchs Türglas etwas zu erspähen. Hinter der Eingangstür ist eine weitere Tür und dahinter eine kleine Lobby mit einem Tisch zu erkennen. Für den Portier sollte man meinen. Eigentlich sollte an diesem Tisch jemand sitzen und beflissen aufspringen, um mir mit meinem Gepäck zur Hand zu gehen oder mich überhaupt erst mal hereinzulassen.

Aber da sitzt niemand. In der Lobby ist es dunkel, kein Mensch ist zu sehen. Es sieht auch nicht so aus, als würde zu anderen Zeiten dort jemand sitzen oder überhaupt irgendwer hier wohnen. Am Ende ist das gar kein Wohnhaus, sondern eine stillgelegte Fabrik. Wo sind überhaupt die Briefkästen? Vorn am Eingang kann ich keine erkennen. Wenn das Gebäude schon keinen Portier hat, sollte es nicht wenigstens Briefkästen haben?

Und woher habe ich eigentlich diese fixe Idee mit dem Portier? Woher diese Gewissheit, dass Talia nicht in einer völlig heruntergekommenen Bruchbude wohnt? Hat sie überhaupt konkret darauf geantwortet, als ich vor Wochen gefragt habe, ob sie das ernst meint, dass ich bei ihr übernachten kann? Ich scrolle noch mal unsere Nachrichten durch. Hat sie nicht. Aber damals schien mir klar, dass sie Ja meint. Was, wenn sie in einer mickrigen Einzimmerwohnung lebt und ich auf ihrer Couch schlafen muss? Gut, dann würde ich wohl notgedrungen auf ihrer Couch übernachten, aber ein bisschen enttäuschend wäre das alles schon, und meine Laune hebt sich nicht gerade bei der Vorstellung, nicht mal ein eigenes Bett zu haben.

Aber so ernüchternd es auch ist, als mit beiden Beinen im Leben stehende Frau von beinahe vierzig Jahren eine Woche lang in Hörweite des Kühlschranks schlafen zu müssen, so ist es doch längst nicht so ernüchternd wie eine Tausend-Dollar-Hotelrechnung zu stemmen. Außerdem, sage ich mir – Talia. Wir hatten immer so viel Spaß zusammen. Undenkbar, dass wir nicht auch unter widrigen Wohnverhältnissen eine gute Zeit hätten. Dann die hübschen kleinen Läden, an denen ich auf dem Weg zu ihrer Wohnung vorbeigekommen bin. Eine Chocolaterie, in der hausgemachte Snickers und Crème de Menthes verkauft werden. Eine Patisserie mit einer aus zitronengelben Macarons gezauberten Hochzeitstorte im Schaufenster, und eine auf alt getrimmte Bar neben der anderen, davor auf handgeletterten Kreidetafeln die neuesten Craftbiere im Angebot. Oder der Laden mit den hippen Sportklamotten, alles aus Biobaumwolle und nichts größer als Größe M.

Ich brauche kein eigenes Bett, um eine Woche in Brooklyn inmitten der Jungen und Schönen zu genießen. Es wird wunderbar, wir werden eine tolle Zeit haben. Ich schreibe Talia.

bin da! wie komme ich in deine wohnung?

Sie reagiert nicht. Tja, gönne ich mir eben erst mal einen fair gehandelten, von Hand gerösteten, nachhaltig angebauten und klimaneutralen Filterkaffee und warte auf weitere Anweisungen. Wie gut, dass ich mit leichtem Gepäck reise.

Zwei Tassen Kaffee zu je sieben Dollar fünfzig später habe ich noch immer nichts von Talia gehört. Auch von all den anderen, bei denen ich mich gemeldet habe, um mir die Zeit zu vertreiben, trudeln nur wenige Antworten ein. Kein Wort von den Kindern, was zumindest im Falle meiner Tochter verständlich ist, da sie gerade Training hat. Immerhin ein gereckter Daumen und ein Schwimm-Emoji von John, bei dem »alles prima« ist. Nichts von Lena, die natürlich viele gute Gründe hat, nicht ständig aufs Handy zu starren und ihre einsam in New York gestrandete Freundin zu unterhalten. Wenigstens meine Nachbarin Jackie schreibt sofort zurück, als ich wissen will, wie es zu Hause läuft. Leider beschränkt sich ihre Nachricht auf »Alles bestens. Ich hoffe, du hast eine tolle Zeit!«, was jetzt auch nicht gerade nach einer Einladung zum Chatten klingt.

Also bleibt noch mein treuer E-Book-Reader. Ich klicke mich durch die Jugendbücher, die ich zum Teil schon angelesen habe, immer auf der Suche nach *dem einen* Superbuch, mit dem ich auch meine Problemleser begeistern kann, checke tausend mal die Adresse, die Talia mir geschickt hat, dann das Wetter, die Tagungs-Website und alles, was mir sonst noch einfällt, um die Zeit totzuschlagen. Langsam wird es eng, in zwei Stunden ist die Eröffnungsveranstaltung, ein kleines Meet-and-Greet – will ich das gleich verpassen? Zur Columbia brauche ich mindestens eine Stunde, und ich fange an, nervös zu werden.

Also wieder eine Nachricht an Talia, diesmal mit der Adresse, die sie mir geschickt hat.

Stimmt die Adresse eigentlich? Wahrscheinlich hätte ich mit dir absprechen sollen, wie ich reinkomme, sorry. Irgendwie bin ich davon ausgegangen, dass es einen Portier gibt.

Dann warte ich fünf Minuten und rufe an – sie geht nicht dran. Ich hinterlasse eine Nachricht und versuche nicht allzu panisch zu klingen. »Okay«, sage ich, als ich aufgelegt habe, »wir haben ein Problem.«

Und wie es sich für New York gehört, zuckt niemand auch nur mit der Wimper.

Ich packe meine Sachen zusammen und versuche mein Glück noch mal. Vor Talias Haus ist alles wie gehabt: kein Portier, keine Briefkästen, keine Klingeln. Moment, keine Klingeln? Allmählich beschleicht mich der Verdacht, hier an der völlig falschen Adresse zu sein.

In den zehn Minuten, die ich warte, kommt kein einziger Mensch vorbei, niemand verlässt das Haus, niemand will rein, nicht ein Laut ist von drinnen zu hören.

Mittlerweile bin ich so weit, irgendeinen Nachbarn zu bitten, mich hereinzulassen, und scanne den Eingangsbereich noch mal nach Klingeln ab, aber *da sind keine*. Irgendetwas stimmt hier nicht. Ich vergewissere mich drei Mal, dass die Hausnummer mit der übereinstimmt, die Talia mir gegeben hat. Die Adresse passt. Kann man sich bei der eigenen Anschrift vertun? Hat sie mir versehentlich die falsche Straße genannt?

War es vielleicht gar kein Versehen?

Aber warum sollte sie das tun?

Zum bestimmt zehnten Mal rekapituliere ich unsere rudimentäre Planung. Sie meinte, ich solle mich kurz vorher noch mal melden; ich habe mich gemeldet. Darauf hat sie geantwortet, dass ich gleich zu ihrer Wohnung fahren solle, sie würde »unten Bescheid sagen, dass ich käme«. Das hatte ich so interpretiert, dass es hier einen Portier gäbe. Wen sollte sie sonst gemeint haben? Irgendwelche Nachbarn oder den Hausmeister? Hier gibt es aber keine Souterrainwohnung, keine Hausmeisterwohnung, keine Verwaltung. Außer einem ebenfalls verschlossenen Nebeneingang ist hier nichts. Und der führt wahrscheinlich bloß zu den Mülltonnen.

Mit meiner Weisheit am Ende, gehe ich hinüber auf die andere Straßenseite und lasse den Blick am Haus nach oben wandern. New York ist eine pulsierende, nie zur Ruhe kommende Metropole. Menschen arbeiten hier zu allen möglichen und unmöglichen Zeiten. Irgendjemand müsste doch jetzt zu Hause sein.

Doch an einem strahlend hellen Sommertag wie diesem spiegeln sich in den Fenstern nur die gegenüberliegenden Gebäude. Ich kann nicht erkennen, ob irgendwo jemand daheim ist. Oder ob hier überhaupt jemand wohnt. Oder was das alles soll.

Ich versuche es noch mal bei Talia. Wieder muss ich ihr eine Nachricht hinterlassen, und diesmal fällt sie schon ein klein wenig hysterischer aus. Als ich auflege, ist mir klar, dass ich hier auf verlorenem Posten stehe und mich nun meinem Plan B zuwenden sollte.

Nur, was ist eigentlich mein Plan B?

Es gab einen Moment, recht bald nachdem John uns verlassen hatte, einen kurzen, aber sehr einschneidenden Moment, als ich dachte, jetzt ist es aus, ich überlebe das alles nicht.

Es war das Geld, das mir den Rest gab. Geld, ein abgebrochener Zahn und Bettnässen.

Joe war acht und in jeder Hinsicht ein Spätentwickler. Ganz anders als Cori. Die hatte einst auf der Farm ihrer Großmutter beobachtet, wie die Nachbarskinder auf ein Plumpsklo im Garten gingen, und wurde, als sie nach dem Sinn und Zweck fragte, von ihnen darüber aufgeklärt, dass nur Babys noch in Windeln machten. Von dem Tag an bestand sie darauf, aufs Töpfchen zu gehen, das ich ihr samt notdürftig angebrachtem Deckel in den Garten stellen musste. Ich weiß nicht, wie das im Winter abgelaufen wäre, aber nach ein paar Wochen kam sie morgens geradewegs ins Bad marschiert, kletterte auf unsere Toilette, machte ihr Geschäft, verlangte einen Keks zur Belohnung, und damit war die Sache erledigt.

Nicht so bei Joe. Ich versuchte es mit allen bewährten Methoden, ließ ihn sogar mit nacktem Unterkörper durchs Haus rennen, was aber nur zur Folge hatte, dass er überall pinkelte, nur nicht im Bad. Etwas erfolgreicher waren meine Bestechungsversuche mit Spielzeugzügen, aber nachts brauchte er noch ziemlich lange eine Windelhose. Meine Mutter fiel bei ihren Besuchen aus allen Wolken, wenn sie das mitbekam, und ich war jedes Mal wegen ihrer Vorwürfe am Boden zerstört. Auch nachdem Joe es endlich geschafft hatte, wenigstens tagsüber sauber zu bleiben, machte er noch bis er fast fünf war nachts ins Bett, wenn er krank war, schlecht geträumt oder vor dem Schlafengehen einfach zu viel getrunken hatte.

Und dann, knapp vier Jahre später, als sein Dad uns verließ, ging alles wieder von vorn los.

Ich war ohnehin schon am Ende meiner Kräfte. Cori schien nur noch aus Wut zu bestehen und ließ alles an mir aus. Sie schrie mich an, wie ich aussehen würde, dass ihr Dad abgehauen wäre, weil ich so hässlich sei, und dann heulte sie rum, dass sie sich so hässlich fände, und ihr Dad deshalb abgehauen sei, und wenn es nach ihr ginge, könnte er tot sein. Bei jeder Kleinigkeit, egal ob sie etwas nicht finden konnte oder bei einem verhauenen Test in der Schule, flippte sie völlig aus, tobte und schrie und knallte mit den Türen, um sich dann eine halbe Stunde später in meinen Armen auszuweinen. Joe kam oft morgens gegen vier in mein Zimmer geschlichen und zu mir ins Bett gekrabbelt, wo er sofort wieder in einen unruhigen Schlaf fiel, wild um sich trat und sich herumwälzte, was mir nur die Wahl zwischen seinem Bett und der Couch ließ, wenn ich bis zum Weckerklingeln noch ein Auge zubekommen wollte. Das Geld reichte vorne und hinten nicht, aber ich weigerte mich, den Verkauf unseres Hauses auch nur in Betracht zu ziehen, versuchte stattdessen erst die alten, schon angemahnten Rechnungen von meinem bescheidenen Bibliothekarinnen-Gehalt zu zahlen und den Rest mithilfe meines Dispos und drei Kreditkarten zu stemmen. Alleinerziehend zu sein war schwer genug, aber noch dazu berufstätig schien mir fast ein Ding der Unmöglichkeit. Wie schafften andere Frauen das? Ich war völlig überfordert – von allem. Mein Mann hatte mich verlassen, und doch klammerte ich mich insgeheim an die Vorstellung, dass das alles nur vorübergehend wäre und John schon zurückkommen und alles wieder seinen geregelten Gang gehen würde.

Irgendwie kamen wir so mehr schlecht als recht über die Runden.

Und dann wurde ich krank. Nur eine einfache Erkältung, aber das genügte, um die fragile Balance unseres Alltags vollends aus dem Takt zu bringen. Weil ich nach der Arbeit keine Energie mehr hatte, mich auch noch in die Küche zu stellen, orderten wir Pizza, bis irgendwann die erste Kreditkarte ausgereizt war. Tagsüber schleppte ich mich so durch, hätte meine Probezeit fast nicht geschafft, und Cori erwischte mich, wie ich Rotz und Wasser heulend im Auto saß. Dann fand ich einen geklauten Lippenstift bei ihr. Und dann fing Joe an, wieder ins Bett zu machen, was mir eine weitere halbe Stunde meines kostbaren Nachtschlafs raubte, in der ich alles neu beziehen, ihn trösten und wieder ins Bett bringen musste, von den langen sorgenvollen Stunden am Tag ganz zu schweigen. Während ich dann mit ihm beim Kinderpsychologen war, den ich mir zwar nicht leisten konnte, der mir aber hoffentlich helfen würde, das Problem mit dem Bettnässen in den Griff zu bekommen, stürzte Cori vom Skateboard irgendeines Freundes und schlug sich ein Stück vom Schneidezahn aus. Der Mutter besagten Schulfreundes fiel nichts Besseres ein, als gleich einen Krankenwagen zu rufen, statt erst mal mich zu kontaktieren. Ein angeschlagener Schneidezahn, die nächste Zahnarztpraxis keine zehn Minuten entfernt, aber nein, sie ruft einen Krankenwagen, den ich jetzt auch noch bezahlen durfte!

Zum Glück schaffte ich es in die Notaufnahme, ehe man Coris Daten aufgenommen hatte. Ich schnappte mir meine Tochter, nahm sie einmal gründlich in Augenschein, um mich zu vergewissern, dass ihr außer dem Stück Zahn nichts fehlte, steckte sicherheitshalber ein Infoblatt zu Gehirnerschütterungen ein und sah zu, dass ich wegkam, bevor irgendjemand die Hand nach meiner Kreditkarte ausstreckte. Der Zahn konnte gerettet werden, der Kinderpsychologe war zuversichtlich, die Krankenhausrechnung im letzten Moment abgewendet. Die Krise war überstanden. Trotzdem wachte ich dann um zwei Uhr nachts mit einer Panikattacke auf, wie ich sie noch nie erlebt hatte.

In dem Moment glaubte ich wirklich, sterben zu müssen. Das überlebst du nicht, wurde mir auf einmal klar. Wenn du auch nur einen Tag so weitermachst, brichst du zusammen. So konnte es nicht weitergehen, ich schaffte es einfach nicht. Keuchend setzte ich mich auf, und um mich herum wurde alles schwarz. Ich steckte in einem Tunnel fest, schnappte nach Atem, aber meine Brust war wie zugeschnürt. Ich versuchte, durch die Nase Luft zu kriegen und fühlte mich auf einmal seltsam leicht. *Jetzt stirbst du,* dachte ich, aber das machte mir keine Angst. Was mich aber regelrecht in Panik versetzte, war, noch mal einen Tag wie den heutigen erleben zu müssen. Noch so einen Tag würde ich nicht überstehen. Und während dieser einen Minute, dieser einen Stunde, oder wie lang der Anfall auch dauerte, begann ich Pläne zu machen, um mich aus dieser für mich kaum noch zu ertragenden Situation zu befreien. Das Haus würde sich gut verkaufen. Meine Mutter könnte sich um die Kinder kümmern, bis John zurückkäme. Würde die Lebensversicherung zahlen, wenn ich mich umbrachte? Welch ein Gedanke, wenn man sich ohnehin an der Schwelle des Todes glaubt, aber Panik stellt die verrücktesten Sachen mit einem an. Oder ich könnte es wie John machen und einfach abhauen, irgendwohin ans andere Ende der Welt, und freudlos und allein den Rest meiner Tage fristen.

Weiter kam ich in jener Nacht nicht. Ich war überzeugt, dass ich nur diese beiden Optionen hätte, und kann von Glück sagen, dass ich so zermürbt und übermüdet war, dass meine Erschöpfung schließlich die Oberhand über meine Panik gewann und ich es nicht mal mehr schaffte aufzustehen, um zu schauen, ob ich überhaupt genügend Pillen dahatte, und wenn ja, welche ich nehmen müsste.

Gleich am nächsten Morgen rief ich Lena an. Ich erzählte ihr gar nicht erst alles, aber das war auch nicht nötig. »Ich kann nicht mehr«, sagte ich bloß. »Mir ist alles zu viel.«

Und sie erwiderte nicht: »Doch, du schaffst das.«

Oder noch schlimmer: »Aber du musst es schaffen, denk an die Kinder.«

»Ich bin in zehn Minuten da«, versicherte sie mir. Und keine zehn Minuten später war sie da, packte mich mit einer halben Schlaftablette ins Bett, damit ich mich mal gründlich ausschlafe. Ich gab keine Ruhe und trug ihr auf, was sie mit den Kindern machen solle, wo was zu finden sei, was alles zu tun wäre, bis sie mich mit einem entschiedenen »Schluss jetzt« zum Schweigen brachte, und ich war tatsächlich so müde, dass ich quasi in dem Moment einschlief, in dem sie das Licht ausmachte.

Vor die Wahl gestellt zwischen Sterben oder Schlafen, entschied ich mich für Letzteres. Zwei Tage später wachte ich wieder auf. Den Kindern hatte Lena erklärt, dass ich sehr müde sei. Außerdem waren die Aufgaben neu verteilt worden, sie waren jetzt gleichberechtigte Mitglieder eines Dreipersonenhaushalts, in dem es, anders als bei zwei Kindern und zwei Erwachsenen, für jede und jeden altersgemäße Pflichten zu erfüllen gab. Lena machte eine Liste mit allen in unserem Alltag anfallenden Aufgaben und bat Joe und Cori das anzukreuzen, was sie sich zutrauten. Ganz oben standen »Geld verdienen« und »Auto fahren«. Die beiden begriffen schnell, dass sie, da ihnen diese Kernkompetenzen abgingen, möglichst viele der kleineren Aufgaben übernehmen sollten. Zwar musste man sie ständig daran erinnern, und sie schoben alles so lang wie möglich vor sich her, aber sie tragen seitdem ihren Teil bei.

Lena meldete mich für den Bezug von Lebensmittelbeihilfe an und machte mir recht deutlich klar, dass man sich für soziale Leistungen, die einem zustehen, nicht zu schämen brauche und es einfach nur dumm wäre, sie aus falschem Stolz nicht anzunehmen. So erhielt ich einen monatlichen Zuschuss von dreihundertfünfzig Dollar für Lebensmittel, was mir im Umkehrschluss half, einen ganzen Berg aufgelaufener Rechnungen abzutragen. Ich vermietete die Garage an jemanden, der einen Winterstellplatz für sein Boot suchte, kündigte sämtliche Streamingdienste, verkaufte einige Sachen, die mir entbehrlich schienen, riss mich zusammen, versuchte einen kühlen Kopf zu bewahren, setzte unserer Versicherung so lange zu, bis sie die Kosten für Joes Therapie übernahmen, und packte immer ein Problem nach dem anderen an, bis das Schlimmste überstanden war. Ich ging mit der festen Absicht aus dieser Krise hervor, mich nie wieder von einem Menschen derart abhängig zu machen, wie ich es von John gewesen war.

Und daran hat sich bis heute nichts geändert.

Weshalb ich mir jetzt auch dringend etwas einfallen lassen sollte, wie und wo ich in New York übernachten kann.

Plan B besteht dann erst mal darin, zurück zur Subway zu finden.

Wieder ziehe ich mit einer Hand meinen Rollkoffer hinter mir her und halte in der anderen das Handy, von dem ich mich Schritt für Schritt die sechs Blocks zurücklotsen lasse, die ich gekommen bin. Als die U-Bahn-Station in Sichtweite ist, und ich mein Handy wegstecken kann, bin ich fast ein bisschen enttäuscht, wie zahm und zivilisiert New York geworden ist, ganz anders als früher, wo ein so offensichtlich leichtes, lahmes Ziel wie ich binnen drei Sekunden ausgeraubt worden wäre. Und dann warte ich auf den Zug … zehn Minuten vergehen, dann fünfzehn, bis nach zwanzig Minuten ein wieder bis auf den letzten Platz besetzter Zug in Richtung Manhattan hält. Leider ist es die falsche Linie, um zur Columbia zu kommen, und plötzlich wird mir klar, dass ich an der völlig falschen Station stehe. Am Ende werde ich dann der Trottel sein, der ganz zuletzt und völlig abgekämpft mit dem Rollkoffer in der Hand und in Stretchhose bei der Tagung aufschlägt, denn ich wüsste nicht, wie ich es bis dahin noch in meine Abendgarderobe schaffen soll. Ich könnte mir bei Starbucks einen Kaffee holen und mich auf den Toiletten umziehen, aber will ich das?

Oder ich versuche es bei Talia in der Redaktion, aber wer weiß, ob sie jetzt gerade dort ist (oder überhaupt noch lebt)? Außerdem gehört die Zeitschrift, für die sie arbeitet, zu einem internationalen Medienkonzern irgendwo in Midtown Manhattan, und ich käme vermutlich nicht mal unten am Empfang vorbei.

Dann fällt mir unser altes *St.-Regis*-Manöver ein. Ob ich es noch draufhabe, Hotelpersonal übers Ohr zu hauen?

In Anbetracht der Umstände sollte ich es einfach drauf ankommen lassen.

Mit John war ich nur ein einziges Mal in New York. Damals haben wir in einem sehr hübschen kleinen Dreisternehotel an der Upper West Side übernachtet, an das ich mich noch gut erinnere – und es müsste direkt auf dem Weg zur Columbia liegen. Im Parterre war ein französisches Bistrorestaurant, ein heller, lichtdurchfluteter Raum, dessen tiefe Fenster sich auf die Straße öffneten, sodass man bei schönem Wetter auch draußen sitzen konnte, mit einem Glas Wein, das verheißungsvoll in der Sonne glitzerte.

Die Übernachtung kostete allerdings ein kleines Vermögen – ein Luxus, den ich mir als Alleinerziehende nicht leisten kann. Wie gut, dass ich gar kein Zimmer zu nehmen brauche, um in den Genuss hoteleigener Vergünstigungen zu kommen! Vorausgesetzt, ich habe noch drauf, was ich damals von Talia gelernt habe.

Ich verbringe den Rest der Fahrt zur Upper West Side damit, mir Mut zu machen und an meiner dreist-charmanten Ausstrahlung zu arbeiten. Nach zweimaligem Umsteigen habe ich endlich einen Sitzplatz ergattert und krame Lippenstift, Mascara und die sündhaft teure Goldkette aus meinem Gepäck, die John mir damals zur Geburt von Cori geschenkt hat. Ich mache mich ein bisschen zurecht – furchtbar peinlich, auch wenn natürlich niemand schaut, schließlich ist das New York –, ziehe mir zu guter Letzt noch Coris Riemchenpumps an und lasse meine Clogs im Koffer verschwinden. Dann tausche ich meinen Nylonbeutel gegen das Ass in meinem Ärmel: eine echte Céline aus feinem schwarzen Leder mit den unverkennbaren ikonischen Seitenfalzen, Goldkette und gut sichtbarem Logo, die Lena mir extra für diese Reise geliehen hat. Sollte es klappen, dann wegen dieser Handtasche.

An der Neunundsiebzigsten Straße steige ich aus. Es ist noch hell und sonnig, auch wenn zwischen den hohen Häusern weniger Licht auf die belebten Straßen fällt als in Brooklyn Heights. Ich setze meine Billigsonnenbrille von Target auf und versuche, sie nicht ganz so sehr nach Target aussehen zu lassen, wie sie es vermutlich tut. Dann lege ich nach kurzer Orientierung die zwei Blocks zum Hotel zurück und hoffe, es noch dort zu finden, wo es damals war.

Da ist es. Und das französische Bistro gibt es auch noch, nichts scheint sich verändert zu haben. Alle Fenster zur Straße stehen weit offen, ein paar Gäste sitzen an den Tischen und genießen die Sonne bei einem Glas Wein und einem frühen Abendessen. Auch im Hotel herrscht reger Betrieb, die Lobby ist gut gefüllt. Perfekt, genau so habe ich mir das vorgestellt. Dann mal los.

Ich atme tief durch und stelle mir vor, ich wäre Jamie Lee

Curtis in *Ein Fisch namens Wanda*. Der Prototyp einer Betrügerin. Beherzt stoße ich die Tür auf und sondiere die Lage.

Gut, nur eine Person an der Rezeption und eine kleine Schlange von Gästen, die einchecken wollen. Das dürfte leichter werden als gedacht. Ich stelle mich an und werfe einen Blick auf meine Uhr, die ich überhaupt nicht trage, seufze laut und schaue mich um. Mein Blick fällt auf einen Gepäckträger, der bereits zu mir herüberschaut. Ich ergreife meine Chance.

»Desculpe«, spreche ich ihn auf Spanisch an, »necesito un favor?«

Seine Antwort kommt prompt, und ich verstehe kein Wort. Anscheinend war ich zu glaubwürdig. Anfängerfehler.

Ich lächele höflich. »Ich wollte gerade einchecken, aber jetzt diese lange Schlange, und in fünf Minuten bin ich mit meinem Mann auf einen Drink verabredet. Könnte ich vielleicht mein Gepäck bei Ihnen lassen und später einchecken?«

»Natürlich, Ma'am«, antwortet er genauso geschmeidig auf Englisch. »Ihr Name?«

Wenn ich Pech habe, hat er alle Reservierungen im Kopf, also versuche ich es anders. »Wissen Sie was«, sage ich, »wenn ich kurz die Toilette benutzen dürfte, würde ich mich nur schnell frischmachen und Ihnen dann meinen Koffer geben.«

Er weist mir hilfreich den Weg, und ich verschwinde in der Damentoilette, die blitzsauber und geräumig ist und mit einer ganzen Palette feiner Hygieneartikel aufwartet. Ich mache mich so vorzeigbar, wie es ungeduscht möglich ist, und ziehe mich schnell um. Als ich aus der Kabine komme, trage ich den Rock und eine hübsche Bluse mit kurzen Ärmeln aus einem Material, das auch einen Lawinenabgang knitterfrei überstehen würde, dazu einen leichten Blazer. Ich fühle mich wieder wie ein Mensch – ein Büchermensch, aber immerhin.

Und was bin ich froh, mir heute Morgen noch die Beine rasiert zu haben!

Fünf Minuten später bin ich zurück in der Lobby, händige dem freundlichen Hotelangestellten mein Gepäck aus und gebe mich sehr in Eile. Was mir nicht schwerfällt, denn inzwischen bin ich richtig spät dran. Ich reiche ihm zehn Dollar Trinkgeld, und als er sich erneut nach meinem Namen erkundigt, rufe ich ihm ein strahlendes »Schreiben Sie einfach *Sondra* darauf, gracias!« zu, und eile flugs zur Tür hinaus, bevor noch mehr Fragen kommen. Sondra deshalb, weil es für mich wahnsinnig elegant und mondän klingt. Wer Sondra heißt, kommt in der Welt herum und steigt dabei immer in so schnuckeligen kleinen Hotels ab wie diesem. Und als ich wieder hinaus in die warme Abendsonne trete, klopfe ich mir innerlich selbst auf die Schulter und sage der Stadt: »Siehste, New York, ich kann's noch. Ich hab dich nicht verlernt.«

5. Kapitel

Liebe Mom,

ich hätte mal eine Frage, falls du das hier wirklich liest: Waren du und Dad eigentlich jemals glücklich? Irgendwie habe ich euch als weder besonders glücklich noch als besonders unglücklich in Erinnerung. Jetzt ist Dad auf jeden Fall immer superhappy, wobei ich ehrlich gesagt nicht weiß, ob das echt ist oder er uns bloß was vormacht, damit wir denken, wir hätten eine super Zeit mit ihm. Aber vielleicht ist er ja wirklich so, keine Ahnung. Und das wäre auch meine Frage: War er schon damals so, als wir alle vier zusammengelebt haben? Seid ihr, wenn ihr zusammen gekocht habt, durch die Küche getanzt, oder habt ihr Händchen gehalten, wenn ihr mit Joe und mir im Park wart? Tut mir leid, dass ich Filmszenen als Beispiele bringe, aber mein Anschauungsmaterial glücklich verheirateter Eltern hält sich ja leider in Grenzen. Hab ich dir erzählt, dass Trinitys Mom sich wieder scheiden lässt? Immer wenn ich sauer auf Dad bin, denke ich einfach an Trinity und sage mir: Könnte alles schlimmer sein. Sorry, Trinity, aber so ist es nun mal.

Was ich eigentlich wissen will, ist: Hat Dad dich jemals glücklich gemacht? Ist man glücklich, wenn man verliebt ist? Wart ihr beiden überhaupt verliebt? Ganz leichte Fragen.

Brian macht mich schon irgendwie glücklich. Er ist zwar nicht besonders groß, aber dafür echt süß. Und er macht

mir dauernd Komplimente, das gefällt mir. Aber sonst … ich weiß auch nicht. Er schickt mir noch mehr Nachrichten als du. Und er schreibt so dämliche Sachen wie »Was geht?« – mit einem Kacke-Emoji. Um ihn darin nicht noch zu ermutigen, schreibe ich auf so was nie zurück, aber dann kommt zehn Minuten später die nächste Nachricht: »Bist du sauer?« und wieder die blöde Kackfratze.
Es ist so nervig, dass ich fast versucht bin, ihn in die verlorene Kunst des Briefeschreibens einzuweihen, aber dann sage ich mir, dass ich schließlich keine fast vierzigjährige Bibliothekarin bin wie gewisse andere Leute.
Am Anfang fand ich Brian ja ganz interessant. Er hatte lauter kluge Sachen zu sagen, über die Schule, das Leben an sich, unsere Zukunft. Einmal, als ich ihm sagte, welche Colleges in meiner engeren Wahl sind, weil sie gute Stipendien und Studienkredite anbieten, meinte er, wir sollten unsere Träume an der Zukunft ausrichten und nicht am Jetzt. Und ich so: hä? Aber dann hat er von seinem Dad erzählt, der Journalist werden wollte und einen fetten Studienkredit aufgenommen hat, und als er fertig war, gab's keine Zeitungen mehr. Daraus lernen wir, dass man für seine Zukunft nicht in die Vergangenheit investieren sollte.
Interessant, oder? Ich meine, du liebst deinen Job, wie du ja nie müde wirst zu betonen, aber wird es, wenn ich erst mal mit dem College fertig bin, überhaupt noch Bibliotheken geben? Wir haben dann noch ewig über aussterbende Berufe geredet, so was wie Taxifahrer oder Postbote, Jobs im Einzelhandel oder in Verlagen. Wir waren uns einig, dass wir in ein paar Jahren alle bloß noch Social-Media-Beiträge in selbstfahrenden Autos lesen und wenn wir irgendetwas brauchen, drucken wir es mit unseren 3-D-Druckern aus.

So weit also Brian. Ein paar Wochen extrem coole Gedanken und Theorien, und kaum lasse ich mich breitschlagen, mit ihm zu gehen, bloß noch »Was geht?« und Kacke-Emojis. Heute habe ich mal versucht, wieder eins dieser superintellektuellen Gespräche anzufangen, aber er wollte die ganze Zeit bloß knutschen. Und dann meint er: »Vergiss die Zukunft, wir leben im Jetzt«, und ich so: »Lass mich in Ruhe.« Aber was soll ich jetzt machen, Mom? Das Problem ist ja, dass du den Typen, mit dem du in die Ferien gestartet bist, bis September an der Backe hast. Oder du bist halt den ganzen Sommer über immer das blöde Anhängsel, das keinen abgekriegt hat. Und das klingt jetzt vielleicht herzlos, aber ich hatte echt große Hoffnungen in Brian gesetzt und habe keine Lust, den ganzen Sommer abends daheim zu hocken, weil alle anderen Pärchenscheiß machen. Trinity ist immer noch total verknallt in Dane, wir sehen uns also gerade eher selten. Wenn sie mit ihm Schluss machen würde, hätte ich wenigstens wieder eine Freundin, die auch keinen Typen hat, und bräuchte mir keine Sorgen zu machen, dass ich jetzt Außenseiterin bin oder so. Aber wenn sie zusammenbleiben, ist es halt praktisch, wenn wir dann zu viert was machen können, weil das zu dritt echt doof kommt. Eigentlich verstehen wir uns schon gut und haben Spaß zusammen, auch wenn Brians Nachrichten nerven. Immerhin kann er gut küssen. Zusätzlicher Pluspunkt: Dad wird ihn hassen.

Alles Liebe,
deine herzlose Tochter Cori

Als ich wenig später an der Columbia eintreffe, herrscht im großen Saal der Hauptbibliothek längst Hochbetrieb. Von allen Fortbildungsangeboten der American Library Association dürfte das eins der bestbesuchten sein, beliebt nicht nur wegen des Veranstaltungsorts und der Möglichkeit, mal drei Tage rauszukommen, sondern auch landesweit bezuschusst, damit wir nicht den medialen Anschluss verpassen. Von jungen Absolventen und Berufseinsteigern bis hin zu alten Hasen im Ruhestand, denen ihr Fach weniger Beruf als Berufung ist, ist alles vertreten. Ich würde mich irgendwo im Mittelfeld einordnen: berufserfahren mit einer festen, komfortablen Stelle an einer guten Schule, aber ohne akademische Würden wie die zahlreich vertretenen Doktoren, die sogar eine persönliche Einladung bekommen.

Das für den ersten Abend angesetzte Event wird von einem großen Kinderbuchverlag gesponsert. Eine kleine Gruppe Frauen, vermutlich Grundschullehrerinnen, stellt kurz ihre Plastikbecher mit Weißwein außer Sichtweite, um der Reihe nach mit einem Flat-Stanley-Pappaufsteller zu posieren. Wenn du als Bibliothekarin einer Grundschule ein Foto mit Flat Stanley vorweisen kannst, hast du es geschafft und die Kids liegen dir zu Füßen.

Fingerfood wird gereicht, und ich bleibe gleich an der Tür stehen, durch die der Nachschub kommt, um mir eine solide Grundlage aus Mini-Quiches zu schaffen, bevor ich mir das erste Glas Wein gönne. Während ich esse, blättere ich das Programmheft durch, das ich bei der Anmeldung bekommen habe. Nebenher werfe ich immer mal wieder einen Blick aufs Handy. Noch immer nichts von Talia. Langsam fange ich an, mir Sorgen zu machen, und male mir unter anderem aus, wie sie auf dem Weg zur Arbeit von einem Taxi angefahren wurde –, Befürchtungen, die aller Wahrscheinlichkeit völlig unbegründet sind, denn Talia war schon immer etwas chaotisch und verpeilt. Bestimmt hat sie einfach ihr Telefon verlegt und es noch nicht mal gemerkt, und ich rege mich hier ganz umsonst auf. Aber was, überlege ich weiter, soll ich machen, wenn ich in ein paar Stunden, nach dem Ende der Veranstaltung, noch immer nichts von ihr gehört habe? Sämtliche Krankenhäuser der Stadt abtelefonieren? Bei ihrer Mom in Ohio anrufen? Ich bin ehrlich gesagt etwas ratlos.

Und während ich so dastehe, in einer Hand das Handy und die Konferenzbroschüre, in der anderen zwei Krabbenhäppchen, höre ich eine Frau, die ich zuvor gar nicht bemerkt habe, direkt neben mir sagen: »Sie gehen das völlig falsch an.«

Ich schaue auf und lasse dabei erst die Broschüre fallen, dann das Telefon. Aber Hauptsache, den Häppchen passiert nichts.

Sie ist einen Kopf größer als ich, und ihr Gesicht hat etwas von einer schönen Schurkin aus einem Disney-Film. Ihre lange Nase läuft so spitz zu, dass es fast schon bedrohlich wirkt. »Wollen Sie durch?«, frage ich, weil ich nicht weiß, was ich sonst sagen soll, und mich auf einmal furchtbar deplatziert fühle.

Sie lacht, durchaus freundlich, und bückt sich nach meinen Sachen. »Essen Sie erst mal, ich halte das so lang.«

Ich lasse eins der Häppchen in meinem Mund verschwinden und nehme ihr mein Handy ab.

»Immer erst den Wein, solange es welchen gibt«, klärt sie mich auf und deutet auf ihr Glas mit Rotwein. »Und diese Broschüre können Sie vergessen, die wirklich wichtigen Infos stehen da sowieso nicht drin.«

Ich neige fragend den Kopf. »Was sind denn die wirklich wichtigen Infos?«

»Wie man möglichst wenige dieser Veranstaltungen besucht und trotzdem die geforderten Fortbildungspunkte bekommt. Heute Abend stehen zwei Gastredner auf dem Programm, dazu gibt's Wein und Essen umsonst, und das zählt genauso viel wie zwei Veranstaltungen morgen früh, bei denen bloß schlechter Kaffee und Bananen gereicht werden.«

Ich runzele die Stirn. Auch mein Vortrag soll morgen Vormittag stattfinden. »Hm ja, verstehe«, sage ich. »Das erklärt wohl den Andrang.«

Sie mustert mich mit mildem, wenn auch noch immer etwas spöttischem Blick. »Jetzt sagen Sie bloß, Sie sind wegen der Vorträge hier?«

»Na ja … Da ich wegen eines kleinen organisatorischen Debakels noch nicht zum Essen kam, könnte man auch sagen, dass ich wegen der Häppchen hier bin«, überlege ich laut, »aber danach könnte ich mich durchaus für ein, zwei Fachbeiträge begeistern.«

»Dann gehen Sie uns als leuchtendes Vorbild voran«, seufzt sie. »Oder sollten erst mal einen Wein trinken. Wir können auch gerne Du sagen, oder? Ich bin Kathryn von Chicago Public Schools und kenne hier keine einzige Menschenseele, aber wenn ich mich so umschaue, wirkt das alles so spaßig wie ein verregneter Tag in Cleveland. Wann hat man zuletzt so viele Poloshirts mit Monogramm gesehen? Weißen oder Roten?«

»Roten«, sage ich. »Ich bin übrigens Amy – Amy Byler aus Pennsylvania.«

»Freut mich, Amy Byler. Bin gleich zurück.«

Während Kathryn mir ein Glas Wein besorgt, schreibe ich Talia eine weitere Nachricht, dann stecke ich das Handy weg. Wenn ich am Ende des Abends noch immer nichts von ihr gehört habe, dann … ja, was mache ich dann? Wahrscheinlich mir ein *Days Inn* suchen. Selbst in New York müsste es ein *Days Inn* geben, oder? Bestimmt kostet es trotzdem so viel wie mein monatliches Lebensmittelbudget, aber was soll ich machen? Vielleicht kann ich mir ja die Übernachtungskosten von der Schule erstatten lassen.

»Kinder?«, fragt Kathryn übergangslos, als sie zurückkommt und ich ihr dankend das großzügig gefüllte Glas Wein abnehme.

»Ich unterrichte an einer Schule für alle Altersstufen«, sage ich, »aber vor allem die Mittel- und …«

»Nein, ich meinte, ob du Kinder hast«, unterbricht sie mich.

»Ach so. Ja, zwei, ein Mädchen und einen Jungen, beide schon an der weiterführenden Schule. Meine Tochter …«

»Meine stecken beide noch in Windeln«, fällt Kathryn mir erneut ins Wort. »Ich habe zwei Jungs, der eine ist eins, der andere fast drei. Wahre Teufelsbraten. Seit ich mit dem ersten schwanger war, habe ich das Haus praktisch nicht mehr verlassen, ohne dass einer von ihnen oder alle beide mir in irgendeiner Form am Leib hingen. Bis heute. In den letzten drei Stunden habe ich so viele gute, zusammenhängende Gedanken gehabt wie in den ganzen vergangenen drei Jahren nicht. Rate mal, wie vielen Leuten ich hier schon den Hintern abputzen musste.«

»Äh …«

»Genau. Es ist himmlisch, einfach mal keine Hintern abputzen zu müssen, und das drei Tage lang! Okay, außer meinem eigenen. Aber vielleicht hat das Hotel ja ein Bidet im Bad, das wäre ein Traum, oder was meinst du?«

»Äh …«

»Aber ein Hintern, und noch dazu mein eigener, ist gerade

mal ein Drittel meines üblichen Pensums, weshalb das hier das beste Wochenende meines Lebens werden dürfte.«

»Ich kann mich noch gut an diese Zeit erinnern«, werfe ich mit einem etwas wehmütigen Nicken ein.

»Sag mir, dass es besser wird«, geht es bei ihr schon weiter. »Es muss einfach besser werden, immerhin stehst du hier und hast es überlebt.«

»Es wird auf jeden Fall leichter«, versichere ich ihr. »Meine sind jetzt im Teenager-Alter und gehen sogar schon ein paar Jahre ganz alleine aufs Töpfchen.«

Sie lacht.

»Wenn man sie erst mal besser kennt, wenn sie anfangen, ihre Persönlichkeit zu zeigen, merkt man plötzlich, wie sehr man die kleinen Nervensägen mag«, verspreche ich. »Das braucht seine Zeit, aber es wird. Und was danach kommt, ist dann fast ein Spaziergang. Sie fangen an, sich ohne deine Hilfe anzuziehen, können sich endlich selbst beschäftigen und brauchen nicht mehr gefüttert werden. Und ehe du weißt, wie dir geschieht, nehmen sie Fahrstunden und sind so selten zu Hause, dass du plötzlich ganz andere Sorgen hast.« Zumal wenn sie lieber mit deinem Beinahe-Ex-Mann abhängen als mit dir, denke ich im Stillen.

»Das beruhigt mich ein bisschen«, sagt Kathryn.

»Du steckst mitten in der schlimmsten Phase.«

»Im Augenblick steckt da mein Mann drin«, sagt sie und grinst. »›Sind ja schließlich auch deine Kinder‹, habe ich zu ihm gesagt, jetzt soll er mal zeigen, was er kann, während ich mir hier ein paar schöne Tage mache, jeden Tag bis neun schlafe und im Hotelbett *Golden Girls* schaue.«

Ich muss lächeln. »Klingt nach einem guten Plan.«

»Danke. Und weshalb bist du hier?«

»Wie meinst du das?«

»Bist du auch vor deinen Kindern auf der Flucht?«

»Oh. Nein. Eigentlich … nein. Ich meine … sicher nicht. Eher sie vor mir«, stottere ich schließlich.

»Soll heißen?«

»Na ja …« Ich genehmige mir einen Schluck Wein und überlege, wie viel ich dieser sprudelnden, sprunghaften Person mit dem schönen Disney-Schurkinnen-Gesicht erzählen möchte. »Mein Ex-Mann war eine Weile im Ausland und ist kürzlich zurückgekommen, um eine Woche mit ihnen zu verbringen. Ich hatte also Zeit und vermutlich nichts Besseres zu tun.«

»Du Glückliche! Du ahnst gar nicht, wie sehr ich dich beneide.«

Ich lache. »Aus deiner Sicht völlig verständlich.«

»Dann bist du jetzt die ganze Woche in New York, ohne Anhang? Oh Mann, das wäre mein absoluter Traum. Wo wohnst du?«

»Gute Frage«, sage ich. »Eigentlich wollte ich zu einer alten Freundin aus Collegezeiten, aber … irgendetwas muss wohl dazwischengekommen sein, weshalb ich mir fürs Erste wohl doch ein Hotel suchen muss, bis … bis ich sie erreiche.«

»Du hast nichts im Voraus gebucht?«

Ich zucke die Schultern und tue so, als bekäme ich deswegen nicht selbst langsam Panik. »Ist doch schließlich New York, hier gibt es genug Hotels.«

»Und noch mehr Touristen.«

Ich ringe mir ein zuversichtliches Lächeln ab. »Es wird sich schon etwas finden.«

»Die Hotelpreise sind auch ganz schön gesalzen.«

Ich trinke noch einen Schluck, um meine flatternden Nerven zu beruhigen. Sollte ich die Nacht auf einer Parkbank verbringen müssen?

»Wann fangen eigentlich die Vorträge an?«, versuche ich das Thema zu wechseln.

Kathryn wirft einen Blick auf die goldene Armbanduhr an ihrem schmalen Handgelenk. »Der erste in einer halben Stunde. Aber glaub mir, du verpasst nichts, wenn du dir die Verfasserin der Dum-Dum-Doofus-Bücher nicht antust.«

Da muss ich ihr leider recht geben. Der Verlag scheint die Gelegenheit zu nutzen, seine Aushängeschilder aufs Podium zu schicken, aber besagte Autorin ist vermutlich allen Pädagogen ein Dorn im Auge. »Immerhin bringt sie die Kinder zum Lesen«, gebe ich mich versöhnlich.

»Na ja«, meint Kathryn. »Mit Furzgeschichten.«

Ich verschlucke mich am Wein. »Oder Popelstorys«, sage ich, als ich wieder Luft bekomme. »Und wer ist danach dran?« Denn obwohl ich vorhin erst in der Broschüre geblättert habe, konnte ich mir die vielen verschiedenen Programmpunkte beim besten Willen nicht merken.

Sie grinst. »Der Schulbibliothekar des Jahres. Falls du ihn noch nicht kennst: verdammt sexy.«

»Denkt man bei Schulbibliothekaren gar nicht«, bemerke ich.

»Du meinst, uns ausgenommen?«, fragt sie und lacht. »Er ist hier in New York an irgendeiner Problemschule und hat es geschafft, die Kids für Shakespeare zu begeistern oder so was in der Art. Ganz großes Kino.«

Ich nicke, denn jetzt erinnere ich mich wieder, davon gehört zu haben. »Nicht Shakespeare«, sage ich. »Er hat mit einer sechsten Klasse einen Text von Ray Bradbury durchgenommen, und schon während des Schuljahres hat sich bei nahezu allen die Lesekompetenz auf ein für ihr Alter überdurchschnittliches Niveau gesteigert. Ziemlich beachtlich.«

»Absolut«, gibt sie mir recht. »Und er ist auch noch superattraktiv. Aber wirst du ja gleich sehen. Bist du eigentlich Single? Klang für mich so. Ich wüsste zu gern, ob der Sexy Schulbibliothekar des Jahres Single ist. Wie finden wir das heraus?«

»Vielleicht sagen sie es gleich bei der Vorstellung. ›Unser Sexy Schulbibliothekar des Jahres hat an der Caltech studiert und sich auf Leseförderung spezialisiert. Er liebt lange, einsame Strandspaziergänge.‹«

»Haha«, sagt Kathryn. »Perfekt. Dann müssten wir bloß noch eure Geburtshoroskope abgleichen, und los geht's.«

»Kathryn«, sage ich und versuche, das Gespräch wieder aufs Wesentliche zu lenken. »Könntest du mir vielleicht beim Vortrag unserer Dum-Dum-Doofus-Lieblingsautorin einen Platz freihalten? Ich bekomme jetzt doch ein bisschen Panik wegen meiner Übernachtungssituation.«

Sie lächelt mitfühlend. »Ja klar, kein Problem. Außer dir kenne ich hier sowieso niemanden«, setzt sie trocken nach, und ich muss schon wieder lachen, weil sie zwar aussieht wie die Oberzicke aus einer romantischen Komödie, einen mit ihrer offenen Art aber sofort für sich einnimmt.

»Es reicht auch völlig, die Person zu kennen, die weiß, wo die Krabbenhäppchen herkommen«, erwidere ich und zücke mein Handy. »Ich werde ein bisschen herumtelefonieren und versuche, pünktlich zum Vortrag zurück zu sein. So schwer kann es ja nicht sein, ein Hotelzimmer für eine Nacht zu finden.«

»Wenn es nicht klappt, bleibt dir immer noch der Sexy Schulbibliothekar des Jahres«, sagt sie und zwinkert mir zu. »Er teilt sein Bett bestimmt gern.«

Als Erstes versuche ich es beim *Upper Manhattan Days Inn.* Dann bei drei anderen Hotels in der Nähe, die ebenfalls im unteren Preissegment liegen, wobei unteres Preissegment in New York relativ ist. Alle sind ausgebucht. Es sei Freitag und es tue ihnen leid und ob ich nicht wüsste, dass an der Columbia übers Wochenende eine große Bibliothekskonferenz stattfände?

Dann fange ich an, günstig klingende Hotels in Lower Manhattan abzutelefonieren, aber die sind auch alle voll. Eine Blogger-Convention. Ein Pflegekongress. Eine Konferenz für Conférenciers. Das erste Wochenende der Sommerferien in der besten Stadt des Planeten, und anscheinend will alle Welt das auskosten – und hat im Gegensatz zu mir reserviert. Fazit: Es gibt keine freien Zimmer in meiner Preisklasse.

Ich schaue bei den Last-Minute-Angeboten, doch die kann man nur bis spätestens 18 Uhr buchen. Ich checke die Verbindungen, ob ich heute noch nach Hause komme, aber nein, der letzte Zug fährt in vier Minuten. Also schreibe ich wieder eine Nachricht an Talia. Mittlerweile versuche ich nicht mal mehr, cool zu sein und nicht zu nerven. »HILFE, BIN OBDACHLOS!«, schreibe ich und warte geschlagene zwei Minuten, dass sich ein Lebenszeichen in Gestalt dreier fortlaufender Pünktchen zeigt, aber nichts. Ich rufe noch mal in der Redaktion an und lande direkt auf ihrem Anrufbeantworter.

In meiner Verzweiflung rufe ich schließlich das *Hotel la Provence* an, denn schließlich hat mein Gepäck schon mehrere Stunden dessen Gastfreundschaft genossen. Warum gönne ich mir nicht einfach mal was, und sei es bloß für eine Nacht. Ich kann mir ja einen Zweitjob suchen, um mein Konto wieder auszugleichen. Wollte ich nicht schon immer Burger braten?

»Hallo, guten Abend«, sage ich und klinge so verkrampft,

wie ich mich fühle. »Haben Sie zufällig noch ein Zimmer frei, für heute Nacht?«

»Ich sehe gleich mal nach, da lässt sich bestimmt etwas machen«, verspricht eine freundliche Frauenstimme. »Ein Zweibett- oder ein Doppelzimmer?«

»Gern das günstigere. Haben Sie auch Einzelzimmer?«

»Wir können das Doppelzimmer einzeln belegen, spezielle Angebote haben wir im Augenblick leider nicht. Aber ich sehe mal nach, bleiben Sie bitte einen Moment dran …«

Ich warte und versuche mir die Zahlen vorzustellen, die sie gleich nennen wird. Wenn es weniger als einhundertfünfzig Dollar sind, nehme ich es, denn irgendwo muss ich ja schlafen. Aber was, wenn es mehr ist? Dumme Frage, dann würde ich es auch nehmen, notgedrungen, aber es würde mein Budget doch empfindlich strapazieren.

Sie ist wieder in der Leitung. »Sie haben Glück, Ma'am. Wir hätten ein Doppelzimmer frei, das ich Ihnen mit dreißig Prozent Nachlass auf den regulären Übernachtungspreis anbieten könnte. Soll ich das für Sie reservieren?«

»Ähm … ja«, antworte ich. »Und wie viel kostet das?«

Ich höre sie tippen. »Das wären vor Steuern und zuzüglich Buchungsgebühr … zweihundertsiebzig Dollar.«

Unwillkürlich entfährt mir ein lautes, gequältes Stöhnen. Sollte ich für die gesamte Dauer der Konferenz im *Hotel la Provence* übernachten müssen, kämen da locker neunhundert Dollar zusammen. Neunhundert Dollar, die ich weder einkalkuliert noch übrig habe. Neunhundert Dollar sind etliche Wocheneinkäufe, mehrere Wegmans-Mahlzeiten, noch mehr Pizzaabende mit den Kindern oder gleich eine ganze Woche Sommercamp pro Kind. Eine solche Summe will ich nicht für ein blödes Hotelzimmer ausgeben, in dem ich nur ein paar

Stunden am Tag verbringen werde, und die meisten davon auch noch schlafend. Es regt mich unglaublich auf, dass ich überhaupt in dieser misslichen Lage stecke.

»Ich nehme es«, sage ich.

»Sehr schön, dann trage ich es ein. Und nur für eine Nacht oder möchten Sie länger bleiben?«, erkundigt sie sich mit routiniert professioneller Höflichkeit, obwohl ich ihr eben noch wie ein Triebtäter ins Ohr gestöhnt habe.

»Erst mal nur für eine Nacht.«

»Eine Nacht, in Ordnung. Dann bräuchte ich bloß noch Ihren Namen und die Angaben zu Ihrer Kreditkarte.«

Und da dämmert es mir. Kreditkarte, natürlich! Johns Kreditkarte, um genau zu sein. Die er mir gegeben hat, nur für den Notfall. »Das ist ein Notfall, oder?«, überlege ich laut.

»Entschuldigen Sie, Ma'am, was haben Sie gerade gesagt? Möchten Sie, dass ich einen Krankenwagen rufe?«

»Nein! Nein, Entschuldigung, ich habe nur gerade laut gedacht. Einen Moment … ich suche eben meine Karte raus.«

Dann lese ich ihr die Nummer von Johns Kreditkarte vor, sie nennt mir die fällige Gesamtsumme, die mich erneut kurz zusammenzucken lässt. Aber warum eigentlich? Hat John nicht förmlich darauf bestanden, dass ich die Karte nehme und mir eine schöne Zeit mache? Nur für Notfälle, habe ich gesagt, aber das dürfte wohl einer sein. Selbst schuld, wenn er es nicht so gemeint haben sollte. Und schuldet er mir für so was wie seelische Grausamkeit ohnehin nicht deutlich mehr als dreihundert Dollar?

Andererseits will ich seine Spendierlaune auch nicht überstrapazieren. Gleich am ersten Tag dreihundert Dollar abzubuchen, wie sieht das aus? Muss ich es ihm am Ende doch zurückzahlen?

Fragen über Fragen, die sich jetzt aus dem Stand nicht beantworten lassen, also tue ich, was getan werden muss, und hoffe das Beste. Nachdem die Zahlungsmodalitäten geklärt sind, bitte ich darum, das Zimmer auf den Namen Sondra Sawyer zu reservieren, dann deckt sich das mit dem Vermerk an meinem Gepäck, und außerdem klingt der Name einfach wahnsinnig mondän, aber das erwähnte ich ja bereits.

Amy Byler würde niemals im *Hotel la Provence* absteigen, Sondra Sawyer hingegen schon. Sondra hat auch kein Problem damit, die Kreditkarte ihres Ex-Mannes zu benutzen. Oder sich Zimmerservice zu bestellen.

Am nächsten Morgen erwache ich in einem anderen Leben. In einem Sondra-Sawyer-Leben. Ich liege in einem Kingsize-Bett mit blütenweißen, tadellos gebügelten Laken und daunenweichen Federkissen. Die Bettdecke duftet zart nach Lavendel. Auf der Marmorplatte des Nachttischs steht eine Flasche Perrier und gleich wird der Zimmerservice an die Tür klopfen, um mir mein Frühstück zu bringen. Oh, und da ist er auch schon! Ich schnappe mir den Hotelbademantel, der, wie ich anerkennend feststelle, perfekt zu den Hotelhausschuhen und der Hotelschlafmaske passt, ziehe ihn über mein ausgeleiertes T-Shirt und die verwaschene Pyjamahose und öffne die Tür.

Ich komme mir vor wie eine Märchenprinzessin. Gestern habe ich noch Schimmelflecken aus Coris Bademützen gebürstet, heute empfange ich strahlend einen jungen Mann, der mir das Frühstück bis ans Bett bringt. Es gibt Kaffee – gleich eine ganze Kanne voll! –, Croissants und frisch gepressten Orangensaft, Schinken und pochierte Eier auf Spargel und knuspriges Baguette. Ich kann mein Glück kaum fassen und mache es mir, sowie ich wieder allein bin, im Bett gemütlich, ziehe mir das Tablett heran und schalte den Fernseher ein – etwas, das ich den Kindern niemals durchgehen lassen würde –, um es mir zum seichten Geplauder des Frühstücksfernsehens schmecken zu lassen.

Schwer zu sagen, was das Beste von allem ist, das Essen, das Zimmer oder schlicht die Tatsache, dass ich mich nicht zu beeilen brauche. Ich koste jeden Bissen aus, kaue langsam und genüsslich und seufze vor Wonne. Ich gieße mir Kaffee ein, gebe genau die richtige Menge Milch dazu und trinke ihn, solange er heiß ist. Heute brauche ich niemanden irgendwo hinzufahren, muss kein Frühstück machen, an dem dann doch wieder herumgemäkelt wird, muss nicht den Kram der Kinder zusammensuchen. Ich kann mir die ewig gleichen Diskussionen sparen, warum ihnen immer erst eine Viertelstunde vor Unterrichtsbeginn einfällt, dass sie etwas Bestimmtes mitbringen sollen. Ich brauche mir die Zähne nicht während des Pinkelns zu putzen, weil ich genug Zeit für beides habe – nacheinander – und niemand ungeduldig an die Tür klopft. Es ist das Paradies auf Erden.

Die nächsten beiden Stunden muss ich nichts tun, rein gar nichts, außer es pünktlich zu meiner Präsentation an die Columbia schaffen. »Mit E-Book-Lektürelisten die Schüler von heute zu den begeisterten Lesern von morgen machen« ist der etwas sperrige Titel, und wenn Kathryn recht behält, wird das Plenum überschaubar sein, ich werde mein Konzept vorstellen, hoffentlich ein paar Fragen beantworten können und mir dann den Rest des Vormittages die Vorträge anderer anhören und dabei hoffentlich einiges Neues lernen, das ich in meine Arbeit einbringen kann, die für mich nach wie vor der beste Job der Welt ist. Dann Mittag. Auf Thailändisch hätte ich mal wieder Lust, allein und ungestört essen, mit einem

Buch. Meine Güte, warum habe ich das nicht schon viel eher gemacht?

Wegen der Kinder natürlich. Aber was hat mich überhaupt dazu bewogen, Kinder zu bekommen?

Ich muss über mich selbst lachen, greife zum Handy und schicke Cori und Joe ein Foto meiner halb leeren Kaffeetasse. »Frühstück im Bett! Daran könnte eure Mom sich gewöhnen …«

»Hahaha«, schreibt Cori sofort zurück. Gut, es ist sieben und sie ist wach. Dann scheint ja alles in geordneten Bahnen zu verlaufen.

Ich schreibe John. »Wie läuft es bei euch?« Auch er meldet sich direkt. »Genauso wie gestern Abend um zehn, aber danke der Nachfrage. Cori muss in einer Viertelstunde zum Training, Joe und ich schauen zu, danach gibt es Frühstück.«

»Mit Obst«, schreibe ich.

»Aye, aye, Captain. Zählen auch Kaubonbons mit Zitronengeschmack? :P«

Ich antworte mit dem Daumen-runter-Emoji, weil mir schon klar ist, dass ich nerve und er mich nicht auch noch daran zu erinnern braucht. Andere zu nerven gehört zum Elternsein dazu, und wäre er die letzten Jahre ab und an mal da gewesen, wüsste er das. Prompt ruft er an.

»War nicht so gemeint«, sagt er. »Tu dir keinen Zwang an, ich bin für jeden guten Rat dankbar.«

Na also, schon besser. Ich entspanne mich etwas.

»Habt ihr denn eine gute Zeit zusammen?«, frage ich ihn.

»Absolut. Gestern haben wir Filmmarathon gemacht, jeder hat sich seinen Lieblingsfilm ausgesucht und musste dann die Kommentare der anderen ertragen. Aber war gut. Und Joe haut ja vielleicht rein beim Popcorn, Mannomann. Die beiden sind richtig aufgetaut, und allmählich kann ich besser einschätzen, wie sie so ticken. Aber es ist noch ein langer Weg, das ist mir klar.«

Bei mir regt sich leise Eifersucht, aber dann schaue ich auf die Reste meines Schlemmerfrühstücks und lasse den Blick durch das schöne Hotelzimmer schweifen und sage mir: Himmel auf Erden, kein Grund, neidisch zu sein. Kein Abwasch, keine Hetze, kein Chlorgeruch im Morgengrauen.

»Welche Filme haben die Kinder sich denn ausgesucht?«, will ich wissen und tippe bei Joe auf *Das Imperium schlägt zurück* – seinen Favoriten unter den *Star-Wars*-Filmen. Cori, Kulturbanausin, die sie ist, hat bestimmt … *Die Hochzeits-Crasher* genommen. Oder *Brautalarm*. Vielleicht auch *Anchorman*.

»Joe hat sich *Jäger des verlorenen Schatzes* ausgesucht, den ersten *Indiana Jones*, was mich echt überrascht hat. Ich meine, dass er den überhaupt kennt, ist ja eher was für Ältere, oder? Aber das hat mir noch mal gezeigt, wie viel ich in den drei Jahren verpasst und was ich alles nachzuholen habe.«

Hm. Na gut, knapp daneben. Steven Spielberg statt George Lucas, aber gleicher Hauptdarsteller, gleiches Genre und auch aus derselben Zeit. »Und was wollte Cori sehen?«

»Das fragst du? *Wie ein einziger Tag*, so eine Nicholas-Sparks-Schmonzette. Aber gut, da muss man mit pubertierenden Töchtern durch, schätze ich.«

»*Wie ein einziger Tag?*«, wiederhole ich entgeistert. Als wir uns den zusammen angeschaut haben, haben wir uns nonstop darüber lustig gemacht. Warum rennt Ryan Gosling ständig ohne Hemd rum? Können die ihre Probleme nicht einfach ausdiskutieren wie andere Menschen auch? Warum gehen die zum Küssen nicht rein, wo's trocken ist?

Ich hätte eher auf *Notting Hill* getippt, den finden wir nämlich beide toll. »Ich bin auch nur ein Mädchen, das vor einem Jungen steht und ihn bittet, es zu lieben.« Herrlich. Absoluter Mutter-Tochter-Film zum Abschmachten. Dachte ich zumindest.

»Sie schien wirklich ergriffen und hat am Ende sogar ein paar Tränen verdrückt. Kann ich zwar nicht nachvollziehen, aber wenn es ihr gefällt …«

Um von meiner mütterlichen Unwissenheit abzulenken, will ich wissen, welchen Film er sich ausgesucht hat. Vielleicht frage ich das nur aus Höflichkeit. Oder doch, weil es mich interessiert?

»Ach, da musste ich nicht lange überlegen. *Heiße Mütter erobern Manhattan* – ein Klassiker des Genres. Kennst du den?«

»Bitte sag, dass das ein Witz ist.«

»Natürlich. Ich habe auch nicht meinen eigentlichen Lieblingsfilm genommen, weil der nämlich auch nicht ganz jugendfrei ist und ich so etwas erst mit dir absprechen würde. Ich habe mich für *Fletch* entschieden: harmlos, witzig und alt genug, dass ich mir dachte, den kennen sie vermutlich noch nicht.«

»Gute Wahl«, finde ich. »Und was wäre dein tatsächlicher Lieblingsfilm gewesen? Oder nein, lass mich raten …«

»Wir hatten den damals zusammen gesehen, aber ich weiß nicht, ob du dich noch erinnerst.«

»*No Country for Old Men*«, sage ich.

»Genau. Ein Film über echte Männer. Vielleicht hätte ich den noch mal schauen sollen, bevor ich euch im Stich gelassen habe.«

Mir fällt die Gabel aus der Hand. Höre ich da etwa Reue heraus? Und ärgert es mich, dass sie so spät kommt, oder verspüre ich Genugtuung? Wie dem auch sei, ich habe keine Lust, mir das jetzt anzuhören. »Nichts für ungut, John, aber eigentlich wollte ich in Ruhe frühstücken.«

»Tut mir leid, dann will ich dich auch nicht länger stören. Was ich nur sagen wollte: Wir kommen prima zurecht. Genieß die Woche in New York und mach dir nicht so viele Gedanken.«

»Eine Mutter macht sich *immer* Gedanken um ihre Kinder.«

»Gut, dann mach dir eben Gedanken. Uns geht es trotzdem prima.«

»Den Eindruck habe ich auch«, gebe ich zu und gestatte mir ein wenig Selbstmitleid.

Nachdem wir uns verabschiedet haben, betrachte ich mein Frühstück, das auf einmal viel von seinem Reiz verloren hat. Es ist einfach bloß ein Hotelfrühstück, wie ich es mir rein theoretisch auch zu Hause machen könnte, und zwar bedeutend billiger. Und ein schönes Schlafzimmer habe ich dort auch. Wenn ich wollte, könnte ich mir jeden Tag der Woche so ein schönes Frühstück machen, es hinauf in mein schönes Zimmer tragen und, während meine schönen Kinder noch schlafen, ganz entspannt im Bett frühstücken.

Gut, ich müsste es selbst zubereiten. Kein Zimmerservice, der es mir ans Bett bringt. Ich müsste das Geschirr spülen und sehen, wie ich die Fettflecken vom Speck wieder aus der Bettwäsche bekomme.

Trotzdem. Immerhin wären meine Kinder bei mir, beziehungsweise ich bei meinen Kindern, und nicht abgeladen bei diesem Mann, der zwar ihr Vater ist, mir nach den drei Jahren Trennung aber eher wie ein lange verschollener Freund und zugleich völlig fremd erscheint.

Der John, den ich geheiratet hatte, kannte keine Reue. Es war ein absolutes Fremdwort für ihn. Am Anfang hielt ich das für gesundes Selbstvertrauen, aber was mich erst so an ihm gereizt hatte, regte mich irgendwann nur noch auf. Ich stellte fest, dass er die kleinsten Rückschläge – sei es eine verpasste Karrierechance, eine schlaflose Nacht – persönlich nahm und die Schuld dafür stets bei anderen suchte, nie bei sich selbst. Hinter der selbstsicheren Fassade verbarg sich eine ungesunde Mischung aus Bedürftigkeit und Anspruchsdenken. Als es dann, zwei Jahre, bevor er uns verlassen sollte, wirklich hart auf hart kam, erwies John sich als völlig überfordert. Er kam überhaupt nicht mit der Situation klar und konnte sich weder Hilfe holen noch mir sagen, dass es ihm leid tue.

Ganz anders Post-Hongkong-John, der praktisch nichts anderes tat.

Was mich natürlich vor die Frage stellt, ob er mit all dieser Reue jetzt wirklich geläutert ist, mit seinem plötzlichen Interesse am Vatersein und seiner *Notfall-Kreditkarte.* Oh Mist, die Kreditkarte! Ich hätte ihn vorwarnen sollen wegen meiner exorbitanten Hotelkosten. Und von Talia habe ich noch immer nichts gehört, weshalb es bei dreihundert Dollar nicht bleiben dürfte. Oh je. Was, wenn ich sie bis Ende der Woche überhaupt nicht mehr erreiche? Wäre doch möglich. Würde ich dann gleich nach der Konferenz wieder nach Hause fahren und den Beweis antreten, dass eine Woche Urlaub allein mich schlichtweg überfordert?

Und wie es mich so in den dunklen Abgrund des Grübelns zieht, klingelt mein Handy, und ich stürze mich darauf, denn es könnte ja Talia sein.

Oder die Kinder.

Oder noch mal John.

Vielleicht ist etwas passiert, mit den Kindern!

Ich schaue aufs Display. Es ist eine 888er-Nummer, ein Werbeanruf. Meine Nerven flattern trotzdem, ich hätte nicht so viel Kaffee trinken sollen. Seufzend gehe ich dran, denn man weiß ja nie.

»Hallo«, flötet mir eine automatisierte Frauenstimme ins Ohr. »Sie sind verbunden mit der Betrugspräventionsabteilung Ihrer …« – Pause – »… American Express ProGold Familienkarte. Bitte warten Sie, bis einer unserer Mitarbeiter sich Zeit für Sie nehmen kann.«

Oha, denke ich. Neue Karte, fremde Stadt, teures Hotel, war wohl etwas viel auf einmal. Wahrscheinlich muss ich mich erst mal als die rechtmäßige Kreditkarteninhaberin ausweisen.

Jetzt meldet sich eine freundliche Frau, stellt sich als Marlene vor und bittet mich, ihr die letzten vier Ziffern meiner Sozialversicherungsnummer zu nennen sowie das für die Sicherheitsabfrage vereinbarte Passwort. Ich tippe ganz richtig auf *presto*, weil John das immer verwendet. Dann klärt sie mich darüber auf, dass verdächtige Aktivitäten auf meinem Konto festgestellt wurden.

»Alles gut«, versichere ich ihr munter. »Ich bin gerade eine Woche in New York, das geht schon in Ordnung so.«

Doch Marlene ist noch nicht zufrieden. »Das Problem, Ma'am«, unterbricht sie mich, »ist, dass die Abbuchungen zeitgleich an verschiedenen Orten vorgenommen wurden. Ich würde gern jede Lastschrift einzeln mit Ihnen durchgehen, und Sie sagen mir, ob der Auftrag okay ist.«

»Okay«, sage ich, leicht irritiert. Müsste sie nicht eigentlich John anrufen? Die Karten laufen schließlich alle auf sein Konto, und er dürfte seine ja auch in Pennsylvania nutzen. »Schießen Sie los.«

»Die erste Abbuchung ist *Hotel la Provence*, Seventy-Ninth Street, New York. King Deluxe, zweihundertzweiundneunzig Dollar vierzig, gestern, 18.45 Uhr.«

»Das ist korrekt.«

»Die nächste gestern, 22.44 Uhr, Sphinx Hair Removal Salon, 2 Wellington Street, Central Hong Kong, über zweiundneunzig Dollar und fünfundsechzig Cent.«

»Äh …« *Haarentfernung?* John war gestern definitiv nicht zum Waxing in Hongkong. Das hätten die Kinder wohl erwähnt.

»Danach wieder *Hotel la Provence*, heute um 7.02 Uhr, Zimmerservice, sechsundzwanzig Dollar.«

»Ja gut, das stimmt wieder. Und das davor … lassen Sie mich mal überlegen.«

»Es kommt noch eine letzte Abbuchung: Adorable Gifts dot com, Damenmode, vierhundertzweiundachtzig Dollar sechsundneunzig Cent. Eine Onlinebestellung von einer Hongkonger IP-Adresse, laut Betrugspräventionsabteilung. Ist die Transaktion einer der auf Ihr Konto zugelassenen Karten zuzuordnen?«

»Nein, ist sie ganz sicher nicht. Oder … Moment, warten Sie …«, sage ich, während ich versuche mir einen Reim darauf zu machen. John ist mit den Kindern in Pennsylvania, ich bin in New York. Könnte John noch in Hongkong etwas bestellt haben, das erst später abgebucht wurde? Meinen Laptop in Reichweite, gebe ich AdorableGifts.com in die Suche ein. Dessous, aha. Raffinierte Nichtigkeiten in Größen, die ich niemals haben werde. Beim Anblick der jungen Models fällt der Groschen.

»Marlene, hören Sie? Sie wissen nicht zufällig, wie viele Karten auf dieses Konto ausgestellt wurden?«

»Doch, Ma'am, zwei. Eine auf den Namen Ihres Mannes und eine auf Sie.«

Ich schlucke.

»Wissen Sie zufällig, an wen diese Bestellung gegangen ist?«, frage ich, um ganz sicherzugehen.

»Ja, Ma'am. An eine gewisse Marika Shew.«

»Dann ...« Ich erwäge, die Abbuchungen rückgängig machen und die Karte sperren zu lassen, dann könnte Marika Shew sich ihren Luxuskörper auf eigene Kosten enthaaren lassen. »Entschuldigen Sie bitte die Umstände«, sage ich stattdessen. »Aber das hat schon alles seine Ordnung. Alle Abbuchungen sind korrekt. Könnten Sie vielleicht einen Vermerk machen, dass wir das Konto noch ein paar Tage an verschiedenen Orten benutzen werden?«

»Natürlich, Ma'am. Wir fragen nur bei Auffälligkeiten routinemäßig nach, wenn also beispielsweise, wie bei Ihnen, dieselbe Karte auf einmal in New York eingesetzt wird, während in Hongkong, wo sie schon seit Jahren genutzt wird, weiterhin Abbuchungen vorgenommen werden. Aber wenn das alles seine Ordnung hat, trage ich es so ein, damit das System beim nächsten Mal nicht gleich wieder Alarm schlägt.«

»Haben Sie vielen Dank, Marlene«, sage ich, denn sie kann ja nichts dafür, dass John sich immer noch seine kleine – wobei, mittlerweile müsste sie auch schon dreiunddreißig sein – *Geliebte* hält, die makellos epiliert und raffiniert verpackt seiner Rückkehr harrt.

Ich sinke in die Kissen zurück und versuche, nicht zu heulen. Marika Shew war meine Nachfolgerin. Ich habe sie ein Jahr lang auf Social Media gestalkt, bis Lena davon Wind bekommen und es mir verboten hat. Dabei weiß ich kaum mehr über sie, als dass sie in derselben Firma arbeitet wie John, in

Hongkong lebt und viele Fotos von französischen Bulldoggen und Yorkshireterriern postet.

Irgendwie war ich davon ausgegangen, dass ihre Beziehung längst vorbei sei. Aber warum? Wie kam ich darauf? Vielleicht weil ich dachte, dass John deshalb zurückgekommen ist?

Weil ich dachte, er wäre wegen mir zurückgekommen?

Oh ja, und ob ich das dachte – ich dumme Kuh.

Ich meine, schau dich an. Zwischen mir und einer professionell enthaarten Anfangdreißigerin in Luxus-Lingerie liegen Welten. An mir ist alles schwer und weich und ungefähr so außer Form wie das alte T-Shirt, das ich trage, und wenn ich mich am helllichten Tag im Bett lümmele, dann nur, um Kohlenhydrate in mich hineinzustopfen, ein Buch zu lesen und mich vom Frühstücksfernsehen berieseln zu lassen. Kein Mann würde jemals seine junge attraktive Geliebte für jemanden wie mich verlassen – selbst mein eigener nicht. Es ist genau, wie ich dachte: John wollte nur mal die Kinder sehen, reißt eine Woche seine Vaterpflichten ab, und dann geht's weiter wie gehabt.

Und ich mache mir einen Kopf, dass ich seine Kreditkarte benutze, während er Marika locker das Doppelte für Spitzendessous und Marabou-Slipper spendiert!

Ich boxe ins Kissen, werfe die Bettdecke zurück und marschiere ins Bad. Frühstück im Bett ist jetzt gründlich verdorben. Ich könnte schreien vor Wut, aber erst mal duschen und anziehen und dann sollte ich auch langsam los zur Columbia, wo ich zumindest *versuchen* sollte, mich auf meine Präsentation zu konzentrieren, auch wenn mir noch immer der Kamm schwillt vor Wut auf meinen Ex und sein doppeltes Spiel.

Aber da klingelt das Telefon schon wieder. Mein törichtes Herz macht einen Satz, und ich sprinte zurück ins Zimmer. Das wird bestimmt John sein, um mir alles zu erklären. Vielleicht hat er mit Marika ja längst Schluss gemacht, es aber nicht übers Herz gebracht, ihr auch noch die Kreditkarte zu nehmen! Oder sie hat sie ohne sein Wissen behalten. Oder …

Es ist Talia.

»Oh wie schön, du lebst noch«, schnaube ich und lasse meine ganze Wut an ihr aus. Geschieht ihr ganz recht, denn wäre sie gestern da gewesen, wäre das alles nicht passiert.

»Mehr oder minder. Als ich deine Nachrichten gesehen habe, hätte ich echt heulen können. Tut mir leid, Ames. Bitte sag mir, dass du noch ein Hotel gefunden hast. Du hast doch ein Hotel gefunden?«

»Ich habe ein Hotel gefunden. Und ich habe es mit der Kreditkarte meines Ex-Manns bezahlt. Weshalb mich gerade American Express angerufen hat, weil sich jemand auf dieselbe Karte für fünfhundert Dollar ein Waxing und Dessous gegönnt hat und besagte Person in Hongkong lebt, Anfang dreißig ist und Größe vierunddreißig trägt. Ich könnte schreien, ehrlich. Dieser verdammte Scheißkerl!«

Talia ist so klug, mir nicht dazwischenzureden.

»Und er hat jetzt die Kinder. Der Scheißkerl hat meine Kinder!«

»Moment«, fällt mir Talia dann doch ins Wort. »Du hast Johns Kreditkarte?«

Ich stutze. »Ja?«

»Dir ist schon klar, welch perfekte Gelegenheit sich da bietet, um mit ihm abzurechnen?«

Meine Wut ist plötzlich vergessen, ich bin echt schockiert. »Das würde ich niemals tun.«

»Natürlich nicht«, seufzt Talia. »Weil du so ein guter, grundanständiger Mensch bist, ehrlich und integer.«

»Na ja«, sage ich, denn eigentlich fühle ich mich gerade überhaupt nicht so. »Trotzdem danke.«

»Bei mir sind diese Eigenschaften ja nicht so ausgeprägt«, sagt sie. »Nur falls du die Karte mal versehentlich in meiner Wohnung liegen lassen möchtest.«

Trotz meiner miesen Laune muss ich lachen. »Behalte ich auf jeden Fall im Hinterkopf. Und mach dir keine Sorgen, ich bin hier in einem ganz traumhaften kleinen Hotel an der Upper West Side und habe mir gerade auf seine Kosten Frühstück im Bett gegönnt«, versichere ich ihr. »Du siehst, es ist nicht alles schlecht. Vielleicht sollte ich noch eine Nacht länger bleiben, um den Zimmerservice so richtig auszukosten.«

»Du durchtriebenes Biest.«

»Mache ich natürlich nicht. Kann ich heute Abend zu dir kommen?«

»Ähm ... nein. Das Problem ist, dass ich vor Sonntagabend selbst nicht in meine Wohnung kann. Wie es aussieht, ist bei uns im Haus jemand umgebracht worden.«

»*Was?!*«

»Du siehst, ich hatte einen wirklich guten Grund, dich gestern zu versetzen.«

»Allerdings! Meine Güte, was ist denn passiert?«

»Lange Geschichte. Das Gute ist: Es hat niemanden erwischt, den ich kenne, und es ist nicht in meiner Wohnung passiert.«

»Na, immerhin«, sage ich und komme mir auf einmal sehr provinziell vor.

»Dummerweise hatte ich ausgerechnet an dem Tag mein

Handy zu Hause liegen lassen, und glaubst du, die hätten mich mal kurz in die Wohnung gelassen? Wegen der Spurensicherung durfte niemand durch, und ich war so genervt und meinte: ›Muss ich hier erst jemanden umlegen, um an mein Handy zu kommen?‹. Glaub mir, das kam nicht so gut an bei den Cops. Ich kann von Glück sagen, dass ich heute Morgen kurz reinhuschen und ein paar Sachen holen durfte.«

Ich muss lachen und merke, wie meine Wut sich langsam verflüchtigt. »Und wo wohnst du so lange?«

»Ach, du weißt schon. Bei 'nem Typen.«

»Ach. Was Ernstes?«

Talia lacht bloß. »Sagen wir mal so: Ich werde sehr froh sein, wenn Sonntag ist und ich wieder in meine Wohnung kann.«

»Heißt das, ich könnte im Anschluss an die Konferenz bei dir wohnen?«

»Ja. Ich schwöre auf die Zeitschrift, in die ich mein Herzblut stecke, dass du ab Sonntag wohntechnisch auf mich zählen kannst. Wie lange bleibst du in New York? Zwei Wochen, zwei Monate?«

Jetzt bin ich es, die lacht. »Eine Woche. Du vergisst, dass ich Kinder habe.«

»Und die Kinder haben einen Vater«, erwidert sie prompt. »Oh, das Shooting geht los. Ciao, ciao!«

»Gut, bis dann«, sage ich ins Nichts, denn Talia hat bereits aufgelegt. Aber egal, sie lebt, ich kann ab Sonntag bei ihr wohnen, und jetzt muss ich mich nach all der Aufregung erst mal sammeln, denn was wollte ich eigentlich …

Oh Mist, die Präsentation! Ein Blick auf die Uhr, und ich stelle erschrocken fest, dass mir noch genau dreißig Minuten zum Duschen, Anziehen und für den Weg zur Columbia bleiben. Es bräuchte schon ein Wunder, um das zeitlich zu schaffen. Ein Wunder oder ein Taxi.

Wie gut, dass ich diese Kreditkarte habe, mit der sich auch Taxifahrten ganz wunderbar finanzieren lassen.

6. Kapitel

Liebe Mom,

Dad hat mir dreihundert Dollar gegeben.
Einfach so, bar auf die Hand. Er meinte, ich soll mir was Schönes zum Anziehen kaufen und mal mit Brian ausgehen.
Er ist so krass, Mom.
Ich habe das Geld natürlich genommen.
Ist das okay für dich? Ich kaufe mir auch noch ein Buch davon, versprochen.

Alles Liebe,
deine geldgierige Tochter Cori

Taxis sind wirklich etwas Wunderbares, denn sie geben einem die Gelegenheit, sich unterwegs noch eben zu schminken. Zum Glück brauche ich nicht viel – wozu Make-up auflegen, wenn man doch sowieso immer wie die Mama aus der Provinz aussieht? –, weshalb ich mich mit Lippenstift und Mascara schon ziemlich mondän fühle. Die Präsentation habe ich fix und fertig auf meinem Laptop, und ich weiß, dass sie gut ist. Schließlich habe ich viel Herzblut reingesteckt, denn das Thema ist mir wichtig. Ich wurde darauf aufmerksam, als ich eine Klasse mit überdurchschnittlich vielen sogenannten Problemlesern hatte. Nicht alle Schüler – noch nicht einmal alle klugen Schüler – lesen gern. Dazu kommt, dass Bibliothekare und Lehrkräfte, die Englisch und Literatur unterrichten, das Problem chronischer Leseunlust kaum aus eigener Erfahrung kennen, denn wären wir nicht solche Leseratten, würden wir vermutlich andere Fächer unterrichten oder hätten uns gleich einen Job gesucht, der vernünftig bezahlt wird. Das führt leider oft dazu, dass wir Schüler, die nicht jede Lektüre, die wir ihnen anbieten, begierig verschlingen, schlechter bewerten, als es ihrem Leistungsniveau entspricht.

Hier spreche ich tatsächlich aus Erfahrung, denn meine eigene Tochter war es, die mir das Problem ziemlich deutlich vor Augen geführt hat.

Zwar habe ich Cori nie selbst unterrichtet, denn auch wenn ich einige Kurse die Woche gebe, bin ich doch vor allem Bibliothekarin und keine Klassenlehrerin. Selbst an unserer kleinen Schule war ich daher zum Glück noch nie in der Verlegenheit, meine eigenen Kinder benoten zu müssen. Allerdings stammt der Lektüreplan für den Englischunterricht der siebten Klassen von mir. Und so durfte ich letztes Jahr hautnah miterleben, wie pädagogisch gut gemeinte Absichten nach hinten losgehen können. Die tägliche Hausaufgabe bestand darin, ein Kapitel eines Buches zu lesen und es kurz zusammenzufassen. Und jeden Tag schob Cori es bis abends vor sich her, trödelte herum und tat alles Mögliche, außer dieses eine Kapitel zu lesen. Es war mir ein Rätsel. Die ausgewählte Lektüre – *Herr der Fliegen* – stellte wirklich keine schwere Aufgabe dar. Tatsächlich war es sogar die leichteste Option für Cori, die für ihr Alter ohnehin schon auf dem unteren Leseniveau war, ohne sie einen ganzen Jahrgang zurückstufen zu müssen. Das Buch war ein gut verständlicher Klassiker, das Thema altersgemäß, und die meisten Schüler konnten damit auch etwas anfangen und lasen es gern.

Als ich Cori fragte, wo das Problem sei, gab sie mir die Antwort, die allen Bibliothekaren der Welt das Herz zerreißen muss: »Sorry, Mom, aber ich finde Lesen einfach echt öde.«

Das war, wie man sich denken kann, kein guter Tag für mich.

Am nächsten Morgen beschloss ich, mich der Herausforderung zu stellen. Zufälligerweise hatte ich an jenem Tag meinen Open-Books-Kurs, ein Angebot für alle Schüler mit Leseförderbedarf, die sich bei mir durch *Romeo und Julia* quälten, während der Rest ihrer Klasse nur ein Zimmer weiter bereits mühelos über *Hamlet* diskutierte. Und plötzlich sah ich das ganze Dilemma mit anderen, nämlich mit ihren Augen: Wir können noch so wohlmeinend von verschiedenen Leseniveaus sprechen, aber wenn du auf dem untersten Level liest, haftet dir ein Stigma an, und die meisten Kinder sind sich dessen auch bewusst. Damit verschwindet dann auch der letzte Rest Lust am Lesen. Doch wie sollte man um diese ›Leseniveau-Klassengesellschaft‹ herumkommen, ohne die einen zu unter- und die anderen zu überfordern?

Also versuchte ich, es ganz anders anzugehen. Ich pickte mir ein paar Titel aus dem Regal mit den Neuerscheinungen und blätterte sie durch. Das meiste war viel zu leichter Stoff, um als Schullektüre zu taugen. Nicht mal meine *Romeo und Julia*-Leser würden so etwas über Literatur lernen. Aber vielleicht hätten sie ja Spaß daran und würden sich zumindest gerne damit beschäftigen. Und war das etwa nichts?

Für meine *Hamlet*-Leser, die etwas mehr Herausforderung brauchten, kamen noch weniger der Bücher infrage, und die *Othello*-Leser würden sich nur deswegen nicht langweilen, weil die Bücher spannend und witzig waren. Und warum waren sie das? Weil sie all die großen Themen behandelten, die Teenager nun mal bewegten. Die Suche nach der eigenen Identität. Science-Fiction oder Dystopien. Soziale Gerechtigkeit. Rebellion.

Also im Prinzip genau die Themen, die ich auch bei meiner Lektüreauswahl für die Schule zu berücksichtigen versucht hatte.

Trotzdem schien der Funke, zumindest bei meiner Tochter, nicht überzuspringen. Was also hatte ich falsch gemacht?

Die Frage beschäftigte mich mehrere Wochen. Cori quälte sich in der Zeit durch *Herr der Fliegen* (Rebellion, Dystopie) und fing dann ebenso lustlos mit *Die gute Erde* an (Identität, soziale Gerechtigkeit). Sie hatte sichtlich absolut keinen Spaß an den Büchern, ja, sie hatte ihre Position am unteren Ende des leichtesten Leseniveaus und die daraus resultierende Überzeugung, eine schlechte Leserin zu sein, so sehr verinnerlicht, dass sie nicht mal mehr diese schrecklichen Teenie-Romanzen las, die sie bisher geradezu verschlungen hatte, und die, ich gebe es zu, mir immer ein Dorn im Auge gewesen waren. Das, so wurde mir plötzlich klar, war meine letzte Chance, ihr das Lesen nicht für immer zu verleiden.

Und da kam mir die Idee zu meinem Konzept. Man brauchte die Grenzen zwischen den verschiedenen Leseniveau-Gruppen einfach nur durchlässiger zu gestalten, man könnte sie für die Schüler praktisch unsichtbar machen, indem man sie selbst entscheiden ließ, welche Lektüre sie, ganz unabhängig vom Schwierigkeitslevel, lesen wollten.

Und ich hatte auch schon das perfekte Versuchskaninchen, um mein Konzept zu erproben: meine Tochter.

Ich klicke die nächste PowerPoint-Folie an. Sie zeigt ein Foto von Cori, die sich über einen kleinen Schwarz-Weiß-Reader beugt. Ich habe gerade vor vollem Haus – na gut, nicht ganz voll, aber ziemlich gut besucht für neun Uhr morgens – mein Flex-Anthologie-Konzept vorgestellt. Es scheint gut angekommen zu sein, und ich führe das rege Interesse nicht allein auf die Becher mit Gratiskaffee zurück, an denen sich alle tapfer festhalten.

»An diesem Punkt habe ich mir überlegt, welche Themen für die Kinder und Jugendlichen in meinen Klassen von Interesse sind, habe mir die vier wichtigsten herausgesucht und dann je vier Bücher dazu ausgewählt: Eins, das knapp unter dem Niveau der Klassenstufe liegt, zwei auf dem jeweiligen Leseniveau und eins darüber. In der Praxis kann man das natürlich je nach Lesekompetenz der jeweiligen Klasse variieren, also meinetwegen zwei Bücher auf dem unteren Niveau oder zwei auf dem oberen, das können Sie selbst vermutlich am besten einschätzen.« Ich schaue zu der großen Uhr am Ende des Raums. Mir bleibt noch genau eine halbe Stunde, um meine Ergebnisse zu präsentieren und Fragen zu beantworten, weshalb ich mich jetzt ranhalten sollte. Ich mag zwar in vielem der Klischeevorstellung eines Bücherwurms entsprechen, aber vor Publikum zu reden macht mir weniger aus, als man meinen sollte. Wenn ich einmal in Fahrt bin, fällt es mir schwer, meinen Redefluss zu bremsen.

»Gut, Sie haben also sechzehn Titel, mit denen Sie arbeiten können und aus denen Ihre Schülerinnen und Schüler sich innerhalb des vorgegebenen Themas einen aussuchen dürfen. Zunächst teilen Sie die E-Book-Reader, auf denen jeweils alle sechzehn Titel gespeichert sind, in der Klasse aus und lassen jeweils ein gewisses Pensum – das erste Kapitel oder auch die ersten fünfzehn Seiten – lesen. Sie haben bei E-Readern technisch die Möglichkeit, ausschließlich das entsprechende Kapitel freizuschalten, sodass wirklich nur der Text abrufbar ist, der gelesen werden soll. Das kann die Konzentration als auch die Motivation erhöhen. Jede Schülerin und jeder Schüler wählt auf dieser Grundlage ein Buch aus und bildet mit den anderen, die sich ebenfalls für diesen Titel entschieden haben, ein Lernteam. Arbeitsgruppen werden auf diese Weise also nach der Auswahl des Buches zusammengestellt, nicht nach vermeintlichem Leseniveau, das dadurch in den Hintergrund tritt. Die Kinder und Jugendlichen entscheiden selbst, was sie interessiert und was sie sich zutrauen, was meiner Erfahrung nach die Lektüreerfahrung und den Spaß am Lesen deutlich vertieft.«

Eine Hand schießt in die Höhe. »Eine Frage«, sagt der Mann, ohne dass ich ihn drangenommen hätte, und ich muss mir in Erinnerung rufen, dass ich es hier mit Erwachsenen zu tun habe, denen ich schlecht sagen kann, sie sollten warten, bis ich sie aufrufe. »Wie lässt sich denn vermeiden, dass alle Schüler automatisch den leichtesten Text wählen?«

Ich zucke mit den Schultern. »Im Grunde gar nicht, aber an meiner Schule ist das zumindest noch nie vorgekommen. Auf der nächsten Folie« – ich zeige das Evaluationsdiagramm, bei dessen Erstellung Joe mir geholfen hat – »sehen Sie, wie die Schülerinnen und Schüler sich im letzten Jahr in vier meiner Flex-Anthologie-Kurse entschieden haben. Die verschiedenen Leseniveaus sind erstaunlich gleichmäßig verteilt. In einer Klasse hatten sich nur drei Kinder für den anspruchsvollsten Text entschieden, was allerdings auch exakt den Standard-Testergebnissen entsprach, die nur zehn Prozent der Klasse die entsprechende Lesekompetenz bescheinigten. Soweit sich das anhand dieser kleinen Vergleichsgruppe sagen lässt, scheint das Konzept zu funktionieren, da Schülerinnen und Schüler sich fast intuitiv den ihren Fähigkeiten entsprechenden Text aussuchen.«

Der Zwischenrufer nickt und scheint mit meiner Antwort zufrieden. Auf der nächsten Folie habe ich die Titel für die vier Kurse aufgelistet. »Hier die in den Kursen angebotenen Lektüren, daneben wie oft das Buch gewählt wurde und das Verhältnis des Leseniveaus zu standardisierten Testergebnissen für die entsprechende Klasse. Das zeigt auch gleich den zweiten Vorteil des Konzepts: Die freie Wahl der Lektüre erhöht nicht nur Akzeptanz und Freude am Lesen, sondern kann auch ganz praktisch als Datenerhebung zu sich ändernden Lesegewohnheiten und für Heranwachsende relevanten Themenbereichen gesehen und zur Überarbeitung der Lektürepläne herangezogen werden.«

Jetzt meldet sich schon der Nächste, wartet jedoch, bis er drankommt. Ich schaue ihn an, einen Mittvierziger, mit dunkler Haut, markantem Kinn und scharf geschnittenen, asiatisch wirkenden Gesichtszügen. Wäre Kathryn hier, würde sie ihn sicher gleich als Kandidaten für den »Sexy Bibliothekar des Jahres« nominieren.

»Haben Sie eine Frage oder möchten Sie etwas anmerken?«

»Beides«, sagt er. »Das Konzept gefällt mir sehr gut, allerdings würde ich mir bei der Buchauswahl mehr Diversität wünschen. An einer Privatschule in der Provinz mag das alles angehen und eventuell den Nerv der Schüler treffen, aber ich unterrichte in New York, die Kids kommen aus bildungsfernen Verhältnissen und erreichen bei der Lesekompetenz nicht mal annähernd das für ihre Altersgruppe vorgegebene Niveau. Auf Ihrer Liste stehen fast ausschließlich längst verstorbene, überwiegend weiße und männliche Autoren. Was die verhandeln, seien es das Abgründige ihrer Gefühlswelt oder historische Themen, interessiert meine Kids ehrlich gesagt nicht die Bohne.«

Das Plenum lacht, und ich werde rot. Plötzlich komme ich mir wirklich sehr weiß und provinziell vor. Und unglaublich naiv. Dann rufe ich mir in Erinnerung, dass ich immerhin genau denselben Vorbehalt hatte, aber schlicht an der praktischen Umsetzbarkeit gescheitert bin.

»Ein gutes Stichwort, um auf ein großes Manko des Flex-Anthologie-Konzepts zu sprechen zu kommen«, gebe ich ihm recht. »Aber da es bislang nichts weiter als die Beta-Version ist, der erste Wurf einer Privatschul-Bibliothekarin in der Provinz«, setze ich etwas spitz nach, und er nimmt es mit einem leichten Nicken zur Kenntnis, »fehlen uns schlicht die Mittel, beispielsweise in Form von Fördergeldern, um an eine entsprechende Auswahl aktuellerer, noch urheberrechtlich geschützter Texte zu kommen. Deshalb habe ich vor allem Public-Domain-Titel genommen, und glauben Sie mir, die Auswahl ist nicht gerade berauschend. Selbst an meiner Privatschule, und ja, unsere Schülerschaft kommt überwiegend aus guten Verhältnissen und bekommt E-Reader von der Schule gestellt, gibt es das Budget nicht her, alle zwei Monate sechzehn neue E-Books für dreißig Schülerinnen und Schüler zu kaufen, zumal effektiv ja nicht mal die Hälfte davon ganz gelesen wird. Das offiziell bewilligte Budget sieht gerade mal eine Lizenz pro Schulhalbjahr pro Schüler vor, damit kommt man natürlich nicht weit. Und deshalb wird Jahr für Jahr eben immer dasselbe gelesen. Abwechslung und zeitgemäße Anpassung von Lektüreplänen sieht anders aus.«

»Aber«, füge ich abschließend hinzu, »wäre das Geld vorhanden, ließe sich das natürlich machen. Auch das Konzept selbst ist in der Hinsicht flexibel, das ist ja Sinn der Sache.«

Der sexy Bibliothekar nickt nachdenklich. »Das heißt also, das System wäre beliebig erweiterbar, um der Vielfalt an den Schulen gerecht zu werden, aber dafür bräuchte es ein Riesenbudget …«

»… oder sehr kulante Verlage«, führe ich den Gedanken zu Ende.

»Schade«, meint er.

»Aber vielleicht trotzdem eine Überlegung wert?«

»Durchaus, ja«, pflichtet er, wenn auch verhalten, bei.

Dann bringe ich meinen Vortrag zum Abschluss, beantworte erstaunlich viele Fragen und habe am Ende das gute Gefühl, dass mein Flex-Anthologie-Konzept an Schulen im ganzen Land eine Chance bekommen wird. Aber der Einwand des gut aussehenden Kollegen will mir nicht aus dem Kopf gehen, während ich noch ein paar Minuten vorn stehen bleibe, um auf die Fragen all derer einzugehen, die sich vor versammeltem Plenum nicht getraut haben, den Mund aufzumachen.

Und plötzlich ist er wieder da. Der sexy Schulbibliothekar. Er wartet geduldig, bis er an der Reihe ist. Ich merke, wie ich nervös werde und fürchte, dass er mit seiner nächsten Frage mein schönes Konzept zum Einsturz bringen könnte. Aber er beschränkt sich auf: »Hi, ich bin Daniel.«

»Hi, ich bin Amy«, sage ich.

»Ich weiß«, antwortet er, und ich werde rot.

»Ich würde Sie gern auf einen Kaffee einladen.«

Jetzt werde ich wirklich rot.

»Richtigen Kaffee«, sagt er mit Blick auf die Thermoskannen mit der Gratisplörre. »Vielleicht was Süßes dazu?«

Mir fällt beim besten Willen keine spritzige Antwort ein, also lächele ich einfach verlegen.

»Haben Sie jetzt schon was vor?«

»Äh …« Eigentlich schon, aber was? Ach ja, das Panel zu den Neuerscheinungen im Jugendsachbuch. Hinter uns nehmen die Teilnehmer bereits ihre Plätze ein, und wenn wir noch länger hier rumstehen, können der Schulbibliothekar des Jahres und ich direkt auf dem Podium mitdiskutieren.

»Ich …«, setze ich an.

»Ich hätte auch um zwei Zeit, wenn das besser passt«, schlägt er vor.

»Um zwei, äh …«

»Vielleicht sollten wir hier mal etwas Platz machen«, sagt er und berührt meinen Arm.

Ich friere ein wie ein alter Computer, auf dem zu viele Programme gleichzeitig laufen. Er hat mich berührt! Wann bin ich das letzte Mal von einem Mann berührt worden? Und dann hier, ganz beiläufig, wo ich noch vorn am Podium stehe und der Raum sich langsam wieder mit Publikum füllt. Fand er den Vortrag also doch gut? Und was habe ich eigentlich für Klamotten an?

»Zwei ist gut«, bringe ich schließlich heraus. »Draußen am Kaffeestand?«

»Perfekt«, sagt Daniel. »Wir könnten uns mit unserem Kaffee ein Plätzchen in der Sonne suchen. Dann bis später und viel Spaß beim Panel«, wünscht er mir und lässt mich sprachlos und verwirrt stehen. Ich bin völlig durch den Wind – und wahrscheinlich doch eine waschechte Bibliothekarin.

Sechs Monate nachdem John uns verlassen hatte, nach der Sache mit dem Zahn und der bitteren Erkenntnis, dass, was einen nicht umbringt, einen tatsächlich so stark und doppelt so gefährlich macht wie einen aufs Blut gereizten Grizzlybären, fand ich das mit Marika heraus.

Natürlich auf Facebook, wo sonst. Marika hatte etwas von mir gelikt, das ich vor über einem Jahr gepostet hatte, zwei nebeneinander gestellte Schulfotos von Joe und John. Ich weiß noch, wie ich dachte: *Wer zum Teufel ist diese Person?* Als ich mir dann ihren Account ansah, wurde mir schnell klar, dass sie mit meinem flüchtigen Ehemann zusammen war, und das wohl schon eine ganze Weile. Offensichtlich war zudem, dass sie hübscher war als ich und vor allem jünger, dass sie keine Kinder hatte und John das Gefühl zu geben schien, ein ganz toller Hecht zu sein, wozu ich augenscheinlich schon länger nicht mehr in der Lage gewesen war.

Das dürfte mein Augenöffner, mein »Scheiß auf ihn«-Moment gewesen sein, und man möge mir den Ausdruck verzeihen, aber genau das empfand ich, als ich dieses maximal gefilterte Foto einer dreißigjährigen Bikinischönheit sah, die meinen Mann, der mit seinem haarigen Bauch neben ihr noch blasser und schlaffer wirkte als sonst, anhimmelte wie einen Sexgott auf Erden. *Scheiß auf diesen Kerl.*

Damit setzte bei mir die Phase der Wut ein, und es war eine Wohltat. Als Erstes schickte ich John eine vernichtende Nachricht, in der ich seine Erektionsfähigkeit bemängelte. Ich schenkte Johns Mutter reinen Wein ein und erzählte ihr, was wirklich los war. Keine faulen Ausreden mehr, kein »Er braucht nur etwas Zeit für sich und ist beruflich gerade sehr eingespannt«, oh nein, jeder sollte wissen, was dieser Typ uns angetan hatte. Nach einem besonders großen Glas Wein, oder vielleicht auch zwei, schrieb ich Marika auf Facebook eine Nachricht, dass sie sich keine Sorgen zu machen brauche, dass John sie wegen leergestillter Hängebrüste verlassen würde, nur weil er das bei mir so gemacht hatte.

Der gerechte Zorn der Verlassenen.

Und als könnte ich John auf diese Weise aus der Ferne noch eins auswischen, verabredete ich mich mit einem Mann, der seit geraumer Zeit an mir Interesse zeigte und mir schon damals, als John noch da war, recht schamlos nachgestellt hatte.

Welch höhere Gerechtigkeit, dass besagtes Date ein alter Studienfreund von John war. Eigentlich mochte ich Terry Brans nicht sonderlich, er war Immobilienmakler und hatte uns das Haus zu wirklich guten Konditionen vermittelt, war aber ansonsten ein typisch schmieriger Maklertyp. Ab und an meldete er sich, vorgeblich um den aktuellen Marktwert des Hauses zu ermitteln oder uns bei Umbauten zu beraten, aber eigentlich spekulierte er immer bloß auf eine Einladung zum Abendessen. Und jedes Mal kamen Bemerkungen in der Art, was eine Frau wie ich denn mit einem Typen wie John wolle, über die wir höflich lachten, bis John dann irgendwann, meistens beim Dessert, der Kragen platzte, Terry sich entschuldigte, John uns allen Wein nachschenkte, und die Wogen sich zumindest oberflächlich wieder glätteten. Nach dem Essen bestand Terry dann stets darauf, dass wir sitzen blieben und er den Abwasch machte, wohl wissend, dass ich nicht untätig sein und ihn alles allein erledigen lassen konnte, wohingegen John das ziemlich gut konnte. Auch das wusste er nur zu gut.

So kam es, dass ich dann mit Terry allein in der Küche war. Er erzählte von seinen letzten Verkaufserfolgen, schilderte recht amüsant die kleinen Eigenheiten seiner Kunden, klagte darüber, dass er langsam nicht mehr wisse, wohin mit seinem Geld und ob er am Ende einer dieser Typen würde, die sich ein teures Auto als Phallussymbol anschafften, was immer noch besser sei als die Jacht, deren Kauf er mittlerweile bereute. Es war wie Wettpinkeln als Ein-Mann-Show und sollte mich wohl beeindrucken. Was ihm nie gelang, aber geschmeichelt, dass jemand sich wegen mir so zum Deppen machte, das war ich durchaus.

Nachdem ich mich eine Woche wegen Marika schwarzgeärgert hatte, rief ich Terry an, ob er nicht wieder mal vorbeikommen wolle, um nach unserem Haus zu schauen und vielleicht ein paar Tipps zur Wertsteigerung abzugeben. Ich weiß noch, wie ich dachte, ist es überhaupt noch *unser* Haus? Was ich Terry allerdings vorab nicht sagte – zum einen, weil es mir unangenehm war, aber auch weil ich keine falschen Erwartungen wecken wollte.

Zwei Tage später kam er dann abends vorbei. Die Kinder waren bei einem Basketballspiel. Ich hatte mir etwas Nettes angezogen – ein grünes Jerseykleid von Kohl's, das noch nicht oft genug gewaschen worden war, um seine schmeichelhafte Form zu verlieren – und etwas für uns gekocht. Auch hier nichts Spektakuläres, wahrscheinlich Pasta. Ich weiß noch, wie er schon an der Tür sagte »Mmmh, was riecht denn hier so gut?« und sich über mich beugte, um an meinem Hals zu schnuppern, und ich meinte »Nicht so schnell, der Herr«, worüber er lange und laut lachte.

Im Nachhinein denke ich, dass es Terrys Fähigkeit, über sich selbst zu lachen, und sein unerschütterliches Werben trotz wiederholter Zurückweisung waren, was ihn mir für meinen Plan so überaus geeignet erscheinen ließ. Ich bräuchte ihm gar nicht mehr zu geben – keine Ermutigungen, keine körperliche Nähe, kein tiefer Ausschnitt –, um von ihm die Selbstbestätigung zu bekommen, die ich so dringend brauchte, und John gleichzeitig eins auszuwischen.

Aber ich sollte mich täuschen.

»Wo ist John?«, wollte er wissen, nachdem er mir erst noch

erklärt hatte, warum die Haustür in einem satten Orangeton gestrichen gleich viel mehr hermachen würde.

»John und ich …«, fing ich an. »Wir haben uns getrennt. Es gab da ein paar Probleme, die jeder für sich klären muss.« Allen voran das Problem, dass John am liebsten so tun würde, als sei alles ein Fehler gewesen, unser ganzes Leben. Als hätte es mich und die Kinder nie gegeben.

»Was?«, fragte Terry, als könne er es gar nicht glauben.

Ich zuckte mit den Schultern, weil ich meine Lüge nicht auch noch wiederholen wollte.

»Hat er dir etwas getan?« Sein Ton war auf einmal scharf.

»Du kennst ihn länger als ich« entgegnete ich. »Nein, er hat mir nichts getan. Wir … haben uns einfach entschieden, getrennte Wege zu gehen«, redete ich mich heraus.

Terry runzelte die Stirn. »Das tut mir leid«, meinte er. Dann tat er einen tiefen Seufzer. »Das erklärt vermutlich, warum du mich angerufen hast.«

Ich fühlte mich ertappt und wurde rot. War ich wirklich so durchschaubar? Aber er redete schon weiter. »Dann willst du bestimmt verkaufen, oder? Ich hätte da sogar schon einen geeigneten Interessenten – drei, um genau zu sein. Aber eine der Familien dürfte dir besonders gefallen …«

»Nein«, unterbrach ich ihn und schüttelte den Kopf. »Erst mal nicht. Ich will versuchen, das Haus zu behalten. Ich dachte mir nur …« Ich überlegte, ob ich es ihm nicht einfach sagen sollte. Dass ich den Abend mit ihm verbringen wollte. Mit einem Mann, der nicht mein Mann war. Und diese Genugtuung, wenn sich mehr ergeben sollte und ich es John unter die Nase reiben könnte, dass ich mit seinem ältesten Freund … »Ich wollte einfach nur eine Einschätzung von dir zum Wert des Hauses.«

Terry nickte. »Kluger Schachzug. Wahrscheinlich würde dir das Haus im Falle einer Scheidung ohnehin zugesprochen.«

Ich dachte einen Moment darüber nach. Nachdem John ja in Hongkong seinen zweiten Frühling erlebte, schien mir die Wahrscheinlichkeit einer Scheidungsschlacht um eine Immobilie in Pennsylvania eher gering. »Vermutlich, ja.«

»Dann würde ich erst mal einen Abstecher aufs stille Örtchen machen. Beim letzten Mal hatte ich, glaube ich, schon erwähnt, wie leicht sich da mit geringen Mitteln Eindruck schinden lässt. Ich könnte dir auch jemanden empfehlen, der das gut und günstig macht. Vielleicht eine hübsche neue Tapete. Oder ein wandhängender Waschtisch. Das Gäste-WC ist die Visitenkarte des Hauses, nicht zu unterschätzen. Ich staune immer wieder, wie leicht man Käufer damit beeindrucken kann.«

Dann verschwand er im Flur, und ich empfand eine solch bodenlose Erleichterung, dass mir klar wurde, wie dumm der ganze Plan war. Ich wollte überhaupt nichts von diesem Mann, wollte keine fünf Minuten mit ihm allein sein – auch nicht, um John eins auszuwischen. Wenn ich ehrlich war, konnte ich mir nicht vorstellen, je mit einem anderen Mann zusammen zu sein als mit John. Ja, ich war wütend, aber ich liebte ihn noch immer. Ich konnte mir das Gefühl selbst nicht erklären, aber ich spürte es so deutlich wie Phantomschmerzen in einem amputierten Körperteil. Terry blieb dann noch zum Essen, und es war weniger schlimm als erwartet, denn jetzt, da ich frei und zu haben war, schien er überhaupt kein Interesse mehr zu haben. Nach diesem Abend schwor ich mir auf jeden Fall, es mit dem Daten erst wieder zu versuchen, wenn mindestens eins meiner Kinder auf dem College wäre.

Aber wie es aussieht, habe ich jetzt doch ein Date. Und das

Witzige ist: Mir graut überhaupt nicht davor – ganz im Gegenteil.

Es ist zehn vor zwei in New York City.

Ich habe heute schon zweimal mit meinen Kindern gesprochen, eine erfolgreiche Präsentation vor großem Publikum gehalten, mir einen Tintenfischsalat und ein Glas Weißwein zum Lunch gegönnt, bin durch Läden gebummelt, ohne etwas zu kaufen, habe sechs Fortbildungspunkte bekommen und sogar eine Maniküre in Betracht gezogen, sie dann aber doch verworfen.

Trotzdem bin ich zu früh, und während ich meine Kreise um den Kaffeestand ziehe und auf mein, nun ja, Date warte und dabei so tue, als würde ich nicht warten, sondern wolle irgendwohin, läuft mir auf einmal Kathryn über den Weg. Heute wirkt sie schon deutlich entspannter, vielleicht weil sie sich mal richtig ausschlafen konnte oder weil ich jetzt weiß, dass sie nicht beißt, aber ihre Art ist noch immer unverkennbar Kathryn und sehr direkt.

»Aha!«, ruft sie, als sie mich entdeckt. »Endlich, ich hab dich schon überall gesucht.«

»Aha«, sage ich wie ein fragendes Echo.

»Wir müssen uns unbedingt über dein Flex-Anthologie-Konzept unterhalten. Ich finde die Idee großartig.«

»Du warst bei meinem Vortrag?«, frage ich verwundert, denn sie war mir dort gar nicht aufgefallen.

»Nein, war ich nicht«, sagt sie lachend. »Ich meinte doch, dass ich die Konferenz nach Möglichkeit verschlafen will. Mein freies Wochenende, keine Windeln, du erinnerst dich?«

Ich nicke. »Wie könnte ich das vergessen. Aber wie hast du …?«

»Beim Lunch«, fällt sie mir ins Wort, »wurde über nichts anderes geredet. Alle fanden, dass die Idee Potenzial hat. Ich habe mir dann dein Handout angeschaut und das Ganze mal in Gedanken durchgespielt. Sehr guter Ansatz, aber leider nicht praktikabel, fürchte ich.«

»Oh«, sage ich etwas ernüchtert. »Na ja, zu dem Schluss …«

»Aber ich würde wirklich alles darum geben, das Konzept in meinen Klassen umsetzen zu können.«

»Ah …«, sage ich, etwas ratlos, worauf sie hinauswill. Oder welche Rolle mir in diesem Gespräch überhaupt zukommt.

»Hast du dir schon mal überlegt, damit bei den Verlagen anzuklopfen?«, will sie wissen, und mir scheint es das Beste, sie einfach weiterreden zu lassen. »Oder Sponsoren zu suchen? Über die Finanzierung der Lesegeräte mache ich mir später Gedanken, die Buchauswahl hat erst mal Priorität. Wobei meine Schule garantiert nicht zwei Riesen für zwanzig Lesegeräte springen lassen wird, um sie den Schülern einfach mit nach Hause zu geben und darauf zu hoffen, die Dinger noch mal wiederzusehen. Bei uns wird ja überlegt, die Schüler mit Tablets auszustatten, aber die Diskussion geht gefühlt auch schon Jahre, ohne dass außer Gerede viel bei rumgekommen wäre. Apropos Gerede, mein Anderthalbjähriger hat über Nacht angefangen zu sprechen. Ich fasse es nicht! Da lasse ich die Kinder mal drei Tage mit meinem Mann allein und alle so: Entwicklungsverzögerung? Welche Entwicklungsverzögerung?«

Ich schüttele den Kopf. »Die E-Reader sind essenziell, weil wir den Schülern sonst gar nicht so viele Texte zur Auswahl stellen und die Grenzen zwischen den Leseniveaus quasi unsichtbar machen könnten. Sie funktionieren quasi wie eine Blackbox.«

»Werden sie nicht sowieso untereinander darüber reden, was sie lesen?«

»Ja, *nachdem* sie sich für ein Buch entschieden haben«, erkläre ich. »Sie sollen sich ja gerade nicht daran orientieren, welche Bücher die coolen Kids nehmen oder was die Klassenbesten lesen. Sie sollen auch nicht nach dem Cover gehen, um sich nicht von Gender-Stereotypen beeinflussen lassen, sondern das auswählen, was sie thematisch und von der Story her anspricht. So ist es zumindest gedacht.«

»Theorie und Praxis«, sagt Kathryn mit einem schweren Seufzer. »Ich weiß wirklich nicht, wo wir das Geld hernehmen sollen. Entweder ich lasse einen ganzen Klassensatz Lesegeräte kaufen oder Lizenzen für die Bücher, beides ist nicht drin.«

Ich nicke. »Das übliche Dilemma. Mir ist vorhin zudem klar geworden, dass meine Alte-weiße-Männer-Literaturliste nicht repräsentativ genug ist für eine diverse Schülerschaft.«

Kathryn holt ihr Handy aus der Tasche und fängt an zu tippen. »Mal sehen, was die Public Domain an Diversität zu bieten hat. Was hast du denn schon in der Richtung?«

»Ein paar Autorinnen und etwas von Du Bois.«

»Stimmt«, sagt sie, »das hatte ich gesehen. Hm. Vielleicht einen Reisebericht?«

Ich zucke wenig überzeugt mit den Schultern.

»Geht mir genauso, war auch bloß eine Idee. Was dann?«

Ich überlege, welches Buch gleichzeitig altersgerecht, divers *und* gemeinfrei sein könnte. »*Twelve Years a Slave?*«, schlage ich vor.

Kathryn runzelt die Stirn. »Bisschen zu anspruchsvoll, wenn ich mich recht erinnere. Oberstufenniveau, mindestens.«

»Ich weiß was!«, rufe ich. »*My Bondage and My Freedom!*«

»Das habe ich nie gelesen. Würde das vom Leseniveau passen?«

»Ich glaube schon. Warte mal, ich lade es mir herunter, es ist ewig her, dass ich es gelesen habe.«

Während ich meine Gutenberg-App aktualisiere, kommt Daniel zu uns herüber.

»My Bondage and My Freedom!«, rufe ich ihm entgegen.

»Welch freudige Begrüßung«, sagt er. »Mysteriös, aber sehr erfreut. Hallo erst mal.«

Ich versuche mich zu beruhigen, kann aber nicht anders, als ihn anzustrahlen. Er sieht wirklich unverschämt gut aus. »Die Autobiografie von Frederick Douglass, sie ist in der Public Domain, wir können sie für die Flex-Anthologie nehmen.« Seine Augen sind unglaublich schön. In meinem Bauch beginnt es zu kribbeln.

»Das könnte passen«, findet er. »Etwas in der Richtung hatte ich auch schon gedacht.«

»Prima«, sagt Kathryn, die ich kurz völlig vergessen hatte. »Möchtest du auch mit ins Planungskomitee? Noch können wir da jeden gebrauchen.«

Ich lache. Verkneife es mir aber schnell wieder, weil ich fürchte, mein Lachen könnte zu laut oder gezwungen klingen oder beides. »Daniel, das ist Kathryn, sie ist von Chicago Public Schools.«

Daniel streckt lächelnd die Hand aus. »Freut mich, hi. Dann hattest du ja eine richtig weite Anreise.« Er wirkt freundlich und entspannt, kein bisschen nervös. Vielleicht sollte ich mich auch einfach wieder abregen.

»Eigentlich verstecke ich mich hier bloß vor meinen Kindern«, lässt sie ihn wissen. »Ich werde in diesen drei Tagen garantiert keine Windeln wechseln.«

Daniel nickt verständig. »Geht klar. Ich werde dich sicher nicht darum bitten.« Er zwinkert ihr zu und grinst, und ich denke, wenn *er* nicht der Sexy Schulbibliothekar des Jahres ist, wer dann?

»Und in diesem Sinne«, sagt Kathryn, nachdem sie mir einen bedeutungsvollen Blick zugeworfen und mit dem Kopf auf Daniel gedeutet hat, »zieht es mich auch schon zurück ins Hotel, zu meinem zweiten Nickerchen des Tages. Einen schönen Nachmittag euch beiden.«

»*Carpe somnum!*«, ruft Daniel. »Nutzet den Schlaf!« Dass er so einen blöden, streberhaften Spruch bringt, beruhigt mich ein bisschen, und ich fange an, mich etwas zu entspannen. Noch besser fühle ich mich, als er, nachdem Kathryn weg ist, sein Notizbuch zückt. »Wollen wir loslegen? Ich hatte mir da schon mal ein paar Titel herausgesucht, die ich dir vorschlagen wollte.«

Ich nicke erleichtert. Über Bücher reden kann ich. Wenn wir über Bücher reden, ist es ja auch kein Date, sondern ein Arbeitsgespräch, also kein Grund zur Aufregung. »Gut, fangen wir an.«

»Sehr schön. Aber vielleicht sollten wir uns, bevor wir uns noch mehr Titel und Autoren an den Kopf werfen, erst mal eine kleine Stärkung besorgen. Waren wir auf einen Kaffee verabredet oder auf einen Drink?«

»Auf einen Kaffee«, sage ich etwas zu schnell, weil alles andere meine Nerven sofort wieder zum Flattern bringen würde.

»Alles klar«, sagt Daniel und senkt den Blick. »Tut mir leid, war nicht so gemeint.«

Statt ihm zu versichern, dass es vielmehr *mir* leidtue und nicht so gemeint war, wie ich es normalerweise tun würde, geht mir plötzlich auf, *was* er gemeint hat. Für ihn ist das anscheinend ein richtiges Date! Dieser gut aussehende, kluge und belesene Mann wollte mit mir ausgehen! Gut, warum nicht, denke ich, ich bin ja erwachsen und ungebunden, was spricht dagegen. Aber was nun? Was soll ich sagen, was tun?

»Drinks wären vielleicht noch etwas zu früh«, sage ich schließlich.

Er lacht. »Holen wir uns erst mal einen Kaffee.«

»Ja!«, stimme ich eine Spur zu enthusiastisch zu. »Kaffee ist immer gut.«

»Vielleicht einen entkoffeinierten«, sagt er lächelnd.

Wir stellen uns am Kaffeestand an. Obwohl er eigentlich sehr schlank und trainiert wirkt, nimmt Daniel zu seinem Kaffee noch zwei Scones und einen Donut mit Vanille-Schoko-Glasur. Ich bestelle mir einen entkoffeinierten Milchkaffee, denn er hat schon recht, noch mehr Koffein und ich drehe gleich völlig ab. Er klemmt sich die Tüte mit dem Gebäck unter den Arm und schlägt vor, in den kleinen Park am Fluss zu gehen. Mir sagt das gar nichts, aber das dürfte auf ziemlich viel in New York zutreffen. Beim Gehen unterhalten wir uns darüber, welche Bücher wir aktuell gerade lesen. Seine Interessen sind sehr breit gestreut, aber er scheint ein Faible für Fantasy und Genreliteratur zu haben.

»Das stimmt«, gibt er freimütig zu, als ich ihn darauf anspreche. »Durch meine Tochter kam ich auf dieses Subgenre postapokalyptischer Dystopien im Young-Adult-Bereich und ab da ging es stetig bergab mit mir.«

»Oder man sieht es als literarische Horizonterweiterung«, ergänze ich lächelnd. »Du hast eine Tochter?«

»Ja. Sie kommt jetzt in die Zwölfte. Wollen wir uns hier hinsetzen?«

Wir sichern uns eine erstaunlich saubere Bank mit Blick auf den Hudson. Er stellt die Tüte zwischen uns und holt eins der süßen Teilchen heraus. »Scone mit Zitrone und Basilikum?«

Ich wiege nachdenklich den Kopf. »Gab es da nicht noch einen Donut?«

»Ihr Wunsch ist mir Befehl.«

Er reicht ihn mir in einem Stück Wachspapier. Ich schlage das Papier zurück und beiße so hinein, dass ich sowohl etwas von der Vanille- als auch von der Schokoglasur erwische. Während ich esse, erzähle ich Daniel, wie ich früher an den Wochenenden mit Talia nach New York reingefahren bin und dass wir uns, wenn wir um vier Uhr morgens vom Tanzen kamen, immer Donuts auf die Hand gekauft haben. Ich erzähle, wie wir in Hotellobbys übernachtet haben und uns von Fremden Frühstück spendieren ließen, nach einem solchen Wochenende immer völlig abgebrannt waren und es bei der nächsten Gelegenheit sofort wieder taten.

»Deine armen Eltern.«

»Ja, nicht wahr? Da hat man sich gar keine Gedanken drüber gemacht. Meine Tochter kommt jetzt langsam in das Alter«, sage ich. »Mittlerweile weiß ich, wie das für meine Eltern gewesen sein muss. Die Armen.«

»Ach, du hast auch eine Tochter?«, sagt er. »Versteht ihr euch gut, oder kannst du ihr nichts mehr recht machen?«

»Hm, mal sehen … «, antworte ich und schaue auf eine imaginäre Armbanduhr an meinem Handgelenk. »Das ändert sich von Minute zu Minute. Von der Achterbahnfahrt ihrer Launen mal abgesehen ist sie übrigens ganz wunderbar. Nicht so die Leserin und schulisch eher mittelmäßig, aber sehr sportbegeistert – sie macht Kunstspringen – und eins dieser netten, unkomplizierten Mädchen, die bei allen beliebt ist und ständig auf Partys eingeladen wird.«

»Sympathisch«, findet er. »Bei meiner Tochter ganz ähnlich, nur dass sie nicht wartet, bis sie eingeladen wird, sondern sich selbst einlädt. Sie weiß schon ziemlich genau, was sie will.«

»Das ist nicht das Schlechteste«, sage ich lachend. »Du hast nur ein Kind?«

Er nickt. »Du?«

»Ich habe noch einen zwölfjährigen Sohn. Er ist eher mein Sorgenkind.«

»Macht er Probleme?«

»Das Gegenteil. Er ist zu gut für diese Welt.« Und dann erzähle ich Daniel einfach, wie Joe auf die plötzliche Rückkehr seines Vaters reagiert hat, weshalb ich ihm natürlich auch erklären muss, wie es überhaupt zu dieser Situation gekommen ist, was wahrscheinlich ziemlich schlechter Stil ist für ein Date, zumal ein erstes. Und weil mir das bewusst ist, verhaspele ich mich etwas und komme vom Hölzchen aufs Stöckchen und schließlich wieder zurück zu dem, was ich eigentlich erzählen wollte, nämlich zu Joe, dem es ganz wesentlich zu verdanken ist, dass wir John in seiner vernachlässigten Vaterrolle noch eine zweite Chance geben, auch wenn natürlich die Gefahr besteht, dass er die Kinder erneut enttäuscht. »Joe hat im Grunde ein zu gutes Herz und wird es damit im Leben nicht leicht haben«, schließe ich.

Daniel isst seinen Scone, hört zu und meint dann: »Oder er verändert die Welt und wird Großes vollbringen.«

Ein Lächeln breitet sich über mein Gesicht. »Das hast du schön gesagt.« Ich schaue Daniel an, wie er hinaus auf den Hudson blickt. Gutes Aussehen ist ja das eine, aber meinem

Kind ein Kompliment machen ist eine ganze andere Liga. Und wie ich ihn so betrachte, regt sich etwas in mir, das mir irgendwie bekannt vorkommt. Was ist das nur?

Oh. Lust – eine fast in Vergessenheit geratene Empfindung, aber hier ist sie wieder, als wäre sie nie fort gewesen.

»Und wie ist deine Tochter so?«, frage ich, um wieder zum Smalltalk zurückzukehren. »Außer dass sie weiß, was sie will? Problemkind oder Lieblingstochter?«

Daniel schaut mich an, als wäre auch er in Gedanken ganz weit weg gewesen. »Ah. Lieblingstochter, natürlich – aber als ihr Dad bin ich vermutlich voreingenommen. Ein gutes Herz mit Ecken und Kanten, stur und sehr ungeduldig, ein kleines Problem mit Autoritäten, was vielleicht auch am Alter liegt. Aber ich glaube, bei der College-Bewerbung dürfte sie damit gut fahren. In den Tests hat sie hervorragend abgeschnitten, und ihre Studienberaterin ist zuversichtlich, dass sie sich am Ende zwischen den besten Colleges entscheiden kann.«

»Alle Achtung«, sage ich. »Warst du in ihrem Alter auch so ein Überflieger?«

Er überlegt. »Eher nicht. Ich wusste da schon, dass ich an die Schule wollte, dachte aber eher daran, die Sportteams zu trainieren. Fußball war meine absolute Leidenschaft.«

»Fußball?«, frage ich ein wenig überrascht.

»Ja. Meine Eltern haben sich kennengelernt, geheiratet und mich bekommen – alles innerhalb der ersten zwei Jahre, die meine Mutter in den Staaten war. Sie ist Koreanerin, er Afro-Amerikaner, und ich bin mit dem Gefühl aufgewachsen, immer ein bisschen anders zu sein. Ich meine, in welchem Sport gibt es Typen, die aussehen wie ich?«

Ich zucke etwas ratlos mit den Schultern. »Na ja … eigentlich doch in den meisten, oder?«

Er lacht kurz. »Aus heutiger Sicht hast du recht. Aber damals war es anders – oder zumindest kam es mir so vor. Es gab Sportarten, die überwiegend weiß waren, andere waren überwiegend schwarz, nur Koreaner kamen eigentlich in keinem Sport vor. Und dann gab es diesen einen, im besten Sinne internationalen Sport …«

»Fußball.«

»Genau, Fußball. Ich war mit Leib und Seele dabei. Danach kam lange erst mal nichts, dann die Schule. Oder nein, die stand erst an dritter Stelle, davor kamen noch Mädchen.«

»Na klar«, pflichte ich bei. »Hast du vielleicht ein paar praktische Tipps, wie man solche Schüler, wie du es einer warst, fürs Lernen begeistern kann?«

Er zuckt mit den Schultern. »Ihnen bei der Wahl ihrer Lektüre freie Hand zu lassen klingt schon mal nach einem guten Ansatz. Wobei das Problem die Bücher sind, nicht das Konzept.«

Ich runzele die Stirn. »Aber die Bücher *sind* doch das Konzept.«

»Wie wäre es, in deine Flex-Anthologien ein paar Jugendbuch-Neuerscheinungen aufzunehmen? Nicht viele und auch keine Teenieromanzen, sondern gut geschriebene, locker zu lesende Bücher zu relevanten Themen der letzten zehn bis zwanzig Jahre.«

»Gute Idee, aber das scheitert am Budget.«

»Dann müssen wir uns eben etwas einfallen lassen. Für jedes Problem gibt es bekanntlich eine Lösung.«

»In aller Regel ja«, pflichte ich ihm bei und schüttele bedauernd den Kopf. »Aber dann müsste man es größer aufziehen. Ich allein, als Schulbibliothekarin an einer kleinen Privatschule in der Provinz, kann da wenig ausrichten.«

Daniel nickt nachdenklich, und dann sitzen wir eine Weile schweigend da und schauen hinaus aufs Wasser. Ich denke an die Bücher, die es für mein Konzept bräuchte, wie herrlich es ist, einfach in der Sonne zu sitzen und endlich mal wieder einen guten Donut gegessen zu haben. Ich bin in New York! Und ich habe ein Date – oder doch etwas, was einem Date ziemlich nahekommt – mit einem fußballverrückten Schulbibliothekar, der gut aussieht *und* über Bücher reden kann. Und als wäre das nicht alles schon seltsam genug, verspüre ich plötzlich den Wunsch, ihm nah zu sein. Es ist ein schönes, aber auch sehr verwirrendes Gefühl.

Ob er es auch spürt? Ich weiß es nicht. Nach einer Weile springt Daniel plötzlich auf. »Lass uns zum Buchladen gehen«, schlägt er vor.

Ich schaue zu ihm hoch. »Wie – jetzt gleich?«

»Ja, am Union Square ist ein großer Barnes & Noble. Wir suchen uns einfach mal alles raus, was wir auf unserer Leseliste haben wollen, überlegen uns, was an meiner Schule funktionieren würde und was an deiner und wo sich da Überschneidungen ergeben. Und dann rechnen wir das mal durch.«

»Ich weiß nicht … Es war ja bloß so als kleines Projekt für meine Schule gedacht. Ich will damit kein Start-up gründen oder gleich den ganzen Bildungskanon revolutionieren.«

»Warum nicht? Bei deinem Vortrag waren ziemlich viele von dieser Idee angetan. Ich fand sie genial. Und gute Ideen sollte man versuchen, in die Tat umzusetzen. Einfach mal ein bisschen größer denken. Oder sieh es so: Wir gehen einfach Bücher stöbern. Buchhandlung ist doch immer gut, oder?« Er hält mir die Hand hin. Ich schaue auf den halb aufgegessenen Donut in meiner Hand.

»Den kannst du auch noch unterwegs essen«, sagt er.

»Wie spät ist es eigentlich?«, frage ich.

Er wirft einen Blick aufs Handy. »Gleich Viertel nach drei. Hast du heute Nachmittag noch etwas vor?«

Ich blinzele verwundert. Sitzen wir wirklich seit einer Stunde hier? Mir kam es viel kürzer vor, als hätte ich wegen Daniel jegliches Zeitgefühl verloren. Und den Verstand.

»Gut, gehen wir«, sage ich dann entschlossen. »Lass uns eine Liste mit all unseren Wunschbüchern machen und dann suchen wir uns eine nette Cocktailbar, um bei ein paar Drinks die Bildungsrevolte in Angriff zu nehmen.«

Daniel grinst. »Das klingt doch nach einem richtig guten Plan.«

Und was soll ich sagen – genau das finde ich auch.

7. Kapitel

Liebe Mom,

Dickens, jetzt im Ernst? Ich nehme an, du willst mir damit irgendetwas sagen über mein neues Leben als im kapitalistischen Sinn privilegierte Tochter. Aber das überhöre ich einfach mal, lalala.
Viel wichtiger: Ich habe mir den Dating-Ratgeber der Gewinnerin von America's Next Top Model *runtergeladen. Bis jetzt ziemlich dämlich, aber irgendwie witzig – anders als Brian, der einfach nur dämlich ist. Mom, ich hab mit dem Typen total aufs falsche Pferd gesetzt. Er peilt kein Stück, was ich möchte, und ist dabei auch noch völlig lernresistent. Heute hat Dad uns vielleicht sechs Minuten allein gelassen, und was macht Brian? Will mir sofort wieder an die Wäsche. Und ich denk bloß so: »Junge, merkst du nicht, dass du mir auf die Nerven gehst?« Ich meine, wie kommt er darauf, dass ich mit ihm fummeln will, kaum dass Dad aus dem Zimmer ist? Wenn du mich fragst, macht er sich Hoffnungen, dass wir noch vor dem Ende der Sommerferien Sex haben. Zumindest will er sich andauernd mit mir an Orten treffen, an denen wir a) allein sind und wo b) rein zufällig eine Matratze rumliegt. Ich werde mein erstes Mal aber ganz sicher nicht mit einem Typen haben, der zehn Stunden am Stück* Call of Duty *spielt und dann rumstöhnt, was für einen anstrengenden Tag er hatte. Ganz ehrlich, bevor ich mein*

Sportstipendium nicht in der Tasche habe, werde ich mit überhaupt niemandem schlafen. Und schon gar nicht mit so einer Pappnase wie Brian.
Ich kann nur hoffen, dass du in New York mehr Glück hast. Du bist ja nur eine Woche da, aber ich gebe die Hoffnung nicht auf, dass du dich doch mal verabredest. Vielleicht lernst du ja einen coolen Typen kennen, würde ich dir echt gönnen nach all der Zeit. Dad wollte auch schon wissen, ob bei dir in der Hinsicht irgendwas läuft, nur dass er nicht so direkt gefragt hat, sondern eher hintenrum, wie »Will eure Mom auch manchmal allein sein?«, als ich meinte, dass ich jetzt ganz gern allein wäre. Und als ich mich fertig gemacht habe, um abends mit dem Team wegzugehen, wollte er wissen, ob ich den Lippenstift von dir hätte und ob du dich oft schminkst. Und ich so: »Manchmal.« Womit ich eigentlich nur deine Ehre retten wollte, denn du schminkst dich ja nie. Solltest du aber echt mal anfangen.
Ich habe Dad erzählt, dass du ein Mal die Woche oder so essen gehst und nein, ich wüsste nicht mit wem, und weil er dann gar keine Ruhe mehr geben wollte, habe ich irgendwann gesagt, und zwar so, als könnte ich mir das alles auch nicht erklären: »Manchmal geht sie abends schwimmen, glaube ich, weil dann kommt sie immer frisch geduscht nach Hause.« Da hättest du mal sein Gesicht sehen sollen! So witzig. Joe hat natürlich nichts kapiert und meinte: »Hä, was redest du denn da?«, worauf ich gesagt habe: »Kann auch sein, dass ich mich täusche.« Jetzt dürfte Dads Verwirrung komplett sein. In dem Dating-Ratgeber des Ex-Topmodels gibt es drei Regeln, wie man das Interesse eines Mannes wachhält, und Regel Nummer zwei lautet, ihn immer im Unklaren zu lassen. Und falls du dich fragst: Regel Nummer eins ist

Zahnseide benutzen und Regel Nummer drei ihn beim Sex so lange wie möglich hinzuhalten, was den Ratgeber bei Eltern minderjähriger Töchter vermutlich sehr beliebt macht. Also falls du in der Benutzung von Zahnseide noch immer deine patriotische Pflicht siehst und nicht über drei Stunden Entfernung hinweg mit Dad schläfst, dann Glückwunsch – du beherrschst es nach allen Regeln der Kunst, das Interesse deines Ex-Mannes zu wecken. Und es scheint echt zu funktionieren, verrückt.
Was mich gleich zur nächsten Frage führt, die mir so peinlich ist, dass ich sie dir im echten Leben nie stellen würde, aber ein Tagebuch ist ja nicht das echte Leben, und deshalb frage ich mich beziehungsweise dich: Wenn Dad sich so abartig sehr für dein Liebesleben interessiert, heißt das, dass er wieder mit dir zusammen sein will?
Wenn ja, willst du das auch?
Wenn ja, kommt ihr dann wieder zusammen?
Das wäre irgendwie seltsam.
Vermutlich gibt es dafür auch keinen Promi-Dating-Ratgeber.
Dann sieh mal lieber zu, dass du in New York noch auf deine Kosten kommst, solange du Gelegenheit dazu hast. Ha! Das ist doch mal ein guter Rat. Vielleicht sollte ich auch einen Dating-Ratgeber schreiben.

Alles Liebe,
deine Cori aka Liebesexpertin und Sex-Guru

Dieses kurze Gefühl völliger Desorientierung, wenn man in einem fremden Bett aufwacht, in einem fremden Zimmer, ist einfach unbezahlbar.

Genauso fühle ich mich, als ich in dem hübschen, kleinen Hotel an der Upper West Side aufwache und ein schmaler Sonnenstrahl sich durch die schweren Vorhänge stiehlt. Es ist dieses »Wo bin ich?«-Gefühl, aber auf die gute Art. Dann fällt mir alles wieder ein – ich bin in New York, die Kinder sind bei John, und mein Leben heute ist anders als mein Leben vor zwei Tagen, und ich genieße es in vollen Zügen, weil ich weiß, dass es nur ein paar Tage sein werden. Gestern habe ich meine Präsentation gehalten, war auf einen Kaffee mit diesem unverschämt gut aussehenden Kollegen verabredet, dann noch bei Barnes & Nobles und …

Oh.

Der gut aussehende Kollege liegt neben mir im Bett. Und er schnarcht. Habe ich gestern allen Ernstes den Sexy Schulbibliothekar des Jahres abgeschleppt? Scheint so.

Hm.

Mit einem Schlag bin ich hellwach und sitze kerzengerade im Bett. Ich trage meine Unterhose, aber sonst nichts. Meine Brüste hängen nackt herunter. Wo ist mein Oberteil? Oder mein BH? Mein Mund fühlt sich so pelzig an, als ob ich ein Eichhörnchen abgeleckt hätte. Ein Großstadthörnchen. Der Fernseher ist an, ein Sportsender, auf ganz leise gestellt, und ich meine mich dunkel zu erinnern, dass wir den eingeschaltet hatten, weil Daniel die Ergebnisse der New York Mets sehen wollte. Genau, so war das. Daniel ist Baseballfan. Ob wir vielleicht *SportsCenter* anmachen könnten, hat er etwas verlegen gefragt, keine fünf Minuten, nachdem wir das erste Mal …

Wir hatten Sex!

Und das nicht nur ein Mal.

Ganz langsam, wie eine Zeitlupe in einem *Mission Impossible*-Film, gleite ich seitlich aus dem Bett. Dabei lasse ich Daniel nicht eine Sekunde aus den Augen, aber er rührt sich nicht und schnarcht unvermindert weiter. Als ich den weichen Hotelteppich unter meinen Füßen spüre, schaue ich mich nach meinem Bademantel um, dann fällt mir ein, dass ich ihn gestern vor dem Duschen innen an der Badezimmertür aufgehängt habe. Gut, dann also ins Bad – das dummerweise eine Schiebetür hat, aber wenn ich versuche, ganz vorsichtig ... Geschafft. Als ich die Tür hinter mir geschlossen habe, mache ich Licht. In dem riesigen, gut ausgeleuchteten Badezimmerspiegel präsentieren sich die Spuren meiner nächtlichen Ausschweifungen: zerwühlte Haare ... bis auf die Wangen verschmierte Wimperntusche ... Moment, ist das ein Knutschfleck? Ich gehe näher an den Spiegel und recke den Hals. Doch, ganz schwach, aber definitiv einer. Mit einer Mischung aus Grauen und Erleichterung entdecke ich auf der Ablage eine aufgerissene Kondomverpackung. Gleich daneben hängt der Bademantel. Ich schnappe ihn mir. Dann fällt mein Blick auf mein Handy.

Es ist 6.30 Uhr, ich habe eine neue Nachricht von Lena. »Ruf mich morgen mal an und berichte, du wildes Ding :-)«, schreibt sie.

Wahrscheinlich habe ich ihr gestern Abend, schon nicht mehr ganz nüchtern, noch eine Nachricht geschickt. Ich öffne unseren Chat. Oha. Nicht nur eine. Ich habe praktisch einen Liveticker meines Absturzes geschrieben – alles schön festgehalten fürs Protokoll.

Amy:

Ich bin auf einem Date!

Lena:

Nein! Wirklich?

Amy:
Wirklich! Mit einem superscharfen Schulbibliothekar. Wir sind jetzt Sushi essen. Wollte mich nur mal melden, bin gerade auf dem Klo.

Lena:
Dann nichts wie raus mit dir und flirte schön mit dem scharfen Bibliothekar.

Amy:
Hast recht. Bis später.

Und anderthalb Stunden später:

Amy:
Bin schon wieder auf dem Klo.

Lena:
Aha.

Amy:
Mit dem sexy Schulbibliothekar!!

Lena:
Er ist mit dir auf dem Klo?!

Amy:
Nein! Wir sind noch was trinken. Ich glaube, er will mit mir ins Bett. Er reißt schreckliche Lateinerwitze.

Lena:

Das ist doch toll! Also nicht die Lateinerwitze, die sind natürlich furchtbar.

Amy:

Was mache ich bloß??

Lena:

Carpe noctem (haha).

Amy:

Echt, meinst du?

Lena:

Ich würde dir dringend dazu raten.

Amy:

Okay, bye.

Das ist alles, aber anscheinend reicht das, um mich nach drei perfekt gemixten Cocktails mit einem Wildfremden ins Bett springen zu lassen. Ich lasse mein Handy sinken und würde Lena am liebsten anrufen. Dann denke ich, warum eigentlich nicht? Kein Laut dringt zu mir ins Bad, weder sein Schnarchen noch der Fernseher. Ganz schön schalldicht, so ein Hotelbadezimmer.

»Daniel?«, rufe ich leise. Kein Laut.

»Daniel?«, versuche ich es etwas lauter und warte eine Weile, aber wieder keine Reaktion.

»Daniel, es brennt!«, lege ich noch lauter nach.

Nachdem er nicht mal jetzt aus dem Bett springt, wähle ich Lenas Nummer.

»Ich meinte nicht unbedingt um halb sieben morgens«, begrüßt sie mich.

»Ich hatte Sex mit dem schönen Fremden«, flüstere ich theatralisch.

»Hört, hört«, sagt sie mit schlaftrunkener Stimme. »Ist doch super.«

»Was? Nein, ist es nicht! Er ist hier bei mir im Hotel, er liegt in meinem Bett und schläft!«

»Wo bist du?«

»Im Bad.«

»Ah. Das erklärt das dramatische Geflüster.«

»Lena! Ich sitze hier im Bad fest, habe noch nicht mal einen Kaffee gehabt und *in meinem Bett liegt ein Fremder!*«

»Gab es da nicht einen Film, der so hieß?«, fragt Lena.

»Ich könnte dich umbringen.«

»Okay, ganz ruhig. Sag mir, was du brauchst.«

»Keine Ahnung. Ich hatte seit drei Jahren keinen Sex mehr. Brauche ich eine Tollwutspritze?«

»Ist er ein verwunschener Waschbär?«, entgegnet Lena. »Wenn nicht, dann eher nicht. Kondom habt ihr benutzt?«

Ich schaue mich im Bad um und mache eine schnelle Bestandsaufnahme. »Anscheinend haben wir sogar drei benutzt. Also nacheinander.«

»Na, na, na!«, ruft sie. »Ganze Arbeit, Amy! Das nenne ich ein gelungenes Comeback.«

»Lena, ich weiß nicht mal seinen Nachnamen.« Was nicht ganz stimmt. Es ist irgendein Doppelname mit Seong, aber er nutzt nur den ersten Teil, also Mr. Seong. Seine Mutter ist aus Korea, sein Vater … keine Ahnung. Er hat es mir erzählt, da bin ich mir sicher, aber wahrscheinlich war ich so damit beschäftigt, ihn anzuhimmeln, dass es mir entgangen ist. Und wir haben uns so angeregt unterhalten, es war wie Pingpong-Spielen, von einem Thema zum anderen, da kann so etwas schon mal vorkommen.

»Hast du ihn an der Bar aufgerissen?«, fragt Lena.

»Nein!«, rufe ich entsetzt. »Wofür hältst du mich denn?«

»Da ist doch nichts dabei«, findet sie. »Ihr seid beide erwachsen, ungebunden und …« Sie macht eine kurze Pause, ehe sie fragt: »Er ist doch ungebunden, oder?«

»Ja. Oder … doch, er hat gesagt, er sei Single. Muss natürlich nicht stimmen. Vielleicht sollte ich ihn googeln. Hast du gerade deinen Laptop in Reichweite? Könntest du ihn für mich online stalken?«

»Aha, dann weißt du seinen Namen also doch. Dachte ich mir.«

»Ist mir gerade wieder eingefallen. Er heißt Seong.«

»S-o-n-g?«

»Nein, S-e-o-n-g. Daniel Seong, Lehrmittelbibliothekar an irgendeiner öffentlichen Schule hier in New York.«

»Bitte warten Sie, Ihre Anfrage wird bearbeitet.«

Ich hocke schweigend auf dem Klodeckel und warte. »Erst hat er mich in einen Buchladen geschleppt und danach noch mit Cocktails abgefüllt«, platzt es schließlich doch aus mir heraus.

Lena prustet ins Telefon. »Da hat der Herr Bibliothekar ja genau die richtigen Knöpfchen gedrückt. Oooh! Das muss er sein. Daniel Seong-Eason. Hm, der sieht ja wirklich gut aus.«

»Ist da irgendwo eine Frau auf den Fotos?«

»Keine Frau, soweit ich das hier überblicke. Moment, das hier könnte seine Tochter sein. Hat er eine Tochter? Bisschen älter als Cori. Sieht aus wie er, nur mädchenhafter.«

»Das wird sie sein. Er hat eine Tochter, die jetzt in die

Zwölfte kommt. Sie geht auf die Bronx Science und scheint eine ziemliche Überfliegerin zu sein.«

»Nicht schlecht. Da hast du dir ja genau den Richtigen ausgesucht, um deine Durststrecke zu beenden«, findet Lena. »War das eigentlich ernst gemeint, dass du seit drei Jahren keinen Sex hattest? Da ging bei mir als Nonne ja mehr.«

»Das ist jetzt wirklich nichts, worauf du stolz sein solltest«, sage ich. »Aber egal. Ich komme mir gerade echt seltsam vor.«

»Dann war es nicht so toll?«

»Doch. Ich meine, ich bin völlig aus der Übung, weshalb mir alles ein bisschen seltsam vorkam. Und jetzt, ganz nüchtern betrachtet, erst recht. Findest du das denn in Ordnung, was ich hier abziehe, während der Vater meiner Kinder sich eine ganze Woche von morgens bis abends um sie kümmert? Habe ich eine Midlife-Crisis oder setze ich die falschen Prioritäten?«

Lena schnaubt nur. »Willst du wissen, ob es okay ist, deinen Ex-Mann zu betrügen?«

»Nicht Ex. Du erinnerst dich vielleicht, dass wir gar nicht geschieden sind.« Ich seufze. »Und wegen der drei Jahre: Da hatte ich echt andere Sachen im Kopf, als mein Liebesleben auf Vordermann zu bringen. Das hat sich einfach so ergeben, das hatte nichts mit John zu tun. Aber wenn du schon so fragst, ja, kann sein, dass ich diese Vorstellung, ihm treu zu sein, immer noch im Hinterkopf hatte.« Und noch während ich es sage, muss ich wieder an die Abbuchungen auf der Kreditkarte denken. Wäsche. Waxing. Meine Wangen glühen.

»Ach, Amy, jetzt sei bitte nicht blöd. Wir reden hier von einem Mann, der seine Familie hat sitzen lassen, um am anderen Ende der Welt mit einer Jüngeren zusammenzuleben. Das Thema Treue kannst du also guten Gewissens abhaken.«

Ich runzele die Stirn. »Und was ist mit meinen Kindern?«

»Du denkst, die beiden interessiert, ob du sexuell aktiv bist oder nicht? Glaub mir, die wollen das gar nicht so genau wissen.«

Ich sage erst mal nichts, weil Lena, wie so oft, mal wieder recht hat.

»Aber«, wende ich dann ein, »wäre es nicht besser gewesen, wenn ich nach so langer Zeit wieder mit jemandem ins Bett gehe, es nicht gleich am ersten Abend zu tun? Ich hätte ihn ja erst mal etwas besser kennenlernen können, um abzuschätzen, ob das Ganze überhaupt eine Zukunft hat. Mit jemandem Sex zu haben, der eine bessere Urlaubsbekanntschaft ist, fühlt sich so billig an.«

»Wo hast du bloß diese überholten Vorstellungen her? Wie jede erwachsene Frau kannst du tun und lassen, was du willst. Du musst dich nicht schuldig fühlen oder dich schämen, weil du auch mal Lust auf einen Kerl hast. Wenn du im Urlaub ein bisschen Spaß haben willst, wo ist das Problem?«

»Aber so bin ich nicht.«

»Anscheinend doch! Und ich sag dir was: Es bekommt dir ganz sicher besser als das Gegenteil – weil es nämlich Spaß macht.«

Einen Moment bin ich ganz still. Dann höre ich mich sagen: »Es hat wirklich Spaß gemacht.«

»Aha!«, ruft Lena triumphierend. »Natürlich hat es das, dann ist doch alles bestens!«

»Er ist wirklich süß und hat so eine nette, umgängliche Art, und man merkt, wie wichtig ihm seine Tochter ist, sein Beruf und seine Schüler. Damit hat er mich rumgekriegt. Und er hat mir mit dem Mund am Hals so ein, also später, als wir … du weißt schon.«

»Siehst du, alles gut«, sagt Lena ermutigend. »Und wie geht's jetzt weiter?«

»Wie meinst du das?«

»Na ja, willst du mit ihm eine Urlaubsaffäre haben, bis du wieder nach Hause kommst oder …«

»Was? Nein! Oh nein. Ich überlege doch gerade, wie ich hier unbemerkt rauskomme, damit ich ihn nie wiedersehen muss. Heute Abend ziehe ich zu Talia. Das war eine einmalige Sache hier mit ihm.«

»Triebabbau.«

»Genau. Jetzt halte ich es wieder drei Jahre ohne aus.«

Lena lacht. »Bleibt die Frage, ob du das jetzt, wo du wieder auf den Geschmack gekommen bist, noch willst.«

Und in den verschwiegenen Tiefen meines Herzens meldet sich eine so unmissverständliche Antwort, dass ich sie fast herausgeschrien hätte. Aber genau in dem Moment gleitet die Schiebetür mit einem leisen Schnurren auf, und da steht mein One-Night-Stand.

Natürlich komplett nackt.

»Guten Morgen.«

Daniel kann sich wirklich sehen lassen. Ich erinnere mich, dass mir das gestern schon aufgefallen war und ich ein paar diesbezügliche Bemerkungen gemacht hatte. Alles an seinem Körper hat mir ziemlich gut gefallen. Heute Morgen jedoch finde ich diesen schlanken, starken Körper eher einschüchternd als sexy. Mein Körper ist nämlich alles andere als vorzeigbar, ja er ist nicht mal besonders schlank. Ich ziehe den Bademantel fester um meine Leibesmitte. In diesem Bauch habe ich zwei kräftige, gesunde Kinder ausgetragen und das sieht man ihm auch an.

»Du, Lena? Ich muss aufhören. Wir reden später.«

»Halt, nicht auflegen, ich will lauschen!«, höre ich sie noch sagen, ehe ich sie wegdrücke. Ich schaue hoch zu Daniel und versuche, nicht auf seinen straffen Bauch zu starren.

»Guten Morgen?«, sage ich und weiß selbst nicht, warum es wie eine Frage klingt.

Daniel grinst mich an. Ich wage mir kaum auszumalen, welchen Anblick ich ihm biete, auf dem Klodeckel hockend, mein Handy fest umklammert, verschmierte Wimperntusche, zerwühlte Haare und peinliche Verlegenheit.

»Komm mal her.«

Ich stehe zögerlich auf und mache ein paar Schritte auf ihn zu.

Daniel kommt mir entgegen, legt seine starken Arme um mich und gibt mir einen Kuss, in dem sich Verlangen und Morgenatem mischen, was ich sehr menschlich und ermutigend finde, und als wir uns voneinander lösen, schaue ich ihn an und lächele. »Ich fühle mich ein bisschen schüchtern gerade«, gebe ich zu. »So was ist eigentlich nicht meine Art.«

»Meine auch nicht«, versichert er mir und streicht mir ein paar wirre Haarsträhnen von der Wange. »Also das gestern, schüchtern bin ich eher nicht. Lateinisches Phrasendreschen ist eher mein Ding. Hat aber Spaß gemacht, oder?«

Ich nicke. »Sehr.«

»Es hat einfach eins zum anderen geführt.«

»Ganz genau.«

»So könnte es gerade weitergehen«, findet er und schiebt verstohlen eine Hand in meinen Bademantel. Statt mich darüber zu freuen und der Berührung nachzugeben, frage ich mich, ob meine Brüste wohl schlaffer sind als die der anderen

Frauen, mit denen er zusammen war. Ich schiebe seine Hand zurück und ziehe mir den Bademantel hoch bis zum Hals.

Daniel wirkt ein wenig enttäuscht, meint dann aber: »Du hast recht, ich sollte jetzt besser gehen.« Er dreht sich um und beginnt seine Sachen zusammenzusuchen. »Unterwegs wollte ich noch etwas für meine Tochter besorgen. Sie liebt diesen Fischsalat von Barney Greengrass, und immer, wenn ich in der Gegend bin, hole ich welchen.« Er zieht seine Unterhose an, steigt in seine Hose und beginnt sie zuzuknöpfen. »Willst du vielleicht mitkommen und den besten Räucherfisch deines Lebens probieren?«

Mir wird etwas flau im Magen. »Ich weiß nicht, ich sollte …«

Daniel küsst mich erneut. »Komm mit«, sagt er. »Ich weiß, dass es eine einmalige Sache war, aber ich möchte mich noch nicht von dir verabschieden.«

Ich zucke kurz zusammen. Eine einmalige Sache. Okay, sage ich mir, er hat es kapiert. Sollte mich doch eigentlich freuen, oder? Tut es aber leider nicht.

»Nimm es mir bitte nicht übel, Daniel, aber ich kann wirklich nicht. Ich habe letzte Nacht kaum geschlafen und muss heute mindestens noch drei Veranstaltungen besuchen, um auf die nötige Anzahl Fortbildungsstunden zu kommen.«

Er nickt. »Alles klar, kein Problem. Und danach geht's dann gleich zurück nach Pennsylvania?«

Ich überlege, was ich sagen soll. Ein paar Tage bin ich ja noch in der Stadt. Würde ich ihn in der Zeit gerne wiedersehen? Absolut. Aber schau ihn dir an. Und dann schau mich an. Ich will einfach nicht live dabei sein, wenn bei ihm jäh die Ernüchterung einsetzt. »Und dann geht's zurück nach Pennsylvania, ja.«

Er lächelt schmal. »Tja, schade.«

Ich seufze und schaue weg. War es das, was ich mir von dieser Woche versprochen habe? One-Night-Stands in Hotels, peinlich berührte Abschiede und eine schräge Mischung aus Lust und Schuldgefühlen, Verlangen und Scham?

Ganz sicher nicht. Ich senke den Blick und berühre den Knoten meines Bademantelgürtels. Daniel hat mich schon nackt gesehen und wollte trotzdem mit mir schlafen. Er hat mich heute Morgen gesehen und nicht schreiend die Flucht ergriffen. Was versuche ich zu verbergen? Wovor habe ich solche Angst?

»Daniel?«, sage ich und schaue wieder hoch. Er schnürt bereits seine Schuhe.

Ich sollte ihn einfach gehen lassen. Ich sollte mich über dieses kleine Abenteuer freuen und nicht vergessen, dass mein eigentliches Leben in fünf Tagen weitergeht.

»Mhm?«, macht er, als er sich aufrichtet.

»Letzte Nacht war unglaublich«, sage ich. Dann stelle ich mich auf die Zehenspitzen und drücke ihm einen Kuss auf die Lippen, wie er besser und erwachsener kaum sein könnte.

»Mhm«, murmelt er erneut, und diesmal klingt es schon ganz anders.

»Sag Bescheid, wenn du mal in meiner Ecke bist, okay?«, sage ich zum Abschied.

Er schaut mich an, versucht in meinem Gesicht zu lesen und fragt sich wahrscheinlich, was genau ich eigentlich von ihm will. Da ich es selbst nicht weiß, kann ich ihm da bloß viel Glück wünschen. Einen Moment später fängt er an, sein Hemd zuzuknöpfen. »Werde ich machen. Dasselbe gilt für dich.« Jetzt ist er fertig angezogen und bereit zum Gehen. Gleich haben wir es überstanden.

Ich nicke. »Dann lass dir den Fisch schmecken.«

Er hebt die Brauen und deutet ein Lächeln an. »Kann ich nur empfehlen«, sagt er leichthin. Und dann, mit etwas mehr Nachdruck: »Mach's gut, Amy. Danke für alles.« Dann küsst er mich, geht zur Tür hinaus und ist weg, einfach so.

»Hallo, hallo, was für eine Ehre«, ruft Talia, als sie mir am Abend ihre Wohnungstür aufmacht. »Schön, dass du es endlich geschafft hast, komm rein.«

Die Konferenz ist vorbei. Am Vormittag habe ich, etwas wehmütig, in meinem Hotel ausgecheckt und bin dann noch mal für ein paar Workshops zur Columbia, bevor ich nach Brooklyn gefahren und ein bisschen mit meinem Rollkoffer im Schlepptau durch Talias Viertel gerattert bin. Zehn Minuten vor der vereinbarten Zeit kam eine Nachricht von ihr, dass es später würde und sie mich in einer Stunde bei sich zu Hause erwarte. Also habe ich mich samt meinem Gepäck in einen Irish Pub gesetzt und mir erst mal ein Bier bestellt.

Als nach einer Stunde wieder eine Nachricht von ihr kam, dass sie jetzt unterwegs und in fünf Minuten zu Hause sei, habe ich mich ebenfalls auf den Weg gemacht. Und zwar diesmal zum richtigen Haus. Wie sich herausgestellt hat, war irgendwem – und ich sage jetzt nicht wem – doch tatsächlich ein Zahlendreher bei der Hausnummer passiert, als sie mir vor ein paar Tagen ihre Anschrift geschickt hatte.

»Schön, dass *du* es wieder in deine Wohnung geschafft hast«, erwidere ich. »Und gut siehst du aus!«

Sie nimmt mir meine Handtasche ab und dreht sich einmal im Kreis: weiß schimmernde Bluse, cremefarbene Hose, breiter brauner Ledergürtel, im Haar ein orangefarbenes Tuch. »Nicht schlecht für Sonntagabend, oder? Zumal in Anbetracht der Umstände. Komm mal her und lass dich drücken.«

Ich umarme sie und stelle dabei fest, dass Talia noch immer Haut und Knochen ist. Manchmal frage ich mich, ob sie so dünn ist, weil sie in der Modebranche arbeitet, oder ob sie in der Modebranche arbeitet, weil sie so dünn ist. Sie hat den Körper eines Windhunds und dazu ein hübsches, aber herrisches Gesicht. Keine Modelschönheit, sondern eine Frau, die weiß, was sie will – und die vor allem weiß, wie sie es bekommt.

»Und deine Haare«, sage ich bewundernd. »Das sieht toll aus mit den Locken.«

»Danke. Der natürliche Look ist diesen Herbst sehr angesagt für Frauen of Colour. Und wenn du wüsstest, wie viel Stunden pro Woche mir das einspart! Wenn der Trend wieder zu glatten Haaren geht, kann ich Fernsehen komplett streichen.«

»Hast du dir schon mal überlegt, deine Haare einfach so zu tragen, wie du es möchtest, und dich nicht nach Modetrends zu richten?«

Sie schaut mich an und verdreht die Augen. »Hast du dir schon mal überlegt, dir einen passenden BH zu besorgen?«

Ich schaue an mir herab. »So schlimm?«

»Wie alt ist der?«

Da muss ich überlegen. »Ungefähr so alt wie meine Tochter?«

»BHs sollten niemals die Pubertät erreichen. Das setzen wir gleich mit aufs Programm.«

»Welches Programm?«

»Hey Alexa«, ruft Talia in den Raum. »Schick Matt eine Nachricht.«

»Was darf ich Matt ausrichten?«, fragt eine körperlose Männerstimme mit schwerem australischen Akzent zurück.

»Für morgen Termin zur BH-Anprobe mit Iris vereinbaren.«

»Erledigt«, sagt die Stimme.

»Deine Alexa ist Australier?«

»Als wäre Crocodile Dundee mein Leibsklave, ja. *G'day, Ma'am.*«

Ich lache, dann werde ich wieder ernst. »Was genau ist das für ein Programm?«, will ich wissen.

»Sehe ich das richtig, dass du diese Woche noch nichts vorhast?«, fragt sie. »Du meintest jedenfalls, eure Streberveranstaltung wäre heute vorbei.«

»Du meinst die Bibliothekstagung?«, frage ich nach. »Ja, heute waren die letzten Workshops.«

»Und damit du dich nicht langweilst, während ich arbeite, habe ich mir etwas Nettes für dich einfallen lassen. Wobei eigentlich Lena mich auf die Idee gebracht hat.«

»Lena? Meine Lena aus Pennsylvania?«

»Genau die. Sie hat mich auf Facebook angeschrieben, und ich dachte erst: hä? Aber sie ist echt witzig, denkt man ja gar nicht, bei einer Ex-Ordensschwester. Sie meinte, dass du dich die nächsten fünf Tage hier einigeln und bloß lesen und vor dem Fernseher sitzen würdest, wenn wir nichts dagegen unternehmen.«

»Ah«, sage ich und denke wehmütig an die sechs Bücher, die ich mir schon genau zu diesem Zweck heruntergeladen habe.

»So geht das natürlich nicht, du machst hier schließlich dein Mama-Sabbatical«, klärt Talia mich auf.

»Mein was?«

»Okay, sagen wir lieber …«, sie überlegt, »dein Mamatical, oder besser deine Mamazipation!«

»Wie bitte, meine *was?*«

»Deine Mamazipation – du weißt schon, endlich mal raus aus dem Korsett der mütterlichen Pflichtenmühle. Mal was erleben! Es muss sich schließlich nicht bis ans Ende deiner Tage alles immer nur um die Bedürfnisse deiner Kinder drehen, du bist ja auch noch Frau und nicht nur Mutter. Ames, es ist absolut an der Zeit, dass du mal ein paar Prioritäten in deinem Leben auf den Prüfstand stellst.«

Ich schaue Talia aus schmalen Augen an. »Es ist doch nicht gleich eine *Mamazipation*, wenn ich mal ein paar Tage allein in New York verbringe! Ich hab ja nicht vor, mein komplettes Leben umzukrempeln.«

Talia hebt beschwichtigend die Hände. »Wenn du das sagst …«

Ich schüttele genervt den Kopf.

»Nenn es, wie du willst, wir werden dich auf jeden Fall nicht vor dem Fernseher parken oder den ganzen Tag die Nase in irgendein Buch stecken lassen. Du sollst in New York etwas erleben. Hier kannst du endlich all das nachholen, wozu du nicht mehr gekommen bist, seit dein nichtsnutziger Ehemann dich mit zwei Kindern und einem Schrank voll unförmiger Gummizughosen hat sitzen lassen.«

Wieder schaue ich an mir herab. Schuldig im Sinne der Klamottenanklage.

Als ich wieder hochschaue, starrt Talia auf meine Clogs. »Sind das Clogs?«, fragt sie, und es ist natürlich eine rein rhetorische Frage.

»Die sind sehr bequem.«

Das hätte ich wohl nicht sagen sollen. Für Talia kommt es

einem Sakrileg gleich. Sie atmet tief durch und schließt die Augen, als flehe sie höhere Mächte um Beistand an. »Gut, darum kümmern wir uns später«, sagt sie. »Zu Hause rumsitzen und lesen kannst du auch in Pennsylvania, soll das heißen. Diese eine Woche ist deine Chance, das Leben mal wieder bei den Eiern zu packen.«

»Autsch«, sage ich. »Das erschien mir schon immer als eine eher unglückliche Formulierung.«

Sie schaut mich schweigend an. »Dann umfasst du sie eben mit ganz sanfter Hand.«

Jetzt kann ich unmöglich noch ernst bleiben. »Oh, Talia, warum merke ich erst jetzt, wie sehr du mir gefehlt hast! Ich hätte mich schon viel eher bei dir melden wollen, aber …«

Sie greift nach meiner Hand. »Das verstehe ich doch. Ich wäre auch gern mehr für dich da gewesen, nachdem John euch verlassen hat, aber ich wusste irgendwie nie, was ich sagen sollte oder womit ich dir hätte helfen können. Haus, Kinder, abtrünnige Ehemänner … das übersteigt alles meinen Horizont, weißt du?«

»Du hast mir einen *Schinken* geschickt«, sage ich mit gespielt ungläubiger Miene.

Talia lacht. »Keine gute Idee?«

»Doch, war lecker. Aber zu dritt hatten wir ziemlich lange was davon. Beim nächsten Mal schick mir lieber eine Haushälterin.«

Sie grinst und umarmt mich noch mal. »Schön, dass du wieder da bist, Ames.« Dann lässt sie mich los und schaut mich an. »Wir werden uns hier ein paar richtig tolle Tage machen, das verspreche ich dir. Bei mir hat sich seit Wochen alles bloß noch um die Arbeit gedreht. Nein, eigentlich seit Monaten! Und plötzlich schneit hier eine meiner ältesten und besten Freundinnen herein, die ich ewig nicht gesehen habe, quartiert sich in meinem Gästezimmer Schrägstrich begehbaren Kleiderschrank ein und ist zu allen Schandtaten bereit. Was kann es Besseres geben?«

»Tja, wenn ich das wüsste«, sage ich, wobei ich da schon eine Idee hätte. »Kann ich vielleicht trotzdem ein bisschen lesen? Nur ein, zwei Stunden am Morgen?«, taste ich mich vor. »Zu Hause finde ich so selten Zeit und Ruhe dafür.«

Talia seufzt. »Hey Alexa, sag Matt, dass wir bis Freitag erst gegen elf anfangen.«

Ich strahle sie an.

Sie verdreht wieder die Augen. »Aber überleg dir, ob du dich zum Lesen nicht auch in irgendein Café setzen willst. Du könntest dir dazu einen Bellini und einen Crêpe bestellen …«

»Oh, das klingt allerdings sehr gut! Ein Programmpunkt, den ich definitiv in Betracht ziehen werde. Aber jetzt machen wir es uns erst mal gemütlich, und du erzählst mir, was bei dir so passiert ist, seit wir uns das letzte Mal gesehen haben. Und nichts auslassen! Ich will wirklich alles wissen.«

8. Kapitel

Liebe Mom,

Talia scheint echt cool zu sein. Krieg das jetzt bitte nicht in den falschen Hals, aber als wir gestern Abend geskypt haben, war ich total überrascht, dass du so stylishe Leute kennst. Und wie viel Spaß ihr zusammen auf dem College hattet und dass ihr jedes Wochenende nach New York gefahren seid und in Museen wart und tanzen! So und noch viel besser stelle ich mir das auch vor, wenn ich endlich mit der Schule fertig bin.
Entspann dich, hier läuft alles nach Plan, und zumindest auf eins deiner Kinder ist Verlass. Joe ist so ein Spinner. Heute war er vier Stunden in der Bibliothek bei so einer Art Mathemarathon. Wenn er so weitermacht, kriegt er seinen Doktor von der Columbia, bevor ich sechzehn bin.
Soll er haben. Wenn ich olympisches Gold geholt habe, beende ich meine Sportlerinnenkarriere und schreibe auch für eine Zeitschrift, so wie Talia. Oder nein, frag sie erst mal, ob das so ähnlich wie Tagebuchschreiben ist, denn damit eins klar ist: Nach diesem Sommer werde ich kein einziges Wort mehr von Hand schreiben.
Weitere Fragen an Talia (oder an dich):
1. Warum hast du sie nicht schon eher mal besucht?
2. Warum bist du nicht mehr so cool wie früher?
Nein, warte, sag's mir lieber nicht. Ich kann mir die Antwort

schon denken, und zwar auf beide Fragen, und jedes Mal sind wir schuld, deine brillanten Kinder.
Das wird mir nicht passieren, versprochen. Kein Kind könnte ich mehr lieben, als es mir bedeutet, cool zu sein.

Alles Liebe,
deine herzallerliebste Tochter Cori, für die du dein Leben ruiniert hast

Am Montagmorgen stehe ich um Punkt halb elf in der Redaktion von *Pure Beautiful*, dem Print- und Online-Modemagazin für Frauen, die, wie Talia ihre Zielgruppe liebevoll umschreibt, »sich noch nicht komplett aufgegeben haben«.

Eine dieser Frauen bin ich. Sowie die neue *Pure Beautiful* erscheint, verschlinge ich sie. In jeder Ausgabe gibt es eine dieser Fotostrecken, wie man ein zeitloses Lieblingsstück auf zehn verschiedene Arten tragen kann, was für mich denselben Suchtfaktor hat wie für andere vielleicht Pornografie. Ich meine, was könnte in meiner kleinen Welt aus Arbeit, Haus und Kindern verlockender sein als Variationen des Immergleichen? Und wie herrlich es wohl wäre, jedes dieser patenten Kombistücke, die im Schnitt alle dreistellig kosten, tatsächlich mein Eigen zu nennen. Jeden Tag könnte ich dann vor meinem in Schwarz-Weiß-Greige-mit-Petrol-Akzenten abgestimmten Kleiderschrank stehen und mir stilsicher kombinierende Gedanken machen. Mal sehen, würde ich denken, heute vielleicht den klassischen schwarzen Ein-Knopf-Blazer zur weißen Businessbluse und dazu … oh ja, die zeitlose Palazzohose aus lässig fallendem Leinen. Die Bluse hatte ich zwar gestern schon unter dem petrolfarbenen Etuikleid an, dazu der graue, nein, greige Schal, aber einen Tag kann man sie ruhig noch tragen oder vielleicht auch zwei. Morgen dann erst mal den Blazer über das Kleid, das Tuch ins Haar und die Palazzohose ganz lässig wie einen Gürtel um die Hüften getragen. An Tag vier den Blazer um die Schultern wie ein Cape …

Ich liebe so was. Genauso wie die Seiten, auf denen Promis beim Gassigehen mit dem Hund zu sehen sind oder wie sie Kaffee bei Starbucks holen und sich nur mal schnell was übergeworfen haben, was natürlich trotzdem unerschwinglich ist, weshalb *Pure Beautiful* uns Leserinnen an die Hand nimmt und zeigt, wie man das Outfit für fünfundsiebzig Dollar bei Zappos oder Kohl's nachstylen kann. Oder meine Lieblingskolumne, in der eine Finanzexpertin uns regelmäßig dafür tadelt, dass wir nichts fürs Alter zurücklegen, wobei es doch so einfach wäre, wenn man sich einfach nur mal das schicke Designerstück oder das neue Boot verkneifen würde. Und natürlich die Buchtipps, die es mir oft ersparen, die nie versiegende Flut ebenso wichtiger wie nichtiger Neuerscheinungen zu lesen, weil man den Inhalt in drei knappen Sätzen zusammenfassen kann und *Pure Beautiful* gleich noch die Leseproben verlinkt. Aber das Beste sind die Models in allen Konfektionsgrößen. Von 34 bis 48 ist alles dabei, und auch wenn die Frauen immer noch umwerfend attraktiv und ihre Proportionen so perfekt sind, dass man gleich wieder Komplexe kriegt, ist es doch eine Wohltat, Körperdiversität überhaupt mal abgebildet zu sehen. In meinen Augen ist *Pure Beautiful* damit die mit Abstand beste Frauenzeitschrift aller Zeiten.

Die Tatsache, dass Talia die Chefredakteurin ist, mag natürlich auch dazu beitragen. Ich stelle sie mir wie die Chefin in *Der Teufel trägt Prada* vor – stylish, glamourös und erbarmungslos –, aber nachdem ich den Empfang passiert habe, der förmlich »New York!« schreit mit dem unfassbar androgynen, keine Miene verziehenden Typen, der mehrere Telefone gleichzeitig unter Kontrolle hat, fühle ich mich dann in der Redaktion eher wie in einem Start-up im Silicon Valley. Vor mir erstreckt sich eine riesige offene Loftetage mit ein paar gläsernen Bürowaben. Den meisten Platz nimmt das Fotostudio ein, den Rest das Art Department sowie große Drucker und schmale Schreibtische, an denen junge, ebenso schmale Menschen hinter teuren Laptops sitzen. Außer einem chromschimmernden italienischen Kaffeevollautomaten gibt es transparente Whiteboards, viel frisches Obst, Basketballkörbe, und sogar ein Hund scharwenzelt hier herum. Das Einzige, was die Büroräume von *Pure Beautiful* von, sagen wir den Räumlichkeiten von Groupon unterscheidet, ist ein durch eine Glaswand abgetrennter Raum, der sich über die gesamte Etagenlänge erstreckt und randvoll mit Klamotten ist. Hier ist er, der begehbare Kleiderschrank unser aller Träume! »Willkommen im Paradies« verheißt ein Schild an der Tür, und ich finde es nicht übertrieben.

Von Talia weiß ich, dass wegen der hohen Lohn- und Mietkosten nur die Kreativabteilungen in New York ansässig sind. Die übrige Redaktion sitzt in North Carolina. Viermal im Jahr schaut Talia dort vorbei, alles andere wird von New York aus geregelt. Aus dieser Arbeitsteilung resultiert, dass im New Yorker Büro kein einziger normaler Mensch anwesend ist. Außer mir. Ansonsten nur junge und schöne und überhaupt ganz fabelhafte Menschen, die kurz von ihrer kreativen Arbeit aufschauen, als ich mit meinen Clogs hereinschlappe. Fast zeitgleich senken sich alle Blicke auf meine Füße. Andere, das Telefon am Ohr, verstummen bei meinem Anblick. Ich komme mir vor wie auf dem Präsentierteller. Nackt auf dem Präsentierteller. Wobei nackt, den irritierten Blicken nach zu urteilen, wohl noch besser wäre als das, was ich anhabe. Wäre ich nackt, würde ich die Arme ausbreiten und in heroischer Stimme verkünden: *Schaut mich an, ihr lieben Leute, ich bin's – eure Leserin! Kniet nieder vor mir und erstarrt in Ehrfurcht!*

Bevor ich auf dumme Gedanken kommen kann, taucht Matt auf, Talias Assistent. Er wirkt erfreulich robust, trägt aber Skinny Jeans, Budapester und dazu ein hellblaues Hemd. Wenn er lächelt, ist er richtig süß und sieht keinen Tag älter aus als zwanzig. Mir ist sofort klar, dass es nicht leicht für ihn gewesen sein dürfte, inmitten lauter Ashleighs und Arandiahs und ja, Talias, hier Matt genannt zu werden und nicht Mateo oder Mathis oder Mathieu. Dafür hat er bei mir sofort einen Stein im Brett.

»Sie müssen Matt sein«, sage ich, als er aus Talias Büro kommt und direkt auf mich zusteuert.

»Ganz richtig – Matt Clarke. Und Sie möchten bestimmt zu Talia?«

»Genau«, antworte ich. Es ist wirklich nett von ihm, so zu tun, als hätte Talia ihn nicht instruiert, nach ihrer Freundin aus der Provinz mit den grauenhaften Schuhen Ausschau zu halten. »Ich bin Amy Byler.«

»Wir haben Sie schon erwartet«, erwidert er. »Ich habe Ihnen ein sehr schönes Programm zusammengestellt – und ich muss gestehen, es hat mir richtig Spaß gemacht.«

Ich schaue ihn ein bisschen schief an. »Ach ja?«

»Aber ja. Ich habe mich gefragt, was könnte meiner Mom gefallen, wenn sie für ein paar Tage nach New York käme? Es ist alles dabei: Museen, Restaurants, Wellness, Konzerte …«

Hm, nicht schlecht. »Würden Sie Ihrer Mutter auch eine BH-Anprobe buchen?«, frage ich dennoch.

Matt hebt vage die Schultern. »Das würde ich dann doch ihr überlassen.«

Ich versuche mich an einem vorsichtigen Lächeln und hoffe, dass Talia auf mich gehört hat und alles halb so wild, vor allem nicht zu teuer, wird. »Das klingt ganz wunderbar«, versichere ich Matt, »selbst die BH-Anprobe. Ich habe Glück, eine Freundin mit einem so tollen Team zu haben.«

In dem Moment brummt Matts Handy. Er wirft einen Blick darauf. »Entschuldigen Sie«, sagt er zu mir, »ich muss kurz drangehen, eine Sekunde.«

»Matt Clarke …«, meldet er sich. »Hm. … Mhm, ja. Verstehe. Ja, gut. Wird gemacht.« Dann legt er auch schon wieder auf.

»Das war Talia«, lässt er mich wissen.

»Wo ist sie überhaupt?«, frage ich. »Ich dachte eigentlich, dass sie mich persönlich empfangen würde.«

»Sie ist noch dadrin«, sagt er und zeigt auf einen weiteren Glaskasten, der nach Konferenzraum aussieht. Ich recke den Hals und sehe sie mit dem Gesicht zu mir auf einem der Stühle sitzen. Ihre Miene wirkt sehr ernst. »Sie meinte, wir müssten ein bisschen umdisponieren, weil … äh …«

Ich schaue Talia fragend an. Sie schüttelt langsam den Kopf, dann lässt sie ihn in einer Geste stummer Verzweiflung in die Hände sinken. »Wegen dem, was ich anhabe?«, helfe ich Matt auf die Sprünge. Ich trage eine dunkelblaue Stoffhose und ein gelbes Twinset, alles vom L.-L.-Bean-Fabrikverkauf. Klassisch, habe ich mir gedacht, schlichte Eleganz. Und die Handtasche von Lena habe ich auch dabei. Ich drehe mich ein bisschen zur Seite, damit Talia sie besser sehen kann. Sie schielt zwischen ihren Fingern hervor und schlägt die Hände über dem Kopf zusammen.

»Ähm, ja«, sagt Matt.

»Das ist schon okay, Matt, ich kenne Talia bereits ziemlich lange. Wobei mir das Problem nicht ganz klar ist. Ich dachte, ich komme hierher zum Makeover – da ist es doch egal, was ich vorher anhabe.«

»Ein weit verbreiteter Irrtum«, klärt er mich milde lächelnd auf. »Wir machen das jetzt so …« Er senkt die Stimme. »Talia weiß wohl nicht, dass wir den Friseurtermin nicht einfach mal so verschieben können. Die sind Wochen im Voraus ausgebucht. Ich schlage vor, dass wir Ihnen jetzt was Nettes aus unserem Mode-Fundus holen, dann geht's wie geplant zum Haareschneiden. Und kein Wort zu Talia. Einverstanden?«

»Aber bekommt sie das nicht mit, wenn ich jetzt einfach da reinspaziere?«, frage ich mit Blick auf die Kleiderkammer.

»Da kommen Sie überhaupt nicht rein«, erwidert er ganz selbstverständlich. »Sie gehen jetzt zu Jean-Peter vorn am Empfang und sagen ihm, dass ich Ihnen gleich ein paar Looks bringe und wir seine Meinung bräuchten. In zehn Minuten bin ich bei Ihnen. Größe?«

Ich schaue ihn an, als hätte er den Verstand verloren. »Nehmen Sie einfach Größe M«, sage ich.

»Größe M dürfte in Pennsylvania ein sehr dehnbarer Begriff sein«, entgegnet er, und ich kann mir schon denken, von wem er diesen blöden Spruch hat.

»Also gut.« Jetzt senke auch ich die Stimme. »Es ist nur so …« Ich überlege, ob ich 40 sagen soll, denn für mich sehen alle Übergrößenmodels aus, als wären sie Größe 40 und würden sich bloß als Größe 46 ausgeben. »Ich bin mir nicht sicher, ob Sie meine Größe überhaupt dahaben. Vielleicht können wir ja etwas Stretchiges nehmen, das ich zu dieser Hose tragen kann?«

Matt verzieht keine Miene. »Wir haben Ihre Größe. Die da wäre …?«

Ich druckse weiter herum.

»Ich kann auch einfach einen kurzen Blick auf das Etikett in Ihrer Hose werfen. Es wäre nicht das erste Mal, dass ich, übrigens mit dem ausdrücklichen Segen meiner Chefin, zu solch unlauteren Methoden greife. Wir sind uns hier für nichts zu schade.«

Ich lache. »Schon gut und Finger weg von meiner Hose. Es ist Größe 42/44.«

»Haben wir. Schuhgröße?«

»40. Aber mit Absätzen kann ich nicht laufen.«

»Bei Talia kämen Sie damit nicht durch.«

»Dann habe ich ja Glück, dass sie gerade nicht hier ist.«

Matt lacht. »Ich schaue mal, ob wir was Flaches haben. Gehen Sie schon mal vor zu Jean-Peter. Und wenn er meint, dass dieser Pulli wegmuss, dann tun Sie, was er sagt.«

Zwanzig Minuten später trage ich

- meinen ärmellosen gelben Pulli, der doch nicht wegmusste
- einen weißen Ein-Knopf-Blazer mit hochgeschobenen Ärmeln
- einen knielangen Bleistiftrock mit einem großflächigen Blumenmuster (so großflächig, dass nur zwei Blumen auf die Vorderseite des Rocks passen) in einer so gewagten Farbkombination, dass mir vom Hinsehen schwindelig wird
- pinke Stilettos mit Sieben-Zentimeter-Absätzen

Als ich mit kleinen Trippelschritten aus der Besuchertoilette komme, fühle ich die prüfenden Blicke von Matt und Jean-Peter auf mich gerichtet.

»Sieht fast so aus«, meint Jean-Peter bedächtig, »als ob sie wirklich nicht auf Absätzen laufen könnte.«

Matt seufzt. »Eben kamen sie mir gar nicht so hoch vor.«

Jean-Peter schüttelt den Kopf. »Gib ihr die Flachen. Sie läuft sonst wie die Nilpferde in *Fantasia*.«

»Aber mit flachen Schuhen sieht es aus, als hätten wir ein Blitz-Makeover gemacht.«

»Wir *haben* ein Blitz-Makeover gemacht«, sagt Jean-Peter.

»Bitte lassen Sie mich flache Schuhe tragen«, bettele ich.

»Umdrehen«, befiehlt Jean-Peter. Ich drehe mich einmal im Kreis, wie eine kleine Nilpferd-Ballerina. »Nein, mit dem Gesicht zur Wand. Irgendwas stimmt mit Ihrem Hintern nicht.«

Ich beiße die Zähne zusammen und tue wie geheißen.

Sowie ich dem Empfang den Rücken kehre, fangen die Jungs an zu lachen. »Was?«, frage ich und verrenke mir den Hals, um zu schauen, was an meinem Hinterteil so witzig sein soll.

»Oh Pennsylvania«, seufzt Jean-Peter.

»Was denn?«, will ich wissen.

»Die muss sie ausziehen«, antwortet Jean-Peter, aber an Matt gewandt und nicht an mich.

Ich nehme an, dass er die Schuhe meint. »Ein Glück, danke!«, rufe ich. »Die bringen mich um, die Dinger. Und ich bin noch keine drei Schritte gelaufen!«

Jetzt lachen sie erst recht. Ich drehe mich um und versuche böse zu schauen, was mir ziemlich schwerfällt, denn so langsam habe ich meinen Spaß an der Sache. »Was ist denn so schlimm an meinem Hintern?«

»Amy, Sie haben einen ganz reizenden Hintern«, versichert mir Jean-Peter. »Sie scheinen viel auf den Beinen zu sein, das sieht man. Nicht so plattgesessen. Wir müssen Sie unbedingt mal in eine vernünftige Jeans stecken.«

»Ja, bitte«, pflichte ich ihm bei. »Worüber lachen Sie denn dann? Und wann kann ich endlich diese schrecklichen Schuhe ausziehen?«

»Flache Schuhe gibt es nur unter einer Bedingung«, sagt Jean-Peter. »Das Windelhöschen muss weg.«

»Das … *wie bitte?!*«

Matt räuspert sich. »Ihr … äh, Slip, Ms. Byler. Der zeichnet sich unter dem Rock etwas unschön ab.«

Mich trifft fast der Schlag. »Das ist kein Windelhöschen, das ist eine ganz normale Unterhose! Nicht dass gegen Windelhöschen etwas einzuwenden wäre, ich habe zwei Kinder bekommen, und manche Frauen *haben* danach Probleme, aber das ist keine … Ach, warum diskutiere ich das überhaupt? Ich werde meine Unterhose ganz bestimmt nicht ausziehen.«

»Dann gibt es auch keine flachen Schuhe«, verkündet Jean-Peter und kehrt zurück hinter den Empfangstresen.

»Ich kann in diesen Stöckeldingern nicht laufen«, sage ich zu Matt und demonstriere es, indem ich auf ihn zustakse und die Hand nach den flachen Schuhen ausstrecke. »Bitte haben Sie Gnade mit mir.«

Er will sie mir gerade geben, als Jean-Peter wieder hinterm Empfang hervorschießt und sie sich schnappt, sie außer Reichweite hält und flötet: »Erst das Höschen, Amy. Ziehen Sie Ihre voluminöse Unterwäsche aus.«

»Und dann? Soll ich etwa ohne Unterhose durch New York laufen?«, frage ich ungläubig.

»Warum nicht? Der Rock ist lang genug. Und wenn Sie

aus dem Taxi steigen, schön die Füße zusammenhalten. Ein Schwung mit dem Hintern, dann aus der Hüfte abstoßen und mit einer Hand seitlich am Türrahmen festhalten.« Er macht es mir auf seinem Bürostuhl vor. »Sehen Sie? Das ist eine Lektion fürs Leben.«

»Es wäre bedeutend einfacher, einfach meine Unterhose anzulassen.«

»Wenn Sie es einfach haben wollen, ziehen Sie am besten wieder diese furchtbare Stretchhose an.«

Es gibt im Empfangsbereich drei große Spiegel, weshalb mir natürlich die drastische Veränderung nicht entgangen ist, die diese Jungs in einer knappen Viertelstunde bewerkstelligt haben. Nicht mal ich würde, nachdem ich mich so gesehen habe, freiwillig zurück in meine alte Hose schlüpfen. Vielleicht sollte ich es einfach drauf ankommen lassen?

»Könnte ich nicht einen Rock bekommen, der etwas weiter geschnitten ist, damit sich die Unterhose nicht so abzeichnet?«

Jean-Peter seufzt und lässt die flachen Schuhe von zwei Fingern baumeln.

»In den Stilettos komme ich keine zwei Meter weit. Die Frage ist nicht, ob und wie ich aus dem Taxi steige, sondern ob ich es schaffe, nicht von einem überfahren zu werden, weil ich mich langmache. Können Sie das mit Ihrem Gewissen vereinbaren?«

Jean-Peter verzieht keine Miene. »Das hätte nicht ich auf dem Gewissen, sondern die Firma, die solche Unterwäsche herstellt. Und natürlich diejenige, die derartige Monstrositäten kauft und vor allem anzieht. Sollen Ihre Kinder zu Waisen werden, nur weil Sie kein Gespür für das adäquate Darunter haben?«

Es ist so absurd, dass ich lachen muss. »Na schön. Sie kriegen meine Unterhose.«

»Danke, aber das ist wirklich nicht nötig. Niemand will dieses … dieses Etwas haben. Bitte entsorgen Sie es auf der Damentoilette«, gibt Jean-Peter sich pikiert. Matt, der sich die ganze Zeit höflich zurückgehalten hat, bricht in lautes Gelächter aus.

Mit einem leicht befremdeten Lächeln schaue ich ihn an und schüttele den Kopf. »Sie sind mir vielleicht welche, Sie … *New Yorker* …«

Noch immer kopfschüttelnd verschwinde ich wieder in Richtung Damentoilette, doch als ich zurückkomme und den kühlen Hauch klimatisierter Luft unter meinem Rock spüre und endlich ein Paar bodenständiger Ballerinas an den Füßen habe, lässt meine Erleichterung sich nicht leugnen. »Wäre ich dann so weit?«, wende ich mich an die billigen Plätze.

»Sie sind so weit«, gibt Jean-Peter mir grünes Licht. »Viel Glück«, wünscht er Matt. »Und lass dich nicht ärgern.«

»Herzlichen Dank, das war wirklich sehr lehrreich«, bemerke ich trocken.

»Es war mir ein Vergnügen«, sagt er ohne einen Anflug von Ironie. »Oh, und … Matt, sag ihnen, sie sollen ihr unbedingt auch die Augenbrauen machen, ja? Nicht vergessen.«

»Kommen Sie, lassen Sie uns verschwinden, solange mir noch ein Rest an Würde bleibt«, bitte ich Matt und eile zum Aufzug.

Er sprintet mir hinterher. »Sie sehen großartig aus, Ms. Byler«, versichert er mir, als die Fahrstuhltüren sich hinter uns schließen. »Wirklich. Das wird Talia sicher freuen.«

»Das will ich hoffen«, erwidere ich. »Sie schuldet mir nämlich noch neue Unterwäsche.«

Trotz der kleinen Verzögerung treffen Matt und ich exakt auf die Minute im Haarstudio ein, einem etwas schäbig wirkenden Laden im East Village, der mich ein bisschen enttäuscht. Eine halb verhungerte junge Frau im Schlabberpulli bringt uns eine undefinierbare grüne Flüssigkeit in kleinen Gläsern und teilt uns mit, dass es bei Maeve noch etwas dauern würde und wir eine halbe Stunde oder so Geduld bräuchten.

»Eine halbe Stunde?«, sage ich zu Matt, als wir uns auf das abgewetzte rote Samtsofa im Wartebereich setzen.

Matt zuckt mit den Schultern. »Es hat sich anscheinend rumgesprochen, dass sie gut ist. Talia hat darauf bestanden, dass wir ausschließlich zu ihr gehen.«

»Na dann«, sage ich. »Sie brauchen mir beim Warten keine Gesellschaft zu leisten, Matt. Ich habe mir etwas zum Lesen mitgebracht.«

»Talia hat mich darum gebeten, bei Ihnen zu bleiben«, erwidert er. »Damit wir unser Programm zügig durchziehen können.«

Ich verdrehe die Augen. »Ich brauche keinen Babysitter, Matt. Wenn Sie Ärger bekommen, sage ich Talia gern, dass ich Sie auf eigene Verantwortung weggeschickt habe.«

»Mir macht das nichts aus«, versichert er mir. »Ist mal eine nette Abwechslung zum Büro.«

»Sicher?«

»Ganz sicher. Mein Job kann etwas … anstrengend sein. Einen Tag lang jemanden zu begleiten, der so entspannt ist wie Sie, ist fast wie Urlaub.«

Ich lächle verständnisvoll, denn ich weiß genau, was er meint. Talia ist klug und ehrgeizig, ehrlich und loyal. Aber entspannt? Eher nicht. »Das ist wirklich lieb von Ihnen. Was genau steht denn alles auf dem Programm?«

Matt konsultiert seinen Terminplaner. »Heute die Haare …«

»Über kurz oder lang.«

»Was?«

»Egal. Nur die Haare?«

»Aber nein. Sushi-Lunch in der Redaktion mit Talia, danach die Nägel. Ich glaube, da würde ich mich wirklich ausklinken, Nagelstudios sind nicht so mein Fall. Dann Rooftop-Yoga oder türkisches Bad. Ich habe gerade noch die BH-Anprobe eingetragen, das wäre drüben in Brooklyn – da nehmen wir einfach ein Taxi. Gegen sieben sind Sie fertig und den Rest des Abends übernimmt Talia.«

»Du meine Güte«, sage ich. »Das ist ja volles Programm.« Wie stellt Talia sich das eigentlich vor? Wie soll ich das alles bezahlen? Selbst Johns Kreditkarte dürfte irgendwann ausgereizt sein. »Matt«, sage ich vorsichtig, »was schätzen Sie, wie viel dieser Friseurbesuch kosten wird?« Zu Hause gehe ich zum Haareschneiden immer zu einem recht hübschen Laden, bei dem ich mit allem Pipapo fünfunddreißig Dollar bezahle. Irgendetwas sagt mir, dass Maeve mir dafür noch nicht mal die Haare kämmen würde. Dieser Shabby Chic ist bei genauerem Hinsehen nämlich mehr schick als schäbig. Der Teppich vor dem gammeligen Sofa ist ein echter Kelim, das Wasser hinter der Glastür des Gästekühlschranks ist von Voss. Und das grüne Gesöff dürfte irgendein Spirulina-Kombucha-Mix sein.

»Oh«, winkt Matt ab, »das zahlt alles die Redaktion.«

Ich runzele die Stirn. »Wie komme ich denn zu der Ehre?«

»Ganz einfach«, sagt Matt. »Sie bekommen das volle Verwöhnprogramm und wir eine tolle Geschichte. Die Vorher-Nachher-Fotos werden richtig stark.«

»Wie bitte? Welche Vorher-Nachher-Fotos?«

»Na, für die Mamazipations-Story.«

»Was? Das ist hoffentlich ein Witz.«

Matt scheint etwas überrascht von meiner Reaktion. »Hat Talia Ihnen das nicht erzählt? Wir covern die ganze Woche in *Pure Beautiful*. Als Sie vorhin in die Redaktion kamen und sich bei Jean-Peter den Besucherausweis haben machen lassen, wurden die Vorher-Bilder geschossen. Als Nächstes kommen das Makeover, dann die Grundgarderobe und Ihre Story: Eine Mutter, die sich wieder neu entdeckt. Vielleicht bringen wir es auch als Teaser vorne auf dem Titel.«

»Sehr lustig.«

Matt hebt fragend die Brauen.

»Matt«, sage ich ganz langsam und deutlich. »Ich weiß von nichts und ich habe auch keine Lust, eine Titelgeschichte zu werden. Es braucht nicht die halbe Welt zu erfahren, dass ich meine Kinder eine Woche allein gelassen habe, um mir in New York die Nägel machen zu lassen.«

Er lacht. »Wo ist das Problem? Wissen Sie, wie viele Frauen auf der Stelle mit Ihnen tauschen würden? Ich schon, weil ich jede Woche dutzendfach E-Mail-Anfragen bearbeiten darf. Meine Mom war auch alleinerziehend, und ich weiß, wovon ich rede, wenn ich behaupte, dass es kein Luxus ist, sich nach drei Jahren eine Woche frei zu nehmen – das ist schiere Notwendigkeit. Niemand wird Ihnen das zum Vorwurf machen, wenn Sie sich mal was Gutes tun.«

Muss ich mir das wirklich anhören? Von jemandem, der praktisch mein Sohn sein könnte? Dumm nur, dass Talia und Lena exakt dasselbe sagen würden.

Aber was haben alle drei gemeinsam? Genau. Sie haben keine Kinder.

»Matt, jetzt hören Sie mir mal gut zu. Ich will mich wirklich nicht beklagen, aber auch wenn das alles aufs Haus geht, wäre ich vorher gern gefragt worden. Wenn ich gewusst hätte, dass Fotos von mir gemacht werden, die veröffentlicht werden sollen, hätte ich mich heute Morgen vorm Spiegel schon ein bisschen mehr angestrengt. Ich kann mir übrigens nicht vorstellen, dass das irgendjemanden interessiert, was ich hier mache, geschweige denn, dass es auf den Titel müsste. Mein Glück oder vielmehr mein Pech ist einfach, dass ich zwei übereifrige Freundinnen habe, die es etwas zu gut mit mir meinen und leider nicht den leisesten Schimmer haben, was es bedeutet, Mutter zu sein. Tatsache ist, dass es von diesem Job keine Auszeit gibt. Das, was wir hier machen, ist purer Eskapismus. So funktioniert das aber nicht, und mein eigentliches Leben findet zu Hause statt, in Pennsylvania.«

»Eskapismus«, springt Matt sofort an. »Genau darum geht es. Eine Woche, die Ihnen ganz allein gehört. Männer machen das ständig: Sportcamps, eine Woche in den Bergen, Angeln. Und wir übertragen das jetzt auf die Mütter: Mamazipation.«

»Ach, dieses blöde Wort … das gibt es doch gar nicht.«

»Jetzt schon. Das wird ein Riesentrend, Amy, und Sie setzen ihn!«

»Nun übertreiben Sie mal nicht, Matt«, sage ich. »Bei Ihnen klingt das ja schon nach neuer Frauenbewegung.«

»Im Grunde ist es das ja auch.«

»Am besten schreiben Sie die Story gleich selbst«, schlage ich halb im Scherz vor.

»Das werde ich«, erwidert Matt. »Es ist meine Story.«

Ich schaue ihn fragend an.

»Das ist meine große Chance, Amy«, sagt er. »Bislang habe ich bloß Bildunterschriften und ein paar schmissige Titelzeilen geschrieben, aber damit könnte ich mir einen Namen machen. Ich könnte aufsteigen. Oder … mich abwerben lassen …«

»Soso.«

»Ich will Sie überhaupt nicht unter Druck setzen, Amy, aber wenn Sie die Story platzen lassen, muss ich Talia bis ans Ende meines Lebens den Kaffee hinterhertragen.«

Ich lache. »Verstehe. Überhaupt kein Druck.«

»Überlegen Sie es sich einfach«, sagt Matt, aber noch ehe ich etwas erwidern kann, steht auf einmal eine wild tätowierte junge Frau vor mir, mit einem Wangenpiercing und Haaren wie ein bunter Frühlingsstrauß. »Oh, Amy«, flötet sie, als wären wir allerbeste Freundinnen. »Arme, zauselige Amy. Ich bin Maeve, und ich werde Ihr Leben verändern.«

9. Kapitel

Liebe Mom,

endlich! Ein Buch, für das ich mich begeistern kann. Und du hast bloß wie lange dafür gebraucht, acht Anläufe?
Erst dachte ich, das wird wieder so ein Flop. Diese Eleanor ist ja schon ziemlich seltsam und sozial eher nicht so begabt. Aber dann mochte ich sie total gern, und jetzt hätte ich am liebsten eine Zeitmaschine, damit ich ihre Freundin sein kann. Und Park klingt sowieso wie der absolute Traumtyp. Schade, dass er nicht real ist und noch dazu in den Achtzigern lebt. Ansonsten – sehr heiß. Den würde ich nicht von der Bettkante schubsen. Aber erst nachdem ich mein Sportstipendium bekommen habe. Und mir eine Zeitmaschine gebaut habe.
Na ja. Gestern hat es morgens geregnet, und als wir gerade angefangen hatten, zog ein Gewitter auf, weshalb das Training ausgefallen ist. Aber weil Dad mit Joe unterwegs war, irgendwelchen MINT-Kram machen, habe ich mich in den Pausenraum gesetzt, das Buch weitergelesen und Cola aus dem Mitarbeiterkühlschrank getrunken – bloß zwei, also entspann dich. Weil ich keine Ahnung hatte, was das für Bands sind, über die die beiden reden, habe ich mir eine Eleanor & Park*-Playlist gemacht und die beim Lesen gehört. Und plötzlich waren schon drei Stunden vergangen, und Dad ist gekommen, um mich abzuholen. Und ich habe die*

ganze Zeit gelesen, drei Stunden am Stück! Da ist die Bibliothekarin in dir bestimmt mächtig stolz, nicht wahr?
Ich hoffe, du hast eine tolle Zeit in New York. Lena und Talia hatten sich da was ausgedacht, damit du auch wirklich mal Spaß hast und dir nicht wieder alles entgehen lässt. Ich gönne es dir wirklich, denn bald bist du ja wieder zu Hause, und wir haben Hunger, und die Wäsche muss auch gemacht werden. Haha, Scherz. Wir vermissen dich wirklich, Mom. Und nicht nur, weil Dad das mit dem Essenmachen nicht auf die Reihe kriegt. Gestern Abend gab es hart gekochte Eier, fertig gekauft, und sonst nichts. Ich meine, hallo, was stimmt mit dem Mann nicht? Ich habe ihm erst mal die Jimmy-John's-App aufs Handy geladen und hoffe auf kulinarische Besserung.
Aber ansonsten kommen wir ganz gut klar. Irgendwie ist das ja spannend mit Dad: Er bemüht sich so unglaublich, dass man eigentlich bloß nett sein und ihn okay finden kann, aber manchmal würde ich ihn am liebsten anschreien: »Wenn du uns so sehr magst und alles so toll findest, warum bist du dann abgehauen?«
Andererseits möchte ich ihm gern verzeihen. Immerhin ist er ja zurückgekommen, und man merkt, dass es ihm echt ernst ist. Wenn er sich dafür entschuldigt, dass er uns hat hängen lassen, dann meint er das auch so. Gestern Abend, als er dachte, wir wären schon im Bett, habe ich ihn weinen hören. Joe meinte, das wäre ein Zeichen, dass er BITTERLICH BEREUT*. So was kann auch bloß von Joe kommen, oder?*
Aber weißt du was, Mom – es stimmt. Er bereut wirklich. Und irgendwie weiß er kaum, wohin mit sich und seinen Gefühlen, er zerfließt förmlich vor Gefühl. Dann umarmt er uns oder kauft uns »einfach so« kleine Geschenke oder wird

ganz sentimental und erzählt von früher, als wir noch klein waren. Er redet viel davon, »im Moment zu leben« und so, das nervt manchmal ein bisschen, aber na ja. Als ich ihn gefragt habe, warum er gestern Abend geweint hat, meinte er, dass es ihn einfach traurig macht, wenn er ans Ende der Ferien denkt, und er wegen seinem Job ja auch nicht ewig hierbleiben kann.

Ich wollte wissen, ob seine Arbeit auch der Grund war, weshalb er uns verlassen hat. Er sagte, das sei wegen seiner Depressionen und Angststörungen gewesen und weil er dachte, er könne vor seinen Problemen davonlaufen. Für mich klingt das nach so einer Standardantwort, als hätte sein PR-Berater ihm das eingeflüstert. Also habe ich noch mal nachgefragt. Denn wenn man vor ALLEM UND JEDEM davonläuft, bloß vor seinem Job nicht, dann muss man den wohl sehr lieben, oder?

Da meinte er, dass sein Selbstwertgefühl als Mann sehr stark an seine Arbeit gebunden gewesen sei und er sich über seinen Job definiert habe. Darüber hat er heute Morgen mit mir gesprochen. Während des Trainings ging mir das die ganze Zeit durch den Kopf, und je länger ich nachdachte, desto mehr habe ich mich aufgeregt. Ich meine, was soll das heißen, sein Selbstwertgefühl als Mann? *Oder dass er sich über seinen Job definiert hat? Ich kenne einige Väter, die sich zuallererst darüber definieren würden, dass sie einfach Vater sind. Man kann doch mehr als eine Identität haben, oder? Du bist beispielsweise Bibliothekarin, Lehrerin, eine gute Freundin, eine schlecht gekleidete Person, aber vor allem eben unsere Mutter. Hab ich recht oder hab ich recht?*

Warum hat er uns und nicht seinen Job sausen lassen?

Ich weiß es nicht. Und ich will auch gar nicht mehr darü-

ber nachdenken. Lieber lese ich jetzt Eleanor & Park *weiter. Manchmal ist es besser, über anderer Leute Probleme nachzudenken, als sich mit den eigenen zu beschäftigen. War es das, was du mit dieser Leseaktion bezwecken wolltest?*

Alles Liebe,
deine literarische Spätentwicklerin Cori

An Tag zwei meines Makeovers – ich bin nach einer wirklich sehr ausgedehnten Sitzung bei der Farbberaterin gerade auf dem Rückweg in die Redaktion – überkommt mich das Bedürfnis, Cori anzurufen. Wir kommunizieren hauptsächlich über mal mehr, mal weniger häufige Textnachrichten, und einmal am Tag versuche ich auf dem Festnetz anzurufen, aber meistens geht Joe ran und berichtet erst mal in aller Ausführlichkeit, was es Neues gibt – der gestrige Anruf drehte sich daher überwiegend um geothermische Heizsysteme, sein jüngstes Steckenpferd. Aus Effizienz- und durchaus auch egoistischen Gründen rufe ich Cori jetzt direkt auf ihrem Handy an. Sie geht nicht ran und schweren Herzens hinterlasse ich ihr eine »Hab nur gerade an dich gedacht«-Sprachnachricht. Kurz darauf schreibt sie: »Alles gut, Mom. Ich soll dich auch von Trinity grüßen. Mach dir keine Sorgen, ich lese fleißig (nur jetzt gerade nicht).« Ich höre mich tief seufzen. An sich hatte ich ihr die Aufgabe mit dem Lesetagebuch gestellt, damit sie etwas hat, um ihre Gefühle zu verarbeiten, eine Art Ventil für alles, was sie in dieser einen Woche mit ihrem Vater durchmacht und erlebt, und wo sie ungefiltert aufschreiben kann, was ihr so durch den Kopf geht, ohne auf meine Gefühle Rücksicht nehmen zu müssen. Jetzt hätte ich sehr viel darum gegeben, jeden Tag lesen zu können, was sie geschrieben hat. Besser noch:

Ich hätte eine Webcam in ihrem Zimmer installieren sollen, auf die ich jederzeit Zugriff habe. Oder ihr Handy anzapfen, einen Spitzel ins Sportteam einschleusen, ihr gleich einen Chip ins Gehirn implantieren sollen, der Alarm schlägt, sobald ihr Serotoninspiegel sich dem kritischen Bereich nähert.

»Oh wow!«, reißt Matt mich aus meinem Helikoptermutter-Panikmodus. »Ich hätte dich um ein Haar nicht erkannt, Amy!«

Ich werfe einen Blick in eine der Spiegelwände von *Pure Beautiful* und erkenne mich selbst kaum. Und weil ich so gern Listen schreibe, hier eine Liste all der Dinge, die Matt, Talia und *Pure Beautiful* in den letzten vierundzwanzig Stunden mit mir angestellt haben:

1. Aus meinen spülwasserblonden, mittellangen Haaren mit Seitenscheitel – sehr praktisch zum Zusammenbinden – einen sexy Stufenschnitt mit Wellen und seitlich fallendem Pony gemacht. Außerdem sind meine Haare jetzt braun. Ein satter Schokoton mit rotblonden Spitzen. Klingt seltsam, sieht aber aus, als sollte es genau so sein und nicht anders. Als hätte ich einer sehr schönen Frau die Haare geklaut, sie mir aufgesetzt wie eine Perücke und gesagt: Das sind jetzt meine.
2. Meine Augenbrauen gezupft und gewachst und so in Form gebracht, dass ich gleich drei Kilo schlanker wirke. Hatte ich wirklich drei Kilo Augenbrauen im Gesicht, frage ich mich mit leisem Entsetzen.
3. Die Augenbrauen passend zu den Haaren gefärbt.
4. Meine Augenbrauen mit einem speziellen Gel gebürstet, damit sie in Form bleiben. Glauben die echt, ich würde das jeden Morgen machen? Mein Einwand wurde natürlich ignoriert.

5. Meine Fingernägel mit einem speziellen Gel lackiert, das seine Farbe der Temperatur anpasst.
6. Die Fußnägel mit einem anderen Gel lackiert, dessen Farbe konstant bleibt, dafür aber jadegrün.
7. Mich gebeten, den Oberkörper freizumachen, um mich in ein ganzes Sortiment BHs hineinzuquetschen, die jedem Edel-Escort zur Ehre gereicht hätten, ich mir aber im Traum nie selbst gekauft hätte – und das in Größen, die vermutlich frei erfunden waren, um meine Gefühle nicht zu verletzen.
8. Drei dieser BHs wurden für mich erworben. Sie widersetzen sich wundersam der Schwerkraft und dem Zahn der Zeit und befördern meine Brüste wieder genau dorthin, wo sie vor Coris Geburt saßen.
9. Mir einen Stapel Jeans aus dem Paradies-Schrank zum Anprobieren gegeben (es waren so viele, dass ich mir gleich noch einen YSL-Trolley für den Transport leihen musste).

Als Talia und ich abends bei Take-away-Thaicurry in ihrem Büro sitzen, sehe ich zehn Jahre jünger und so cool aus, wie ich es in einem anderen Leben gerne gewesen wäre. Ich trage nun eine magische Jeans, bei der hinten nichts ausbeult und vorne nichts kneift. Mein Blick wandert immer wieder zu meinem sich in der Glaswand spiegelnden neuen Ich, und Talia lacht jedes Mal, wenn ich aufspringe und mir mit staunenden Augen durch meine tollen neuen Haare strubbele.

»Schau mich an, Talia!«, rufe ich. »Schau mich nur an!«

»Ich schaue ja.« Sie fällt fast von der Couch vor Lachen.

»Und ich trage noch nicht mal Make-up! Spieglein, Spieglein an der Wand, wer ist die Schönste im ganzen Land?«

Sie schüttelt den Kopf. »Willst du Make-up?«

Ich überlege kurz. »Eigentlich nicht. Muss ich mich morgen nicht sowieso schminken lassen?« Heute ist es zum Glück schon zu spät für weitere Verschönerungsaktionen, worüber ich im Grunde ganz froh bin.

»Du *musst* überhaupt nichts«, erwidert sie. »Wenn du nicht möchtest, lassen wir es.«

»Na ja«, sage ich und hebe vielsagend die Brauen. »Von meiner Stretchhose *musste* ich mich aber schon verabschieden. Dein entsetzter Blick ließ mir gar keine andere Wahl.«

»Weil sie einfach indiskutabel war«, gibt Talia zu. »Make-up ist optional. Für den Shoot der Nachher-Bilder morgen wird Matt dich ein bisschen stylen lassen, aber ansonsten kommst du auch ungeschminkt durch und siehst immer noch toll aus, du Glückskind.«

Ich grinse. »Awww, danke!« Das dürfte das erste Beauty-Kompliment sein, das ich von Talia bekommen habe.

»Nicht dass wir uns da falsch verstehen«, setzt sie nach, »ungeschminkt meint Mascara, Lippenstift und etwas Farbe auf den Wangen. Du bist eine weiße Frau aus Pennsylvania – und mit weiß meine ich genau das. Du bist so blass, als wärst du letzten Winter einbalsamiert und eben erst von findigen Archäologen ausgegraben worden. Selbst Han Solo hatte mehr Farbe, als er von Leia aufgetaut wurde. Wenn du mir erzählen würdest, du wärst gerade von einer Weltraummission gekommen, ich würde dir glauben. Du erinnerst mich an eine der Figuren aus *Der Polarexpress*. Du könntest …«

»Schon kapiert«, unterbreche ich sie. »Ich bin bleich.«

»Weißer als Fondant auf einer Hochzeitstorte. Du …«

»Ich werde Lippenstift tragen«, verspreche ich, um der unschmeichelhaften Tirade ein Ende zu machen.

»Und Rouge.«

»Und Wimperntusche. Aber meine Augenbrauen werde ich mir nicht jeden Morgen bürsten und stylen, das geht dann doch den einen entscheidenden Schritt zu weit.«

Wir besiegeln den Deal mit Handschlag.

»Was steht denn sonst noch Schönes auf dem Programm?«, will ich wissen. »Ein Model-Vertrag? Botox? Benimmkurse?«

Talia schüttelt lächelnd den Kopf. »Die Optik stimmt schon mal, jetzt nehmen wir uns der inneren Werte an.«

Ich runzele die Stirn. »Das Makeover habe ich ja noch eingesehen, das war wirklich nötig, aber meinem Innenleben geht es eigentlich ganz gut. Ich habe einen tollen Job, zwei wunderbare Kinder, ein schönes Haus, alles prima bei mir.«

»Hm«, macht Talia.

»Nicht hm«, wende ich ein. »Einfach nur ja.«

»Mhm.«

Ich gucke sie schief an. »Ich habe dir erlaubt, meine Fingernägel *taupe* zu lackieren«, sage ich warnend.

»Und welche Farbe bekommen sie, wenn dir heiß wird? Oh, pardon, wir werden es nie erfahren, weil du dem Sex längst abgeschworen hast.«

»Was?«, frage ich völlig entgeistert. »Ich hatte doch gerade Sex! Und es war toll!«

Talia strahlt mich an. »Dass es toll war, hast du nicht erwähnt.«

Ich laufe knallrot an. »Na ja, was hätte ich sagen sollen? Meine Vergleichsbasis ist ja eher bescheiden. Aber der Typ sah fantastisch aus, und wir haben beide … du weißt schon.«

»Ich weiß.«

Ich zucke mit den Schultern. »Also mir hat's gefallen. Ich würde der Erfahrung dreieinhalb von fünf Sternen geben.«

»Dann solltest du es bald wiederholen. Versuch auf fünf Sterne zu kommen.«

»Mit Daniel?«, frage ich. *Habe ich das gerade wirklich gefragt, als könne ich es kaum erwarten?*

»Warum nicht? Kann auch jemand anderes sein.« Sie tippt sich nachdenklich mit einem ihrer Essstäbchen an die Lippen. »Was ist mit Matt?«

Mir fällt fast die Kinnlade herunter. »*Matt?* Dein Assistent? Das wäre … das wäre, als würde ich mit deinem Sohn schlafen!«

Talia verzieht das Gesicht. »Ja, irgendwie schon. Sorry, dumme Idee. Ich dachte nur, das wäre die perfekte Gelegenheit, um endgültig herauszufinden, ob er nun schwul ist oder nicht.«

»Ist er nicht, oder?«

»Vielleicht bi«, findet Talia.

Ich überlege. »Sind wir nicht alle ein bisschen bi?«, frage ich zurück. »Das behauptet zumindest Lena.«

»Eine Nonne zum Verlieben«, schwärmt Talia. »Warum schläfst du nicht mal mit ihr?«

»Talia! Jetzt hör aber auf. Ich muss mit überhaupt niemandem schlafen, das ist ja das Schöne. Sex ist nicht das Einzige im Leben.«

»Das sagst du bloß, weil du noch nie Fünf-Sterne-Sex hattest.«

Nicht zum ersten Mal ertappe ich mich dabei, über Talias Leben zu spekulieren. Keine Kinder. Kaum Freunde. Keine nennenswerte Familie. Ihre Arbeit ist ihr Leben. Nicht wirklich verwunderlich, dass Sex einen so großen Stellenwert für sie hat. Ich dagegen habe andere Sorgen.

»Falsch«, sagt sie ohne jede Überleitung.

»Was ist falsch?«, frage ich.

»Was immer du gerade denkst, um dir dein fehlendes Liebesleben schönzureden. Sei es, dass du angeblich nicht gut genug bist, keine Zeit hast, keine Energie, dass Sex sowieso maßlos überschätzt wird und es ja immer noch sein könnte, dass John zurückkommt …«

Ich ziehe einen Flunsch. »Er kommt nicht zurück. Ich meine, er ist zwar zurückgekommen, aber nicht wegen mir«, stelle ich klar. »Er ist wegen der Kinder wieder hier.«

Talia seufzt. »Ich wünschte, ich wäre mir da so sicher wie du.«

Ich schüttele den Kopf. »Ich hatte dir doch von Marika erzählt. Die Sache mit der Kreditkarte. Das Waxing, die Dessous.«

Sie nickt. »Das schon. Aber ich mache mir trotzdem Sorgen, Ames. Ich mache mir Sorgen, dass er, nachdem er eine tolle Zeit mit den Kindern hatte, die er allein *dir* verdankt, auch wieder anfängt, sich an dich heranzumachen. Ich glaube, er will sein altes, bequemes Leben zurück. Vielleicht weiß er das noch nicht, aber darauf wird's hinauslaufen.«

Wie aus dem Nichts schießen mir Tränen in die Augen. Ich schniefe leise. Meine Augen brennen. Ich halte den Atem an.

»Weinst du?«

»Nein! Natürlich nicht«, rufe ich. Und dann fange ich an zu weinen.

Aus dem leisen Schniefen wird ein ersticktes Schluchzen. »Tut mir leid«, wimmere ich. »Ich weiß nicht, wo das jetzt herkommt.« Aber noch während ich es sage, weiß ich, dass es nicht stimmt. Ich weiß sehr genau, warum ich weine. Es ist der Gedanke, John könnte bleiben und wieder mit mir zusammen sein wollen. Ich denke an alles, was ich durchgemacht habe, seit er uns verlassen hat. Und daran, wie viel leichter alles wäre, wenn er wieder da wäre. Dann denke ich, dass ich genau das nicht denken sollte. Dass ich es nicht wollen sollte. Ich denke an die Abbuchungen aus Hongkong und dass ich mich lächerlich mache, wenn ich mich wieder auf ihn einlassen würde, als wäre nichts gewesen. *Du lässt alles mit dir machen. Du hängst immer noch den alten Zeiten nach.* Und dann heule ich so richtig.

Talia beobachtet mich aus dem Augenwinkel, als würde sie eine Sonnenfinsternis verfolgen. Dann fängt sie an, auf der Tastatur zu tippen.

»Hi«, höre ich sie sagen und hebe den Blick. Sie starrt auf den Bildschirm. Nimmt sie etwa allen Ernstes ein Gespräch an, während ich hier einen halben Nervenzusammenbruch habe?

»Hey, was gibt's? Alles gut bei euch?«, fragt eine vertraute Stimme. Ich versuche, mein Schluchzen zu unterdrücken, um etwas mitzubekommen.

»Sie weint. Was soll ich tun?«

»Sie macht was? Amy weint nicht. Was hast du gemacht? Ist sie gerade da? Amy?«

Es ist Lena. Talia bittet sie dranzubleiben und setzt sich mit dem Laptop zu mir auf die Couch, sodass wir beide sie sehen können.

»Hallo Lena«, heule ich erneut los, als sie vor mir auf dem Bildschirm auftaucht.

»Wow«, sagt sie. »Du siehst fantastisch aus. Mach mal den Mund zu und schau mich an. Und vielleicht auch die Nase putzen. Ja, schon viel besser. Wirklich umwerfend! Ich liebe diese Frisur. Damit siehst du endlich so aus wie die Amy, die ich kenne. Offen, tatkräftig, loyal und wunderschön. Ich bin echt baff, was so ein Haarschnitt bewirken kann. Er passt perfekt zu dir.«

Ich will mich gerade bedanken, als sie nachsetzt: »Was ist denn mit deinen Augenbrauen passiert?«

Ich taste nach meinen verjüngten Augenbrauen. »Schlimm?«

»Nein! Du siehst großartig aus. Und falls du diesem Wildwuchs über deinen Augen nachweinst: Die wachsen nach, schneller als du schauen kannst. Talia, du hast wirklich ganze Arbeit geleistet. Ich bin ehrlich beeindruckt.«

Mit einem Schlag versiegen meine Tränen. »Ihr steckt also unter einer Decke«, stelle ich nüchtern fest. »Dann wusstest du wahrscheinlich auch von dieser Makeover-Story.«

Lena schaut kurz Talia an, und dieser Blick verrät sie beide.

»Ich fühle mich ein bisschen hintergangen«, sage ich. »Und ausgenutzt. Ich dachte, ich besuche eine alte Freundin, habe ein paar schöne Tage mit ihr. Stattdessen werde ich aufgedonnert und als Titelstory vermarktet.«

»Du fühlst dich ausgenutzt, weil du eine neue Frisur bekommen hast?«, fragt Talia. »Ohne etwas dafür zahlen zu müssen?«

»Ohne vorgewarnt zu werden.«

Talia seufzt. »Dann werde ich dich in Zukunft immer rechtzeitig vorwarnen, wenn ich dir etwas Gutes tun will.«

»Das wäre sehr nett, ja«, sage ich mit einem leisen Schniefen.

»Was ist denn los, Amy?«, fragt Lena. »Ich habe dich wirklich noch nie weinen sehen. Vielleicht ganz am Anfang, als John weg war. Aber seitdem nicht mehr.«

Ich erzähle ihr von Talias Vermutung bezüglich John. Und dann berichte ich von der Sache mit der Kreditkarte und den Abbuchungen. Schließlich schniefe ich noch mal und gestehe ihr, dass ich vielleicht doch noch nicht über John hinweg bin.

Talia schnaubt. »Oh Mann. Er ist es nicht wert.«

Lena schaut mich nur fragend an. »Wie kommst du darauf?«

»Weil ich ein schlechtes Gewissen habe wegen dem heißen Schulbibliothekar. Mir kommt es vor, als wäre ich John untreu geworden, als wäre *ich* die Ehebrecherin.«

Lena guckt mich ein bisschen mitleidig an. »Schätzchen, da gab es keine Ehe mehr zu zerbrechen.«

Ich nicke verständig und lasse mich in die Couch zurücksinken. »Ich weiß. Aber warum heule ich dann deswegen?«

Talia hebt entnervt die Hände. »Wenn ich das wüsste! Du und deine neue Frisur sollten Spaß mit dem sexy Bibliothekar haben. Ich sag dir was: Du gehst das völlig falsch an.«

»Sie sagt, das wäre ein One-Night-Stand gewesen«, stimmt Lena ein.

»Dann sollen sie es nächstes Mal einfach im Liegen machen«, bemerkt Talia, was mir trotz allem ein krächzendes Lachen entlockt.

Ich genehmige mir einen Schluck Wein und räuspere mich. »Also gut, die Sache ist die«, fange ich an, »wahrscheinlich habe ich tatsächlich … insgeheim … gehofft, dass, wenn John schon zurückkommt, nach all den Jahren, und sich so bemüht …« Ich schüttele den Kopf. »Was soll ich sagen? Wir haben unser halbes Leben zusammen verbracht. Er war dabei, als ich meinen Master bekommen habe. Als ich erfahren habe, dass ich schwanger bin. Als Cori versucht hat, sich selbst Ohrlöcher zu stechen. Als Joe ausgerechnet während dieses schrecklichen Karnevalsumzugs seinen ersten Milchzahn verloren hat. Mit John war ich das erste und einzige Mal in Paris, er hat bei der Geburt unserer Kinder geweint und das Fotoalbum von unserer Hochzeit aus dem Keller gerettet, als der unter Wasser stand. So etwas verbindet. Das ist Liebe, die über Jahre gewachsen und alltagserprobt ist und die man nicht einfach so ausknipsen kann wie einen Lichtschalter.«

Lena seufzt, und Talia legt den Arm um mich. »Oh Amy. Du hoffnungslose Romantikerin.«

»Ich weiß«, sage ich düster.

»Zum Glück gibt es diese Kreditkarte«, sagt Lena.

»Wie meinst du das?«, will ich wissen.

»Ich glaube, das war bitter nötig, um dir die Augen zu öffnen. Es hat dich der Illusion beraubt, dass du und John euer altes Leben wieder aufnehmen könntet. Diese Abbuchungen haben dir gezeigt, wer er wirklich ist und was er will. Gut für dich, dass du es schon jetzt herausgefunden hast und nicht erst am Ende des Sommers, wenn er dann wieder abrauscht in den süßen, schamenthaarten Schoß seiner fünfzehn Jahre Jüngeren.«

Talia hebt beeindruckt die Brauen. »Sehr anschaulich, Lena. Schon fast ein wenig zu anschaulich für meinen Geschmack.«

Ich vergrabe das Gesicht in den Händen. »Wie soll ich ihm bloß in drei Tagen gegenübertreten?«

»Was können wir denn für dich tun, um dich darauf vorzubereiten?«, fragt Lena. »Was würde dich seelisch-moralisch stärken, sodass du ihm gegenüber sicher und selbstbewusst auftreten kannst, statt dich betrogen und verwundbar zu fühlen?«

Ich schüttele den Kopf, denn ich weiß es ja selbst nicht.

Lena und Talia verständigen sich mit einem stummen Blick, dann verkünden sie einstimmig: »Mamazipation!«

»Mamazipation«, wiederholt Talia, jetzt allein. »Und zwar so richtig, im echten Leben, nicht bloß für die Zeitschrift. Vielleicht den ganzen Sommer über, ein paar Kurse besuchen, eine neue Sprache lernen, eine neue Liebe finden, eine neue Perspektive aufbauen …«

Ich wehre sofort ab. »Das ist nicht drin. Und wer sagt mir, dass es überhaupt etwas gibt, was mir hilft, mich besser zu fühlen, außer abzuwarten und ein paar Tränen zu vergießen. Heilt die Zeit nicht angeblich alle Wunden?«

Talia verdreht die Augen. »Das hast du schon probiert, und was hat es …«

Lena wischt das mit einer Handbewegung beiseite und übernimmt das Wort. »Überlass das einfach deinen Freundinnen. Wir helfen dir schon, wieder ein bisschen Schwung in dein Leben zu bringen.«

Ich schaue sie resigniert an. »Eigentlich war mein Leben immer ziemlich unaufgeregt. Erst hatte ich einen Freund, dann einen Mann, dann zwei Kinder, keinen Mann mehr, dafür einen Job und Geldsorgen ohne Ende. Besonders schwungvoll war das alles nicht.«

Lena wendet sich an Talia. »Einfach macht sie es uns nicht, aber ich glaube wir schaffen das. Auch wenn sie gerade schwungresistent wirkt.«

»Wem sagst du das«, seufzt Talia. »Am liebsten würde sie die ganze Woche mit Pizza und Serien auf der Couch verbringen.«

»Und Büchern!«, rufe ich dazwischen.

»Ein Härtefall. Die Frage ist ja: Ist diese Mom noch zu retten?«, überlegt Talia laut.

»Diese Mom hört euch, denn sie ist immer noch da«, bringe ich mich in Erinnerung.

»Versuchen müssen wir es«, beschließt Lena, als wäre ich gar nicht da. »Sie ist zu jung, um sich schon zur Ruhe zu setzen …«

»… sich gemütlich in Pizzakäse zu betten …«

»… ein sattes Seufzen in den unendlichen Weiten des Kabelfernsehens …«

Ich stöhne so lange laut, bis sie damit aufhören. »Tut mir leid, Leute. Ich weiß, ihr meint es nur gut, aber ich will keine Mamazipation. Ich will nach Hause. Ich mag Pizza. Und ich mag es, in gemütlichen Klamotten auf der Couch abzuhängen. Wenn ich mir wegen meinem Ex die Augen ausheulen will, dann soll es so sein. Dann will ich mit einer Großpackung Taschentüchern, einer Flasche Wein und Hugh-Grant-Filmen in Endlosschleife so lange auf dem Sofa abhängen, wie mir danach ist. Auf keinen Fall will ich drei Zugstunden von meiner Familie entfernt sein, mich in hautenge Jeans zwängen und wildfremde Kerle abschleppen.«

Da seufzen sie beide.

»Es ist ihre Entscheidung«, räumt Talia ein. »Wir haben alles versucht.«

Lena nickt. »Wir möchten doch nur, dass du glücklich bist, Amy.«

Ich lächele gerührt. »Ich weiß. Und es gefällt mir hier, ich habe echt Spaß. Aber mein eigentliches Leben findet anderswo statt. Bei meiner Familie, zu Hause – und genau dort sollte ich auch Ende der Woche wieder sein.«

»Dann komm nach Hause«, sagt Lena. »Ich stell schon mal den Weißwein kalt.«

Talia zieht mich an sich. »Gegen ein ruhiges Leben ist überhaupt nichts einzuwenden«, versichert sie mir, wenn auch mit hörbarem Bedauern. »Aber wenn du schon mal da bist, wie wäre es heute Abend mit einer kleinen Nachtmusik?«

Bevor *Marie's Crisis* zur Musical-Karaoke-Bar wurde, war es ein Bordell. Tatsächlich haben hier also mal Männer verkehrt, die wirklich großes Interesse am weiblichen Geschlecht haben. An einem Dienstagabend, wenn kaum Touristen da sind und am Klavier irgendein Broadway-Aspirant sich die Finger warmspielt, ist es der perfekte Ort, mein Makeover zu feiern, ohne Gefahr zu laufen, von irgendwelchen Typen belästigt zu werden (wovon Talia vermutlich auch ohne Makeover ein Lied singen kann). Im *Marie's* sind wir nahezu unsichtbar.

Talia sichert uns die begehrten Plätze vorne links vom Klavier. Wenn wir ein bisschen die Hälse recken, können wir mit in die Noten schauen und wissen immer, was als Nächstes kommt. »*Fantasticks*«, flüstert sie mir zu. »Dann nutze ich mal die Gunst der Stunde und besorge uns Drinks. Niemand kann *Try to Remember* widerstehen.«

Zu den letzten Klängen von *Kiss of the Spider Woman* verschwindet Talia Richtung Bar. Ich schaue mich in dem schummrigen Kellerraum um, und es ist alles noch genauso, wie ich es in Erinnerung habe: die Beleuchtung spärlich, das Ambiente schäbig, die Bedienung träge und die Akustik grausam. Aber die Klientel ist eine andere, deutlich jünger und attraktiver, und wir sind längst nicht mehr die einzigen Frauen wie noch vor zwanzig Jahren, als Talia jedes Mal das Solo von *Defying Gravity* singen musste – irgendwie gab es immer jemanden, der sich den Song wünschte.

Auf *Try to Remember* folgt ein William-Finn-Medley, und ich muss beim Text passen. Ich gebe meinen Posten am Klavier auf und mache es mir auf einem der alten Samtsofas gemütlich, um in Ruhe der Musik zu lauschen, den oft erstaunlich schönen Stimmen. Talia kommt vorbei, drückt mir einen Martini in die Hand und geht wieder mitsingen. Ich schaue ihnen zu, wie sie ihren Spaß haben und lachend über den Text stolpern, und denke an alles, was mit mir, in meinem Leben passiert ist, seit ich das letzte Mal hier war. Es war eine völlig andere Zeit, ich war jung und unbedarft, wartete darauf, dass mein eigentliches Leben beginnt. Und wenn ich etwas hatte, dann Zeit. Zeit ohne Ende, ganz anders als jetzt.

Ich trinke meinen Martini. Ich vermisse meine Kinder.

Nach einer halben Stunde kommt endlich wieder etwas, das ich gleich bei den ersten Takten erkenne. Meine Miene hellt sich auf, Talia dreht sich zu mir um. »*Dreamgirls*«, formt sie mit den Lippen und bedeutet mir mitzumachen.

Ich komme auf die Füße und geselle mich zu ihr. Es ist eins der Musicals, die Talia und ich damals auf dem College rauf- und runtersingen konnten. Spätestens bei *One Night Only* habe ich alle Sorgen vergessen und fühle mich wieder wie zwanzig. Wir singen bestimmt eine Stunde, dann zwei, und dann taumeln wir noch immer ganz beseelt die Treppe hinauf und sind auf der Straße schier geblendet von den Lichtern der Nacht des Village, die uns nach dem Dunkel der Bar vorkommen wie der helle Tag. Talia schaut nach einem Taxi. Ich bin so müde, dass ich umkippen könnte.

»Siehst du, das hat doch Spaß gemacht«, sagt sie und klingt ein bisschen heiser.

»So spät war ich seit fünfzehn Jahren nicht mehr auf«, erwidere ich mit ebenfalls etwas rauer Stimme.

»Da merkst du erst mal, was dir alles so entgeht, da draußen in der Pampa.«

Ich schüttele den Kopf. »Schon, ja. Aber es ist nicht mehr so wie damals.«

»Warum?«, fragt Talia. »Im *Marie's* ist doch die Zeit stehen geblieben.«

»Aber bei uns nicht«, sage ich.

Talia seufzt. Und zum ersten Mal, seit wir uns wiedergesehen haben, wirkt sie etwas niedergeschlagen. »Ich habe manchmal das Gefühl, bei mir schon …« Sie schüttelt den Kopf.

Ich schaue sie fragend an. »Wünschst du dir manchmal, du weißt schon, als Simon dir damals den Antrag gemacht hat …«

»Nein, nicht eine Sekunde«, antwortet sie. »Heiraten, Kinder, Häuschen im Grünen, das hatte für mich nie diesen Reiz wie für dich. Bei dir war schon immer klar, dass es darauf hinauslaufen würde, selbst damals. Es war das, was du wolltest. Ich wollte das Chefbüro.« Wieder seufzt sie. »Und diese Vorstellung, man könne *alles* haben, Beruf und Familie vereinbaren …« Sie zuckt mit den Schultern. »Sorry, daran glaube ich nicht – es klingt einfach nur stressig.«

»Das ist es.«

»Aber ich freue mich für dich. Deine tollen Kinder und das schöne Haus. Ich hätte das nie hinbekommen, und ich bin richtig stolz auf dich, was du auf die Beine gestellt hast.«

»Geht mir bei dir genauso«, sage ich. »Ich bin ehrlich beeindruckt, was du alles erreicht hast.«

»Ich schreibe bloß über Klamotten, du hast zwei Kinder in die Welt gesetzt und ziehst sie groß.«

Ich fasse sie bei den Händen. »Weißt du eigentlich, wie viele Menschen du mit deiner Arbeit erreichst und berührst? Wie gut es sich anfühlt, wenn deine Zeitschrift in der Post ist? Wie oft ein launiger Artikel, Übergrößenmodels in Bademode und ein Glas Wein mich am Ende eines anstrengenden Tages wieder aufgebaut haben?«

Talia schaut mich an. Ihr Blick ist gerührt, aber auch ein

wenig traurig. »Oh Amy, du hast mir so gefehlt. Und wenn du schon mal hier bist, bleib doch noch ein bisschen länger. Wenigstens bis Ende der Woche.«

Ein Taxi kommt, aber wir lassen es trotz des leuchtenden Lichtzeichens vorbeifahren. »Ist alles in Ordnung bei dir?«, frage ich.

Talia schüttelt den Kopf. »Ich liebe meinen Job, und ich gebe alles für dieses Magazin, aber ich weiß nicht, wie lange wir uns damit noch halten können.«

»Wie meinst du das?«

»Ach, nicht so wichtig«, winkt sie ab. Aber damit kommt sie bei mir nicht durch. Ich schaue sie so lange an, bis sie mit einem Achselzucken einräumt: »Man kann nicht bis in alle Ewigkeit die immer gleichen Artikel bringen und Models in großen Größen zeigen. Irgendwann ist dann auch mal alles gesagt und getan.« Doch schon im nächsten Moment scheint sie wieder voll sorgloser Zuversicht. »Wie gut, wenn immer mal wieder neue Ideen kommen«, setzt sie nach. »Deine Mamazipation zum Beispiel.«

Ich verdrehe die Augen. »Gut, ich bleibe noch ein paar Tage«, verspreche ich ihr. »Unter der Bedingung, dass ich tun und lassen darf, was ich möchte.«

»Auf der Couch abhängen und lesen«, seufzt sie.

»So bin ich eben.«

Talia schließt mich kurz in die Arme. »So sind wir alle, irgendwie.« Und wie wir dann dort stehen, um uns das pulsierende Leben des Viertels, durch das wir früher nächtelang gezogen sind, wirken wir auf einmal beide ein bisschen verloren.

»Lass uns noch zu *Mamoun's* gehen«, schlägt Talia vor. »Falafel morgens um zwei bringen die Welt wieder in Ordnung.«

Und damit hat sie nicht ganz unrecht.

Am nächsten Morgen schlafen Talia und ich aus. Kurz nach neun verlässt sie dann hektisch das Haus, für ihre Verhältnisse extrem spät, und mir tut ihr Team ein bisschen leid, das, wie sie meint, »froh sein könne, den halben Vormittag freizuhaben«. Ich gehe etwas später los, um mir einen echten New Yorker Bagel mit Frischkäse, frisch gepressten O-Saft und einen großen Kaffee zu holen. Zurück in Talias Wohnung pflege ich meinen rau gesungenen Hals und suhle mich ein bisschen in Selbstmitleid. Ohne die Kinder und meine Arbeit, ohne eine feste Struktur, weiß ich nicht so recht etwas mit mir und dem Tag anzufangen. Ende der Woche wieder nach Hause zu fahren ist die richtige Entscheidung, denn hier fühle ich mich fremd und verloren, und was soll ich noch länger bleiben? Allerdings birgt es ganz eigene Tücken, wieder in Johns Nähe zu sein. Dass er mich nicht zurückhaben will, damit kann ich leben. Aber wie sieht es mit mir aus? Sehne ich mich nicht doch ein bisschen, wenn schon nicht nach John, so doch nach dem, wofür er steht – nach meinem alten Leben?

Mein Handy klingelt. Als ich die Nummer von *Pure Beautiful* sehe, gehe ich gar nicht erst dran. Entweder Talia, die schauen will, ob ich unterwegs bin und was Schönes mache, oder Matt wegen des Artikels. Für beide fehlt mir gerade jeder Nerv, also drücke ich den Anruf weg und versenke mich in den neuen Thriller eines meiner Lieblingsautoren und vergesse die Welt um mich herum.

Kurz nach der ersten Leiche klingelt es wieder, diesmal allerdings ein anderer Klingelton, nämlich der von John. Mein Herz schlägt sofort schneller. Die Kinder! »Was ist?«, melde ich mich atemlos, statt erst mal Hallo zu sagen wie unter zivilisierten Menschen üblich. »Ist was mit den Kindern?«

»Dir auch einen wunderschönen guten Morgen«, sagt er.

»Den Kindern geht es gut.« Puh! Mein Herz beruhigt sich etwas. »Sehr gut sogar«, setzt er nach. »Du weißt ja sicher, dass Cori diesen Jungen am Haken hat und sich nicht so recht entscheiden kann, ob sie ihn an Land ziehen oder zurück ins Wasser werfen soll, weshalb ich praktisch täglich Einblicke in die weibliche Psyche erhalte. Und dann Joe. Er überrascht mich immer wieder aufs Neue. Er ist der liebenswerteste kleine Kerl, den ich kenne. Im Augenblick fährt er voll auf UAS ab, und ich staune, was er alles weiß.«

»Auf was?«

»Unbemannte Luftfahrzeuge, also Drohnen. Ich habe uns beiden eine besorgt, sogar mit wasserfester GoPro-Kamera, und seitdem sind wir richtige Wetterfrösche. Wir überlegen uns gerade, ob man sie nicht noch mit Spektrometern ausstatten könnte, damit er … na ja, du merkst schon, wir sind voll in unserem Element.«

»Ich bin beeindruckt«, sage ich und merke, wie Eifersucht in mir hochsteigt. Ich habe weder Ahnung von Drohnen noch von GoPro-Kameras, und was bitte ist ein Spektrometer? Aber sollen sie mal machen. Joe und John sind beide richtige Tüftler, da kann ich nicht mithalten. Es ist doch schön, dass er für so etwas seinen Dad hat. Jedes Mal, wenn *ich* versuche, irgendwas in der Art mit Joe zu veranstalten, hält er mir am Ende einen Vortrag über die Grundlagen der Physik und versichert mir, dass er schon allein klarkommt. »Und was hältst du von Brian?«, will ich wissen.

»Coris Kerl?« John seufzt. »Nicht gerade eine Leuchte, der Gute. Ich lasse die beiden nach Möglichkeit nicht aus den Augen. Ich bin der nervige Dad, der alle fünf Minuten die Nase ins Zimmer steckt und fragt, ob sie was zu knabbern oder eine kleine Runde drehen oder was auch immer wollen.«

»Sicher ist sicher«, stimme ich zu. »Eigentlich ist sie in der Hinsicht ja sehr vernünftig, schwimmt aber auch gerade ziemlich in Pubertätshormonen.«

»Und er erst«, sagt John trocken. »Und du? Wie geht es dir, was macht New York?«

Ich verziehe das Gesicht. Jetzt machen wir also schon Smalltalk. »New York ist toll«, sage ich. »Wie sieht es in Pennsylvania aus? Alles bereit für meine Rückkehr am Sonntag?«

»Ah ja, gut dass du fragst. Deshalb rufe ich an.«

»Aha?«

»Die Woche vergeht wie im Flug, Amy. Ich weiß, dass es mir kaum zusteht, dich darum zu bitten, aber ich brauche noch mehr Zeit mit den Kindern.«

»Nein«, sage ich sofort. »Und stimmt, es steht dir nicht zu.«

»Ich weiß.«

»Gut, dann sind wir uns ja einig.«

»Aber ich bitte dich trotzdem darum. Du hattest sie drei Jahre ganz für dich allein. Ich lerne sie gerade erst wieder kennen. Ich kann nicht … Ich meine, ich bin noch nicht bereit …«

»Du hättest sie die letzten drei Jahre genauso gut haben können«, unterbreche ich ihn.

Einen Moment ist er ganz still, und ich komme mir zwar etwas gemein vor, empfinde aber gleichzeitig große Genugtuung. »Natürlich«, sagt er schließlich. »du hast recht. Ich weiß, dass es meine Schuld ist und ich bis an mein Lebensende vor dir zu Kreuze kriechen sollte. Dich auf Knien um Verzeihung bitten. Das habe ich getan. Und das werde ich weiter tun. Ich habe riesigen Mist gebaut, und es tut mir leid. Aber rückgängig machen kann ich es leider nicht.«

»Das würdest du auch nicht, selbst wenn du es könntest«,

erwidere ich etwas schnippisch und denke voll des gerechten Zorns an Marika Shew.

Wieder ist es still. Ob er auch an Marika denkt? »Da täuschst du dich«, sagt er dann, und mein Herz zieht sich zusammen. Ich wage kaum zu atmen, aus falscher Hoffnung, aus Angst, verletzt zu werden. »Und du ahnst ja nicht, wie sehr.«

Ich schüttele den Kopf und denke an Talias Worte von gestern Abend. Dass sie sich Sorgen mache, John könne sich wieder an mich heranmachen. Und genauso fühlt es sich gerade an. Aber die Zeiten sind vorbei, ermahne ich mich. »Sag mir einfach, was du willst.«

»Dass die beiden den Sommer über bei mir bleiben.«

Ich schnappe nach Luft. »Das ist jetzt nicht dein Ernst.«

»Am Ende könnten wir alle davon profitieren«, sagt er. »Lena hat mir von deinem Leseprojekt für die Country Day erzählt. Du könntest in Ruhe daran weiterarbeiten, dich um Fördergelder kümmern. Du hättest das Haus für dich, kannst tun und lassen, was du willst. Vielleicht mal wieder etwas renovieren? Oder dich nach den drei Jahren und allem, was du für die Kinder getan hast, einfach nur erholen. Ausspannen. Du könntest eine Woche nach Philadelphia fahren. Eine Tour durch die Nationalparks machen. Oder …«

»Nein«, unterbreche ich ihn.

»Den Kindern geht es prima, Amy. Sie kommen gut mit der Situation zurecht, und ich glaube, es ist für uns alle, aber besonders für die beiden, eine wichtige Erfahrung. In einem Ratgeber zum geteilten Sorgerecht habe ich gelesen, dass Kinder mit einer stabilen Vaterbeziehung als Erwachsene ein um fünfundsiebzig Prozent geringeres Scheidungsrisiko haben. Und gerade Joe braucht Zeit für den kleinen Nerd in sich. Weißt du, welches Talent in ihm steckt? Es gibt eine Technik-

Scouts-Gruppe für naturwissenschaftlich interessierte Jungs und ihre Väter. Wir könnten Roboter bauen oder zu den Schachturnieren nach Cambridge fahren. Damit wir uns nicht falsch verstehen, alles freiwillig und der Spaß kommt dabei nicht zu kurz. Aber die beiden haben eine tolle Zeit bei mir.«

»Die haben sie bei mir auch.«

»Natürlich. Aber … na ja, du weißt schon. Du arbeitest viel, die beiden machen wahnsinnig viel für die Schule. Sie müssen aber auch einfach mal Kind sein dürfen, Spaß haben. Ganz simple Sachen, nichts für Erwachsene. Sachen, an denen Kinder Spaß haben. Der Pool unten bei mir im Haus, den lieben sie. Nach dem Training mit dem ganzen Team noch Pizza essen. Drohnen fliegen lassen. Ich kann den beiden etwas bieten, das …«

»Geld zum Beispiel?«, werfe ich ein, während ich spüre, wie die Wut in mir hochkocht.

»Und Zeit. Ich kann mir Zeit für sie nehmen. Womit ich nicht sagen will, damit ließe sich alles wiedergutmachen, das behaupte ich gar nicht, aber …«

»Gut.«

»Aber hätten sie nicht mal wieder richtige Sommerferien verdient? Statt irgendwelcher öder Sommerjobs könnte Cori mit ihrer Clique ein paar Stunden die Woche im Freibad arbeiten. Sie würde auch gerne ins Trainingslager, Joe ins Space Camp – das ließe sich alles machen. Andy, ein alter Studienfreund von mir, könnte ihm da kurzfristig einen Platz besorgen. Du merkst, ich habe mir Gedanken gemacht. Ich will ja nicht, dass sie den ganzen Sommer nur herumhängen, aber sie brauchen einfach mal … eine Pause.«

So langsam sträuben sich mir die Nackenhaare. »Ich muss mir von dir nicht sagen lassen, was meine Kinder brauchen.«

Er ist so klug, nichts zu erwidern, denn ich wäre gerade in der Lage, ihn telepathisch zu erwürgen. Wem, wenn nicht ihm, ist es denn zu verdanken, dass die Kinder sich die letzten Jahre so reinhängen und zu allem etwas mehr beitragen mussten? Ich bin stinksauer. Und verletzt. Und genervt, denn auch wenn ich das John gegenüber niemals zugeben würde, sind es ja längst nicht nur die Kinder, die eine Pause mehr als dringend vertragen könnten.

»Amy?«, fragt er nach langem Schweigen ins Telefon.

»Ja, ich bin noch dran. Ich denke nach. Es ist nämlich schon etwas seltsam, mir von jemandem, der sich seit Jahren nicht mehr hat blicken lassen, der praktisch ein Fremder ist, plötzlich Ratschläge zur Erziehung meiner Kinder geben lassen zu müssen.«

Er seufzt. »Wenn ich dir wie ein Fremder vorkomme, gut – aber die Kinder haben damit kein Problem. Ich bin ihr Vater.«

Ich schnaube.

»Und wir beide waren immerhin fünfzehn Jahre zusammen.«

Darauf sage ich nichts, denke aber an all die Male, die ich ihn gebraucht hätte in diesen fünfzehn Jahren, und wo er, auf die eine oder andere Weise, nicht für mich da war. Wie allein ich mich oft gefühlt habe, wie verloren in meinem Schmerz. Wie ich in der dunkelsten Stunde unserer Ehe ganz allein auf mich gestellt war, obwohl wir es zusammen hätten durchstehen sollen. Aber ich behalte meine Gedanken für mich.

»Du brauchst das nicht jetzt gleich zu entscheiden. Denk in Ruhe drüber nach, und wenn du Sonntag wieder zu Hause bist, sehen wir weiter.«

»Ich werde darüber nachdenken. Aber am Ende wird es immer noch auf ein Nein hinauslaufen.«

»Das ist deine Entscheidung. Ich möchte nur, dass du es wenigstens in Betracht ziehst. Überleg dir, was für dich und die Kinder das Beste ist. Und sei ehrlich mit dir. Wenn es dir nur darum geht, mich außen vor zu halten und einfach so weiterzumachen wie gehabt, ohne euch mal eine wohlverdiente Pause zu gönnen, dann sind mir die Hände gebunden.«

Ich stöhne genervt. »Ich gönne mir gerade eine Pause!«

»Super«, sagt er leicht verschnupft.

»Ist es auch!«

»Schön für dich.«

»Ich gönn mir jeden Tag Dessous und Bikini-Waxings«, ätze ich ins Telefon.

Aber er kapiert die Anspielung nicht, und ich fühle mich gleich doppelt mies für mein passiv-aggressives Verhalten.

»Aha?«, sagt er bloß und klingt dabei fast ein wenig neugierig, aber vielleicht bilde ich mir das auch nur ein. »Na dann, freut mich für dich. Genieße die Zeit, mach was Schönes. Du musst mir nicht beweisen, was für eine tolle Mutter du bist – das weiß ich. Wir haben zwei wunderbare Kinder, und das ist dir zu verdanken. Aber die beiden müssen auch mal Dampf ablassen, und niemandem ist geholfen, wenn du irgendwann vor Erschöpfung umkippst. Du gibst dein Bestes, jeden Tag, doch es kann auch nicht schaden, wenn sie noch einen zweiten Elternteil in ihrem Leben haben. Ich glaube, es könnte für uns alle von Vorteil sein, die Aufgaben neu zu verteilen.«

»Das fällt dir *jetzt* ein?«, frage ich ungläubig. »Aber klar, es ging ja immer bloß darum, was für *dich* von Vorteil ist.«

Er seufzt. »Es tut mir leid, Amy. Wie oft soll ich es noch sagen?«

»Tätowier es dir auf die Stirn«, sage ich wütend.

»Würde ich sofort machen«, erwidert er. »Wenn es helfen

würde. Aber du bist so versessen darauf, die Märtyrerin zu spielen, ganz gleich, was ich sage oder tue, dass ich es mir auch sparen kann, oder?«

»Du bist so ein Scheißkerl, John«, entgegne ich, ohne mir erst lange Gedanken zu machen, ob an seinen Worten nicht doch etwas Wahres ist.

»Vielleicht sollten wir den Rest ein anderes Mal besprechen«, schlägt er vor.

»Dem kann ich nur beipflichten.«

»Wir brauchen beide etwas Abstand. Am Sonntag sehen wir weiter.«

»Meine Antwort wird dann immer noch Nein sein.«

»Gut, das sehen wir ja dann.«

»Am Sonntag und keinen Tag früher.«

»Bis dann, Amy.«

Ich lege auf. »Bis dann, du Scheißkerl«, sage ich ins stumme Telefon. Dabei ist meine Wut bloß Fassade, darunter liegt tatsächlich eine tiefe Erschöpfung.

Weil ich weiß, dass John recht hat. Ich habe jahrelang die Märtyrerin gespielt, und das Schlimmste daran: Ich habe mich nicht nur daran gewöhnt, es gefällt mir sogar.

10. Kapitel

Liebe Mom,

Dad hat uns gerade erzählt, was er dich gefragt hat. Und er meinte, du würdest es dir überlegen.
Tust du das wirklich? Weil, das wüsste ich jetzt schon gern.

Alles Liebe,
deine Tochter Cori (die schon sehr gern den Sommerjob im Freibad machen und ins Trainingslager fahren würde, aber dir auch nicht in den Rücken fallen will, was jetzt wohl ein klassisches Dilemma ist)

Den Rest des Tages gehe ich nur noch ans Telefon, um Coris Nachrichten zu lesen und um mit Joe zu sprechen. So behutsam wie möglich versuche ich dabei aus den beiden herauszukriegen, was sie denn von den Ferienplänen halten. Natürlich möchte ich mir nicht anmerken lassen, dass ich ein Problem damit habe und hundert Prozent dagegen bin. Immer wieder sehe ich John vor mir, wie er es mit Coris übereifrigem Verehrer aufnimmt oder stundenlang mit Joe diese albernen Drohnen fliegen lässt. Trainingslager. Space Camp. Ja, ich fühle mich bedroht, weil John meinen Kindern so viel mehr bieten kann als ich. Und ich denke darüber nach, wie wenig er hingegen mir zu bieten hat.

Ich lasse alles ausfallen, was Matt heute Schönes für mich

geplant hat – Aerial Yoga, Mittagspause im Chelsea Market, Museumsbesuch und Ozontherapie –, um meine Ruhe zu haben und mit niemandem reden zu müssen. Ich bin verstimmt und tue mir selbst leid, denn ich fühle mich von John sowohl ersetzt als auch zurückgewiesen, aber um mir das nicht eingestehen zu müssen, rede ich mir ein, den Grund für meine schlechte Laune nicht zu kennen. Weshalb ich an sich auch keine schlechte Laune haben dürfte. Habe ich aber, und um das zu verbergen, verkrieche ich mich. Als Talia mich gegen acht abholen will, sage ich, dass ich heute mal nicht weggehen, sondern früh schlafen gehen will.

Auch Talia wirkt etwas bedrückt. Sie ist von mir enttäuscht, so viel ist klar. Auf dem College war ich bestimmt ganz anders. Taffer, unternehmungslustiger. Kann sein, ich weiß es nicht mehr. Aber da muss noch etwas anderes dahinterstecken. Ich versuche, sie beim Essen ein bisschen auszuhorchen, kriege aber nichts aus ihr heraus. Um halb zehn bekommt sie einen Anruf und sagt, sie müsse noch mal weg, wegen der Arbeit. Zehn Minuten später holt ein Wagen sie ab, und ich habe den Rest des Abends für mich. Ich lese den Thriller zu Ende, trinke ein Glas Wein und gehe ins Bett.

Am Donnerstag genau dasselbe Spiel: Bagel, Kaffee, Buch. Fast sieht es so aus, als käme ich diese Woche doch noch, ganz wie gewünscht, auf meine Kosten, nur leider hatten meine beiden klugen Freundinnen recht – besonders aufregend ist das nicht. Es macht mir nicht mal mehr selbst Spaß. Ein paar Anrufe von *Pure Beautiful* stören meine lustlose Ruhe, und ich lasse sie alle auf die Mailbox laufen. Cori schickt mir ein Selfie mit ihrer neuen Badekappe, goldfarben und mit Flügeln, auf dem sie die Zunge herausstreckt. »So sehen Champions aus!«, schreibt sie darunter. Ich schicke ihr ein Foto von Pilzragout und schreibe dazu: »Und so Champignons.« Sie schickt eine ganze Reihe bunter Emojis, die vermutlich irgendetwas für sie bedeuten, auf die ich aber nur mit dem schulterzuckenden Emoji antworte, und darauf kommt dann nichts mehr. Als ich mich gerade frage, ob dieser kurze Austausch schon das Highlight meines Tages war, ruft Talia mich von ihrem Handy an. Siebzehn Mal in Folge. Beim achtzehnten Mal gehe ich ran.

»Du bewegst jetzt sofort deinen Hintern von der Couch und kommst her«, befiehlt sie.

»Und wenn ich nicht will?«

»Matt nervt mich ohne Ende. Komm wenigstens kurz in die Redaktion für den Nachher-Shoot, den Rest kann er sich aus den Fingern saugen. Wir kürzen den Artikel auf eine Seite, er kann seinen Namen daruntersetzen, fertig. In einer Stunde bist du da.«

Ich seufze herzerweichend. »Talia.«

»Jetzt hör mal gut zu: Ich muss gleich zu Fotoaufnahmen nach Florida und da habe ich auch keine Lust drauf. Du hast den Rest deiner Woche also ganz für dich allein und kannst tun oder wohl eher lassen, was du willst. Ich bitte dich nur noch um diesen einen Gefallen. Denk an die schönen BHs, die ich dir spendiert habe.«

»Ich dachte, die gingen auf Kosten von *Pure Beautiful.*«

»Und wem hast du das zu verdanken?«, erwidert sie. »Zieh die Jeans an, die wir dir ausgesucht haben, und den weißen Blazer. Matt wird dich in High Heels stecken, aber du musst damit nicht laufen, also mach einfach, was sie dir sagen. Die Stylistin erwartet dich hier in einer Stunde.«

»Talia«, fange ich an. »Ich möchte mich heute nicht fotografieren lassen. Tut mir leid, dass ich mich deswegen so anstelle, aber ich fühle mich …«

»Lena meinte, dir würde gerade schmerzhaft bewusst, dass deine Kinder außer dir noch andere Menschen brauchen, dass du bald nur noch eine Nebenrolle in ihrem Leben spielen wirst, und wenn sie dann erst mal aus dem Haus sind, wirst du überhaupt nichts mehr mit dir anzufangen wissen.«

»Du lieber Himmel! Das stimmt doch gar nicht, ich …«

»Und sie meinte, du seist dir noch immer nicht darüber im Klaren, ob du mit John nicht doch besser bedient wärst.«

»Was? Das ist doch verrückt.«

»Sie hat mich gleich gewarnt, dass du alles abstreiten würdest. Ich solle nachsichtig sein und dir Zeit lassen, damit du selbst zur Einsicht gelangst.«

»Oh, vielen Dank, aber ich brauche dein Mitleid nicht. Mir geht's prima.«

Talia lacht. »Das habe ich Lena auch gesagt. Dass sie sich täusche und es dir prima gehe. Und weil alles bestens ist, muss ich mir ja auch keine Sorgen machen, dass du mich und Matt hängen lässt. Wir sehen uns dann in einer Stunde.«

»Talia …«, setze ich erneut an. Aber sie hat schon aufgelegt. Jetzt darf ich also nicht nur krampfhaft in die Kamera lächeln, nein, ich darf mich auch mit dem Gedanken anfreunden, dass Lena solche Sachen über mich sagt und damit sogar recht hat – ich habe immer noch Gefühle, wenn auch sehr gemischte, für meinen Ex. Aber ist das nicht verständlich? Wir waren schließlich einige Jahre verheiratet, und die Probleme fingen erst später an. Es gab auch sehr schöne Zeiten mit John, die ich nicht missen wollte. Er war mir ein guter Freund, meine große Liebe.

Und ja, der Gedanke, dass meine Kinder ein paar Tage, vielleicht sogar Wochen, ohne mich klarkommen, schnürt mir die Luft ab. Wenn ich nicht gebraucht werde, wenn ich nicht rund um die Uhr beschäftigt bin, wenn ich nicht die überarbeitete, überforderte, übernächtigte, unterbezahlte alleinerziehende Mutter bin …

Wer bin ich dann?

Ein hübsch herausgeputztes Häuflein Elend, das schmollend in der Ecke hockt, dem Ex hinterherschmachtet und in der besten Stadt der Welt nichts mit sich anzufangen weiß.

Zum Teufel mit Lena und Talia. Womit habe ich solche Freundinnen bloß verdient?

Ich habe einiges zum Nachdenken. Und wie der Zufall es will, gibt es dazu keine bessere Gelegenheit, als sich zwei Stunden lang Haare und Make-up für einen Fototermin machen zu lassen.

Zuerst ist die Frisur dran. Ich glaube, so ausgiebig hat sich noch nie jemand um meine Haare bemüht. Sie werden gewaschen, wobei man mir beim Shampoonieren sanft die Kopfhaut massiert. Dann wird mit warmem Wasser ausgespült. Es folgen Conditioner und wieder eine sanfte Kopfmassage. Warmes Wasser. Danach die weiche Frottage des Handtuchs, der sanfte Druck routinierter Hände, ein verirrter Wassertropfen, der mir behutsam von der Stirn gewischt wird, das leise Prickeln der Kopfhaut, als ein grobzinkiger Kamm durch die wundersam zahme Mähne gezogen wird.

Schließlich dreißig Minuten Fönen über eine Paddle-Brush. Strähne für Strähne wird mein Haar glatter und glänzender, bekommt zugleich mehr Volumen. Mein Spiegelbild verwandelt sich in eine glamourösere Version meiner selbst, meine Haare sehen nun richtig teuer aus. Kurz hüllt eine dezent duftende Haarspraywolke mich ein, dann wird wieder der Fön angeworfen, und meine Augen fallen langsam zu, während ich mich von den Bürstenstrichen, der wohligen Wärme, der steten Wiederholung einlullen lasse.

Als Nächstes steht das Make-up an. Die Visagistin scheint eine Frau weniger Worte zu sein. Mit sanfter Stimme und schwerem Akzent gibt sie mir lediglich ab und an Anweisungen wie »nach oben schauen«, »sanft die Augen schließen« oder »Lippen ganz entspannt« und schwirrt mit einem routiniert gehandhabten Arsenal an Stiften und Pinseln um mein Gesicht herum. Als ich am Ende mit einer herrlich weichen Puderquaste eingestäubt werde, schlafe ich fast ein.

Matt rauscht herein, ruft »Fantastisch!« und hält mir einen Spiegel vor die Nase. Ich schaue das Clownsgesicht an, das mir entgegenblickt. Meine Wangen sind etwas zu rosig, meine Augenlider ockergelb, und an den Seiten der Nase ziehen sich dunkle Konturstreifen entlang. Selbst meine tollen teuren Haare kommen mir jetzt eine Nummer zu voluminös vor, wie ein Heißluftballon. »Du bist der Boss«, sage ich mit einem tiefenentspannten Achselzucken, denn nichts, wirklich nichts, könnte mich jetzt aus der Ruhe bringen.

Dann kommt die Fotografin. Ihr Assistent bringt Musik mit, und ich mache mich auf schnelle Beats gefasst, doch stattdessen hören wir einen supergeschmeidigen Latin-Guitar-Mix, der die traumartige Atmosphäre noch verstärkt. Ich schwebe wie in Trance durchs Set, setze mich in einen Sessel, stehe wieder auf, gehe ein paar Schritte, sitze auf einer Couch, einem Barhocker, wechsele viermal mein Outfit. Eine Windmaschine pustet mich an, und drei riesige Scheinwerfer sind auf mich gerichtet, die Bilder werden im Sekundentakt geschossen. Nach einer halben Stunde kommt Talia herein, marschiert an mir vorbei zum Laptop, zeigt ein paar Mal auf den Bildschirm und ruft: »Danke, Leute, das war's!«

Sie zwinkert mir zu und verschwindet wieder. Matt bringt mir meine Tasche mit meinen Kleidern und meinen sonstigen Kram. »Sie sehen wirklich phänomenal aus«, versichert er mir.

Ich strahle ihn an. »Das hat richtig Spaß gemacht!«

»Nicht auszudenken, wenn Sie es geschwänzt hätten.«

»Ich weiß! Schön blöd von mir. Darf ich die Bilder mal sehen?«

Er zuckt mit den Schultern. »Ich könnte Ihnen die Rohdaten zeigen … Oder wir warten, bis sie fertig bearbeitet sind. Aber die Fotos sind großartig geworden, versprochen, Sie werden begeistert sein. Sie sehen umwerfend aus!«

»Oh, danke Matt, wie süß. Dann würde ich gerne einen Blick auf die Rohdaten riskieren«, rufe ich ganz aufgeregt, aber da klingelt mein Handy – ein Anruf aus Chicago. »Hallo?«

»Gut, dass ich dich endlich mal erwische!«, sagt eine forsche Frauenstimme, die mir irgendwie bekannt vorkommt.

»Ah, Kathryn? Wie geht es dir, bist du gut nach Hause gekommen?« Matt gibt mir mit der Hand ein Zeichen und stiehlt sich davon.

»Ja, alle leben noch, sogar die Kinder, und mein Mann küsst mir vor lauter Dankbarkeit jeden Tag die Füße«, sagt sie. »Voller Erfolg, diese Reise!«

»Aber wirklich!«, kann ich da nur beipflichten. »Und ich habe ein komplettes Makeover bekommen und bin gerade beim Fototermin, wie so ein richtiges Model. Sieht aus, als hätten wir beide in New York einen Volltreffer gelandet!«

»Aha …«, sagt sie und denkt wahrscheinlich, dass ich mir schon ein paar Cocktails genehmigt habe. »Aber weshalb ich eigentlich anrufe: Ich mache an meiner Schule einen Probelauf mit dem Flex-Anthologie-Konzept!«

»Was?«

»Ich war von deiner Idee ja sofort begeistert – sie ist wie gemacht für das starke Leistungsgefälle in unserer Schülerschaft. Ich bin also gleich zur Direktorin und konnte sie von einem Pilotprogramm für unsere Schule überzeugen. Ab Herbst gibt es ein Budget für E-Reader und vier Bücher pro Kind! Nach Abschluss des Projekts prüfen wir die Lesekompetenz und schauen, ob es etwas gebracht hat, und wenn ja, wie der Fortschritt sich messen lässt. Sind das nicht tolle Neuigkeiten?«

Mir verschlägt es fast die Sprache und ich frage nur wieder: »*Was?!*«

»Wir nehmen erst mal deinen Lektüreplan«, berichtet sie weiter. »Kannst du mir folgen, oder hat die Modebranche schon deine grauen Zellen aufgeweicht?«

»Nein … ich meine, doch, vielleicht ein bisschen, aber ich kann dir sehr gut folgen, Kathryn. Ich kann es bloß noch gar nicht glauben. Das ist ja …«

»Unglaublich, ich weiß. Ging mir genauso, als mir die Schulleitung grünes Licht gegeben hat. Ich glaube, das war Schicksal, dass wir uns am Wochenende begegnet sind, diese Sache ist einfach ideal für meine Schüler, und die Idee hat mich seitdem nicht mehr losgelassen, aber dass es so schnell geht, hätte selbst ich nicht gedacht. Aber umso besser, denn dann kann ich dir unsere Daten und Erfahrungswerte zukommen lassen. Auf die Performance an den öffentlichen Schulen kommt es nämlich letztlich an, wenn du dich um Fördergelder bewerben willst. Wenn sich das Programm an unserer Schule bewährt, könnten wir es im ganzen Schulbezirk anbieten oder es zuerst den Schulen in freier Trägerschaft präsentieren und danach …«

»Dabei war es bloß als Versuchsballon an meiner kleinen Privatschule gedacht«, sage ich, noch immer ganz überwältigt.

»Jetzt nicht mehr, wir ziehen das richtig groß auf. Ich schicke dir gleich eine Mail mit ein paar Fragen, die ich gern noch mit dir abklären möchte. Ich kann doch auf deine Unterstützung zählen, oder? Das wird diesen Sommer noch mal richtig viel Arbeit, und ich kann jede Hilfe gebrauchen.«

»Aber natürlich, sehr gern.«

»Ich habe ein richtig gutes Gefühl bei dieser Sache«, sagt Kathryn. »Wenn es wie geplant läuft, könnten wir einige tolle Kids mit richtig tollen Büchern versorgen.«

Ich muss an Cori und ihr Leseprojekt denken. Wie viele Bücher ich ihr aufgegeben habe, weil darunter vielleicht genau das eine ist, für das sie sich begeistern kann, und wie es am Ende den Aufwand wert gewesen sein wird. »Du hast meine volle Unterstützung«, versichere ich Kathryn.

»Gut, dann schicke ich dir gleich was. Viel Spaß noch bei deiner Modenschau!« Sie legt auf, und ich stehe da wie vom Donner gerührt.

»Alles in Ordnung?«, fragt Matt, der wieder neben mir aufgetaucht ist.

Erst blinzele ich verdutzt, dann breitet sich ein Lächeln auf meinem Gesicht aus. »Alles in Ordnung. Nein, besser noch – ich habe einen Grund zum Feiern. Wie wäre es mit Lunch im Chelsea Market? Und könnte ich vielleicht einfach alles, was ich gestern abgesagt habe, auf heute verschieben?«

Matt grinst mich an. »Das sollte sich machen lassen. Ich will nur eben Ihren Zeitplan durchgehen und schauen, was sich umbuchen lässt.«

Kaum ist Matt zur Tür hinaus, huschen vier junge Frauen ins Studio und rücken die Scheinwerfer zurecht. Dann tritt eine vor, wirft lächelnd einen Blick über die Schulter und lässt sich von einer der anderen fotografieren. Das Prozedere wiederholt sich in verschiedenen Konstellationen.

Zwischendurch arrangieren sie das Licht neu, machen sich Gesicht und Haare und vergleichen ihre Fotos. Ich verfolge das Ganze mit mildem Interesse. Dabei kreisen meine Gedanken um das Leseprogramm, um alles, was ich in den letzten Tagen erlebt habe, meine bevorstehende Heimkehr und den langen Sommer, der noch vor mir liegt.

Als Matt zurückkommt, eilen die jungen Frauen schnell wieder aus dem Raum. »Alles paletti«, sagt er. »Ich habe für den Rest des Tages ein kleines Programm zusammengestellt. Wäre doch schade, die schönen Haare nicht auszuführen.«

»Matt, was war das gerade?«, will ich wissen und zeige auf die Stelle, wo eben noch die Frauen zugange waren.

»Was war was?«

»Die vier jungen Frauen, die hier Fotos von sich gemacht haben. Waren das Models?«

Matt lacht. »Models, ha ha! Wären sie vielleicht gern, das sind unsere Redaktionsassistentinnen.«

»Aber warum …«

»Wegen der Beleuchtung«, erklärt Matt. »Wenn das Studio offen steht und alles fertig aufgebaut ist, wird das immer gern genutzt.«

»Aber wozu brauchen sie denn so viele Fotos von sich?«, frage ich und komme mir langsam selbst etwas unterbelichtet vor. »Oder machen das junge Leute heutzutage so?«

Matt schaut etwas ratlos, dann lacht er. »Na ja, keine Ahnung. Die werden die Fotos fürs Onlinedating brauchen. Ohne gute Bilder hat man da null Chancen. Mit schlecht belichteten Partyschnappschüssen kommt man da nicht weit.«

»Soll das heißen, diese schönen jungen Frauen … suchen im Internet nach einem Mann?«, frage ich entgeistert. »Aber warum? Können sie nicht einfach ganz normal jemanden kennenlernen?«

»Wie, ganz normal?«, erwidert er sichtlich perplex. »Alle Frauen, die ich kenne und die auf der Suche nach einem Partner sind, machen Onlinedating«, sagt er so langsam, als wäre ich schwer von Begriff. »Alle New Yorker Singles daten online. Ich meine, wie sollten sie denn sonst jemanden kennenlernen?«

»Ah«, sage ich, wenn auch noch immer etwas verwundert. »Das heißt, wenn ich daten wollte, müsste ich mir auch ein Profil zulegen?«

Matts Augen leuchten auf. »Würde ich empfehlen. Wollen Sie denn daten? Das wäre nämlich ein großer Bonus für meine Story.«

Ich gönne ihm ein unergründliches Lächeln und schiebe jeden Gedanken an John ganz weit von mir. Stattdessen rufe ich mir dieses köstliche Kribbeln bis in die Zehenspitzen in Erinnerung, das ich gefühlt habe, als ich Daniel an jenem Morgen im Hotelzimmer geküsst habe. »Vielleicht«, sage ich einem frohlockenden Matt. »Man kann nie wissen. Man kann wirklich nie wissen.«

Als ich am Sonntag in Allentown aus dem Zug steige, geben meine Kinder sich nicht mal den Anschein, coole Teens zu sein. Sie fallen mir in die Arme, als wäre ich nicht nur eine, sondern fünf Wochen weg gewesen. Cori himmelt meinen neuen Look an und überschlägt sich vor Komplimenten. Wenn Brian *mich* so sehen würde, könnte *sie* einpacken, sagt sie mit einem frechen Grinsen und fängt an, *Mrs. Robinson* zu summen, und ich stelle beruhigt fest, dass meine Tochter noch immer ganz die Alte ist.

Joe hingegen hat sich verändert. Er wirkt erwachsener und selbstsicherer, so als fühle er sich wohl in seiner Haut. Nachdem er mir versichert hat, wie sehr er mich vermisst hat und dass ich diesen Elternjob viel besser machen würde als Dad, schwärmt er nonstop von den vielen tollen Dingen, die sie zusammen erlebt haben. Erst befindet sich der Teil von mir, der noch immer am liebsten der Nabel ihrer Welt sein möchte, im Zwiespalt mit jenem Teil, der sich nichts sehnlicher wünscht, als dass sie glücklich sind. Dann lasse ich mich von der Freude meiner Kinder anstecken und verstehe, was John am Telefon meinte – sie wirken gelöst und entspannt, als sei in seiner Gegenwart aller Druck von ihnen abgefallen. Meinen Kindern geht es gut, sie scheinen glücklich, und meine Sorgen waren völlig unbegründet.

Als ich vorschlage, am Abend zu viert zusammen essen zu gehen – ich, die Kinder und John –, strahlen ihre Augen so sehr, dass ich mich sofort genötigt sehe, ihre Hoffnungen auf ein Happy End zu dämpfen. »Euer Vater und ich werden nicht wieder zusammenkommen«, versichere ich, und wenn ich ehrlich bin, sage ich es ihnen genauso wie mir. »Weder jetzt noch irgendwann.« Nachdem auch das geklärt ist, fahren wir nach Hause, machen die Wäsche und holen alles nach, was wir die letzte Woche verpasst haben.

Bis wir dann zum Abendessen aufbrechen, bin ich zu einer Entscheidung gelangt. Eigentlich hat dazu schon ein Blick auf John genügt, wie ich ihn vorhin am Bahnhof am Auto lehnen sah, doch erst am frühen Abend bin ich so weit, auch mit den Kindern darüber zu sprechen. Während John mit seinem Mietwagen vorausfährt, frage ich die beiden, während ich mein Auto aus der Einfahrt manövriere, ob sie diesen Sommer denn gern noch mehr Zeit mit ihrem Vater verbringen möchten. Sie sind so lieb und jubeln nicht gleich lauthals los, aber ich merke, wie sehr ihnen der Vorschlag gefällt. »Darf ich dann im Freibad arbeiten?«, will Cori wissen, und ich sage Ja, solange sie auf ausreichenden UV-Schutz achte und sich immer gut mit Sunblocker eincreme. »Darf ich dann ins Space Camp?«, fragt Joe aufgeregt, und ich sage »klar, warum nicht«, und dass ich es gut finde, wie viele Interessen er und sein Dad gemeinsam haben. Beim nächsten Stoppschild halte ich kurz an und setze mich so, dass ich sie beide ansehen kann. »Eins sollte euch allerdings klar sein: Ende des Sommers wird euer Vater wahrscheinlich wieder für lange Zeit fort sein.«

Joe senkt den Blick, Cori nickt düster. »Das wissen wir, Mom.«

»Wisst ihr es wirklich oder dachtet ihr es euch bloß?«

»Für wie blöd hältst du uns?«, fragt Cori.

»Ich möchte nur nicht, dass ihr euch falsche Hoffnungen macht – oder denkt, es liegt an euch«, sage ich, lege den Gang wieder ein und fahre weiter. »Ihr könnt euch noch so sehr um ihn bemühen, noch so liebenswert und wunderbar sein und so eine tolle Zeit mit ihm haben, er kann noch so ein cooler Dad sein und seine Sache ganz prima machen, am Ende wird seine Entscheidung von anderen Faktoren abhängen.«

Cori verdreht die Augen, als hätte sie das schon hundert Mal gehört, aber Joe schöpft schon wieder Hoffnung. »Wovon hängt es denn ab?«, will er wissen. »Von dir?«

Ich seufze, denn die Frage trifft einen wunden Punkt bei mir. Die Antwort schmerzt noch mehr. »Nein«, sage ich und versuche, ganz sachlich zu klingen. »Das hängt allein von eurem Vater ab. Und seinem Job. Er arbeitet im Ausland, hat lange dort gelebt und sich etwas aufgebaut. Er liebt euch, gar keine Frage, aber das heißt nicht, dass er hierbleiben wird oder hierbleiben kann.«

Joe runzelt die Stirn. »Du sagst immer, Liebe wäre mehr als ein Gefühl oder ein Wort, Liebe würde sich erst in Taten zeigen.«

»Und deshalb ist er ja jetzt hier, um einen ganz tollen Sommer mit euch zu verbringen und euch fast jeden Wunsch zu erfüllen. Und damit wir uns nicht falsch verstehen: Es sei euch gegönnt, und ihr braucht euch nicht schlecht zu fühlen, wenn ihr das auch hin und wieder ausnutzt.«

»Keine Sorge, das machen wir schon«, räumt Cori ein.

Ich lächle schmal. »Meine kleine Opportunistin. Dann überlasse ich es dir, eurem Vater zu sagen, dass er dieses Jahr dran ist, euch neue Schulsachen zu kaufen.«

»Machst du Witze? Ich habe ihm längst verklickert, dass er dir drei Jahre Schulgebühren schuldet. Ein paar Bücher sind erst der Anfang, wenn ich einmal anfange ihn auszunehmen.«

Ich schüttele den Kopf. »Cori …«

»Wir sind eine gute Investition, Mom«, gibt Joe sich ganz diplomatisch. »Und von dem Schulgeld könntest du mit uns zu Harry Potter fahren!«

»Oh ja!«, ruft Cori. »Orlando! Harry Potter World! Darf Trinity mitkommen?« Sie greift nach ihrem Handy – und mir bleibt bloß zu hoffen, dass sie Trinity nicht jetzt gleich von der frohen Kunde berichtet, wohlwissend, dass sie genau das tun wird. »Und vielleicht … oh.« Auf einmal wird Cori ganz still.

»Was?«

»Mom, schau dir das an.« Sie hält mir das Handy vor die Nase.

»Corinne! Du siehst doch, dass ich fahre!«

»Das bist du!«, ruft sie. »Hier, Joe, guck mal, das ist Mom.«

Er beugt sich vom Rücksitz vor und nimmt Cori das Handy ab. »Oh Mann«, stöhnt er, »ist das peinlich! Ich hab ja kein Problem mit so was, aber … oh Mann.«

»Was denn?«, frage ich, während leichte Panik in mir hochkriecht. »Was ist peinlich?«

»Halt die Klappe, Joe. Du tust, als wär das ein Sextape.«

»Okay, das reicht«, sage ich, setze den Blinker und fahre rechts ran.

»Gib mir das Handy«, faucht Cori ihren Bruder an.

»Nein, warte mal … ich will mir bloß noch die Retweets anschauen. Oh Mom, das ist ja voll eklig, die fahren voll auf dich ab.«

»*Gebt mir das Handy!*«, schreie ich beide an.

»Nimm doch dein eigenes, Mom«, gibt Cori zurück. »Wir haben bloß geschaut, was Talia getwittert hat.«

Ich hole mein Handy raus und versuche Twitter im Browser aufzurufen, während ich mit halbem Ohr dem aufgeregten Geplapper meiner Kinder lausche. Schließlich nimmt Cori mir seufzend das Telefon aus der Hand, klickt auf eine App, von der ich gar nicht wusste, dass ich sie habe, und deutet aufs Display.

@PureBeauTalia retweetete

PureBeautyMag:
Mehr tolle Nachher-Fotos von Single-Mama und Superwoman Amy B. in unserer August-Ausgabe, die am 26.7. erscheint und in der wir euch ihre #Mamazipation vorstellen!

»Was soll denn Hashtag Mamazipation heißen?«, will Joe wissen. »Boah, da kommen voll viele Bilder! Uh. Da sind Typen, die sich mit dir *treffen* wollen, Mom.«

Ich klicke den Hashtag an. Ein paar Twitter-Userinnen haben tatsächlich schon gepostet, dass sie Feuer und Flamme für die Mamazipation sind. Und ja, auch zwei Männer haben mir ihre, nun, Unterstützung angeboten.

Aber die Fotos!

Oh Mann, diese Fotos.

»Mom, du siehst richtig gut aus auf den Bildern«, sagt Cori und lehnt sich vom Beifahrersitz zu mir herüber, damit sie mit auf mein Handy schauen kann. Die Fotos sind wirklich sehr schön geworden. Ich sehe eine attraktive Frau mit langen braunen Haaren, die gelassen und selbstbewusst in die Kamera schaut. Um ihre Lippen spielt ein feines Lächeln, als würde sie sich gerade ausmalen, was sie ohne ihre Familie alles Schönes anstellen kann. Ihre Augen leuchten, ihr Mund ist leicht geöffnet, als wolle sie ihr Gegenüber bitten, sich zu ihr zu setzen. Es fällt mir schwer zu glauben, dass das ich das bin.

Und während ich mich noch ganz hingerissen betrachte, piept mein Handy – Facebook, eine Freundschaftsanfrage. Das Profilbild ist winzig, aber der Name unverkennbar. Daniel Seong, der Sexy Schulbibliothekar des Jahres, will mein Freund sein. Dazu schreibt er: »Du schmeißt mich in aller Herrgottsfrühe aus dem Bett, und dann finde ich dich in den Twittertrends? Jetzt weiß ich, wie echte Märchenprinzen sich fühlen.«

Ah ja.

Das kommt … etwas unerwartet.

Aber keineswegs unwillkommen, wie ich mir überrascht eingestehen muss.

»Hört mal zu, ihr beiden«, sage ich in jenem ruhigen Ton, der das Gezänk um Coris Handy sofort verstummen lässt. Sie schauen auf, und ich drehe mich zu ihnen um, damit sie mir in die Augen sehen können und wissen, dass es mir ernst ist. »Was würdet ihr davon halten, wenn eure Mom, während ihr den Sommer bei eurem Dad verbringt, noch mal für ein paar Wochen nach New York fährt?«

11. Kapitel

Amy,

anbei die beiden Formulare für die Sommercamps. Ich bin mir sicher, die Kids werden dort eine richtig tolle Zeit haben.

Und du in New York hoffentlich auch. Wenn ich ganz ehrlich sein soll: Als wir darüber sprachen, dass die beiden den Sommer bei mir bleiben können, war ich davon ausgegangen, dich in fünf Autominuten Entfernung zu wissen – falls ich dem Ganzen doch nicht gewachsen sein sollte. Was natürlich ein etwas egoistischer Gedanke war und dir gegenüber nicht fair. Denn ob du es glaubst oder nicht, ich wünsche dir wirklich, dass du glücklich bist.

Was ich dir auch noch sagen wollte, auch wenn es per Mail etwas unpersönlich ist, aber ich kann mir nicht vorstellen, dass es dir am Telefon lieber wäre, daher so: Das mit Marika ist vorbei, und zwar schon eine ganze Weile. Ich wollte das nur loswerden, weil gestern die Kreditkartenabrechnung kam und ich eins und eins zusammengezählt habe. Tut mir leid, falls du deswegen Unannehmlichkeiten hattest. Ich habe mich gleich darum gekümmert, das sollte also keine Probleme mehr geben. Die ganze Beziehung mit M. war ein Fehler – und das von Anfang an. Ansonsten gab es keine andere. Ich will mich künftig auf das konzentrieren, worauf es wirklich ankommt: auf meine Familie.

Also dann viel Spaß dir in New York und schöne Grüße an Talia!

Gruß, John

Als ich Talia mitteile, dass ich wieder nach New York kommen will, sagt sie, ein Glück, sie brauche nämlich jemanden, der ihre Wohnung hütet. Dann erzählt sie etwas davon, dass das Universum einem den Weg erleichtern würde, wenn man die ersten Schritte zum Guten getan habe. Ich frage sie, welche Schritte sie denn getan habe, worauf sie erwidert: »Ich rede von dir, du Dummchen.« Ich muss an Johns E-Mail denken. War es am Ende ein Geschenk des Universums, dass er mit Marika Schluss gemacht hat? Wenn ja, fühle ich mich nicht sonderlich dankbar. Eher verwirrt.

»Das Universum hat dir eine Zweieinhalb-Zimmer-Wohnung in New York geschickt, die du den Sommer ganz für dich allein hast. Mit mir scheint das Universum dagegen anderes im Sinn zu haben«, setzt Talia düster nach. »Mich will es schwitzen und leiden sehen.«

Denn, so klärt sie mich auf, jenseits des Hudson seien die Verkaufszahlen von *Pure Beautiful* verheerend. »Wir wären zu ›New York‹, heißt es von ganz oben. Wir bräuchten einen besseren Draht zum ›echten Amerika‹.«

»Welches Modemagazin bedient denn bitte schön das echte Amerika?«, frage ich und sie lacht: »Genau meine Worte. Daraufhin meinten sie, ein Redaktionsableger in Miami wäre ein Versuch – ausgerechnet Miami! Als ob irgendetwas an Miami echt wäre. Für die Winterausgaben und spezielle Events, sozusagen als letzter Versuch.« Man merkt, dass sie von der Idee nicht gerade begeistert ist. Sie liebt New York, und in ihren Augen endet die Zivilisation sehr wohl hinter dem Hudson River, auch wenn sie es niemals laut sagen würde.

»Wer weiß«, ziehe ich sie auf, »vielleicht gefällt es dir in Florida ja sogar.«

»Vielleicht«, erwidert sie. »Das Problem ist, dass in meiner Abwesenheit Heuschrecken über die Redaktion herfallen werden, um das Magazin wieder profitabel zu machen, und ich fürchte, das könnte uns die Print-Ausgabe kosten. Und du weißt, wie sehr mein Herz am Hochglanz hängt – ein reines Online-Magazin ist einfach nicht dasselbe.«

»Und was hast du dann vor?«, frage ich betroffen.

Talia zwinkert mir zu. »Um mich mach dir mal keine Sorgen, Ames. Ich kann ja immer noch Simon anrufen.«

Bei der Erwähnung ihres stinkreichen, aber sonst sehr unspektakulären Ex verziehe ich das Gesicht.

Sie grinst. »Kleiner Scherz. Ich habe schließlich einen Vertrag und werde schon auf die Füße fallen. Irgendwann läuft es ohnehin alles auf Online hinaus, auch für mich – aber vorher will ich die Party noch voll auskosten, solange es geht.«

Ich schüttele den Kopf. »Es wäre schade darum. Bleib hier und verteidige die Stellung, kämpfe um dein Magazin.«

Aber sie packt und verlässt mit dem Versprechen, mal ein Wochenende vorbeizukommen, die Stadt und tröstet sich selbst mit dem Bonmot, dass *niemand* den Sommer in New York verbringe und setzt lachend nach: »Niemand außer Amy Byler.«

Es versetzt mir einen kleinen Stich, dass nicht einmal Talias Job in Stein gemeißelt scheint. Mir war ihr Leben in jeder

Hinsicht stets perfekt vorgekommen. Das Leben als kinderlose Karrierefrau hatte bei ihr ziemlich wunderbar gewirkt. Aber auch sie muss sich mit bestimmten Gegebenheiten arrangieren. Sie hat Vorgesetzte und trägt Verantwortung. Sie muss Rückschläge in Kauf nehmen, wie wir alle. Nur macht sie dabei einfach eine viel bessere Figur.

Auf einmal finde ich mich also ganz allein in New York wieder. Das Schöne, und manchmal auch Schreckliche, an meinem Leben als Alleinerziehende ist, dass ich nie länger als drei Stunden am Stück allein bin. An den wenigen Abenden, an denen ich allein ausgehe, treffe ich mich mit Lena oder einer anderen Freundin, und dann reden wir bei einem Glas Wein ohne Punkt und Komma, als gelte es, die Erwachsenenzeit bestmöglich zu nutzen. Wenn Cori abends unterwegs ist, bin ich mit Joe oft bei irgendwelchen Turnieren oder korrigiere Hausaufgaben, während er mit seinen Freunden Siedler spielt und Pizza isst. Wenn Joe samstags einen Schulfreund besucht, gehen Cori und ich ins Kino und sehen uns Filme an, bei denen Joe nach fünf Minuten einschlafen würde. Oder ich muss Cori irgendwohin chauffieren, denn gäbe es nicht meine strenge Nicht-an-Schultagen-Regel, würde meine Tochter am liebsten jeden Abend weggehen, während Joe eher ein Stubenhocker ist. Anders ausgedrückt: Ich hatte eigentlich immer Gesellschaft und musste mir nie groß Gedanken machen, was ich mit mir anfange.

Jetzt bin ich zum ersten Mal seit Langem wirklich allein. Noch dazu in einer fremden Stadt. So allein, dass ich den ganzen Tag keine Menschenseele sehen, mit niemandem reden müsste, wenn ich nicht will. Ich habe alle Zeit der Welt. Ich kann den ganzen Tag vor mich hin träumen oder mir kluge Gedanken machen, ohne dass mich jemand stört.

Oder …

Ich könnte Spaß haben! Ich könnte Sport treiben, bis mein Körper summt vor Endorphinen, ich könnte mich auf die Suche nach dem besten Bagel der Stadt machen, mir jeden Tag Lunch mit einem Glas Weißwein in netten kleinen Bistros gönnen und sämtliche Bibliotheken und jeden Buchladen aufsuchen, die diese Millionenstadt zu bieten hat.

Ich könnte mit meinen teuren Haaren und meinen schicken neuen Klamotten die tollsten Abenteuer erleben. Durch alle Boutiquen SoHos schlendern, ohne mich wie eine Hochstaplerin zu fühlen. Mit Baristas flirten. Im Park lesen. Oder …

Einfach das tun, worauf ich gerade Lust habe. Und zwar den ganzen Sommer lang.

Wahnsinn.

Völlig erschlagen von all den Möglichkeiten lasse ich mich auf Talias Gästebett fallen und denke: Okay, Amy. Was willst du denn als Erstes mit deiner unermesslichen Freiheit anfangen? Chinatown? The Cloisters? Eine Fahrt mit der Fähre nach Staten Island?

Nein, nein und nochmals nein. Ganz oben auf meiner To-do-Liste steht etwas anderes. Oder vielmehr: jemand anderes.

Ein superscharfer Schulbibliothekar.

Auf Daniels Nachricht zu antworten stellt mich vor ein neues Dilemma. Mein erster Impuls ist, es wie meine pubertierende Tochter zu machen: Am besten erst mit Lena, Talia, Cori und vielleicht ja sogar Matt die hunderttausend verschiedenen Interpretationsmöglichkeiten seiner Facebook-Nachricht durchgehen sowie die ebenso große Anzahl meiner möglichen Antworten. Aber noch etwas anderes treibt mich an. Eine stille Gewissheit, die mir, als ich Daniel nach unserem ersten Date Schrägstrich One-Night-Stand wegschickte, völlig abging. Damals empfand ich eine Mischung aus Triumph, Panik und Scham.

Jetzt stehen die Dinge jedoch anders. Ich bin nicht nur eine Woche in New York, sondern fast drei Monate. Ich habe alle Zeit der Welt, um all das zu tun, was mein Herz begehrt. Und mein Herz begehrt einen sexy Schulbibliothekar. Außerdem bin ich zu dem Schluss gelangt, dass es absolut unverfänglich für mich ist, diesem Verlangen nachzugeben. Daniel hat eine halbwüchsige Tochter, die eine der besten Schulen New Yorks besucht, und er hat eine feste Stelle hier, weshalb er keine echte Gefahr für mein emotionales Gleichgewicht darstellt, da eine feste Langzeitbeziehung zwischen uns aus rein praktischen Gründen ausgeschlossen ist. Damit ist er, wenn er denn Interesse haben sollte, die perfekte und unverbindlichste Sommerromanze, die frau sich nur wünschen kann.

Statt also lang hin und her zu überlegen, es unter fadenscheinigen Vorwänden vor mir herzuschieben und mich auf jede nur erdenkliche Weise von etwas abzulenken, was mich eventuell sehr glücklich machen könnte, beschließe ich das zu tun, was eine erwachsene, mit beiden Beinen im Leben stehende Frau in meiner Situation tun würde: Ich schreibe ihm einfach zurück. Aber erst lese ich mir seine Nachricht noch mal durch oder vielleicht ja auch zwei- oder dreimal: »Du schmeißt mich in aller Herrgottsfrühe aus dem Bett, und dann finde ich dich in den Twittertrends? Jetzt weiß ich, wie echte Märchenprinzen sich fühlen.«

Ich schreibe also zurück: »Verzeiht, Eure Hoheit, wenn ich nach unserer kleinen Abendvergnügung etwas panisch reagiert habe. Ich wusste einfach nicht, was das geben soll – du in New York, ich schon fast wieder in Pennsylvania. Aber jetzt kam alles ganz anders, und ich werde den Rest des Sommers in Brooklyn verbringen – bekomme ich noch eine Chance?«

Ich schicke die Nachricht ab und klappe den Laptop zu. Wahrscheinlich gibt es ein ungeschriebenes Gesetz, dass ich drei oder vier Tage auf seine Antwort warten muss, aber keine zehn Minuten später bekomme ich auf dem Handy eine Facebook-Benachrichtigung. »Stimmt«, schreibt Daniel, »unüberwindbares Hindernis. Aber wenn du jetzt auch in New York bist, können wir uns gern treffen. Mir sind noch einige Ideen zum Flex-Anthologie-Konzept gekommen. Wie wäre es nächste Woche abends? Ich wüsste da einen netten kleinen Literatur-Pub auf der Upper West Side.«

Gut, sage ich mir, wenn er sich nicht ziert, brauche ich es auch nicht.

»Sehr gern«, schreibe ich. »Sag einfach wann und wo.« Nach ein paar Minuten schicke ich noch ein »Ich freue mich!« hinterher.

Na also, geht doch. Ich versierte Frau von Welt, wie selbstverständlich ich mich mit einem Mann verabrede, mit dem ich zwar ins Bett, aber keine Beziehung will. Ich bin eine freie, selbstbestimmte Frau! Ich bin Gloria Steinem, Helen Gurley Brown und Samantha aus *Sex and the City* in einer Person.

Soweit die Theorie, denn als wir uns die Woche darauf wiedersehen, war es das mit meinen hochfliegenden Plänen.

Das *Dead Author* ist ein langer Schlauch mit ins Eck gequetschtem Billardtisch, einer kaputten Jukebox voll verstaubter AC/DC- und Smashing-Pumpkins-Platten und drei Stehtischen mit Barhockern, einer vorn und zwei hinten. Die Decke ist vollständig mit herausgerissenen Buchseiten tapeziert, allerdings so hoch, dass ich nicht erkennen kann, welche Werke dort massakriert wurden. Der dunkle Holztresen ruht auf einem langen Regal, und als ich mich auf einem der Hocker niederlasse, stoße ich mit den Füßen an geschundene Buchrücken. Ich bücke mich und ziehe auf Gutdünken ein Buch heraus. Eine alte Taschenbuchausgabe von *Der Fänger im Roggen*. Ich stelle es zurück und nehme das nächste. Wieder *Der Fänger im Roggen*, wenn auch ein anderes Cover und eine andere Ausgabe. Jetzt bin ich doch neugierig geworden, steige wieder vom Hocker und nehme die obere Reihe genauer in Augenschein. Schätzungsweise fünfundsiebzig Prozent der Bücher sind *Der Fänger im Roggen*, zwanzig Prozent *Franny und Zooey*, und die restlichen fünf Prozent verteilen sich auf eine reichlich eklektische Mischung unterhaltender Literatur aus den letzten dreißig Jahren. Zwischen Krimis und Liebesromanen entdecke ich zudem einen Angelführer und ein Kirchenkochbuch.

Aha.

Dann vielleicht doch *Der Fänger im Roggen*. Ich schlage es auf, lese den berühmten ersten Satz, seufze leicht genervt und schaue wieder hoch, in der Hoffnung, dass Daniel bald auftaucht. Der *Fänger im Roggen* ist eins dieser Kultbücher, das meiner Ansicht nach überhaupt nichts mit der heutigen Zeit zu tun hat. Ich setze es nicht mal mehr auf Lektürelisten. *David Copperfield* dagegen könnte ich immer wieder lesen, auch stundenlang in einer Bar. Ich nehme mein Notizbuch heraus und schreibe: »*Das also ist mein Leben* vs. *Fänger im Roggen*« und »moderne Versionen von *David Copperfield?*«. Hoffentlich weiß ich noch, was ich damit meinte, wenn ich im August mit der Unterrichtsvorbereitung anfange.

»Was darf es für Sie sein?«, reißt mich die Barkeeperin aus meinen Gedanken, und erst da merke ich, dass ich schon zehn Minuten einen Platz belege, den ich mir eigentlich noch verdienen muss. Ich begutachte die Wand aus Flaschen hinter ihr. Beim Anblick einer ganzen Reihe verschiedener Rye Whiskeys fällt der Groschen bei mir. »Dann nehme ich wohl einen Manhattan«, sage ich, »der einzige Drink auf Roggenwhiskey-Basis, der mir einfällt.«

Sie sieht mich an und legt den Kopf leicht schief. »Man kann im Grunde alles, was mit Malt gemixt wird, auch mit Rye mixen«, klärt sie mich auf.

»Ach ja? Auch einen Whiskey Sour?«

»Das war sogar die ursprüngliche Version. Welcher Rye soll's denn sein?«

Ich zucke mit den Schultern. »Suchen Sie einfach einen aus.«

Sie greift nach einer bauchigen Flasche und gießt mir einen kleinen Schluck ein. »WhistlePig«, sagt sie, als sie mir das Glas über den Tresen schiebt.

Ich nippe ein bisschen daran, versuche nicht zu husten und nicke tränenden Auges. »Schmeckt lecker«, lüge ich, denn es schmeckt wie Nagellackentferner mit Karamell. »Gehört der Laden Ihnen?«

»Jep.«

»2010 aufgemacht?«

»Ähm … ja. Wie kommen Sie darauf?«

»Wegen des Namens. Salinger ist erst seit 2010 ein toter Autor.«

Sie deutet auf ein Schild. »Sie haben gerade vier Dollar gespart.«

»Happy Hour«, steht da. »50 % Streberrabatt bis 19 Uhr.« Ich muss lachen. »Wie finden Sie denn heraus, wer in diese Kategorie fällt?«

Sie stellt mir meinen Drink hin. »Sie können ihr Wissen nie für sich behalten. Soll ich einen Deckel machen?«

Genau in dem Moment betritt Daniel die Bar, und mein Herz setzt einen Schlag aus. »Ja, bitte«, sage ich. »Und noch mal das Gleiche für diesen attraktiven Herrn vom Fach.«

Sie zwinkert mir zu. »Wenn alle Streber so gut aussähen … Schönen Abend.«

Daniel zieht sich einen Hocker zu mir heran. Er trägt Jeans, ein dunkelrotes T-Shirt und eine große Kuriertasche quer über der Brust. An den Schultern spannt das Shirt ein bisschen, aber um den Bauch sitzt es locker. Er könnte den coolen Dad in irgendeiner Vorabendserie spielen. Mit anderen Worten, er sieht zum Anbeißen aus.

»Tut mir leid, dass ich zu spät bin«, sagt er, während ich noch überlege, ob wir uns zur Begrüßung umarmen oder küssen sollen oder irgendwas dazwischen. Küssen ist vielleicht keine gute Idee. Ich strecke den Arm nach ihm aus, aber er sitzt zu weit weg für eine Umarmung. Am Ende klatschen wir uns etwas ungeschickt ab, und ich lache nervös. Er sieht wirklich unglaublich gut aus.

»Du kommst gerade richtig«, versichere ich ihm, nachdem ich mich wieder halbwegs gefangen habe. »Ich habe uns soeben den Streberrabatt verdient.«

Er nickt und lächelt. »Sehr gut. Unterwegs dachte ich noch, ich hätte dich vielleicht vorwarnen sollen, damit du dein Licht nicht unnötig unter den Scheffel stellst, aber dann habe ich mir gesagt, lass mal, da kommt sie bestimmt selber drauf.«

»Ha! Danke.«

»Du warst es, die sich von einem Tag im Buchladen hat verführen lassen.«

»Ich habe mich nicht verführen lassen«, erwidere ich.

Dann denke ich noch mal drüber nach. »Na gut, vielleicht ein bisschen.«

Daniel zieht lächelnd einen Mundwinkel hoch. »Amy …«

»Ja?«

»Es ist schön, dich wiederzusehen. Ich bin froh, dass ich dich aufgespürt habe.«

»Ich auch.«

»Und ich bin froh, dass du es so deutlich ausgedrückt hast. Du hast dein Leben in Pennsylvania, ich meines in New York. Damit ist eins schon mal klar: keine Beziehung, keine Hintergedanken, keine emotionalen Verwicklungen.«

»Ah«, sage ich. »Ja. Wobei … habe ich das wirklich so gesagt?«

Daniel schaut mich unergründlich an. »So hatte ich es verstanden. Dass du Ende des Sommers wieder zurück nach Pennsylvania fährst.«

Ich nicke. »Schon. Ja. Aber das ist ja noch ein paar Wochen hin.« Plötzlich komme ich mir ziemlich blöd vor. »Ich dachte nur …« Ja, was? Was habe ich mir gedacht? Dass ich mir den Sommer über eine Affäre gönne und danach, als wäre nichts gewesen, in mein eigentliches Leben zurückkehre? Auch nicht gerade schmeichelhaft für ihn, oder?

»Und um das ebenso deutlich auszudrücken: Für eine Sommeraffäre bin ich mir zu schade«, sagt er, als hätte er meine Gedanken gelesen. »Damit käme ich nicht klar.«

»Nein? Ich meine, natürlich nicht.« Irgendwie überfordert mich das gerade. »Es ist nur so«, setze ich noch mal an, »dass die Initiative zu unserem One-Night-Stand von dir ausging. Wenn wir da jetzt historisch korrekt sein wollen.«

»Historische Genauigkeit sollte man nie unterschätzen«, erwidert er flachsig, und ich habe den Eindruck, dass ihm diese verworrene Diskussion kein bisschen unangenehm ist, eher im Gegenteil. »Allerdings, und das macht den Unterschied aus, wusste ich damals noch nicht, dass du dich gerade mamazipierst.«

»Ich ehrlich gesagt auch nicht.«

Da lächelt er, und sein Lächeln verleiht seinen Worten gleich eine ganz andere Note. Es ist charmant, unwiderstehlich. »Und wenn du mir die Indiskretion verzeihst, aber mir war zu dem Zeitpunkt auch noch nicht klar, wie gut die Chemie zwischen uns sein würde ...« Er macht mit den Händen eine Bewegung in Zeitlupe, die vage, aber unmissverständlich ist. »Du weißt schon, horizontal gesehen.«

Ich spüre, wie meine Wangen zu glühen beginnen. »Ja, gut, das war schon überdurchschnittlich«, räume ich ein, und weil ich in letzter Zeit keine wirklichen Vergleichswerte hatte, schicke ich noch ein »Oder?« hinterher, das ich sofort bereue.

Er legt den Kopf in den Nacken. »Doch, würde ich auch so sehen. Deutlich über dem Durchschnitt. Auf jeden Fall besser als erwartet, sozusagen Erwartungen-übertroffen-Sex.«

»E-Sex«, spinne ich die Anspielung auf die Zauberschul-Prüfungen von Hogwarts weiter.

»E. Wenn nicht gar O«, spielt er den Ball zurück. »Und wenn du mich fragst, hat es relativ wenig Sinn, jemanden ›ganz unverbindlich‹ zu daten, mit dem man Ohnegleichen-Sex hatte. Da gibt es nur alles oder nichts.«

Ich seufze, denn dann läuft es wohl auf nichts hinaus. »Aber warum hast du mir dann überhaupt eine Facebook-Nachricht geschickt?«

Er scheint die Frage nicht zu verstehen. »Na, um in Kontakt zu bleiben.«

»Als ... Freunde?«, frage ich vorsichtshalber nach.

»Genau. Als Freunde. Mal was trinken gehen.« Er hebt sein Glas auf mich. »Über Bücher reden. Sich einen netten Abend machen.«

»Also genau wie letztes Mal«, sage ich. »Und du weißt, wie das ausgegangen ist.«

Er nickt bedächtig. »Gut, dass du es ansprichst. Dann werden wir uns in Zukunft ganz besonders anstrengen müssen, unsere Kleider anzubehalten.«

»Oder …«, schlage ich vor und staune selbst über das, was ich gleich sagen werde, »wir schauen einfach mal, was sich ergibt.«

Daniel wird ernst. »Besser nicht. Es kommt nicht so oft vor, dass ich eine Frau kennenlerne, mit der ich einerseits so viel gemeinsam habe und die andererseits so …« Er driftet ab und fährt fort: »Du kehrst dann zu deinen Kindern zurück, deiner Familie, und ich stünde im Regen – also gefühlt. Ich glaube, ich möchte das Risiko, verletzt zu werden, nicht eingehen.«

Weil ich merke, dass er es so meint, wie er es sagt, akzeptiere ich seinen Wunsch, auch wenn es mich ein bisschen enttäuscht. »Also gut«, beschließe ich, »dann bleiben die Klamotten an. Überhaupt kein Problem.«

»Wie sähe das denn aus, wenn ich mich den ganzen Sommer über jeden Morgen aus einem anderen Hotel davonstehle?«, wirft er scherzhaft ein.

Warum eigentlich nicht?, denke ich. »Da hast du allerdings recht«, sage ich stattdessen. »Aber an deinen Ideen fürs Leseprogramm wäre ich immer noch interessiert.«

Er grinst. »Da bin ich aber froh. Mir sind nämlich so einige Ideen gekommen, und vielleicht sogar ein paar gute. Wollen wir an einen der Tische wechseln? Ich habe meinen Laptop dabei, dann könnten wir gleich loslegen.«

Ich denke an die hübsche Spitzenunterwäsche, die ich unter meinem leichten Strickkleid trage und seufze leise. »Ja, klar. Lass uns anfangen«, sage ich in meiner überzeugendsten Nur-Freunde-Stimme. »Reden wir über Bücher.«

Wir nehmen unsere Gläser mit und ziehen an einen der Tische um. Daniel packt seinen Laptop aus und präsentiert mir eine Excel-Tabelle, in der er alle Titel vermerkt hat, dazu die Rechteinhaber, Klassenstufen und behandelte Themen. Wir reden eine Stunde über unseren Job, übers Unterrichten, über Leseförderung, Kursstufen und den Lektürekanon. Aber die ganze Zeit über sind zwei meiner Gehirnzellen in eine Auseinandersetzung verstrickt. Hirnzelle eins ist definitiv das Teufelchen. *Was zur Hölle treibt sie da? Sie soll den Kerl einfach abschleppen!*, schreit es erbost ganz hinten in meinem Kopf.

Und Hirnzelle zwei greift mäßigend ein: *Nicht so laut, lass sie. So ist es doch perfekt. Eine Affäre wäre in ein paar Monaten vorbei, und am Ende wäre er nicht der Einzige, dessen Gefühle verletzt würden.*

Da kann Hirnzelle eins bloß verächtlich schnauben. *So ein Quatsch, schiere Verschwendung! Schau ihn dir an: Er ist eine Acht, vielleicht sogar eine Neun. Eine New Yorker Achteinhalb. Das zählt in Pennsylvania das Hundertfache!*

Hirnzelle zwei bleibt standhaft. *Er sieht viel zu gut aus. Und klug ist er auch. Und nett und aufmerksam. So einen will man sich als Freund nicht verscherzen. Affären kann sie auch mit anderen haben.*

Als Freund!, höhnt Hirnzelle eins. *War es nicht Shakespeare, der schrieb »Es ist besser, jemanden gevögelt und verloren zu haben, als überhaupt nicht gevögelt zu haben«?*

Und du willst Bibliothekarin sein?, tadelt Hirnzelle zwei.

Das lesen wir am besten gleich noch mal nach, Regal acht Punkt zwanzig, unter T wie Tennyson.

»Was ich wirklich bräuchte«, höre ich mich plötzlich laut und deutlich sagen, »wäre ein Handbuch über Neurologie.«

Meine beiden Labertaschen halten die Klappe, dafür schaut mich jetzt Daniel etwas irritiert an. »Nicht weiter wichtig«, sage ich, »nur laut gedacht.«

Er nickt verständnisvoll. Nur gut, dass er nicht ahnt, in welche Sackgasse sich mein überhitzter Verstand manövriert hat. »Ich texte dich auch gerade ziemlich zu«, entschuldigt er sich. »Aber ich glaube, das könnte ein guter Ausgangspunkt sein. Fünf verschiedene Flex-Anthologien, die alle Lesestufen und deine relevanten Themen abdecken. Wenn wir die Texte ein Jahr lizenzfrei bekämen oder sie mit Fördergeldern finanzieren könnten, hätten wir genug Stoff zusammen, um ein Pilotprojekt aufzuziehen, das, wenn es Erfolg hat, ein Selbstläufer werden könnte.«

»Der Haken an der Sache ist nur«, wende ich ein, »dass wir von den Schulen verlangen, Lizenzen für E-Books zu kaufen, von denen fünfundsiebzig Prozent der Schüler gerade mal ein Kapitel lesen werden, wenn überhaupt. Das kriegen wir niemals durch, es sei denn, wir bekämen alle Texte umsonst, und das halte ich für illusorisch. Es fängt ja schon damit an, dass die meisten Schulen nicht mal genügend Lesegeräte haben, um überhaupt an dem Programm teilnehmen zu können. Das heißt, wir könnten es nur den gut ausgestatteten Schulen anbieten. Aber wenn unser Projekt nicht auch an ein paar sogenannten Brennpunktschulen läuft, wie wollen wir dann wissen, ob es seinen eigentlichen Zweck erfüllt, nämlich benachteiligte und schwächere Schüler zum Lesen zu bringen?«

Daniel runzelt die Stirn. »Vielleicht …« Er schüttelt den

Kopf. »Du hast recht. Ich kenne das von meiner Schule, da ist einfach kein Geld da, und von *Der scharlachrote Buchstabe* haben wir eben bestimmt schon hundert Exemplare.«

»Damit ist echt viel gewonnen«, sage ich. »Ich finde das Buch so schrecklich.«

Daniel lächelt. »Sag das lieber nicht zu laut. Manche Kollegen würden dich dafür mit einem leuchtend roten K für Ketzerin brandmarken.«

Ich muss schmunzeln. »Ach, Daniel … du magst vielleicht cool aussehen, aber eigentlich bist du genauso ein Spinner wie wir anderen Bücherwürmer auch.«

Er horcht auf. »Du findest, ich sehe cool aus?«

»Ja klar«, sage ich.

»Hast du dann vielleicht Lust, was wirklich Cooles mit mir zu machen?«

Sex zum Beispiel?, meldet sich mein Gehirn. »Was denn zum Beispiel?«, bewerkstelligt meine Zunge.

»Wir sind in New York, es ist Sommer«, fängt er an. »Die Möglichkeiten sind schier unendlich. Aber ich dachte an …«

»Ja?«

»Ta-daa!«, ruft er und holt zwei Eintrittskarten aus seiner Brusttasche. »Was hältst du von Baseball?«

Ich schaue ihn mit großen Augen an. Baseball war nicht unbedingt das, was ich für den heutigen Abend im Sinn hatte. Doch wenn ich es mir recht überlege, kann ich mir auf einmal nichts Schöneres vorstellen, als diesen herrlichen, sonnig warmen Sommerabend an der Seite dieses klugen, gut aussehenden *und* interessanten Mannes bei Bier und Hotdogs im Citi-Field-Stadion zu verbringen. Meine Engelchen-Hirnzelle scheint sich durchzusetzen, denn so langsam leuchtet mir ein, dass es für den Anfang wirklich das Beste ist, wenn Daniel und ich einfach Freunde sind. Ich bin ja faktisch noch nicht mal geschieden, schleppe also einiges an Beziehungsballast mit mir herum. Eine Affäre könnte ich mit jedem haben, aber nicht jeder ist Daniel. So gesehen macht es wirklich Sinn, mir seine Freundschaft zu bewahren.

»Baseball scheint mir der perfekte Vorwand, um diesen Abend mit einem neuen Freund in der Sonne zu sitzen«, sage ich.

»Ein Basecap der Mets wird dir prima stehen«, meint er. Ich strahle ihn an. »Ich bin so froh, dass wir uns getroffen haben, Amy.«

Da muss ich kurz schlucken. »Ich auch«, höre ich mich sagen.

»Wenn du alleinerziehend bist und Vollzeit arbeitest, ist es nicht leicht, neue Freunde zu finden«, sagt er. »Und dann kommst du, auf deiner Mamazipations-Mission ...«

»Das Wort hat sich eine Freundin ausgedacht, um eine tolle Story für ihr Magazin zu haben«, stelle ich klar. »Es gibt gar keine Mamazipation.«

»Und dann kommst du, auf deiner Mamazipations-Mission«, wiederholt er, »du liebst deine Kinder, deinen Job, deine Bücher, man kann sich so gut mit dir unterhalten, und Baseball magst du auch noch!«

Ich schüttele den Kopf. »Nein, mag ich nicht. Oder doch, vielleicht, ehrlich gesagt weiß ich nicht, ob mir Baseball gefällt, weil ich noch nie ein Spiel gesehen habe. Aber ich mag es, Dinge zu tun, die ich noch nie getan habe. Und ich mag es, an so einem schönen Tag wie diesem draußen zu sitzen und die Abendsonne zu genießen.«

Und am meisten mag ich, das alles mit dir zu tun, denke ich noch.

»Dann lass dich überraschen«, sagt er. »Ich spendiere dir auch Erdnüsse und Cracker Jacks. Also entweder Erdnüsse *oder* Cracker Jacks. Immerhin bin ich Lehrer, und man sollte es nicht übertreiben.«

»Aber wirklich«, sage ich mit einem Lächeln. »Wo kämen wir denn da hin.«

Im Untergeschoss eines Kaufhauses an der Fifth Avenue gibt es einen japanischen Teesalon, in dem gelangweilte Damen beim Lunch mit Sushi und Rucola ein bisschen sündigen können. Alles sehr hübsch anzusehen, aber man isst sich hungrig. Seit ich wieder in New York bin, waren Matt und ich, dem Spesenkonto von *Pure Beautiful* sei Dank, schon drei Mal hier. Das Restaurant ist sehr beliebt bei Medienmenschen, die bereitwillig einen Dollar pro zehn Kalorien zahlen. Auf dem Rückweg in die Redaktion kaufe ich mir oft noch eine große Brezel, um satt zu werden.

Während ich mir jetzt das 7-Korn-Porridge mit Meeresalgen für vierundzwanzig Dollar schmecken lasse, erzählt Matt, dass er auf Pinterest eine private Pinnwand mit Dating-Optionen erstellt habe.

»Oha!«, rufe ich, denn mittlerweile kenne ich Matt gut genug, um erst gar nicht darüber zu diskutieren, wie verrückt ich so etwas finde. »Darf ich mal sehen?«

Er hält mir sein Handy hin, und eine ganze Armee attraktiver Männer blickt mir entgegen – aber keiner unter fünfunddreißig, viele bestimmt schon an die fünfzig.

»Matt«, sage ich ganz mütterlich, »dir ist schon klar, dass die alle etwas alt für dich sind?«

Matt verschluckt sich an dem mikroskopisch kleinen Stück eingelegter Seegurke, das er sich gerade in den Mund geschoben hat. »Du meinst …?«, hustet er. »Für mich? Haha, nein. Ich bin gar nicht auf der Suche – diese Herren sind für dich.«

»Ah …«, sage ich. In Gedanken überschlage ich noch mal schnell, wie viele Männer Matt mir herausgesucht hat. Ein paar sehen wirklich *sehr* gut aus. Was spräche denn dagegen, sich einfach mal ganz unverbindlich zu verabreden?

Also ehrlich, Amy. »Das ist lieb, dass du dir so viel Mühe gemacht hast, aber ich gehe doch nicht mit wildfremden Männern aus, die mir jemand rausgesucht hat, den ich gerade mal zwei Wochen kenne.«

Matt zuckt mit den Schultern und steckt sein Handy wieder weg. Ein bisschen bin ich jetzt schon enttäuscht, dass er so leicht aufgibt. Vielleicht hätte ich mir die Fotos ja gern noch etwas ausführlicher angesehen. Nur für den Fall. »Schon okay«, sagt er. »Was ist denn dann dein Plan für den Sommer? Dieser Büchermensch, von dem du erzählt hast?«

Ich messe ihn mit strengem Blick. »Mein Plan für den Sommer sieht vor, die Wohnung deiner Chefin zu hüten, bis sie aus Miami zurück ist, mir zu überlegen, welche Bücher für mein Leseprojekt infrage kommen, und Verlage und Autoren anzuschreiben, ob sie uns Auszüge ihrer Werke kostenfrei überlassen. Außerdem will ich mir noch die hier vornehmen.« Ich öffne meine Lese-App und zeige Matt das virtuelle Regal meiner ungelesenen Bücher.

»Das sind ja bestimmt dreißig Titel«, stellt er fest.

»Das hast du ganz richtig erkannt. Und vielleicht kommen noch ein paar dazu«. Ich lächele selig.

»Bei so vielen Büchern verliert man doch sicher leicht den Überblick … Vielleicht brauchst du ja jemanden, der da etwas Ordnung hineinbringt? Einen gewissen gut aussehenden Schulbibliothekar zum Beispiel …«

Ich seufze. »Wenn du es unbedingt wissen willst: Ich habe mich mit dem sexy Schulbibliothekar getroffen. Wir haben beschlossen, ›nur Freunde‹ zu sein.«

Matt nickt verständig. »Doch nicht so heiß, wenn man ihn näher kennenlernt?«

»Doch – und er wird sogar immer heißer, je näher man ihm kommt. Er ist groß, dunkel, gut aussehend, wie ein koreanischer Heathcliff, nur netter. Ein Sexgott in Bibliothekarsgestalt oder nein, wahrscheinlich eher andersherum, Bibliothekar in Sexgottgestalt. Der sexy-coole Dad, mit dem alle gern … du weißt schon. Kurzum: Er sieht aus wie Champagnertrüffel schmecken.«

»Wow«, gibt sich Matt beeindruckt. »Und warum dann, du weißt schon … nur Freunde?«

Ich seufze. »Ehrlich gesagt würde ich auf der Stelle mit ihm du weißt schon. Nur Freunde war seine Idee. Weil ich ja in ein paar Monaten wieder in Pennsylvania wäre und dann diese Geschichte mit der Mamazipation und alles. Wahrscheinlich hat er recht. Er ist nämlich mehr als nur ein hübsches Gesicht. Er ist nett und genauso ein Büchernarr wie ich, wir haben unglaublich viele gemeinsame Interessen, sind in vielem auf einer Wellenlänge …« Ich muss wieder daran denken, wie angenehm es ist, in Daniels Gesellschaft zu sein, wie er im Laufe des Baseballspiels ganz unaufgeregt so viel über mich erfahren hat wie andere nicht mal in Jahren. Weil er zuhört und die richtigen Fragen stellt, wenn es sein muss. Am Ende habe ich ihm einfach alles erzählt – wie John uns verlassen hat und die schwere Zeit danach, und er hat sich alles angehört und den Blick dann vom Spielfeld abgewandt, mich angeschaut und gemeint: »Du kannst wirklich stolz auf dich sein, das alles geschafft zu haben.« Das Lob in seinen Worten und die Wärme seines Blicks gaben mir dieses gute Gefühl, einfach nur verstanden zu werden.

Nicht ganz ungefährlich, wie es in diesem Augenblick zwischen uns geknistert hat. »Es wäre Ende des Sommers ein richtig herber Schlag, für uns beide, wenn wir den Dingen jetzt einfach ihren Lauf ließen«, höre ich mich laut sagen.

Matt runzelt die Stirn. »Hm. Dann wollt ihr also beide eure Gefühle schützen?«

Ich nicke.

»Aber trotzdem trefft ihr euch, rein freundschaftlich, und unternehmt etwas zusammen?«

Wieder nicke ich.

Matt verzieht das Gesicht.

»Was?«

»Vielleicht solltest du doch noch mal einen Blick auf meine Pinterest-Pinnwand werfen.«

Ich schüttele den Kopf. »Eigentlich will ich gar nicht daten. Es gibt so viel, was ich die nächsten Wochen machen möchte, und jetzt habe ich auch noch zwei neue Freunde, mit denen ich etwas unternehmen kann, wenn mir danach ist, und die ein offenes Ohr für mich haben.« Ich schenke meinem Freund Nummer eins ein warmes Lächeln. »Und von diesem Yoga-Pilates-Kurs, zu dem du mich geschickt hast, war ich so was von begeistert, dass ich das am liebsten mehrmals die Woche machen würde. Ich hatte mir überlegt, noch einen Spinning-Kurs zu buchen. Macht man das überhaupt noch? Bevor Joe auf die Welt kam, bin ich viel auf dem Heimtrainer gestrampelt, und ich habe es geliebt!«

Matt greift über den Tisch nach meiner Hand. Er schaut mir tief in die Augen und legt eine lange Kunstpause ein. »*New Yorker* Spinning«, raunt er dann so bedeutungsvoll, als verrate er mir das Geheimnis ewigen Lebens. »Wenn du noch nie in einem New Yorker Spinning-Kurs warst, dann weißt du gar nicht, was das überhaupt ist.«

»Aha?«

Er schnaubt nur kurz. »So ein Kurs in Pennsylvania ist nicht dasselbe, Amy. Spinning in New York ist Musik und Licht und Wettkampf und Power … Es ist die Neuerfindung von Fitness, und es wird dein Leben, es wird *dich* von Grund auf verändern.« Seine Stimme ist immer leiser, fast andächtig geworden, und ich zucke richtig zusammen, als er dann unvermittelt sagt: »Heute Abend, sechs Uhr dreißig!« Er setzt sich auf und schnippt mit den Fingern. »Wir müssen dir dafür noch Schuhe besorgen.«

»Ich brauche nichts extra dafür. Ich zieh einfach Turnschuhe an.«

»Und passende Sportklamotten. Iss mal auf«, sagt er und zeigt auf mein Algen-Porridge. »Ich muss um zwei wieder in der Redaktion sein, da bleibt uns nur eine Stunde zum Shoppen.«

Während ich den kleinen Klecks Avocado auf meinem Teller und dann den Reisbrei herunterschlinge, tanzen Matts Daumen flott über sein Handy-Display.

»Was machst du?«, will ich wissen.

»Ich twittere live über deine Mamazipation«, erwidert er ohne aufzusehen.

Ich verdrehe die Augen. »Niemand interessiert sich für mein Fitnessprogramm.«

»Ach ja?«, sagt er und reicht mir das Handy. »Klick mal den Hashtag an.« Das tue ich und traue meinen Augen kaum: Alle Welt scheint über #Mamazipation zu twittern. Vor allem darüber, wie dringend sie es mir damit nachtun wollen.

»Oh«, mache ich.

»Unsere Leserinnen haben gesprochen«, verkündet Matt. »Und sie lieben deine Mamazipation. Du hast einen Trend losgetreten. Und mein Job ist es, ihn am Laufen zu halten.«

Und damit eilen Matt und ich los, um auf dem Weg zur Redaktion noch ein Sportgeschäft zu beehren. Endlose Reihen Spandex, Funktionskleidung und chromblitzende Fitnessgeräte empfangen uns zwischen endlos spiegelnden Oberflächen. Matt marschiert mit mir in die Schuhabteilung, parkt mich auf einer Sitzbank und ruft einem Verkäufer »Shimanos Größe 40« zu, dann sagt er zu mir: »Bin gleich wieder da. Wie steht's bei dir mit Sport-BHs?«

Ich schenke ihm ein Lächeln, denn ausnahmsweise fühle ich mich gut gerüstet. »Bestens«, versichere ich und recke siegessicher den Daumen. Bevor ich nach New York kam, waren Sport-BHs meine einzigen BHs. Aber *das* sage ich Matt nicht.

Zwei Minuten später ist er wieder da. Ich habe meine Füße gerade in ein Paar formstabile Fahrradschuhe gezwängt. Matt hat einen ganzen Schwung Kleiderbügel mit grauen und schwarzen Stretchklamotten überm Arm. »Wie fühlen die sich an?«, will er wissen.

»Komisch. Wie Fahrradschuhe eben. Aber sie passen. Sag mir bitte noch mal, warum ich nicht ganz normale Turnschuhe tragen kann?«

»Weil du damit von den Pedalen rutschst. Und weil die hier einfach cooler sind. Dir macht es doch nichts aus, wenn heute Abend im Fitnessstudio ein Fotograf mit dabei ist?«

Ich schaue ihn entsetzt an. »Doch, das macht mir etwas aus. Ich saß auf keinem Fahrradsattel mehr, seit ich den Riesenschädel meines Sohnes durch meinen engen Geburtskanal gepresst habe. Ich dürfte einige Übungsstunden brauchen, um wieder halbwegs in Form zu kommen.«

Matt winkt ab, als sei das alles kein Problem. »Dann machen wir das nächste Woche, wenn du richtig gut akklimatisiert bist. Heute Abend nur Twitter und Snapchat, gar kein Ding. Jetzt zieh die mal wieder aus, damit wir zur Kasse können und ich zurück in die Redaktion komme, bevor Talias Anrufbeantworter explodiert. Und such dir mal noch eine von denen aus.« Er zeigt auf eine Reihe Sport-Trinkflaschen in verschiedenen Metallic-Tönen.

»Soll ich mir, während ich mich auf dem Rad abstrampele, also Wasser in den Mund spritzen wie die Profis bei der Tour de France?«

Matt grinst. »Alles für ein gutes Foto.«

Als wir an der Kasse stehen, denke ich an das Schulgeld, das John mir wundersamerweise vorige Woche zurückgezahlt hat, und biete an, selbst zu zahlen, aber Matt schiebt mich zur Seite. »Erstens wird dich der Betrag umhauen«, er zückt die Firmenkreditkarte, »und zweitens ist das Budget für die Mamazipations-Story noch lange nicht ausgereizt.«

Ich schaue ihn irritiert an. »Aber ...«

»Bevor du wieder anfängst zu diskutieren, was im Übrigen völlig zwecklos wäre, sagen wir einfach so: Wir bekommen im Gegenzug ein paar tolle Fotos, wie du Sport machst ... und so einiges anderes ausprobierst.« Ich kneife die Augen schmal zusammen, aber er redet schon weiter: »Der Hashtag Mamazipation trendet, und wenn wir Glück haben, hilft uns diese Story, die Verkaufszahlen zu pushen. Oder wenn nicht die Zahlen, dann doch unser Image. Der Werbeeffekt ist uns da schon mal ein paar hochfunktionale Sportleibchen wert.«

»Aber ...«

»Und erwähnte ich schon, wie dankbar ich dir für diesen Karriereschub bin?«, fragt Matt, vermutlich rein rhetorisch. »Also freu dich einfach und nimm mit, was immer du kriegen kannst.«

Lachend gebe ich auf und lasse ihn bezahlen. Während er mit der Transaktion beschäftigt ist, geht mir unser Gespräch indes noch nach. »Was meintest du gerade mit *einiges anderes*, was ich ausprobieren soll?«, frage ich argwöhnisch. »Poledancing?«

Matt lacht. »Ich bitte dich – wer macht denn das noch?«

Ich zucke mit den Schultern. »Stripperinnen?«

»Klingt schlüssig. Nein, ich dachte eher ans Daten.«

Ich seufze. »Du gibst wirklich nicht auf, was? Meinetwegen, ein Date – wenn du mir einen halbwegs vielversprechenden Kandidaten aussuchst.«

»Kann ich machen«, sagt Matt und grinst, nimmt die Tüte mit meinen Klamotten entgegen und steuert auf den Ausgang zu. »Aber ist *ein* Date nicht vielleicht etwas wenig, um sich ein umfassendes Bild zu machen?«

Ich schaue ihn fragend an. »Nein, warum? Wenn es Klick macht, kann mehr daraus werden. Wenn nicht, ist es reine Zeitverschwendung. So verzweifelt bin ich dann doch nicht auf der Suche nach einem neuen Daddy für meine Kinder.«

Matt dirigiert mich durch die vollen Straßen Manhattans. »Es gibt ja auch noch andere Gründe fürs Daten als die Suche nach einem Heiratskandidaten.«

»Oh nein, nicht du jetzt auch noch.«

»Es macht Spaß«, beharrt er. »Und verkauft sich gut …«

Ich werfe die Hände in die Luft. Und ja, mag sein, dass ich etwas zu schnell einlenke. »Also gut. Aber du suchst die Männer aus und hilfst mir, ein passendes Outfit zu finden. Ich will mich um nichts kümmern müssen, als zur verabredeten Zeit vor Ort aufzutauchen. Deal?«

»Deal«, sagt Matt. »Zwei, drei Rundum-sorglos-Dates die Woche, bis das Augustheft in Druck geht. Danke, Amy, du bist die Beste.«

»Moment«, sage ich. »So war das nicht vereinbart. Ich meinte …«

»Und wegen dem Spinning-Kurs heute Abend gebe ich dir noch Bescheid«, sagt Matt. »Du wirst hin und weg sein.«

»Matt …«

»Mamazipation!«, ruft er, dreht sich um und verschwindet im Verlagsgebäude, während ich draußen stehen bleibe und mich ernsthaft frage, ob Mamageddon nicht der treffendere Begriff wäre.

12. Kapitel

Liebe Mom,

du wirst es nicht glauben, aber ich war gestern nach meinem ersten Arbeitstag noch in der Bücherei und habe mir Eine Geschichte aus zwei Städten *ausgeliehen – und du hattest recht, ich liebe es! Ich habe es richtig verschlungen. Erst war ich ja für Los Angeles, aber als dann am Ende Chicago überraschend das Rennen gemacht hat, fand ich das noch viel genialer.*
Kleiner Scherz. Ich war mit Brian und Trinity den neuen The Fast and the Furious *schauen. Brian hat einen Freund mitgebracht, und der ist megasüß, Mom. Sein Name ist etwas affig, so ein Pseudo-Neureichen-Name: Dalton. Er geht auf die katholische Schule und soll ein ziemliches Sport-Ass sein. Brian und sein Fußballtrainer versuchen jedenfalls gerade, ihn abzuwerben, damit er im Abschlussjahr für die Country Day spielt. Als Brian dann wieder etwas mit seinen Kumpels zu bequatschen hatte, wollte Dalton wissen, was ich davon halte. Es sei schon eine tolle Schule, habe ich ihm gesagt, und wenn er sich ein bisschen anstrengt, kann er die letzten beiden Jahre noch richtig was lernen und eine 1A-Vorbereitung aufs College bekommen. Aber das gilt vermutlich auch für andere Schulen, wenn man nicht ganz blöd ist und sich reinhängt. Wenn ihn das mit dem Fußballspielen reizt, soll er es machen, habe ich gesagt, aber wenn er es bloß machen will,*

um zu den reichen Kids zu gehören, sollte er es besser bleiben lassen.
Da meinte er, die reichen Kids hätten schon ein paar gute Argumente. Sie hätten ihn zum Beispiel schon zu ein paar Partys mitgenommen, und diese Privatschulmädchen, die man da so kennenlernt, seien ja schon ziemlich krass drauf.
Da habe ich ihn aufgeklärt, dass wir krassen Privatschulmädchen eigentlich ziemliche Langweilerinnen wären und die ganze Zeit bloß lernen würden. Und wenn er sich die Chancen auf ein Sportstipendium nicht vermasseln will, solle er das mit den Partys lieber sein lassen und sich auf die Schule und aufs Training konzentrieren. Daraufhin hat er mich gefragt, ob wir zusammen eine Lerngruppe machen wollen. Und dann ist Brian zurückgekommen.
Es war noch ein richtig schöner Abend, auch wenn Dalton jetzt an seiner Schule bleibt, weil es für ihn einfach die bessere Entscheidung sein dürfte. Aber es hat mir noch mal vor Augen geführt, dass es da draußen noch andere Jungs gibt. Und vielleicht lerne ich ja mal jemanden kennen, der weiß, dass es KEINE gute Idee ist, mit mir in einen Fast & Furious*-Film zu gehen.*
Träumen darf man ja, oder?

Alles Liebe,
deine Cori, die ernsthaft ein paar Auswechselspieler in Betracht zieht (haha, Fußball-Metapher?!)

Ja, ich habe jetzt zwei neue Freunde, bin mit Lena und Talia zumindest per Chat ständig in Kontakt, und die Stadt, die niemals schläft, leistet mir rund um die Uhr Gesellschaft. Aber wochenlang allein in Talias Wohnung zu sitzen ist trotzdem keine allzu schöne Aussicht. Es ist nicht mein Zuhause. Es sind nicht meine Sachen. Das hier ist nicht mein Leben.

In der ersten Woche habe ich Cori nur so mit Textnachrichten bombardiert, jeden Abend mit John telefoniert und Lena und Talia zu Videochats genötigt, um nicht andauernd allein essen zu müssen.

Aber gestern Abend meinte Lena, morgen müsse sie zum Elternabend, Talia hat ein Geschäftsessen mit Anzeigenkunden, und Joe und John bringen Cori und Brian ins Kino. Als ich heute Abend verschwitzt, ausgepowert und total aufgekratzt von meiner dritten Spinning-Stunde nach Hause komme, fühle ich mich daher so einsam und allein wie noch nie in meinem Leben.

Vor dem Training ist ein *Pure Beautiful*-Team über mich hergefallen, hat meine Haare zu einem Messy Bun aufgesteckt und mein Gesicht mit wasserfestem Make-up kameratauglich gemacht. Die Fotografin hat zig Bilder von mir auf dem Fitnessbike geschossen, damit es so aussieht, als sei ich schon mitten im Training. Später, als die Stunde dann losging, hat sie noch mehr Fotos gemacht, was bei den Teilnehmern zu allgemeinem Interesse und allerlei Spekulationen führte, worauf ich mich fast wie ein Promi fühlte. Spinning in Matts Fitnessstudio macht wirklich Spaß, ist aber auch extrem New York. Die superfitten Trainer tragen Headsets wie Popstars und spielen Musik, die so cool ist, dass sie die Provinz Pennsylvanias frühestens in drei Jahren erreichen wird, wenn überhaupt. Wenn wir alle zusammen in der Halle trainieren und uns von den Trainern so richtig einheizen lassen, fühle ich mich losgelöst von allem, stark und unbezwingbar. Jetzt jedoch, allein in Talias Wohnung, ist die Euphorie verflogen, und ich komme mir eher wie eine Hochstaplerin vor.

Ich kippe Müsli in ein Schälchen, während meine Gedanken auf Hochtouren laufen. Eigentlich, denke ich, sollte ich jetzt schnell unter die Dusche springen und zu dem kleinen Italiener an der Ecke gehen, mir eine Riesenportion Gnocchi gönnen, die ich ganz allein für mich an der Bar essen kann. Ich könnte mir auch ein Buch mitnehmen und lesen. Wenn ich das halbwegs souverän anstelle, ist überhaupt nichts dabei. Andere machen das doch auch, oder?

Ich gieße Milch auf mein Müsli und finde mich damit ab, dass ich nicht zu den Menschen gehöre, die sich Freitagabend allein in ein Restaurant setzen können, ohne sich irgendwie komisch dabei vorzukommen. Ich gehöre zu der Sorte Mensch, die Freitagabend Müsli in sich hineinschaufeln und noch vor halb zehn in ihren Sportklamotten auf der Couch einschlafen.

Das könntest du auch in Pennsylvania machen, quäle ich mich noch ein bisschen weiter. *Aber du bist in New York, du solltest was erleben!*

Ich klappe meinen Laptop auf. Nachdem Matt mein erstes durchgestyltes Nachher-Foto gepostet hatte, haben sich ein paar – vermutlich total durchgeknallte – Typen bei *Pure Beautiful* gemeldet, die meine Telefonnummer wollten, um sich mit mir zu verabreden. Matt bat die Herren der Schöpfung kurzerhand, ein aktuelles Foto von sich oder einen Link zu ihrem Online-Dating-Profil zu schicken, er würde es dann an mich weiterleiten. Dieselbe Taktik wandte er bei ein paar treuen Leserinnen an, die sich meldeten, um mich mit den vermutlich hoffnungslosen Single-Männern in ihrem Freundeskreis zu verkuppeln. Matt hat auch hier abgeschöpft, was ging, und mit den Fotos und Links die private Pinterest-Pinnwand aktualisiert, die er vor Kurzem für mich angelegt hatte.

Ich habe nun die Ehre, den Aspiranten entweder Daumen hoch oder Daumen runter zu geben. Sozusagen meine personalisierte Bumble-App, meinte er.

»Was ist Bumble?«, habe ich gefragt.

Matt hat nur geseufzt.

Seit ich bei unserem Meeresalgen-Lunch an der Fifth Avenue einen flüchtigen Blick darauf geworfen hatte, habe ich Matts Dating-Pinnwand weitgehend aus meinen Gedanken verdrängt. Ich hatte Angst, dass es meinem seelischen Gleichgewicht nicht gut bekommen würde, mir diese Männer auch nur anzusehen. Seit John mich verlassen hat, fand ich allein die Vorstellung, mich mit irgendeinem Mann zu verabreden, vom Rest ganz zu schweigen, völlig abwegig. Der sexy Schulbibliothekar war die goldene Ausnahme von der Regel. Vor Daniel gab es keinen, nicht einen Einzigen, der es mir wert gewesen wäre, mich wieder in den Dating-Reigen einzureihen. Als Lena, nachdem John bestimmt schon ein Jahr fort war, fragte, ob ich mich nicht mal ein bisschen umschauen, mich mit jemandem verabreden wolle, bin ich wortlos ins Bad verschwunden, habe mich eingeschlossen und erst mal gründlich geheult. Damals schob ich es auf PMS oder auf meine Angst, noch einmal verletzt zu werden. Jetzt im Nachhinein glaube ich eher, dass allein die Vorstellung, mit einem anderen zusammen zu sein, meine Trennung von John auf eine Weise endgültig gemacht hätte, die ich damals noch nicht zu akzeptieren bereit war.

Jetzt liegen die Dinge anders. Jetzt muss die Trennung sich so endgültig wie möglich anfühlen, wenn ich nicht ewig in dieser Phase meines Lebens stecken bleiben will. Also öffne ich Pinterest und werfe einen Blick auf Matts personalisierte Pinnwand.

Und was soll ich sagen? Die Auswahl ist verblüffend. Zu

Hause in Pennsylvania bin ich drei Jahre lang keiner einzigen Versuchung begegnet. Hier in New York tummeln sie sich dafür in Scharen. Zwanzig Männer, allesamt von Matt abgecheckt und vorsortiert, einer verlockender als der andere. Er hat gleich noch ihre Social-Media-Profile verlinkt, damit ich sie online stalken kann, und die schönen Gesichter entpuppen sich als Ärzte, Anwälte, Künstler, Schriftsteller – ein paar Banker sind auch dabei. Auf ihren Fotos sehe ich sie tauchen, bergsteigen, Hunde und/oder kleine Kinder knuddeln. Matt hat bei seiner Auswahl zudem auf Diversität geachtet, wie ich anerkennend feststelle.

Als Erstes grenze ich das Feld weiter ein. Ein Vater von vier kleinen Kindern scheidet leider aus – wahrscheinlich ein netter Kerl, aber das liefe Sinn und Zweck der Mamazipation etwas zuwider –, ebenso der Mann, dessen politische Ansichten auf Facebook nicht mit meinen vereinbar sind. Der Typ, der ohne Helm Harley fährt, darf sich auch verabschieden, denn wollte ich jung verwitwet sein, könnte ich auch John im Schlaf ein Kissen aufs Gesicht drücken. Der mit dem orangefarbenen Selbstbräuner kann ebenfalls weg, was hat Matt sich dabei bloß gedacht. Bleiben immer noch sechzehn – und jetzt wird es kompliziert. Sechzehn attraktive, voll im Leben stehende Männer, die sich mit mir treffen wollen. Ich fühle mich wie die Bachelorette in einer Ü30-Ausgabe.

»Es sind einfach zu viele verlockende Angebote«, texte ich Matt, »ich kann mich kaum entscheiden.«

Er scheint noch in der Redaktion zu sein und schreibt sofort zurück. »Dann nimm einfach drei. Gönn dir was – das Leben ist kurz!«

Ich lache stillvergnügt in mich hinein. »Ich spreche aber von Männern, nicht von Eiscremekugeln!«, antworte ich.

Und er: »Ich ja vielleicht auch.«

Ich schicke einen Smiley und frage ihn, nach welchen Kriterien ich auswählen soll.

Matt:
Gib ihnen Noten von 1 bis 3 und versuche erst mal, dich mit allen Einsen zu verabreden. Der Zeitfaktor entscheidet, wen du zuerst triffst.

Amy:
Oha, das kam ja prompt.
Da hat sich wohl schon jemand Gedanken gemacht?

Matt:
Ich mache das nicht zum ersten Mal.

Amy:
Ist Mütterverkuppeln dein zweites Standbein?

Matt:
Immer gut, einen Plan B zu haben.

Amy:
Sag Bescheid, wenn du eine Referenz von mir brauchst.

Nach einer kurzen Pause schreibe ich weiter:

Soll ich lieber die süßen Typen nehmen
oder auf die inneren Werte achten?

Matt:
Deine Entscheidung. Aber an deiner Stelle würde ich die süßen Typen nehmen. Den netten Jungen von nebenan kannst du auch in Pennsylvania daten. New York soll Spaß bringen.

Amy:
#Mamazipation!

Matt:
#Mamazipation!

Ich widme mich wieder der Damenwahl. Der Konzertpianist ist definitiv eine Eins. Ich wollte schon immer mal einen Musiker daten. Sensible Hände und so, Rhythmusgefühl. Der Banker bekommt auch eine Eins, er sieht umwerfend gut aus in seinem Anzug. Und der junge Hipster mit den schönen Augen, dessen Lieblingsbuch *Liebe in den Zeiten der Cholera* ist, wie könnte ich widerstehen. Oder der Silberfuchs, der aussieht wie eine Mischung aus Harry Bosch und Walt Longmire. Und auf jeden Fall den Archäologen, wegen Indiana Jones. Benoten kann ich, ich bin also voll in meinem Element.

Am Ende habe ich sieben Einsen vergeben. Ich mache mir zum Müsli ein Bier auf, trinke es aber immerhin aus dem Glas, ganz zivilisiert, und schreibe ein paar kurze Nachrichten. Ich bedanke mich, dass sie Matt kontaktiert haben und erkläre weiter, dass ich mich für meine Mamazipations-Story auf ein paar erste Dates treffen wolle. Womit meiner Ansicht nach klar ist, dass ich hier nicht direkt einen Ehemann suche. Dann frage ich, ob sie in den nächsten Wochen Zeit hätten und damit einverstanden wären, in Matts Artikel erwähnt zu werden.

Bis ich mit meinem Bier fertig bin, habe ich alle sieben kontaktiert. Ich bin richtig aufgeregt. Und neugierig auf das, was mich erwartet. Und vielleicht auch ein bisschen hoffnungsvoll.

Und als sich dann keine Stunde später der Erste zurückmeldet, ein Finanzanalyst, und fragt, ob wir uns morgen Abend treffen wollen, falls das nicht zu kurzfristig sei, bin ich wieder ganz im Reinen mit mir und der Welt.

Lena:
Und ... wie war das Date mit dem Finanzmenschen?

Amy:
Ganz gut.

Talia:
Und war *er* gut?

Amy:
Sagen wir so: Er war sehr groß und sah gut aus. *Sehr* gut sogar, Typ Unterwäschemodel, trug aber natürlich einen Anzug, so einen maßgeschneiderten Tausend-Dollar-Anzug, und ist mit mir in ein Restaurant gegangen, in das nur Leute mit Tausend-Dollar-Anzügen gehen. Ich habe die ganze Zeit darauf gewartet, dass man mir eine Papiertüte überstülpt, um den ästhetischen Ansprüchen Genüge zu tun.

Lena:
»Entschuldigen Sie, Ma'am, könnten Sie sich ein paar Stunden unsichtbar machen? Wir möchten nicht, dass unsere Gäste sich von Ihrem Anblick gestört fühlen.«

Amy:

Unsere blendend schönen Gäste! Und mein Date hätte erwidert: »Nur zu, es macht ihr nichts aus. Bei ihr zählen die inneren Vorzüge.«

Talia:

Ich will hoffen, dass von deinen äußeren Vorzügen auch noch etwas übrig ist. Ich habe einen großen Teil meines August-Budgets auf deine äußeren Vorzüge verwendet. Du denkst an deine Augenbrauen? Hat der Typ etwas zu deinen Haaren gesagt?

Amy:

Hat er. Er meinte, er sei wegen meiner tollen Haare auf mich aufmerksam geworden. Was jetzt nicht gerade das ideale Kompliment für ein erstes Date ist. Oder habe ich ihm etwa gesagt, dass ich ihn wegen seiner tollen Zähne ausgesucht habe?

Lena:

Hat er denn schöne Zähne? Das ist nämlich schon nicht zu verachten.

Amy:

Zähne wie aus der Zahnpastawerbung. Ganz ebenmäßige Reihen perfekter, weiß schimmernder Beißerchen.

Lena:

Dann legt er wohl großen Wert auf gute Zahnhygiene.

Amy:
Das ging schon über Zahnhygiene hinaus. Eher Zähne als Selbstzweck – oder als Lebenssinn.

Lena:
Verstehe. So was wie ein göttlicher Auftrag?

Talia:
Wie heißt er?

Amy:
Dylan.

Talia:
»DYLAN, HIER SPRICHT GOTT. GEH UND LASS DEINE ZÄHNE BLEICHEN!«

Amy:
Genauso muss man sich das wahrscheinlich vorstellen. Ich war von seinen Zähnen jedenfalls ziemlich geblendet. Wahrscheinlich habe ich deshalb den zweiten Martini bestellt.

Lena:
Talia, SIE HAT DEN ZWEITEN MARTINI BESTELLT!!

Talia:
Hör auf zu schreien. Großbuchstaben sind der Stimme Gottes vorbehalten.

Lena:

Talia, sie hat den zweiten martini bestellt.

Talia:

KRASS, ODER??
Hast du ihn gevögelt, Amy Byler?

Amy:

Nein. Auch wenn ich kaum widerstehen konnte.

Lena:

Oh je. Sie geht es wieder völlig falsch an.
Sie versucht zu widerstehen!

Talia:

Ich weiß. Glaub mir, niemand weiß das besser als ich.

Amy:

Er sah gut aus, es war ein tolles Restaurant, und auf seine Art war er durchaus interessant und faszinierend, wie er so erzählt hat, dass er durch die ganze Welt reist, um die Menschheit mit IWF-Geldern zu beglücken. Aber ...

Lena:

Ja?

Amy:

Hinter der tollen Fassade war nicht viel. Ich fand ihn ziemlich hohl. Sagt man noch hohl?

Talia:
Sagt man noch, aber nur wenn wir mit Leuten in unserem Alter chatten.

Lena:
Ich habe nie »hohl« gesagt.

Amy:
Weil du nie einen hohlen Typen gedatet hast. Du warst ja mit Gott zusammen.

Lena:
Was auch nicht immer erfüllend war.

Talia:
Aber hallo! Sag uns Bescheid, wie vielen deiner Schwestern du in der Hölle begegnest, Lena.

Lena:
Warum ich? Du bist mir doch da um Längen voraus.

Talia:
Stimmt, bin schon da. Sommer in Florida, die Hölle auf Erden.

Amy:
Die Hölle auf Erden ist, wenn dir erst nach dem zweiten Martini klar wird, dass dein Traumtyp-Date mit den tollen Zähnen eine absolute Luftnummer ist. Vom Hauptgang

bis zu meinem Abgang musste ich mich echt beherrschen, ihm nicht zu sagen, er solle endlich aufhören, mir die Welt zu erklären. Er hat so getan, als wären Mikrokredite *seine* Idee gewesen. Und dann wollte er wissen, ob ich Malcolm Gladwell gelesen hätte, und ja, habe ich zufällig, habe ich ihm auch gesagt, was ihn aber nicht davon abgehalten hat, mir trotzdem Wort für Wort den Inhalt des Buches zu referieren, als wäre es halt was völlig anderes, wenn *ich* es gelesen habe und bestimmt nicht zu denselben Dylan-deepen Einsichten gelangt bin, an denen er mich gütigerweise teilhaben lässt, hallo?

Lena:
Ein Mansplainer vor dem Herrn.

Talia:
Uh, Malcolm Gladwell.

Amy:
Eben! Ich meine, ich bin Bibliothekarin, was denkt der denn, was ich den ganzen Tag mache?

Lena:
Ihr New Yorkerinnen seid vielleicht Snobs. Ich finde, sie hätte ihn ruhig vögeln können. Hätte ich jedenfalls. Also wenn Dylan eine Frau gewesen wäre.

Amy:
Ich hätte auch lieber mit einer Frau geschlafen als mit Dylan.

Lena:

Das sollte sich machen lassen, Süße.

Talia:

Moment, nicht so schnell. Wir arbeiten erst mal die Liste ab, von der wir den deepen Dylan haben. Matt hat mich heute gebrieft, Amy kann sich gar nicht retten vor Verehrern. Wann steht das nächste Date an, Ames?

Amy:

Morgen Abend. Seufz.

Talia:

Super.

Lena:

Zwei Dates in drei Tagen? Amy, du Tigerin!

Amy:

Rrr. Er ist Arzt und will mit mir zu einem Pop-up-Dinner von irgendeinem Starkoch, von dem ich noch nie gehört habe. Wir haben ein bisschen geschrieben, und er macht einen ganz guten Eindruck. Hat mir zumindest noch nichts gemansplaint und meinte, meine Kinder klängen wie ganz wunderbare Menschen, was vermutlich ihrer wunderbaren Mutter zu verdanken sei. Schmacht!

Talia:

Hm. Ärzte.

Lena:
Wenigstens musst du nicht darben.

Amy:
Genau, ich kann mich einfach mit Essen trösten. Gestern gab es Austern, dann Melone mit Schinken, nur dass der Schinken natürlich hauchdünner Prosciutto war, danach Muscheln und zum Dessert die beste Zitronentarte der Welt. Na ja, und die beiden Martinis.

Lena:
Und trotzdem hast du ihn nicht rangelassen?
Talia, hast du das gehört?

Talia:
Eine richtige Prinzessin.

Amy:
Vertraut mir, ich habe das goldrichtig gemacht. Ich hätte mir dabei die ganze Zeit Sorgen gemacht, seine schönen Zähne kaputtzumachen.

Talia:
Also ehrlich, wenn beim Sex die Zähne kaputtgehen, macht ihr irgendetwas falsch.

Lena:
Sei nachsichtig mit ihr, Talia. Es ist schon eine Weile her, dass sie regelmäßig welchen hatte. Vielleicht wurden damals noch richtig harte Keulen geschwungen.

Amy:
Ich mache gleich mein Handy aus.

Talia:
Mach nur. Wir amüsieren uns auch ohne dich ganz prächtig.

Amy:
Gute Nacht, ihr Monster.

Lena:
Gute Nacht, Eure Majestät.

Als ich das nächste Mal vom Spinning komme, gehe ich duschen, ziehe mir ein hübsches graues Maxi-Kleid an, das gerade tief genug ausgeschnitten ist, um sich ein klein bisschen gewagt anzufühlen, und mache mich gleich wieder auf den Weg. Schluss mit einsam vergrübelten Müsli-Dinnern. Heute Abend traue ich mich mal was und gönne mir ein Restaurant, von dem es im *New Yorker* hieß, dass dort »alle Trends der New Yorker Food-Szene in eine Tajine und ein Schälchen Oliven sublimiert« würden.

Weil man leider nicht reservieren kann, stelle ich mich auf eine längere Wartezeit an der Bar ein, doch als ich sage, dass ich einen Tisch für eine Person wolle, strahlt die Bedienung mich an, als hätte man den ganzen Abend nur auf mich gewartet. Diniert wird an großen, auf eine offene Küche hin ausgerichteten Tischen aus grau verwitterten Eichenbohlen, und je mehr Gäste sich dort einfinden, so die Maxime des Hauses, desto besser. Ich werde also zwischen eine Gruppe fünf sehr ausgelassener Investmentbanker und einem Pärchen auf einem Date hineingezwängt. Den Unterhaltungen um mich herum zu lauschen macht mir solchen Spaß, dass ich ewig lang die Speisekarte studiere und am Ende doch nicht mehr weiß, was ich eigentlich gelesen habe. Als die Bedienung zurückkommt, bitte ich sie daher, einfach etwas für mich auszusuchen.

»Mit Vergnügen«, meint sie lächelnd. »Irgendwelche Vorlieben oder Abneigungen, großer Hunger, kleiner Hunger?«

Das Restaurant wirkt gemütlich, die Atmosphäre ist entspannt, die Preise moderat. Dem *New Yorker* nach ist die Küche »modern marokkanisch«, also vermutlich irgendwie mediterran und orientalisch. »Ich esse eigentlich alles«, sage ich. »Einen hübschen Salat vorneweg und Ihr liebstes Hauptgericht, dazu einen Wein oder was eben passt.« Da schau her, wie ich mit dem Geld um mich werfe und es mir nicht mal ein schlechtes Gewissen bereitet, denn John wird den Kindern dieses Jahr neue Schuhe für die Schule kaufen, was mir gleich zwei Mal die Kosten dieses Abendessens spart.

Die Bedienung mustert mich nachdenklich. »Ich habe so viele Lieblingsgerichte, das wird nicht ganz einfach. Aber ich schaue mal. Oder …« Sie beugt sich zu mir. »Vielleicht kocht der Küchenchef Ihnen auch etwas ganz Besonderes, wenn er hört, was Sie mir gerade gesagt haben.«

Ich werde rot. Bei der Erwähnung des Wortes *Küchenchef* haben sich nämlich drei der Banker nach mir umgedreht. »Das klingt auch sehr verlockend«, sage ich. »Aber machen Sie einfach, was am besten passt. Ich lasse mich überraschen.«

»Das sollen Sie haben«, verspricht sie und zwinkert mir kurz zu, als mein Sitznachbar, die eine Hälfte des Dates, in einem Ton nach ihr ruft, als stünde sie nicht direkt neben ihm. Sie nimmt mir die Speisekarte ab und wendet sich dem Pärchen zu, also hole ich meinen E-Reader heraus, auf dem das neue Buch von Ann Patchett auf mich wartet. Ich habe es mir extra für besondere Anlässe aufgehoben, denn Ann-Patchett-Bücher verschwende ich nicht leichtfertig. Aber dieser Abend und dieser Ort – das Abenteuer, zum ersten Mal in meinem Leben abends allein essen zu gehen – scheinen mir würdig.

Zu Ms. Patchetts Worten gesellen sich wenig später ein leichter Weißwein und ein Salat aus Karotten, gerösteten Kichererbsen und Minze, angemacht mit Honig-Dressing und einem Hauch scharfer Würze. Nachdem auch die letzte Kichererbse in meinem Mund verschwunden ist, warte ich noch einen Moment und hebe dann, als ich meine Tischgenossen mit ihrem eigenen Essen beschäftigt wähne, den Teller an meine Lippen und lecke ganz schamlos den letzten Rest Dressing auf. Als ich ihn mit einem zufriedenen Seufzer wieder abstelle und mich verstohlenen Blickes vergewissern möchte, dass ich unbeobachtet war, finde ich mich in flagranti ertappt, und das ausgerechnet von einem der weiß gewandeten Jungs in der Küche. Er stupst seinen Chef an, sagt etwas und zeigt auf mich.

Ich versuche, schnell wegzuschauen und mich unsichtbar zu machen, doch der Küchenchef, ein massiger, kahlköpfiger Mann mit großflächigen Tattoos, die ihm in jeder Biker-Kneipe Respekt verschafft hätten, lässt alles stehen und liegen und kommt durch die Schwingtür in den Gastraum marschiert, geradewegs auf mich zu.

»Aha«, sagt er mit einem breiten Akzent, den ich weniger in Marokko als irgendwo in Queens verorten würde. »Ihnen hat der Salat wohl geschmeckt?«

Ich werde schon wieder rot, beschließe dann aber, meine Frau zu stehen. Eigentlich kann es mir doch egal sein, was er von mir denkt, denn erstens treffe ich diese Leute nie wieder und zweitens sehe ich in diesem Kleid wirklich verdammt gut aus, was mir zumindest die anzüglichen Blicke eines der Banker zu bestätigen scheinen, den ich locker zehn Jahre jünger schätze als mich. »Ja, der Salat war wirklich sehr lecker«, sage ich. »Hoffentlich ist der nächste Gang mindestens genauso gut.«

»Mögen Sie Lamm?«

»Sehr.«

»Haben Sie Zeit?«, fragt er mich mit einem Blick auf meine Nebensitzer, die plötzlich ganz still sind und uns mit sichtlichem Interesse beobachten.

»Den ganzen Abend«, erwidere ich.

»Gut, dann kommen Sie mal mit und setzen sich hierhin.« Er macht kehrt und klopft, ehe er in der Küche verschwindet, auf einen einzelnen Sitzplatz, eine schmale Theke mit hohem Hocker, direkt gegenüber seinem Arbeitsbereich. »Heute ist kulinarisch gesehen tote Hose«, sagt er. »Alles zahme Hähnchenbrustesser, die im *New Yorker* von mir gelesen haben.«

»Ich habe auch im *New Yorker* von Ihnen gelesen.«

Er lächelt. »Und ich dachte, Sie hätten sich zufällig hierher verirrt. Ich bringe Ihnen erst mal einen Vin gris.«

Vin gris klingt jetzt nicht so verlockend, aber ich nicke und nehme mir vor, meine Geschmacksknospen neuen kulinarischen Erfahrungen zu öffnen. Der Wein ist dann wider Erwarten nicht grau, sondern hat einen rosigen Schimmer und schmeckt wie ein trockener Rosé mit einem leicht spritzigen, fast zitronigen Aroma. Die Flasche ist kalt und schwitzt, die Bedienung gießt erst mir, dann dem Chef ein Glas ein, er wiederum schenkt ihr einen großzügigen Schluck zum Probieren ein, dann bleibt die Flasche für den Rest des Abends bei mir.

Ich lege mein Buch weg und schaue ihm lieber beim Kochen zu. Der Chefkoch wirkt inmitten des Trubels ruhig und entspannt, die Kommunikation mit seinem Team läuft weitgehend nonverbal ab. Die Bestellungen kommen jetzt Schlag auf Schlag, ich sehe gleich fünf Mal das gleiche Gericht rausgehen, und das mehrmals hintereinander. Die Banker, vermute ich, drehe mich um und höre sie noch mal Wein ordern, während das Pärchen bereits die Rechnung verlangt. So könnte ich den ganzen Abend hier sitzen und bei einem Glas Wein Leute beobachten. Ab und an reicht der Chefkoch mir ein Löffelchen zum Probieren durch, manchmal nur eine Olive, einen feinen Schnitzer Salzzitrone oder eine reichhaltige, samtige Tomatensauce, die nur fern an ihre italienischen Schwestern erinnert. So geht es eine ganze Weile, und als ich den Vin gris schon halb geleert habe und langsam wieder hungrig werde, stellt er mir mit großer Geste einen Teller vor die Nase.

Darauf ein perfekt symmetrischer Ring aus geviertelten Vier-Minuten-Eiern, die sich mit winzigen Lamm-Hackfleischbällchen abwechseln, in der Mitte besagte Tomatensauce mit Favabohnen und darauf ein Klecks grasgrüne Tapenade. Dazu werden gefüllte frittierte Sardinen serviert, die wie Pommes frites aufrecht in einem kleinen Glas stehen.

Ich schaue erst das Essen an, dann ihn. »Probieren Sie!«, drängt er, und ich lasse mich nicht lange bitten. Es ist köstlich. Alles ist mit einem leicht rauchigen Aroma durchsetzt, das mir fremd ist, aber Tomate, Petersilie, Lamm und Ei perfekt untermalt. Die kleinen Sardinen könnte ich wirklich wie Fritten wegfuttern. Von der zweiten beiße ich ab, tauche sie dann in die Tomatensauce, und der Küchenchef nickt zufrieden.

Er hat alle Hände voll zu tun und wechselt, solange ich esse, kaum ein Wort mit mir, greift aber immer wieder nach dem Vin gris, sodass mein Glas nie leer wird. Als ich alles bis auf den letzten Bissen verputzt habe, sagt er etwas zur Bedienung und zehn Minuten später, als Köfte und Sardinen sich etwas gesetzt haben, bringt sie mir ein großes Stück Granatapfelkuchen mit Rosenwasseraroma.

Ich lasse mir auch das noch auf der Zunge zergehen, aber bis ich dann gezahlt habe, hat doch ein etwas unangenehmes Sättigungs- und dafür umso angenehmeres Trunkenheitsgefühl eingesetzt. Ich bedanke mich überschwänglich beim Küchenchef und meiner reizenden Bedienung und bahne mir dann langsam, bedächtig einen Fuß vor den anderen setzend, meinen Weg nach draußen. Für meine Verhältnisse ist es nachtschlafend spät, aber nicht so für New York. Verrückt, wie viele Menschen noch auf der Straße unterwegs sind. Und alle scheinen sie ein Ziel zu haben – oder jemanden zu kennen. Flüchtige Küsse, laute Hallos. Ich würde auch gern jemandem zur Begrüßung lachend um den Hals fallen. Oder noch irgendwo hingehen. Nicht zurück in Talias Wohnung, sondern zu jemandem, dem ich von meinem fabelhaften Abendessen erzählen kann, dem Wein und den Leuten, dem umtriebigen und dabei so wunderbar in sich ruhenden Küchenchef und den kleinen Probierlöffelchen, mit denen er meine Geschmacksknospen gekitzelt hat. Ich möchte diese Stimmung nicht einfach so verstreichen lassen, diese Mischung aus satter Zufriedenheit und leichtem Rausch; ich möchte einfach weiter so durch die Nacht laufen und reden, reden, reden bis zur Morgendämmerung. Denn ich bin in New York, ich habe Urlaub und das Leben fühlt sich richtig gut an.

Also schicke ich Daniel eine Nachricht.

13. Kapitel

Liebe Mom,

okay, das Wichtigste zuerst: Das wird ein richtig geiler Sommer!

Aber immer schön der Reihe nach: Ich habe mit Brian Schluss gemacht. Er hat mich dauernd mit Sexkram genervt. Und er ist es einfach nicht wert, weil er echt kein besonders toller Typ ist. Habe ich ihm natürlich nicht gesagt. Ich war voll nett, fand ich, habe ihm erst eine Nachricht geschrieben UND DANN SOGAR NOCH ANGERUFEN. *Ich hab ihm erzählt, dass ich mich ganz aufs Kunstspringen konzentrieren will. Das hat er mir nicht geglaubt, also habe ich ihm gesagt, dass ich keinen Sex mit ihm haben will. Da war er erst mal still. Ob ich lesbisch wäre, wollte er dann wissen. Und ich so:* Vielleicht. *Was mir netter schien, als ihm zu sagen, dass ich ihn einfach widerlich finde.*

Brian ist also Geschichte, und das Tolle ist, dass ich jetzt mehr Zeit mit Dad verbringen kann, der, seit er alles etwas entspannter angehen lässt und nicht mehr ganz so offensichtlich versucht, sich unsere Zuneigung zu erkaufen, eigentlich ein ziemlich cooler Dad ist. Er ist ein guter Zuhörer, gibt nicht immer gleich zu allem sein Urteil ab, was in Anbetracht dessen, dass er selbst ja bereits ordentlich Mist gebaut hat in seinem Leben, auch irgendwie logisch ist. Ich kann auf jeden Fall ziemlich gut mit ihm reden und muss ihm nichts vormachen. Ich erzähle ihm einfach, was in mir vorgeht, von den Jungs, die ich toll finde, oder dass ich die meisten Mädchen aus dem Sprungteam eigentlich nicht sonderlich mag, und dass ich mich manchmal doch wie die arme Stipendiatin an unserer Schule fühle, auch wenn ich weiß, dass das ein Luxusproblem ist und ich froh sein kann, sauberes Wasser, jedes Jahr neue Schuhe und Kontaktlinsen zu haben. Wenn ich mit Lena oder meinen Freunden rede, will ich von ihnen GEMOCHT werden, weshalb ich mir schon überlege, was ich sage und was nicht. Dad hingegen hält Joe und mich offenbar für Gottes Geschenk an die Menschheit – auch wenn wir manchmal völligen Stuss von uns geben.

Vielleicht ist Dad im Herzen selbst noch ein Teenager. Pubertät und Selbstfindung sind auf jeden Fall ein ganz großes Ding für ihn. Ich solle meine Gefühle annehmen und benennen, hat er mir geraten. Ich hab ihm gesagt, da soll er sich mal keinen Kopf machen. Er meinte, schlechte Gefühle ließen sich besser verarbeiten, wenn ich ihnen einen Namen gäbe und mich auf sie einließe. Und ich so, danke, Dad, das habe ich schon bei der Sesamstraße gelernt. »Meiner Generation hat man so was gar nicht beigebracht«, hat er gesagt und dass das einer der Gründe sei, warum er mit seinen Problemen so schlecht klargekommen ist. Stimmt das? Du scheinst mit deinen Gefühlen ja eigentlich ganz im Reinen zu sein. Wobei du ruhig ein bisschen daran arbeiten könntest, deine Wut zuzulassen – ich fand das immer irritierend, dass du nie richtig wütend auf Dad warst und lieber die Märtyrerin gespielt hast, aber mich dann wegen irgendeiner Kleinigkeit zusammenscheißen. Wie damals, als ich mir von Joes Busgeld Cola gekauft und ihm gesagt habe, er soll nach Hause laufen. Kleine Erinnerung: Er war zehn, und es waren keine

fünf Kilometer. Und wenn es bei uns zu Hause Cola gäbe, wäre das überhaupt nicht passiert.
Aber was ich eigentlich sagen wollte: Wenn du deinen Frust mal an Dad ausgelassen hättest, wäre es für mich und Joe einfacher gewesen. Wir haben uns echt mies gefühlt, weil wir so eine Wut auf ihn hatten und du immer so total verständnisvoll warst, aber Lena meinte, du wolltest ihn bloß vor uns nicht schlechtmachen und uns unschöne Wahrheiten über unseren Vater ersparen. Lieb gemeint, aber ich glaube, wenn du uns einfach gesagt hättest, was er uns diesen Sommer selbst erzählt hat – nämlich dass er uns ein schlechter Vater war und alles noch schlimmer und dich total unglücklich gemacht hat –, hätten wir das Ganze vielleicht etwas besser verstanden.
Keine Ahnung. Ich will dir auch kein schlechtes Gewissen machen oder so, aber ich dachte, ich sag's mal.

Liebe Grüße,
deine Tochter Cori, die in dieser Woche nicht ein einziges Buch gelesen hat, aber den J.-Crew-Katalog durchgeblättert hat und ihm zwei Sterne geben würde für die sehr kreativen Pulloverfarben

Amy:
Hey, es ist schon spät, aber ich bin noch hellwach. Wollen wir was trinken gehen?

Daniel antwortet nicht. Ich ziehe immer weitere Kreise durch Talias Viertel, wie ein lauernder Hai. Ich will noch nicht zurück in die Wohnung, will noch nicht in mein verwaschenes rosa Schlafshirt schlüpfen und im Bett die üblichen paar Seiten lesen, wie ich es jeden Abend tue. Ich will etwas erleben, diesen Abend, das Leben auskosten. Ich will …

Daniel:
Hallo erst mal. Ich war gerade noch bei Freunden auf der Lower East Side zum Essen, aber einen kleinen Absacker nach so viel Hipness und ironischer Gesichtsbehaarung könnte ich ganz gut vertragen.

Amy:
Ich habe nicht mal unironische Gesichtsbehaarung!

Daniel:
Umso besser. Bist du downtown?

Amy:
Kann in zehn Minuten da sein. Klinge ich arg verzweifelt?

Daniel:
Nein, nur durstig. Kennst du diese Aussie-Bar an der Pearl Street? Da kann man draußen sitzen. Ich schicke dir den Link und mache mich schon mal auf den Weg.

Ungläubig starre ich auf mein Handy. Habe ich gerade … einen Booty Call gemacht? Und wie nennt man einen Booty Call unter »Freunden«? Ich weiß selbst nicht so genau, wie ich es angestellt habe, aber es sieht ganz so aus, als würden Daniel und ich gleich in einer australischen Kneipe chillen! Jackpot! Um das mit den zehn Minuten zu schaffen, springe ich in ein Taxi. Heute gönne ich mir mal richtig was! Außerdem ist es schon spät, und würde ich die Subway nehmen, käme ich im

Financial District heraus, wo ich mich nicht auskenne und wo es nachts sicher sehr finster und verlassen ist. Ein Landei aus Pennsylvania, das angeschickert durch menschenleere Straßen irrt, dürfte das perfekte Opfer für jeden Serienkiller sein.

Menschenleere Straßen und womöglich auch noch Kopfsteinpflaster! Sehr tricky, Serienkillern auf Kopfsteinpflaster zu entkommen. Mit dem Taxi ist es viel sicherer.

Es sei denn, der Taxifahrer wäre ein Serienkiller! Gab es da nicht mal einen Film … Oh, wir sind schon da? Puh, Glück gehabt!

Ich will gerade aussteigen, als der Fahrer mich milde zurückpfeift und auf das Lesegerät für die Kreditkarte tippt. Meine Güte, ist das peinlich! Ich bezahle und gebe ihm ein fürstliches Trinkgeld, dann bahne ich mir den Weg ins *Lucky Shag* – ob Daniel vorhin wohl wegen des Namens auf die Bar kam? –, wo ich mir ein Victoria Bitter bestelle, oder nein, vielleicht doch lieber nur ein Wasser mit Zitrone. Mit Blick auf die Tür und meinem Soda Lime harre ich an der Theke Daniels Erscheinen.

Nachdem ich mir bestimmt zehn Minuten die Beine in den Bauch gestanden habe, klopft mir jemand von hinten auf die Schulter. Ich fahre zusammen und drehe mich um. »Hast du mich erschreckt«, sage ich zu Daniel. »Wo kommst du denn her?«

»Ich habe oben auf dem Balkon auf dich gewartet. Nimm deinen Drink und lass uns wieder hochgehen, der Ausblick ist das Beste an diesem Laden.«

Ich folge ihm eine Treppe hinauf, die mir vorher gar nicht aufgefallen war, durch eine Seitentür hinaus auf einen langen, aber sehr schmalen Balkon, wo man ein bisschen sitzt wie Hühner auf einer Stange. Aber der Ausblick! Daniel führt mich zu einem Platz, von dem aus wir einen traumhaften Blick auf den ersten der beiden Türme der sich über den East River spannenden Brooklyn Bridge haben, auf die Scheinwerfer der vorbeifahrenden Autos und die alten, mehrgeschossigen, aber vergleichsweise niedrigen Gebäude im Vordergrund. Auf einem der Häuser ist wie ein Trompe-l'Œil jener Blick auf die Brücke gemalt, den es einem auf Straßenhöhe verstellt.

Die Straßenlaternen auf der Brücke weisen den Weg nach Brooklyn, die Trägerseile sind von kleinen, weißen Lichtern erleuchtet und die Wolken am Nachthimmel schimmern in einem dunklen Violett.

»Das ist wirklich wunderschön«, sage ich zu Daniel.

»Und Vollmond ist auch«, erwidert er und zeigt über uns Richtung Stadt. »Was vermutlich deine Nachricht erklärt.«

Das ist mir jetzt wirklich unangenehm. »Eigentlich«, versuche ich das gleich klarzustellen, »habe ich dir bloß geschrieben, weil ich gerade ein ganz tolles Abendessen genossen habe, das ein Küchenchef, über den diese Woche etwas im *New Yorker* stand, exklusiv für mich zubereitet hat, und ich vor irgendjemandem damit angeben wollte.«

Daniel breitet die Arme aus. »Toll! Gib an!«

Ich atme tief durch, um ihm von meinen kulinarischen Abenteuern zu berichten – die knusprigen Sardinen, der Wein, die kleinen Probierlöffel, der nach Rosen duftende Kuchen –, sage dann aber nur: »Vielleicht wollte ich dich auch einfach nur sehen.«

Jetzt breitet sich ein warmes Lächeln über sein Gesicht. »Ich fühle mich geehrt – und dein Timing war perfekt. Vor deiner Nachricht war es mir nicht klar, aber zehn Uhr ist einfach zu früh, um einen so schönen Sommerabend ausklingen zu lassen.«

»Genau!«, sage ich eine Spur zu laut. »Schau dir das an, uns zu Füßen die Lichter der Stadt! So sollte eine Mamazipation laufen.«

Daniel lacht. »Wieder dieses Wort.«

Ich nicke. »Langsam gewöhne ich mich daran. Wenn man es erst ein paar Mal gesagt hat, klingt es gar nicht mehr so blöd wie am Anfang, sondern nach einem ziemlich vernünftigen Konzept, um sich ein Stück vom Stress des Mutterseins und dem ganzen Perfektionswahn drumherum freizumachen.«

»Gibt es für Väter denn auch eine Papazipation?«

Ich überlege. »Höchstens für alleinerziehende Väter«, räume ich gnädig ein. »Vorzugsweise verwitwet. Definitiv nicht die Sorte Männer, die ab und an den eigenen Nachwuchs ›babysittet‹, damit frau an einem Abend alle paar Wochen mal ihre Freundinnen treffen kann, oder Männer, die einen Kniefall von dir erwarten, weil sie wissen, wie die Waschmaschine funktioniert. Die nicht. Solche Männer müssen sich nicht papazipieren, die müssen in der Realität ankommen.«

»Bekommt dein Ex jetzt also einen Realitätscheck?«

Ich wiege nachdenklich den Kopf. »Vielleicht. Wider Erwarten legt er sich ziemlich ins Zeug, und die Kinder haben eine tolle Zeit mit ihm. Joe kann endlich mal seinen inneren Nerd ausleben, die beiden sind totale Tüftler und Mathe-Cracks, und Cori bekommt jeden Wunsch erfüllt und eine kleine Verschnaufpause. Wäre ich zu Hause, hätte sie einen *richtigen* Ferienjob, jeden Tag die Woche, und würde außer zum vierten Mal *Die Tribute von Panem* auch noch ein paar andere Bücher lesen. Sie dürfte unter der Woche auch nicht jeden Abend weggehen. Aber John hat schon recht … Es sind Ferien, und es tut ihr mal ganz gut, ein bisschen runterzukommen. Wir sprechen uns jeden Tag und schreiben Nachrichten, und sie scheint mit unserer Familiensituation gut klarzukommen. Ich bin selbst erstaunt, wie vernünftig man mit ihr über alles reden kann.«

»Und du? Wie geht es dir damit, dir die Kinder nach drei Jahren wieder mit deinem Ex zu teilen?«

»Wenn ich das wüsste«, sage ich ganz ehrlich. »Er ist ja kein schlechter Mensch, aber manche Verletzungen sitzen tief. Könnte ich in die Zukunft blicken, wollte ich eigentlich nur eins wissen: Ob er sich, sowie ich zurück bin, wieder aus der Verantwortung stiehlt.«

Daniel nickt. »Und worauf hoffst du?«

»Das weiß ich selbst nicht«, erwidere ich achselzuckend. »Ich hoffe, wir finden eine Lösung, mit der die Kinder glücklich sind. Nachdem sie jetzt den ganzen Sommer zusammen verbringen, würden sie es ihm sehr übel nehmen, wenn er einfach wieder aus ihrem Leben verschwindet. Ich habe ihm zwar deutlich zu verstehen gegeben, was er ihnen schuldig ist und dass er ihnen gegenüber Verantwortung trägt, sie nicht noch einmal so verletzen darf, aber das muss nichts heißen: Die Kinder hatten auch vorher eine gute Bindung zu ihm, sie hingen an ihm, und er hat sie trotzdem verlassen.«

»Was ist mit dir? Hängst du auch noch an ihm?«

Kurz überlege ich auszuweichen. Dann schaue ich Daniel mit einem traurigen Lächeln an. »In mancher Hinsicht ja. Doch, vermutlich schon.«

»Dann hoffst du, dass er bleibt?«

»Nein«, sage ich etwas zu schnell. »Oder doch, ja. Wegen der Kinder – vorausgesetzt, er wird seiner Rolle als Vater gerecht. Wenn er wieder nur an sich denkt und kein Verlass auf ihn ist, sind sie ohne ihn wohl besser dran. Wie siehst du das? Ist ein schlechter Vater besser als gar kein Vater?«

Daniel lehnt sich zurück. »Ist ein schlechter Ehemann besser als gar kein Mann?«, fragt er zurück.

»Nein«, antworte ich ohne Zögern und staune über meine plötzliche Klarheit. »Das haben die letzten drei Jahre allzu deutlich gezeigt. Ohne John war vieles in meinem Leben schwerer, aber das Leben mit einem Menschen, der sich immer mehr von seinen Launen und Ängsten herunterziehen ließ, vermisse ich nicht einen einzigen Tag. Am Ende hatte ich das Gefühl, nicht zwei, sondern drei Kinder zu haben.«

Daniel nickt. »Es mag ein schwacher Trost sein, aber ich habe den Eindruck, dass solche Väter eine aussterbende Art sind.«

Ich lache. »Klar, weil sie keine mehr ins Bett kriegen«, sage ich so laut, dass die Paare an den anderen Tischen sich nach mir umdrehen. Ich ziehe den Kopf ein und senke die Stimme. »Upsi. War vielleicht doch zu viel Vin gris.«

Daniels Augen funkeln. »Ich habe den Eindruck, Cori ist nicht die Einzige, die diesen Sommer nichts anbrennen lässt.«

Da muss ich kurz drüber nachdenken. »Eigentlich bin ich gerade die Vernunft in Person. Aus gutem Grund. Das letzte Mal, als ich zu viel getrunken habe, sind wir … na ja.«

»Im Bett gelandet?«, fragt Daniel mit Unschuldsmiene.

Ich linse verstohlen zu den Nachbartischen hinüber. »Genau das.«

»Und hatten Sex!«, setzt Daniel noch einen obendrauf.

Ich verziehe das Gesicht. »Willst du austesten, wie viel es braucht, um mich vor Scham im Erdboden versinken zu lassen?«

Daniel wird sofort wieder ernst. »Natürlich nicht. Ich finde es lediglich hilfreich, die Dinge beim Namen zu nennen. Klarheit zu schaffen.«

»Für mich muss ja nicht immer alles kristallklar sein«, sage ich. »Vielleicht nicht ganz so nebulös wie in *Bleak House*, eher so ein feiner Schleier der Ungewissheit, wie in *Große Erwartungen*.«

»Das war jetzt sehr Amy«, bemerkt er.

»Kann ich dich mal was fragen?«, sage ich und warte gar nicht erst auf ein Ja. »Hast du gedacht, das eben wäre ein Booty Call?«

Ihm klappt beinahe die Kinnlade runter. »Ich …«

»Du hast es gedacht!«, rufe ich. »Wie war das mit ›nur Freunde‹?«

Daniel fängt sich schnell wieder. »Wir *sind* Freunde. Ich dachte nur erst … aber dann wurde mir klar, dass ich mich wie ein Idiot verhalte, und dann habe ich dir geantwortet.« Er lacht kurz auf.

»Was?«

»Acht Jahre Latein und ich musste noch kein einziges Mal Sex negieren.«

Ich schaue ihn fragend an.

»Deklinieren, konjugieren, Sex negieren …«

»Wenn ich jetzt lache, würde dich das bloß ermutigen.«

»Gib ruhig zu, dass du es witzig findest«, sagt er.

»Hättest du gedacht, es wäre ein Booty Call, hättest du mir also nicht geantwortet?«, komme ich zurück auf den Punkt.

»Können wir das zuerst mal anders nennen? Ich mag schon das Wort nicht, Booty Call. Klingt wie aus einer Ashton-Kutcher-Komödie von 2002.«

»Ich war vermutlich das letzte Mal Single, als Ashton Kutcher auch gerade solo war. Warum, wie nennt man das denn heutzutage?«

»Hook-up? Bei meinen Schülern zumindest heißt alles

Hook-up. Wenn ich richtig informiert bin, meint das sämtliches Gefummel auf einer Skala von eins bis zehn – vielleicht auch mehr –, aber man ist nicht eigentlich zusammen.«

Ich seufze tief. »So versuchst du mir also beizubringen, dass du nicht mit mir zum Abschlussball gehen wirst.«

Daniel nickt bedächtig. »Ich würde ja, aber bis dahin bist du längst wieder über alle Berge. Vielleicht darf ich bei der nächsten Schülervollversammlung neben dir sitzen?«

»Da gehen doch bloß Streber hin.«

»Eben.«

Ich lache. Dann sitzen wir einen Moment einfach nur da. Einerseits fühle ich mich etwas ausgeglichener, andererseits weiß ich nun überhaupt nicht mehr, was ich denken soll. Davon mal abgesehen, dass ich Daniel immer noch verdammt attraktiv finde. »Du wohnst doch in Brooklyn Heights, oder?«, sagt er dann. »Ich frage nur, weil ich mein Bier gerade ausgetrunken habe und du dein … war das Wasser? Sehr vernünftig. Ich könnte dich noch zu Fuß nach Hause bringen. Wenn du möchtest.«

»Über die Brücke?«, frage ich hoffnungsvoll.

»Über die Brücke.«

Die Idee gefällt mir, und so brechen wir auf und gehen durch die kleinen Straßen zur Brooklyn Bridge. Von Nahem ist ihr Anblick fast noch schöner, streben die beiden Bögen der Türme empor wie die Fenster einer gotischen Kathedrale. Wir spazieren den Fußweg übers spiegelnde Wasser. Selbst um diese Zeit sind noch viele Menschen unterwegs, Jogger, Radfahrer, verliebte Pärchen – ganz normale New Yorker, für die das hier einfach Alltag ist.

»Ich habe *Die Tribute von Panem* zweimal gelesen«, sagt Daniel unvermittelt und reißt mich aus meinen Gedanken.

Ich ziehe die Augenbrauen hoch. »Ah ja?«

»Und ich habe da meine eigene Theorie, warum Katniss mit Peeta ein Problem hat.«

Ich warte schweigend ab, worauf er hinauswill.

»Die langen Schatten der Vergangenheit. Gale. Der Typ, mit dem sie aufgewachsen ist – ihre erste große Liebe. Das verstellt ihren Blick auf jeden anderen.«

»Nicht zu vergessen, dass Peeta am Anfang ein ziemliches Weichei ist.«

Daniel nickt. »Schon, ja. Aber auch eine gute Wahl. Er wäre sicherlich mit jemandem, der wirklich offen für ihn ist, wesentlich glücklicher geworden.«

»Und wie glücklich er erst geworden wäre, wenn man ihn nicht gezwungen hätte, andere Teenager niederzumetzeln.«

»Das auch. Was ich damit sagen will: Wenn man jung ist, verliebt man sich viel leichter. Aber mit zunehmendem Alter sieht man klarer. Man trifft bewusstere Entscheidungen.«

Wir gehen schweigend weiter.

»Du meinst also, mir geht es wie Katniss?«, hake ich nach.

»Mit deinem Ex?«, fragt er zurück und gibt die Antwort gleich selbst. »Ja.«

Ich senke den Blick auf unsere Füße, während wir weiterlaufen. »Ich arbeite daran«, sage ich ganz ehrlich. »Immerhin bin ich jetzt so weit, die Scheidung endlich durchzuziehen.«

»Du bist noch verheiratet?«, fragt er da.

»Nur auf dem Papier«, versichere ich ihm.

Daniel braucht eine ganze Weile, um die Nachricht zu verdauen. Ich kann es ihm nicht verdenken. Jedes Mal, wenn ich es laut ausspreche, erscheint mir die Tatsache, dass ich noch immer verheiratet bin, absurder. »Dann«, sagt er schließlich, »ist es wirklich besser, wenn wir Freunde bleiben.«

Jetzt bin ich es, die sich mit der Antwort Zeit lässt. Es liegt so viel in der Luft in diesem Moment, so viel mehr als ein feiner Schleier der Ungewissheit. Die Lichter der Brücke, vor uns Brooklyn, hinter uns die schimmernd aufragende Stadt, wie ein Meer aus Glas und Stahl. Der Weg von der Brücke bis zu Talias Wohnung ist nicht lang. Wir werden ihn schweigend zurücklegen, Daniel wird mich zum Abschied umarmen, und ich werde nachdenklich und ziemlich durcheinander zurückbleiben. Aber noch ist es nicht so weit. Noch sind wir auf der Brücke, und ich versuche zu verstehen, was er gesagt hat, und was ich darauf erwidert habe, und wie es sein kann, dass hier auf einmal ein Mann ist, dessen bloße Nähe mich mit einem solchen Verlangen erfüllt, dessen Kuss mir ein Kribbeln bis in die Zehenspitzen beschert, und in den ich mich, da bin ich mir längst sicher, eines Tages verlieben könnte, wenn ich nicht sehr gut aufpasse.

»Du hast recht«, sage ich schließlich. »Es ist besser, wenn wir Freunde bleiben.«

Ein paar Tage, nachdem ich mit Daniel über die Brooklyn Bridge geschlendert bin, schickt Matt noch einen Kandidaten ins Rennen. »Den solltest du dir mal anschauen, Ames«, sagt er mir am Telefon. Ich schmunzele, weil auch er mich jetzt bei dem Spitznamen nennt, den Lena und Talia mir gegeben haben. »Er ist attraktiv, intelligent und geistreich, er verdient gut und möchte dich unbedingt kennenlernen.«

»Wo ist der Haken?«, will ich wissen. »Hat er keine Zähne mehr im Mund?«

Matt ignoriert meine Frage. »Jetzt hör mal endlich auf, dich kleinzureden. Hast du in letzter Zeit mal in den Spiegel geschaut? Wir haben dir ein paar neue BHs besorgt und deine

Augenbrauen machen lassen. Zwei Wochen später bist du wie ausgewechselt. Du bist selbstbewusster, viel entspannter, und die Yoga-Pilates-Stunden wirken wahre Wunder für deinen Hintern.«

Ich versuche sofort, einen Blick auf meinen Pilatespo zu erhaschen.

»Sieht eigentlich nicht anders aus als sonst«, finde ich.

»Vertrau mir einfach«, sagt Matt lächelnd, »ich habe einen Blick dafür. Deine Mamazipation tut dir gut.«

Da komme ich doch ein bisschen ins Grübeln, denn ich mochte es mir bislang nicht eingestehen, aber er hat recht: Das Ganze funktioniert. Ich bin ganz bei mir, und so habe ich mich nicht mehr gefühlt seit … ja, seit die Kinder auf der Welt sind. Fünfzehn Jahre ist es her, seit ich zuletzt tun und lassen konnte, was ich will. Oder überhaupt wusste, was ich will. Endlich komme ich mal in Ruhe zum Nachdenken, kann im Bad zehn Minuten vor dem Spiegel stehen und mich schminken, ohne dass jemand an die Tür hämmert. Fünfzehn Jahre, seit ich zuletzt in Restaurants mit Leinentischdecken gegessen habe oder mir morgens nach dem Aufwachen überlegen konnte, was ich eigentlich mit dem Tag anfangen möchte. Und wenn ich ganz ehrlich bin, ist es auch das erste Mal seit fünfzehn Jahren, dass ich überhaupt dazu komme, täglich eine Dusche zu nehmen.

Plötzlich schießt mir ein ernüchternder Gedanke durch den Kopf. *Vermisse ich die Kinder überhaupt?*

Natürlich vermisse ich sie, blöde Frage. Wer hing denn gerade wieder am Telefon und hat die beiden bequatscht, dass sie mich unbedingt besuchen müssten? Und sie haben Ja gesagt, würden sie, aber erst nach den Feriencamps. Gar keine Frage, mir fehlt mein richtiges Leben. Ich kann es kaum erwarten, wieder nach Hause zu kommen. Ich liebe meinen Beruf, die Kinder bedeuten mir alles, es geht mir gut in Pennsylvania. Wenn es so weit ist, werde ich mit fliegenden Fahnen in mein altes Leben zurückkehren.

Aber auch zurück zu den täglichen Auseinandersetzungen mit zwei Teenagern, den Hausaufgaben- und Kleiderschrankkontrollen, den Mamataxifahrten zum Training und zu Schachturnieren, zurück zum Alltagstrott eines Lebens, das ich zehn Monate im Jahr in langärmeligen Poloshirts und Clogs bestreiten werde, zurück zu Abenden, an denen ich so fertig bin, dass ich mich kaum noch auf den Beinen halten kann, zurück zur bangen Frage am Monatsende, ob das Geld für alle Rechnungen reicht. Zurück in ein Leben, in dem ich mich, wenn ich ganz ehrlich bin, mutterseelenallein fühle.

Mir ist schon klar, dass ich mir etwas vormache. Dass ich die Kinder vermisse, heißt nicht, dass ich mich nach meinem stressigen Leben als Alleinerziehende sehne.

Also bitte ich Matt, mir sofort ein Date mit diesem tollen Typen zu verschaffen. »Was macht er denn so?«, frage ich.

»Das wird er dir dann selbst erzählen«, gibt Matt sich sehr geheimnisvoll. »Glaub mir, du wirst nicht enttäuscht sein.«

Mein Herz macht einen Sprung und ich denke: Vielleicht ist er ja auch Bibliothekar! Oder Literaturkritiker. Oder Verlagslektor. »Macht er was mit Büchern?«, will ich wissen.

Matt stöhnt. »Nicht dass wir uns falsch verstehen, Amy, aber die meisten Frauen wären garantiert *nicht* enttäuscht, wenn ich ihnen sagen würde, dass er nichts mit Büchern macht. Er wird dir auch so gefallen, versprochen. Ist ein netter Kerl. Du wirst viel Spaß mit ihm haben.«

»Aha«, sage ich. »Klar. Spaß klingt schon mal gut. Darum geht es ja bei der ganzen Sache, nicht wahr?«

»So ist es«, bestätigt Matt. »Ich mache etwas für morgen Abend aus – downtown, zwanzig Uhr. Zieh dir was Hübsches an, diesmal machen wir gleich noch einen Fototermin.«

»Alles klar«, sage ich. »Ich suche etwas Flottes aus.«

Matt seufzt ins Telefon, wie er das bei der Erwähnung von »etwas Flottem« immer tut. »Vielleicht ist es besser, wenn ich vorbeikomme und dich bei den Klamotten berate.«

»Aber ich sag doch, dass ich was Flottes raussuche!«, protestiere ich.

»Genau deshalb« stellt er klar.

Matt lag mal wieder goldrichtig. Als ich fertig angezogen bin, die Fotos im Kasten sind und ich es auf Plateausandalen ins Taxi geschafft habe, liegt bereits ein Tag hinter mir, wie er perfekter nicht im Mamazipations-Lehrbuch stehen könnte. Am Morgen Unterrichtsplanung, dann den ganzen Nachmittag Lesen im Café, Spinning-Kurs mit meinem neuen besten Freund und zwischendurch immer wieder witzig-charmante Nachrichten von Daniel. Jetzt stecke ich in einer schmalen Siebenachtelhose und gerüschten Bluse, an den Füßen trage ich ein Paar Espadrilles, die sich wegen der handbreiten Sohle zwar anfühlen wie Pferdehufe, aber sehr sommerlich und sexy aussehen. So unwiderstehlich weiblich habe ich mich ewig nicht mehr gefühlt … wenn überhaupt jemals. Als ich aus dem Taxi steige und mein Blick sofort auf einen umwerfend gut aussehenden Typen mit trendiger Brille fällt – dunkles, welliges Haar und schöne Augen, die strahlend auf mich gerichtet sind – überkommt mich das beste aller Gefühle. Das Gefühl, wenn ein Fremder dich anschaut und denkt *Wow, einfach nur wow*.

»Travis!«, rufe ich vergnügt. Er sieht genau so aus wie auf

dem Foto, in natura vielleicht sogar noch besser, auf jeden Fall größer. Verglichen mit dem Wall Street-Typen wirkt er entspannt und umgänglich, selbstsicher und erwachsen. Das gefällt mir schon mal sehr gut.

»Wenn du Amy bist, habe ich wohl gerade die Blind-Date-Lotterie gewonnen«, sagt er. »Was, wenn ich ehrlich bin, auch langsam mal an der Zeit war.«

Ich lache und sauge das Kompliment begierig auf. »Dann machst du das also auch nicht zum ersten Mal?«

»Du lieber Himmel, nein. Ich bin seit fast drei Jahren Single und könnte dich den ganzen Abend mit Geschichten über grandios gescheiterte Dates unterhalten.«

Ich nicke begeistert. »Gute Idee! So merkst du erst, was für ein enttäuschendes Date ich bin, wenn du mit den anderen Frauengeschichten fertig bist.«

»Und ehe wir uns versehen, zahle ich schon die Rechnung fürs Essen, bevor du mir dein Sternzeichen verraten hast.«

Ich schenke Travis ein beifälliges Lächeln und schicke Matt telepathisch Dank, dass er diesen Typen ausfindig gemacht hat. Schlagfertig, witzig, intelligent. Ich mag Männer, die Humor haben. Als Travis mir die Tür zum Restaurant aufhält, sage ich: »April.«

»April ist kein Sternzeichen«, erwidert er. »Wenn du im April geboren bist, musst du Widder sein.«

Mir klappt die Kinnlade runter. »Ah … Du interessierst dich für Astrologie?«

»Nein. Aber mein Hund ist auch im April geboren, und kein verantwortungsbewusstes Herrchen würde darauf verzichten, seinem Liebling ein Geburtshoroskop zu erstellen.«

»Na klar«, sage ich nickend. »Warum bin ich nicht gleich darauf gekommen?«

»Ich meine, wie sollte ich denn sonst wissen, ob sie und ich zusammenpassen?«

Ich grinse. »Ich würde einfach mal behaupten, solange du sie fütterst und die Streicheleinheiten stimmen, passt ihr ganz gut zusammen.«

Er erwidert mein Lächeln. »Matt meinte gleich, du wärst ein sprudelnder Quell der Weisheit. Und er hat nicht zu viel versprochen.«

»Woher kennst du Matt eigentlich?«

»Wir waren am selben College.«

Ich erstarre.

»Keine Sorge, nicht zur selben Zeit. Wir sind zusammen in einer Alumni-Gruppe. Matt könnte mein … na ja, vielleicht nicht mein Sohn, aber ich könnte sein bedeutend älterer Bruder sein.«

»Puh, ein Glück.« Ich atme tief aus. »Jemanden in seinen Zwanzigern zu daten, wäre dann vielleicht doch ein bisschen zu viel des wilden Lebens. Wie ein Praktikum, das irgendwie eskaliert ist.«

»Da muss ich dir recht geben, auch wenn es bei mir ein längerer Lernprozess war. Direkt nach meiner Scheidung hatte ich eine Midlifekrise, wie sie im Buche steht. Schnelles Auto, Freundin Ende zwanzig, und ich war so kurz davor«, er hält Zeigefinger und Daumen zwei Millimeter auseinander, »mir eine teure Uhr mit allen Schikanen zu kaufen.«

»Oh je«, rutscht es mir heraus, und ich muss natürlich sofort an John denken, seine zehn Jahre jüngere Freundin und deren kostspielige Dessous- und Bikini-Waxing-Gewohnheiten. »Wirklich wie aus dem Lehrbuch.«

»Irgendwann habe ich dann gemerkt, dass es mir nichts gibt. Weil man sich Glück – oder Liebe – nicht kaufen kann.«

»Tja, wer hätte das gedacht?«, sage ich und schicke ein Lächeln hinterher. »Soll das heißen, die Beatles hatten doch recht?«

»Sieht ganz so aus. Man sollte die Jungs besser beim Wort nehmen. Hoffentlich finde ich mich nie auf einem U-Boot wieder.«

»Wenigstens sind dann auch alle deine Freunde an Bord.«

»*... and many more of them will live next door*«, steigt er mit der passenden Songzeile ein. Unsere Blicke treffen sich, und ich denke: Hey, der Typ ist schlagfertig und surft auf meiner Wellenlänge. Und schöne Augen hat er auch! Und während ich noch überlege, ob wir das Essen nicht überspringen und gleich zum Küssen übergehen sollen, kommt die Bedienung.

»Ich störe wirklich nur ungern«, sagt sie mit einem belustigten Lächeln, »aber wollte ich die nächste Gesprächspause abpassen, würde ich vermutlich den ganzen Abend warten.«

»Oha«, sage ich. Wie lange sitzen wir hier schon, ohne die Speisekarte auch nur angerührt zu haben? »Entschuldigen Sie, ich müsste erst mal einen Blick auf die Karte werfen«, gestehe ich also ein.

Travis nickt lebhaft. »Kennen Sie das, wenn Ihr Blind Date sich als so unterhaltsam herausstellt, dass ihr völlig vergesst, was ihr eigentlich im Restaurant wolltet?«, fragt er die junge Frau.

Sie wirft mir einen vielsagenden Blick zu. »Oh, oh. Vor dem sollten Sie sich in Acht nehmen«, sagt sie und fährt dann beinahe beiläufig fort: »Heute empfehlen wir in gebräunter Knoblauchbutter geschwenkte Venusmuscheln mit frischen Kräutern und hausgemachten Spaghettini, dazu Keimlinge aus eigenem Anbau«, sie deutet zu einer von winzigen grünen Salatblättern bewachsenen Wand, »und frisch gesammelte chiffonierte Maitakepilze mit Schalotten und Kräuterbutter.«

Wir folgen der Aufzählung mit einem höflichen Lächeln. Sowie sie weg ist, frage ich Travis: »Was meint chiffonierte Maitakepilze? Ob sie Chiffonade meint? Oder werden uns die Maitake in kleinen Tüchern serviert? Vielleicht sollten wir es bestellen, um das Rätsel zu ergründen.«

Travis grinst. »Nur zu, du Wortverdreherin. Ich bestelle mir lieber etwas, wofür man nicht erst einen Rasenmäher in die Vertikale schicken muss.«

Ich verschlucke mich an meinem Wasser. »Du bist wirklich witzig«, sage ich, als ich wieder Luft bekomme.

»Vielleicht kitzelst du das ja aus mir heraus«, erwidert er. »Wir haben ziemlich gutes Ratatat.«

»Ratatat?«

»Das habe ich kürzlich in einem Podcast gehört. Gemeint ist, wenn im Gespräch zwischen beiden Partnern quasi die Bälle nur so hin und her fliegen. Ich musste allerdings eher an alte Stepptanz-Einlagen denken. Ratta-ta-tatt!« Travis trommelt auf den Tisch, ehe er mit einem Schmunzeln darüberstreicht.

»Was würdest du machen, wenn ich jetzt aufstehe und eine kleine Tanzeinlage aufs Parkett lege?«, will ich wissen.

»Dir einen Antrag machen«, sagt er, ohne zu zögern.

Ich lache. »Oh je, unsere arme Bedienung. Wenn wir so weitermachen, kommen wir heute überhaupt nicht mehr zum Bestellen.«

»Da wüsste ich was«, sagt er und winkt die junge Frau an unseren Tisch. »Isst du Fleisch?«, fragt er mich, und als ich nicke, wendet er sich an sie. »Wir machen jetzt kurzen Prozess. Den Rote-Bete-Salat als Vorspeise, dann Entenconfit, Pappardelle mit Lamm und zum Trinken ...« Er schaut mich fragend an. »Einen Pinot noir?«

Ich nicke.

»Pinot noir. Den hier«, sagt er und zeigt auf die Weinkarte.

»Eine sehr gute Wahl«, findet die Bedienung, und täusche ich mich, oder gab es da ein beinahe unmerkliches Zwinkern zwischen den beiden? Für den Bruchteil einer Sekunde nehme ich die zwei scharf ins Visier, tue dann aber so, als habe ich nichts mitbekommen. Ich sortiere das Ganze ein unter *Travis (siehe auch: aalglatt, alter Charmeur).*

»Das klingt wirklich sehr verlockend«, sage ich, als sie weg ist und seine Aufmerksamkeit wieder mir gilt. Und es hält genau das, was es verspricht. Jeder Bissen pure Perfektion, der Wein definitiv außerhalb meiner üblichen Preisklasse und die magische Alchemie aus Ratatat, Alkohol und gutem Essen beginnt bei mir ihre Wirkung zu tun. Schon nach dem Entrée plaudern wir so leicht und selbstverständlich, als würden wir uns seit Jahren kennen. Mittlerweile weiß ich, dass er Pointenschreiber bei einer bekannten Fernsehshow ist, aber als Stand-up-Comedian angefangen hat, was seine Eloquenz und seine Schlagfertigkeit erklärt, und doch ist er sich nicht zu schade, mich mit Anekdoten zu unterhalten, wie er vor großem Publikum totale Bauchlandungen hingelegt hat. Ich könnte ihm den ganzen Abend zuhören.

Als wir das Restaurant verlassen, machen wir zwar beide Anstalten, ein Taxi herbeizuwinken, gehen dann aber langsam immer weiter Richtung Downtown. Wir nehmen noch einen Drink in einer Bar, die mit ihren deckenhohen Aquarien einfach zu einladend aussieht, um achtlos daran vorbeizugehen. Travis erzählt mir von seiner sehr einvernehmlichen Scheidung, ich erzähle ihm von meinen Kindern. Man kann sich wirklich unglaublich gut mit ihm unterhalten, und wir sitzen bestimmt noch eine halbe Stunde vor unseren leeren Gläsern, weil ein weiterer Drink dann doch der eine zu viel wäre, wir aber noch nicht gehen wollen. Schließlich lehnt er sich zu mir hinüber und senkt die Stimme. »Komm noch mit zu mir.«

Ich werde rot und ziehe es einen Moment tatsächlich in Betracht. Aber irgendetwas sagt mir, dass ich, trotz des schönen, vergnüglichen Abends, heute nicht mit ihm schlafen möchte. »Tut mir leid, ... ich kann nicht. One-Night-Stands sind nichts für mich«, höre ich mich sagen. Aber stimmt das denn? Ich meine, das mit mir und Daniel war auch einer, und es war fantastisch. Warum also zögere ich?

»Wer sagt denn was von One-Night-Stand?«, fragt er mit unschuldigem Lächeln. »Nach diesem Date würde ich mal vorsichtig auf einen Six-Night-Stand tippen. Wir könnten viel Spaß zusammen haben, während deines kleinen Abenteuers in der großen Stadt.«

»Ich fühle mich geschmeichelt«, sage ich. »Aber ich ...« Ich suche nach den richtigen Worten, um ihm zu erklären, was ich selbst nicht verstehe. Denn wo ist das Problem? Vor mir sitzt ein gut aussehender, sympathischer, unkomplizierter Mann, der mir genau das geben will, von dem ich glaubte, es zu wollen.

Aber ... er ist nicht Daniel. Zudem erinnert er mich an jemanden, ohne dass ich genau sagen könnte, an wen.

»Sag jetzt nichts«, meint Travis sanft. »Ich lade dich einfach noch mal an einem anderen Abend ein und werde nichts unversucht lassen, dich von meinem Charme zu überzeugen.«

»Das darfst du sehr gern«, sage ich mit einem Lächeln. »Und ich danke dir für dein Verständnis. Wahrscheinlich werde ich, wenn ich nachher allein in meinem kalten Bettchen liege, meine Entscheidung schon bitter bereuen.«

»Das will ich hoffen«, erwidert er geschmeidig. »Und bevor ich mich zu sehr auf den Holzweg verirre – darf ich fragen, ob es jemand anderen gibt?«

Gibt es jemand anderen? Die Frage stelle ich mir ehrlich gesagt selbst. Mit dem Gedanken, mich endlich scheiden zu lassen, freunde ich mich zwar langsam an, aber da wäre ja noch Daniel, und ich tue mich wirklich schwer damit, ihn in die Nur-Freunde-Schublade zu stecken. Und dann vorhin die Sache mit der Bedienung, ihr leise belustigtes Lächeln, als Travis routiniert seine Date-Bestellung abspulte, das verschwörerische Zwinkern, als er auf Anhieb den passenden Wein auf der Karte fand. Ich seufze. »Gibt es nicht immer jemand anderen?«, frage ich und schaue ihm dabei tief in die Augen, um klarzumachen, dass ich nicht nur von mir spreche.

Travis nickt, und ich weiß, wir haben uns verstanden. »New York ist eine reich gedeckte Tafel«, sagt er, ohne jede Spur von Ironie. »Und ob es uns gefällt oder nicht, wir alle stehen auf der Karte.«

14. Kapitel

Liebe Mom,

vielleicht solltest du überhaupt nicht mehr nach Hause kommen. Das ist nicht ganz ernst gemeint, aber immer wenn wir telefonieren, klingt es, als hättest du mit all den coolen Museen, Baseball-Spielen und Spinning-Kursen richtig Spaß in New York. Ist bei uns übrigens genauso. Ich wünsche mir, dass dieser Sommer niemals endet und ich nie mehr zur Schule muss!
Und weißt du was? Dad hat mir ein richtig tolles Buch empfohlen. Es heißt Mountains Beyond Mountains, *und es geht um einen Arzt, der zig Millionen Menschenleben gerettet hat, und ich bin total begeistert! Dad findet das gut, dass du mich mehr zum Lesen bringen willst, und er steht da voll dahinter, weil Lesekompetenz im Leben wirklich wichtig sei. Da meinte ich, dass ich viele der von dir ausgesuchten Bücher ziemlich dröge finde, worauf er nur sagte, nicht jeder könne sich für Romane begeistern, und er würde mir zu Biografien und Erfahrungsberichten raten, die mich zum Nachdenken anregen und mir ein paar Anstöße geben, was ich mit meinem Leben später mal anfangen möchte.*
E-Reader sind laut Dad übrigens seelenlos (sein Wort), er kauft mir lieber alle Bücher, die ich über den Sommer lesen soll, als gedruckte Ausgabe. Bücher seien doch bloß Staubfänger, habe ich gesagt, er solle mir die fünfzehn Dollar ein-

fach so geben, und ich leihe sie mir aus der Bücherei. »Hier hast du dreißig Dollar«, sagt er da. »Kauf dir das Buch und was du sonst noch willst, dann sind wir beide glücklich.«
Seit ich das Buch habe, lese ich jeden Tag zwei Stunden, denke viel darüber nach und kann es immer kaum erwarten, endlich weiterzulesen. Genauso hast du dir das wahrscheinlich vorgestellt. Die fünfzehn Dollar habe ich gleich an die Hilfsorganisation des Arztes gespendet.
OMG, das Wichtigste hätte ich ja fast vergessen, dabei denke ich echt kaum noch an was anderes: Du erinnerst dich, wie Dad Joe und mir eine Woche Sommercamp versprochen hat? Und er meinte nicht irgendein Sportcamp, nein, er hat mir einen Platz im Trainingslager des US-Teams in Binghampton besorgt!! Ich werde von den Trainern der Olympia-Mannschaft gecoacht! Es ist so genial. Ich werde die Einzige in meinem Alter sein, die anderen sind alle schon im Abschlussjahr und bereiten sich auf irgendwelche Sportstipendien an Elite-Unis vor. Keine Ahnung, welche Beziehungen Dad hat spielen lassen, aber er hat mir hoch und heilig versichert, dass sie mein Video angeschaut hätten, bevor ich die Zusage bekam, und dass sie sehr beeindruckt gewesen wären und ich ein Riesentalent sei. Der Trainer, der meine Bewerbung bearbeitet hat, meinte, ich könne locker im Mittelfeld mithalten. Und das Tolle ist, mein ganzes Team steht hinter mir und hat sich total gefreut, als Dad und Joe mich nach dem Training mit einem Riesenblumenstrauß abgeholt und die Nachricht überbracht haben. Und ich wusste da nichts von, weil Dad es vorher mit keinem Wort erwähnt hat!
Ich flipp echt aus, Mom. Nicht erschrecken, wenn du gleich eine Nachricht von mir kriegst, obwohl es erst fünf Uhr morgens ist. Vielleicht wäre es doch ganz gut, wenn du noch nach

Hause kommst, bevor ich ins Camp fahre. Wer soll mir denn sonst beim Packen helfen?

Alles Liebe,
deine Cori, die glücklichste Kunstspringerin Amerikas

Am nächsten Morgen stehe ich früh auf, überfliege die vielen aufgeregten Nachrichten, die Cori mir wegen ihrer Zusage fürs Trainingscamp geschrieben hat, gratuliere ihr und schicke John ein Daumen-hoch-Emoji. Mein Gefühl sagte mir zwar schon, dass sie es schaffen kann, wenn sie es nur versucht, aber am Ende war es John, der sich um die Bewerbung und das Video gekümmert hat. Außerdem kommt er für sämtliche Kosten auf, also ist es durchaus auch sein Verdienst.

Dann schalte ich mein Handy auf lautlos und breche zu einem ausgedehnten Bummel durch Talias Nachbarschaft auf. Es ist ein strahlender Sommermorgen, die Straßencafés sind gut besucht, und die Sonne sucht sich ihren Weg zwischen den Häusern hindurch, ist aber noch nicht so sommerlich kräftig, um Mülltonnen in unappetitliche Stinkbomben zu verwandeln. Es ist ein pittoreskes Nora-Ephron-New York, und ich muss an ihre perfekt zueinanderpassenden Pärchen mit ihren Happy Ends denken und an Travis, Daniel und Dylan mit den blendend weißen Zähnen, und ja, auch an John, der uns alle wahnsinnig verletzt hat und meine Kinder auf einmal so glücklich macht.

Zum Ende hin, bevor er uns verlassen, mich aber schon so maximal enttäuscht hatte, dass ich kaum noch auf ihn zählte, zumindest nicht in emotionaler Hinsicht, steckte ich bis zum Hals im Leben der typisch amerikanischen Vorstadtmutter. Die Kinder waren schon damals fast ausschließlich meine

Aufgabe, aber mit John als Alleinverdiener konnte ich immerhin die Illusion aufrechterhalten, dass die Aufgabenverteilung in unserer Ehe halbwegs gerecht wäre. Und weil ich annahm, dass seine immer steilere Karriere ihm dieselbe emotionale Energie abverlangte wie mir meine Arbeit als Hausfrau und Mutter, konnte ich beim besten Willen nicht verstehen, woher er noch die Energie nahm, sich um sein ungehätscheltes Ego Gedanken zu machen, oder darüber, dass unser Sexleben zu kurz kam. Ich hatte jeden Tag so viel um die Ohren, dass ich ganz andere Bedürfnisse hatte. Liebe, Sex und Leidenschaft würden eben warten müssen, darauf kam es doch gerade überhaupt nicht an. Und vielleicht wollte ich es ihm auch heimzahlen, weil er, als ich ihn gebraucht hätte, zu beschäftigt gewesen war, um für mich da zu sein. Wie kam er also dazu, etwas von mir zu erwarten?

Doch jetzt, dank der geistigen Frischzellenkur im Zuge meiner Mamazipation, fange ich an, zu verstehen, wie vernachlässigt John sich gefühlt haben muss, wenn ich jeden Abend in einem der Betten der Kinder einschlief und ihm, wenn er nach Hause kam, nicht mal mehr einen Kuss zur Begrüßung gab, sondern ein meist schon völlig vom Tag geschafftes Kleinkind in die Arme drückte. Jetzt geht es mir wie ihm damals: Meine Kinder sind versorgt, meine Tage von immer neuen Anregungen und geistigen Herausforderungen erfüllt, ich kümmere mich vor allem um mich selbst, bekomme ausreichend Schlaf und gehe jeden Tag ins Fitnessstudio. Mit anderen Worten, mir bleibt noch genug emotionale Energie, um mir über mein Liebesleben Gedanken zu machen und zu merken, wie gut es sich anfühlt, begehrt zu werden.

Ja, John hatte immer frisch gebügelte Hemden im Schrank, ohne dass er mich darum bitten musste, und ja, wir haben abends zusammen gegessen, und alles, was ich auf den Tisch brachte, war hübsch angerichtet und hat ausgezeichnet geschmeckt, und nein, ich habe nicht von ihm erwartet, dass er einspringt, als Joe in der Schule gemobbt wurde, oder als Coris Tampon während eines Wettkampfs auslief. Für solche Krisen war immer ich zuständig. Aber während ich mir beide Beine ausriss, um unseren Kindern in jeder Hinsicht gerecht zu werden, blieb John auf der Strecke. Nur: Was war Henne, was Ei? Was hat die Abwärtsspirale in Gang gesetzt? Hätte er ein einziges Mal das Elterntaxi übernommen, hätte ich ihn dann direkt in sexy Dessous an der Tür empfangen? Oder steckte ich so tief in meiner mütterlichen Care-Arbeits-Blase, dass nichts, was von Johns Seite gekommen wäre, mich von meiner Fixierung auf die Kinder hätte ablenken können?

Ich weiß es nicht. Aber ich weiß, dass in diesem einen Monat, in dem ich endlich wieder Zeit für mich hatte, Zeit für meine Freunde, in dem ich viel positive Bestätigung von Männern bekommen habe, und ja, auch ein paar dringend nötige neue BHs, dass in dieser Zeit etwas in mir wieder zum Leben erwacht ist, das viel zu lange brachgelegen hat. Jetzt, wo ich meine Kinder aus größerer Distanz sehe, erkenne ich auf einmal, wie selbständig sie schon sind, was sie alles können, auch ohne mich. Ich erkenne in dem John, der uns verlassen hat, den mit seinen Problemen und Bedürfnissen allein gelassenen Mann und verstehe, vielleicht zum ersten Mal, welchen Anteil ich daran hatte, dass es so gekommen ist. Und auf einmal erscheinen mir Talias Lebensentscheidungen – Single bleiben, Karriere machen und ihre Leidenschaften ausleben – längst nicht mehr so abwegig wie früher einmal.

Am erschreckendsten aber ist, dass ich auch mich selbst sehe – und sechs weitere Jahre als Alleinerziehende, die samt allen damit verbundenen Entbehrungen noch vor mir liegen. Und diese Aussicht behagt mir kein bisschen.

Amy:
Leute, ich habe ein Problem.

Talia:
...

Lena:
Wo drückt denn der Schuh, Süße?

Amy:
Ich mache mir langsam Sorgen, dass ich, wenn das hier vorbei ist, keine Lust mehr habe, in mein »normales« Leben zurückzukehren.

Lena:
Ach, Amy. Sei nicht albern. Sie haben dir eine neue Frisur verpasst, keine Lobotomie.

Talia:
...

Amy:
Weiß man's? Ich saß jedenfalls ziemlich lange in dem Friseursalon und habe zunehmend Ambivalenzen, was mein altes Leben angeht. Ich fange sogar an, Mitleid mit John zu haben!

Lena:
!!! Das mit John geht entschieden zu weit.
Wo ist Talia, wenn man sie braucht?

Amy:
Ich sehe sie schreiben, aber dann verschwinden ihre drei Punkte wieder. Sie scheint sich jedes Wort SEHR genau zu überlegen.

Lena:
So kenne ich Talia gar nicht. Hm. 14 Uhr – drei Martinis zum Lunch?

Amy:
Dekorativ hingegossen in ihrem Art-déco-Hotelzimmer in Miami, das aussieht wie das Set von *Scarface?*

Lena:
Oder *Dexter.*

Amy:
Aaargh!!

Lena:
Talia! Hörst du uns, Talia? Feierst du mit Serienkillern?

Talia:
IHR SPINNER, ICH VERSUCHE ZU ARBEITEN!

Amy:
Es ist Sonntag!

Lena:
Schick uns doch bitte mal ein Lebenszeichen, damit wir beruhigt sein können, dass Dexter dich nicht im Keller gefangen hält.

Talia:
Ich mache jetzt mein Handy aus.

Amy:
Und was ist mit meiner Lebenskrise?

Talia:
Ich wage zu bezweifeln, dass wir die gelöst bekommen, ehe ich diesen verdammten Fotoshoot im Sack habe und diesen Idioten nicht für jede weitere Stunde 500 Dollar zahlen muss.

Lena:
Sie hat recht, das sind existenzielle Fragen. Freiheit versus Familie. Alte und neue Lieben. Mitgefühl und Vergebung für John – das ist gar nicht mal so schlecht. Ich glaube sogar, dass es eine sehr gesunde Entwicklung ist.

Amy:
Nein, ist es nicht. Als meine Freundin solltest du auf meiner Seite stehen. Ich will von dir hören, dass ich mir keine Sorgen zu machen brauche, dass John ein widerwärtiger Schleimer ist und meine Kinder ohne mich nicht leben können.

Lena:
Tja … sie beweisen dir gerade das Gegenteil.

Amy:
Wie kannst du es wagen.

Lena:
Ich behaupte ja nicht, dass es ihnen gefallen würde. Oder lass mich überlegen, wie ich es dir beibringen soll … Kann es sein, dass dein Selbstwertgefühl sich vor allem daraus speist, von deinen Kindern gebraucht zu werden? Und du insgeheim immer gedacht hast, ohne dich wären sie völlig aufgeschmissen? Und dass du es jetzt als Bedrohung empfindest, weil sie mit John so gut klarkommen?

Amy:
Ich wiederhole mich: Wie kannst du es wagen!

Lena:
Denk einfach mal drüber nach, okay?

Amy:
Werde ich ganz sicher nicht.

Lena:
Vielleicht sieht Talia das ja anders.

Talia:
Nein.

Amy:
Ich suche mir neue Freundinnen. Dümmere Freundinnen.

Lena:
Es hat schon seinen Grund, dass du dich für uns entschieden hast.

Amy:
Tut mir leid, aber der ist mir leider aktuell entfallen.

Lena:
Wegen unserer Schönheit. Melde mich später noch mal, deine Kids sind gerade da.

Amy:
Was?!

Später erfahre ich, dass John die Kinder jetzt anscheinend zwei Mal die Woche bei Lena zum Abendessen vorbeibringt, was mich dann gleich wieder beruhigt. Zu Hause scheint alles bestens eingespielt, aber er hält den Laden nicht allein am Laufen, sehr gut. Meine Nachbarin Jackie übernimmt mittwochs die Fahrten ins Schwimmbad, montags und donnerstags sind die Kinder abends bei Lena, damit John in Ruhe Homeoffice machen kann. Erst empfinde ich Genugtuung, dass er es, im Gegensatz zu mir, nicht allein auf die Reihe bekommt. Typisch John, denke ich. Knickt immer gleich ein. Doch dann schäme ich mich und komme mir selbst ein bisschen dumm vor. Jackie ist schon in Rente, ihr Mann den ganzen Tag auf der Arbeit, die Kinder sind aus dem Haus. Warum habe ich ihre wiederholten Angebote, mir zu helfen, nie angenommen?

Ich wäre auch nie auf die Idee gekommen, die Kinder bei Lena abzuliefern, obwohl die drei sich bestens verstehen und was überhaupt kein Problem gewesen wäre, damit ich mal ein paar Stunden für mich habe. Es heißt, dass es ein Dorf braucht, um ein Kind großzuziehen, aber irgendwie habe ich das nie auf mich bezogen, weil ich ja alles allein hinbekomme.

Habe ich mich da vielleicht getäuscht?

Ich beschließe, mit Matt darüber zu reden, wenn wir uns das nächste Mal zum Lunch treffen. Obwohl ich versucht habe, mir nichts anmerken zu lassen, setzen Lenas und Talias gut gemeinte Angriffe auf mein seelisches Gleichwicht mir doch mehr zu, als mir lieb ist. Ich merke, wie ich abwechselnd in die Defensive gehe *(beide haben keine Kinder, wie wollen sie das überhaupt verstehen)*, mich missverstanden und verletzt fühle *(mache ich mich vielleicht über ihre Macken lustig?)* und auch ein bisschen vernachlässigt *(wenn es so schlimm mit mir ist, warum haben sie dann nicht längst etwas gesagt?!)*.

Unterm Strich möchte ich also mit meinen Freundinnen nicht mehr darüber reden, aber es lässt mich auch nicht los, weshalb ich mich mit dem Thema an jemanden wende, der mir unmöglich einen vernünftigen Rat geben kann: einen jungen Mann in seinen Zwanzigern.

Wenig überraschend zuckt Matt dann auch bloß mit den Schultern und räumt freimütig ein: »Nicht gerade mein Spezialgebiet. Da kennen andere sich bestimmt besser aus.«

»Versuch's wenigstens«, halte ich dagegen. »Du setzt einfach eine verständnisvolle Miene auf und machst *hm, hm*, während ich rede.«

»Also gut«, fasst er sich ein Herz. »Leg los.«

Ich hole einmal tief Luft. »Im Grunde läuft es darauf hinaus, dass du mit dieser ganzen Aktion mein Leben ruiniert hast. Bevor ich nach New York kam, mochte ich mein Leben, und mir war überhaupt nicht klar, wie … traurig und einsam es war. Nach ein paar Dates und etwas Selbstfürsorge merke ich jetzt auf einmal, dass ich mich, vorsichtig ausgedrückt, nicht unbedingt darauf freue, in ein paar Wochen in die Tristesse meines alten Lebens zurückzukehren.«

Matt kratzt sich am Kinn und wiegt nachdenklich den Kopf. »Hm, hm … Vielleicht solltest du einfach mehr daten.«

Ich lache schallend. »Ich erzähle dir, dass ich meine Kinder und meine Pflichten sträflich vernachlässige und mich lieber amüsiere, und du sagst mir, ich soll … mich noch mehr amüsieren?«

Matt nickt. »Genau richtig. Weil ich glaube, dass dich ganz mächtig der Hafer sticht. Lass ein bisschen die Sau raus, und wenn du dich ausgetobt hast, kannst du ruhigen Blutes nach Hause zurückkehren, zu deinen Kindern und deinen Pflichten und deiner Tristesse.«

»Aber was, wenn ich dann nicht mehr gebraucht werde?«

Matt schüttelt traurig den Kopf. »Was soll ich dazu sagen? Moment, ich muss mal kurz meine Mom anrufen und sie fragen, wie man Wasser kocht.«

»Haha. Okay, verstanden.«

»Wenn deine Kinder nur ein bisschen so sind wie ich, werden sie dich immer brauchen, Amy. Vermutlich deutlich länger, als dir lieb ist. Also nutze die Gelegenheit und hab noch ein bisschen Spaß.«

»Und mit Spaß meinst du Daten?«

»Na ja, dir scheint's doch zu gefallen, oder?«

Kurz denke ich darüber nach, aber er hat recht. Es macht mir tatsächlich Spaß. Wobei mir die Nur-Freunde-Dates mit Daniel eigentlich am besten gefallen. Seit dem Abend auf der

Brooklyn Bridge haben wir uns einmal auf einen Kaffee und einen Spaziergang im Central Park getroffen und einmal waren wir bei der Lesung eines Autors, den Daniel sehr mag, und danach noch essen. Wir haben uns angeregt unterhalten und prima verstanden, viel gelacht, und ich hatte die ganze Zeit den leicht irritierenden Gedanken im Hinterkopf, dass ich mit Daniel schon im Bett war und das liebend gern wiederholen würde.

»Du hast recht«, sage ich zu Matt. »Ich sollte mehr daten. Und vielleicht noch einen Schritt weitergehen.«

»Hey, hey, das hört man gern! Schon jemanden im Blick?«

Ich tue so, als hätte ich dabei nicht ganz deutlich Daniel vor Augen. »Eigentlich nicht, nein«, weiche ich aus. »Den ersten Typen fand ich ziemlich arrogant, der zweite lag so gar nicht auf meiner Wellenlänge, der dritte war nett und sehr charmant, schien das Ganze aber eher als ein Spiel zu betrachten. Ich würde gern jemanden kennenlernen, der mir nicht das Gefühl gibt, nur eine von vielen Optionen zu sein.«

Matt nickt. »Jemand, der sympathisch und verbindlich ist, ein bisschen reifer und bodenständiger, der weiß, dass er nicht perfekt ist, und Frauen versteht, statt ihnen bloß etwas vorzumachen.«

»Perfekt auf den Punkt gebracht«, sage ich. »Aber das sieht man den Fotos und Online-Profilen leider nicht an.«

»Manchmal schon«, findet Matt und greift zum Handy. »Lass uns mal schauen, wen wir noch in der engeren Auswahl haben. Welche der Herren hattest du schon aussortiert?«

»Den da«, sage ich und zeige auf eins der Bilder. »Und den … und den auch. Hier, mit dem war ich essen. Schau dir mal seine Zähne an!«

»Wow, sehen teuer aus.«

»Ich war von seinen Zähnen so abgelenkt, dass ich mich richtig anstrengen musste, nicht ständig auf seinen Mund zu starren.«

»Dann fügen wir deiner Wunschliste am besten noch ›realistische Zähne‹ hinzu. Wie wäre es mit dem hier?«

Matt zeigt auf einen schmucken Kerl mit dunkler Haut und samtenen Augen namens Randall. Seine Tweets sind seriös, nachdenklich, manchmal politisch, und das gepostete Foto seines Bücherregals lässt ahnen, dass wir ein paar literarische Vorlieben teilen. Viel ist das nicht, aber immerhin.

»Klingt ganz gut«, sage ich. Was sich eigentlich viel zu optimistisch in meinen Ohren anhört.

»Super, ich kümmere mich um alles Weitere. Wer noch?«

»Reicht einer nicht?«

»Nein, einer reicht nicht. Du wolltest dir doch noch die Hörner abstoßen, bevor es wieder heimgeht.«

»Okay, Hörner abstoßen. Alles klar. Was wäre denn mit dem?« Ich zeige auf einen zauselig-sexy Typen mit schiefem Lächeln und schwarzem Haar. Seine Brille hat es mir angetan, die sieht wahnsinnig süß aus.

»Mario«, sagt Matt anerkennend. »Einunddreißig. Ist dir das zu jung?«

»Ja«, erwidere ich sofort, und ergänze dann: »Oder nein, eigentlich nicht … Oder doch?«

»Für mich geht das völlig in Ordnung, aber du solltest dir darüber im Klaren sein, dass er noch keine erwachsenen Kinder hat. Oder überhaupt Kinder. Oder eine Altersvorsorge.«

»Keine Altersvorsorge?«, frage ich. »Mit einunddreißig? Ich hatte in dem Alter …«

Matt hebt beschwichtigend die Hände. »Willkommen in der Realität. Ich wollte es bloß gesagt haben.«

»Ach, ist im Grunde auch egal«, überzeuge ich mich selbst. »Ich will mir ja bloß die Hörner abstoßen. Also mach ruhig mal Mario klar.«

»Mamazipation!«, kommt es einem Schlachtruf gleich von Matt.

»Und vielleicht noch einen?«, frage ich.

»Mindestens. Ich mag ja den hier.« Matt deutet auf einen aparten Silberfuchs: grau melierte Haare, sportliche Bräune, feine Lachfältchen um die Augen.

»Aha«, sage ich. »Der ist aber neu.«

Matt nickt. »Es haben sich noch ein paar gemeldet. Er ist Partner in einer Anwaltskanzlei. Tolle Karriere, weit gereist, eine faszinierende Persönlichkeit.«

»Gut, dann nehmen wir den auch dazu. Die Symmetrie gefällt mir: einer jünger, einer in meinem Alter, einer älter.«

»Gibt es Abende, an denen du nicht kannst?«, will Matt wissen, aber er scheint es eher pro forma zu fragen.

»Na ja …«, sage ich. Nächsten Freitag habe ich schon etwas mit Daniel vor. Und nicht einfach irgendetwas, nein, wir haben Karten für *Shakespeare in the Park*. »Freitag bin ich schon verplant, aber sonst passt alles nach dem Spinning.«

»Super. Dann nimm dir für den Rest der Woche nichts mehr vor, und ich kümmere mich um die Termine. Wir bringen da jetzt mal ein bisschen Dampf rein, damit #Mamazipation so richtig durch die Decke geht.«

15. Kapitel

Liebe Mom,

mir ist schon klar, dass ich das alles von Hand schreiben soll und wir dann später drüber reden, aber egal, ausnahmsweise muss es doch mal eine E-Mail sein, und es geht ja auch um dich. Ich weiß nicht, ob du das jetzt gut findest oder nicht, aber die Eltern meiner Freunde reden über dich. Wobei sie eigentlich nicht über dich reden, sondern über die Mamazipation, denn: Das scheint der neue heiße Scheiß zu sein.
Los ging's mit Trinity. Sie hat mich vor ihrer Mom gefragt, wie deine Mamazipation so läuft. Und ihre Mom wollte natürlich wissen, worüber wir reden, also hat Trinity es ihr erklärt. Und dann hat ihre Mom im Internet geschaut und gesehen, dass es ein richtiger Trend in den sozialen Medien ist und sich alle Gedanken machen, wohin sie fahren würden, wie lang und wie viel sie schlafen wollen (was ist das eigentlich mit alten Leuten und der Schlaferei? Macht eure Termine halt nicht immer morgens um acht, dann seid ihr auch nicht müde, echt nicht kompliziert, oder?), ob sie ihrem Partner in der Zeit treu bleiben müssten oder ob man, während man sich mamazipiert, einen Freifahrtschein hat. Manche haben geschrieben, dass nur schlechte Mütter eine Mamazipation nötig hätten, was natürlich Schwachsinn ist. Genau im Gegenteil. Aber wem erzähle ich das.

Die Frage mit dem Freifahrtschein ist mir super unangenehm, aber alles andere hat ja durchaus seine Berechtigung, und die Vorstellung, dass du da gerade was ins Rollen bringst, und die Country-Day-Moms sich mal über was anderes den Kopf zerbrechen als über die Erfolge ihrer Kinder, macht mich richtig stolz auf dich. Klar, manche Leute müssen alles miesmachen, aber Joe und ich stehen voll hinter dir, wann immer das Thema zur Sprache kommt, und das ist ziemlich oft. Und wenn der Artikel dann in Talias Zeitschrift erscheint, kaufe ich alle Hefte und erzähle jedem, dass ich dich kenne. Außer wenn es in der Story um Sex geht, dann würde ich natürlich vor Scham im Erdboden versinken.

Liebe Grüße
von deiner peinlich berührten Tochter Cori

Aus Prinzip behalte ich alles, was meine Kinder mir erzählen, für mich, aber ich bin so stolz darauf, wie Cori mit dieser ganzen Mamazipationssache umgeht, dass ich sie frage, ob es in Ordnung ist, wenn ich ihre E-Mail an Talia weiterleite. Sie schickt mir ein OK-Emoji, und zehn Minuten, nachdem die Mail an Talia raus ist, kommt schon eine Nachricht von ihr zurück.

Talia:
Sehr cool, deine Große.

Amy:
Ich weiß! Aber glaub mir, die sind in dem Alter nicht alle so.

Talia:

Wem sagst du das. Jedes Mal, wenn meine biologische Uhr kurz zu ticken anfängt, brauche ich bloß daran zu denken, wie ich in dem Alter war: launisch, selbstmitleidig, aufsässig.

Amy:

Das hat Cori auch alles drauf. Und wenn ich sie mit den coolen Mädchen aus dem Schwimmteam sehe, tut es mir richtig weh, wie sehr sie versucht, dazuzugehören. Wenn du deine biologische Uhr für immer verstummen lassen willst, schau dir einfach Kinder von Bücherwürmern wie mir an, die sich mit den reichen, beliebten Mädchen anfreunden wollen. Aber ansonsten hast du recht, und ich danke meinen Sternen und finde meine Tochter ja sowieso ganz großartig.

Talia:

Du kommst mit dem ganzen Wirbel um deine Person klar?

Amy:

Ich bekomme davon gar nicht so viel mit. Irgendwie vergesse ich Twitter immer.

Talia:

Dann schau mal rein, ich warte solange. Klick am besten den Mamazipations-Hashtag an.

Amy:

Okay.

...

Oh wow, das sind ja ganz viele Tweets ...

Talia:

Du und Matt habt da einen Nerv getroffen.

Amy:

Das sehe ich. Verrückt, wie VIELE sich eine Mamazipation wünschen. Das schockiert mich jetzt doch ein bisschen.

Talia:

Manche der Männerfantasien finde ich ehrlich gesagt noch viel schockierender.

Amy:

Die erspare ich mir lieber.

Talia:

Würde ich dir auch raten.

Amy:

Und das soll jetzt wozu genau gut sein? Verkauft sich das Heft dann besser? Ich meine, wenn es dir und dem Magazin hilft, soll es mir recht sein ...

Talia:

Ehrliche Antwort? Wahrscheinlich bringt es nichts. Wenn der Artikel in zwei Monaten erscheint, rennen die Leute dann an den Kiosk und kaufen sich das Heft? Ist es dann überhaupt noch ein Trend? Wenn uns das Ganze etwas bringt, dann Online-Werbeeinnahmen. Klicks und Reichweite.

Amy:

Klicks und Reichweite. Aha.

Talia:
Ernüchternd, ich weiß. Alles, was gerade in den sozialen Medien passiert, dieser ganze Hype, das sind alles nur Klicks. Was heute trendet, ist morgen schon wieder vorbei.

Amy:
Das heißt, ich brauche mir um den Hashtag keine Gedanken zu machen, sondern soll meine echte Mamazipation im analogen Leben genießen?

Talia:
Genau das. Hast du heute Abend nicht noch ein Date?

Amy:
Ich habe sogar drei Dates in den nächsten zwei Wochen! Plus eine rein freundschaftliche Verabredung mit dem sexy Schulbibliothekar.

Talia:
Oh wow, Wahnsinn! Toll, dass du den Dreh endlich raushast! Dann viel Spaß, du kleine Draufgängerin!

Amy:
Werde ich haben! Oder hatte ich wenigstens bislang, mal sehen. Ich halte dich auf dem Laufenden.

Talia:
Super.
Und, sag mal, was machen eigentlich deine Augenbrauen?

Amy:

Sitzen immer noch über meinen Augen. Warum, was sollten sie denn sonst machen?

Talia:

Sag Matt, er soll ein Foto schicken. Wenn sie wieder Pfötchen halten, kriegst du was von mir zu hören.

Mario

Mario ist groß und schlank. In natura sieht er genauso sexyzauselig aus wie auf den Fotos, und ich liebe es. Als ich in die Bar komme und ihn wie verabredet da sitzen sehe, ist mein erster Gedanke: Viel zu jung, was mache ich hier? Aber als ich mich dann zu ihm setze und wir zu reden anfangen, merke ich, wie ich mich selbst gleich viel jünger fühle, und das ist ein sehr schönes Gefühl. So ging es John also mit Marika, denke ich, als Mario wie beiläufig mit der Hand mein Bein berührt. Der Reiz des Neuen, dieser euphorische Kick der Erregung. Wir sprechen über Musik, ein Thema, das seit der Geburt der Kinder keine nennenswerte Rolle mehr in meinem Leben gespielt hat, für Mario aber zentral zu sein scheint. Er kennt alle Bands, die in der Bar laufen, und bei einem Song nicke ich und sage »Klingt wie eine Mischung aus Talking Heads und den Pixies«, was anscheinend genau die richtige Bemerkung ist. Wir reden und rücken an der Bar immer näher zusammen, dann gehen wir essen, reden weiter und verstehen uns prächtig, die Stimmung gelöst vom Drink in der Bar vor dem Essen. Mario hat ein sehr gesundes Selbstbewusstsein, schaut mutig und unerschrocken in die Welt, besitzt aber auch einen etwas naiven, sehr liebenswerten Idealismus. Und er scheint auf der Suche nach der großen Liebe zu sein.

Nach dem Essen bestellen wir noch einen Calvados – Mario war vor Kurzem auf Frankreichreise –, und dazu wird vom Küchenchef persönlich Apfel-Crème-fraîche-Parfait auf Baiser serviert, das sich perfekt mit dem Calvados ergänzt und vortrefflich mundet. Mario erzählt mir von seiner Arbeit.

Er ist Chemiker, frisch promoviert, arbeitet für eine gemeinnützige Organisation und legt großen Wert darauf klarzustellen, dass er sich nie an die Pharmaindustrie verkaufen würde. Ich nicke verständig und sehe vor meinem inneren Auge, wie er sich in gar nicht so ferner Zukunft verliebt, seine Partnerin mit Zwillingen schwanger wird und er der Verlockung eines sechsstelligen Jahresgehaltes mit Kusshand nachgibt.

Aber ich könnte mir auch etwas völlig anderes für ihn vorstellen – wie er einen bahnbrechenden Wasserreiniger entwickelt, das Patent freigibt, die Welt rettet und in seinen Sabbaticals Berge besteigt, deren Namen alle mit einem K beginnen. Eines jedoch ist gewiss: Mario sucht eine echte, eine langfristige Beziehung, und dafür bin ich unter allen gegebenen Umständen einfach nicht die Richtige. Als er mir anbietet, noch mit zu ihm zu kommen, gebe ich ihm zum Abschied einen Kuss, der sehr lang und leidenschaftlich ausfällt, und sage »Danke, dass du gefragt hast«, bevor ich mich unverzüglich und allein auf den Heimweg begebe.

Randall

Randall geht mit mir ins *Ambrosia*, eine Weinbar in Midtown, die bei Vertretern der Jurisprudenz beiderlei Geschlechts beliebt ist. Hier trifft man sich, lernt sich kennen, flirtet, liebt und hasst sich, um am Tag darauf an den gut dotierten Arbeitsplatz in der Kanzlei zurückzukehren.

Wir haben uns kaum hingesetzt, als Randall uns schon fünf Weine zur Verkostung bestellt. Ich räuspere mich und warne ihn, dass mir eigentlich jeder Wein schmeckt, der mehr als sechs Dollar die Flasche kostet. Er zeigt sich unbeeindruckt, lässt mich jeden Einzelnen probieren, und es ist wirklich verrückt, wie unterschiedlich fünf Weine schmecken können, die alle derselbe Jahrgang und aus derselben Traube sind. Ich erhalte einen privaten Premiumkurs in Weinverkostung, und als die Rechnung kommt, steckt Randall sie ein und sagt, das kann er als Geschäftskosten absetzen. Erst da erfahre ich, was er beruflich macht: Er arbeitet als Sommelier in einer anderen Weinbar, natürlich »viel progressiver« als das *Ambrosia.*

Als meine Weinkunde-Unterrichtsstunde beendet ist, bin ich gespannt, aber auch etwas ratlos, wie es jetzt weitergehen soll. Randall hat mich ziemlich beeindruckt mit seiner Expertise über Weine, der Begeisterung, mit der er mich in alle Finessen einweihte, an seinem Wissen teilhaben ließ und dabei noch eine wahnsinnig attraktive Figur machte. Allerdings hat er mir keine einzige Frage zu mir gestellt, unser ganzes Gespräch wurde völlig von ihm beherrscht. Er weiß im Grunde nichts über mich. Sollte er Gefallen an mir gefunden haben, kann es nur an Äußerlichkeiten liegen, und selbst nach dem Makeover bin ich noch immer weit von einer New Yorker Neun entfernt. Daraus schließe ich, dass ich für ihn vermutlich nicht interessant bin.

Aber dann fragt er mich, ob ich mir mal die Bar ansehen wolle, in der er arbeitet, weil, wie er sagt, »es doch schade wäre, wenn der Abend jetzt schon vorbei wäre«. Ich schaue ihn an und denke, dass es, rein oberflächlich betrachtet, wirklich schade wäre, und deshalb sage ich »Ja, sehr gern«.

Obwohl ich von den fünf Weinen nur ganz kleine Schlucke probiert habe, wird mir bei der Vorstellung, dass mir sehr wahrscheinlich gleich die nächste Verkostung bevorsteht, ein bisschen schwummrig. Unterwegs würde ich dann lieber einen Happen essen, schlage ich vor, und wir holen uns jeder ein großes, herrlich fettiges Stück Peperoni-Pizza und schlendern den Broadway hinab. Das Lincoln Center erstrahlt golden in der Abenddämmerung, die Fenster der Met schimmern in rötlichem Glanz, die hellen Wasserfontänen des Brunnens erscheinen mir höher, als ich sie in Erinnerung habe. Wir setzen uns ans Wasser, um unsere Pizza aufzuessen. »Wein und Peperoni-Salami sind ein merkwürdiges Paar«, höre ich mich sagen.

»Lass mich mal kosten«, antwortet Randall, und ehe ich es mich versehe, küssen wir uns. Und dann noch mal, bis die Sonne ein Stückchen weitergewandert ist.

William

Der Silberfuchs-Anwalt heißt William. Er überspringt das Kennenlernen an der Bar und bittet direkt in ein kleines, versteckt gelegenes Lokal nicht weit vom Central Park. Es dürfte mit Abstand das teuerste Restaurant sein, in dem ich je war. An den Wänden hängen Ölgemälde, die Leinenservietten leuchten so weiß, wie die Kristallgläser glitzern, und die Dame am Empfang – Mitte fünfzig, ganz in Schwarz und von einer zugleich gewichtigen wie schwerelosen Aura umgeben –, fragt mich nicht nach meinem Namen, sondern kehrt das Spiel einfach um.

»Sie müssen Amy sein«, heißt sie mich willkommen. »William sagte uns, dass wir Sie heute erwarten. Er wird gleich hier sein. Darf ich Ihnen vielleicht ein Glas Prosecco bringen?«

Ich nehme den Prosecco dankend an, weshalb mir der Kopf schon ein bisschen schwirrt, als mein grau melierter Galan zehn Minuten später hereinprescht. Ich will aufstehen, um ihn zu begrüßen, als wäre er ein Prinz oder Würdenträger, doch er beugt sich zu mir hinunter, gibt mir einen Kuss auf die Wange und befördert mich so ganz elegant zurück auf meinen Stuhl. Es gebe doch nichts Schöneres, sagt er, als festzustellen, dass sein Blind Date in Wirklichkeit noch hübscher sei als erhofft. Er schlägt vor, das Degustationsmenü zu bestellen und meint, dass ich mich nicht daran stören solle, wenn er gleich Suppe auf seine Krawatte kleckere. Ich beruhige ihn, dass ich mich auch immer schmutzig mache, und damit ist das Eis gebrochen.

Vor dem zweiten Gang bin ich über den Stand seiner Scheidung auf dem Laufenden, die ihm ziemlich zusetzt, wie er mir anvertraut, und dass nicht er seine Frau, sondern sie ihn verlassen habe. Beim zweiten Glas Wein bin ich darüber im Bilde, dass William seine Frau noch immer liebt und sie gern zurückgewinnen möchte. Als die Bedienung uns Dessert und Limoncello bringt, beichte ich ihm, dass ich zu Beginn des Sommers ähnlich gemischte Gefühle bezüglich meiner eigenen Ehe hatte und dann hier in New York jemanden kennengelernt hätte, den ich zwar absolut hinreißend fände, wir es aber bei einer Freundschaft belassen wollten, was es sehr kompliziert mache. Nach dem Essen drehen William und ich noch eine kleine Runde durch den Central Park und wägen dabei die Vor- und Nachteile einer Versöhnung mit seiner Ex gegen eine neue Beziehung ab. An der Subway Fifty-Ninth

Street verabschieden wir uns mit einer Umarmung und wünschen uns gegenseitig viel Glück.

Vor meiner Verabredung mit Daniel am Freitagabend spüre ich, dass sich etwas in mir verändert hat, mein Selbstbewusstsein hat einen ordentlichen Sprung gemacht. Vermutlich bleibt das nicht aus, bei sechs Blind Dates in drei Wochen, wenn diese dem Selbstwertgefühl schmeicheln, Spaß machen und alles in allem sehr nett und harmlos sind.

Daniel wartet am Central Park auf Höhe des Naturgeschichtlichen Museums auf mich, und von dort gehen wir zu einem Restaurant mit moderner südamerikanischer Küche, das gleich gegenüber liegt und uns mit seiner Nähe und den grellrosa Markisen lockt. Es ist völlig ausgebucht, aber an der Bar werden gerade zwei Plätze frei, die wir uns sofort sichern. Das Stück, das wir uns nachher ansehen wollen, ist *Julius Cäsar*. Ich habe es noch nie auf der Bühne gesehen, aber Daniel kennt es in- und auswendig und gibt mir ein paar Tipps, worauf ich achten soll. Der Schauspieler, der den Brutus spielt, sei ein EGOT-Gewinner, sagt er. Ich tue zuerst so, als wüsste ich, was er meint, bis ich schließlich zugebe, dass ich keine Ahnung habe. Emmy, Grammy, Oscar, Tony, klärt Daniel mich auf, worauf ich laut sinniere, dass ich eines Tages gern den Hörbuch-Grammy für meine szenische Lesung von *Alle müssen aufs Klo* gewinnen möchte. Wir überlegen daraufhin, wie man aus dem Kinderbuch ein Musical machen könnte, denn wie sonst sollte ich auch den Tony gewinnen? Zwischendurch werden unsere Passionsfrucht-Mojitos serviert, aber zum Essenbestellen kommen wir vor lauter Diskutieren mal wieder nicht, bis ich dann irgendwann zu Daniel sage, es wäre vielleicht doch ganz schlau, jetzt zu ordern, wenn wir die Aufführrung nicht verpassen wollen, worauf er meint, ich soll mir einfach was aussuchen, er isst dann bei mir mit. Also bestelle ich Ceviche, Gallitos und eine Michelada, die so scharf ist, dass ich sie gleich nach Luft schnappend an Daniel weiterreiche und mir stattdessen eine sehr süffige Sangria blanca gönne.

Ich liebe diese fast kindliche Begeisterung, mit der Daniel sich seinem Essen widmet. Und heute gefällt es mir ganz besonders, weil er sichtlich Freude an den Tapas hat, die ich ausgesucht habe. Ich muss wieder an das Date mit dem routinierten Travis (*Ratatat!*) denken, der einfach für mich bestellt hat, und mir erscheint das alles jetzt in einem ganz anderen, milderen Licht. Vielleicht hat es ihm ja einen Kick gegeben, so wie mir in diesem Moment, wenn ich Daniel dabei zusehe, wie er es sich schmecken lässt, was ich ihm vorsetze.

Aber gut, als dann die Rechnung kommt, kehren sich die Dominanzverhältnisse wieder um. Daniel will unbedingt zahlen, und nach halbherzigem Protest lasse ich ihn. Er zückt seine Kreditkarte, aber dann sagt er etwas, das mich aufhorchen lässt, etwas Vorsintflutliches à la »Oder willst du mich in meiner Mannesehre verletzen?«.

»Wieso das denn?«, entgegne ich. »Wir sind Freunde und nichts weiter.«

Da huscht ein Schatten über sein Gesicht, und ich kann nun nicht so tun, als hätte ich es nicht bemerkt. »Ja«, sagt er. »Sind wir, natürlich. Aber man kann ja auch seinen Freunden mal etwas ausgeben, oder?«

Als die Rechnung beglichen ist, greift er nach meiner Hand, und im ersten Moment fürchte oder vielmehr hoffe ich, dass er mich küsst. Doch er springt nur von seinem Hocker und zieht mich hinter sich her aus dem Restaurant, damit wir es noch rechtzeitig zum Delacorte Theater schaffen. Bis wir dort sind, bleiben noch genau drei Minuten, ehe sich der Vorhang hebt, und wir sind dann also dieses nervige Pärchen, das sich kurz vor knapp zu seinen Plätzen durchmogeln muss. Als auch wir dann endlich sitzen, bestaune ich erst mal das Bühnenbild, eine perfekte Kopie des hinter dem Freilichttheater aufragenden Belvedere Castle. »Ich habe Rom ganz anders in Erinnerung«, flüstere ich Daniel noch schnell zu, ehe die Lichter auch schon ausgehen und das Stück beginnt.

Ab und an habe ich mir mit John Shakespeare-Aufführungen angesehen, und es war jedes Mal etwas Besonderes. Wir mussten einen Babysitter organisieren, alles im Voraus planen, und meistens brauchten wir in der Pause einen Kaffee, um nicht schon vor dem dritten Akt einzuschlafen. Er besorgte die Karten zu meinem Geburtstag oder zum Hochzeitstag, als Geschenk für mich, aber auch wenn er die Vorstellungen in aller Regel schweigend verfolgte, schienen sie ihm doch im großen Ganzen zu gefallen, und auf der Rückfahrt vom Theater meinte er dann »Das war toll, oder? Sollten wir öfter machen«, womit von seiner Seite aus alles gesagt war. Wir haben *Ein Mittsommernachtstraum* zusammen gesehen, *Romeo und Julia* und *Der Widerspenstigen Zähmung*, und mich haben diese Theaterabende immer sehr beglückt. Gibt es eine schönere Geste, als jemandem etwas zu schenken, das viel Zeit und Geld kostet und wozu man selbst nur mäßig Lust hat, von dem man aber weiß, dass es dem anderen gefallen und ihn glücklich machen wird? Ich rechne es John sehr hoch an, dass er sich kein einziges Mal beschwerte und selbst dann keinen Stoßseufzer tat, als der Apotheker in *Romeo und Julia* seinen ohnehin schon viel zu langen Monolog so leise in seinen Bart nuschelte, dass man kein Wort verstand, und das alles wie in Zeitlupe, sodass es überhaupt kein Ende nehmen wollte.

Womit ich im Grunde nur sagen will, dass das hier nicht meine erste Shakespeare-Aufführung ist. Und doch ist alles anders, denn sich das Stück mit Daniel anzuschauen, ist eine Offenbarung. Das Essen gerade ging auf ihn, aber ins Theater ist er nicht nur gegangen, um mir einen Gefallen zu tun, dazu hat er offensichtlich zu viel Spaß an der Sache. Er lebt das Stück richtig mit, beugt sich auf seinem Stuhl vor oder stößt mich mit dem Ellbogen an, um mich auf eine bestimmte Stelle, einen besonders guten Satz aufmerksam zu machen. Einmal fasst er sich sogar ans Herz, und ich muss an diese Szene in *Pretty Woman* denken, wo Julia Roberts ganz ergriffen und zu Tränen gerührt in der Oper sitzt.

Als zur Pause die Lichter wieder angehen, scheint er aus einer anderen Welt aufzutauchen, und sieht mich an, als habe er meine Anwesenheit beinah vergessen. »Und, wie findest du es?«, will er wissen, redet dann aber schon weiter, ehe ich überhaupt antworten kann. »Verrückt, mir ist zum ersten Mal aufgefallen, wie ähnlich sich Brutus und Hamlet sind. Man könnte fast meinen, Shakespeare habe in diesen Figuren seine eigenen zaudernden Dämonen zum Ausdruck bringen wollen, aber dann schaut man sich sein Leben an, und schon ist man in die Falle der Überinterpretation getappt.«

Seine Begeisterung ist ansteckend. Das Stück ist nicht sonderlich temporeich, was mir Gelegenheit ließ, mich auf die wirklich guten Schauspieler zu konzentrieren, aber ich habe auch bemerkt, wie im Publikum allmählich Unruhe aufkam, wie die Ersten in ihren Programmheften blätterten oder auf die Uhr schauten. An Daniel scheint das alles vorbeizugehen, er ist wegen des Stücks hier und blendet den Rest aus, fast so, als würden die Schauspieler nur für ihn spielen und von der Bühne direkt zu ihm sprechen.

»Es könnte ein weiterer Beweis dafür sein, dass Anne einen Großteil der Stücke geschrieben hat, und nicht Will«, sage ich.

Wir begeben uns schließlich auf die Suche nach Champagner. Mit den Gläsern in der Hand spazieren wir um das Theatergelände und reden dabei ohne Punkt und Komma über die Schauspieler, das Bühnenbild, das Stück und was wohl damit gemeint sein könnte, wenn Brutus von dem Schlangenei spricht, »das, ausgebrütet, giftig würde werden wie sein Geschlecht, und würgt *ihn* in der Schale«.

»Wie *sein* Ge-*schlecht* und *würgt* ihn *in* der Schale«, wiederholt Daniel in übertriebener Betonung des jambischen Fünfheber.

»Schön, aber wer ist dieses ›ihn‹? Ich nehme nicht an, dass die Schlange sich selbst würgt?«

Daniel lacht, dann räumt er ein, sich darüber noch nie Gedanken gemacht zu haben.

»Wer oder was ist in der Schale, wenn die Schlange aus dem Ei geschlüpft ist?«, überlege ich weiter. »Ist Rom gemeint? Immerhin wird in Rom auch einiges ausgebrütet.«

Daniel sucht die entsprechende Textstelle im Internet und liest sie mir mit anderer Betonung vor, und im Kontext wird uns auf einmal klar, was Brutus meint, nämlich dass *wir* die *Schlange* würgen sollen, sie also töten, solange sie noch nicht geschlüpft sei. Es ist so simpel, dass wir beide lachen müssen, und ich sage, das dürfen wir echt niemandem erzählen, sonst sind wir die längste Zeit Schulbibliothekare gewesen, und über alledem haben wir so sehr die Zeit vergessen, dass es schon wieder zum Ende der Pause läutet und wir uns einmal mehr beeilen müssen, um auf unsere Plätze zu kommen.

Es geht dann gleich hoch her mit Cäsars Ermordung, und plötzlich sind alle hellwach, was aber vielleicht auch der Pause geschuldet sein mag. Daniel gibt beinahe Zwischenapplaus, weil die Darstellung von Marcus Antonius als populistischem Hardliner voll ins Schwarze auch der aktuellen Tagespolitik trifft, ich tauche völlig ein in diese Melange aus Central Park und römischer Antike, und die nächsten drei Akte vergehen wie im Flug. Als die Bühne dunkel wird, und das Licht angeht, drehe ich mich wie aus einem Traum erwachend zu Daniel um.

Er schaut mich an, und als er sagt »Wow. Ich hatte ganz vergessen, dass du neben mir sitzt« bin ich nicht verletzt, denn ich weiß genau, was er meint. »Ich hatte mich selbst ganz vergessen«, sage ich, und er nickt. »So sollte es sein.«

Danach gehen wir noch etwas trinken, finden einen kleinen Tisch in einer ruhigen Ecke und reden bei einem Glas Wein weiter, und obwohl es wirklich nur ein Glas Wein ist, und das über fast zwei Stunden, in denen uns kein einziges Mal der Gesprächsstoff ausgeht, spüre ich eine leise Beklemmung, ein Flattern im Bauch, als wäre der Wein geradewegs in meine Blutbahn gelangt oder als würde ich auf nüchternen Magen trinken und doch keinen Bissen mehr herunterbekommen. Das Lokal leert sich, bis wir die einzigen Gäste sind, doch der Barkeeper versichert uns gleich zweimal, dass sie erst in drei Stunden schließen würden, kein Grund zur Eile. Also bleiben wir noch und reden über *Antonius und Cleopatra*, in gewisser Weise die Fortsetzung des Stücks, das wir eben gesehen haben, und ich mache eine Bemerkung über Liz Taylors *Cleopatra*, die zu einer Stilikone wurde, und dass eine sehr kluge Schülerin mich einmal darauf hinwies, wie falsch und unangemessen es sei, eine weiße Frau orange zu schminken, damit sie ein dunkelhäutiges Schönheitsideal verkörpern könne. Ich sinniere darüber, dass der Film in einer Zeit zum Kassenschlager wurde, als man erwachsene Männer in vielen

Landesteilen noch *Jungs* nannte. Und von da komme ich auf *The Help – Gute Geister* und dass man das Buch gut als Jugendbuch hätte lancieren können, wenn man die Vermarktung nur etwas anders angegangen wäre, und dass ich einmal fast eine Abmahnung kassiert hätte, weil ich einer siebten Klasse das an sich ganz großartige *Coffee Will Make You Black* zu lesen gab. Dann assoziiere ich frei weiter über andere Bücher, die in den 1960er-Jahren spielen, und dann nimmt Daniel meine Hand und sagt: »Genauso ist es passiert.«

Seine Stimme klingt so anders, dass ich mich irritiert aufsetze und meine Hand zurückziehe. »So ist was passiert?«, frage ich, denn ich weiß wirklich nicht, was er meint. Geht es noch mal um die Sache mit dem Schlangenei oder um Kleopatras Eselsmilchbäder oder doch eher darum, dass ich vorhin selbst zahlen wollte?

Er schüttelt den Kopf. »Du weißt schon, was ich meine«, sagt er. »So hast du mich verführt. An unserem ersten gemeinsamen Abend.« Sein Blick ist sehr eindringlich auf mich gerichtet, fast schon ein wenig verzweifelt und … verlangend?

Ich verschlucke mich. Ich huste. »Der war gut. Ich habe in meinem ganzen Leben noch niemanden verführt«, sage ich leichthin, aber die Atmosphäre ist auf einmal gar nicht mehr leicht, sondern ziemlich aufgeladen.

Daniel neigt den Kopf zur Seite. »Und was glaubst du, was du gerade tust? Wie du hier sitzt und so schön dabei aussiehst und lauter interessante Dinge erzählst. Ich könnte dich nach jedem einzelnen Satz küssen. Es ist wirklich frustrierend.«

Jetzt lege auch ich den Kopf schief, wie eine fragende Spiegelung seiner Geste. »Danke«, sage ich, aber es klingt etwas ungläubig. »Ich meine, war das gerade ein Kompliment oder ein Vorwurf?«

Er stellt sein längst leeres Glas mit leisem Nachdruck ab. »Es war … ein bisschen von beidem. Amy, du bist wirklich bezaubernd. Und es macht unglaublich Spaß, sich mit dir zu unterhalten. Aber du machst mir das Leben auch nicht gerade leicht in letzter Zeit.«

»*Ich* mache es dir nicht leicht?«, wiederhole ich und schaue ihn mit großen Augen an. »›Bloß Freunde‹ war schließlich deine Idee.«

Er nickt. »Eine sehr vernünftige Idee, wenn du mich fragst. Während du deine Mamazipation auslebst und dabei nicht gerade auf Kostverächterin machst, was dir gegönnt sei, lebe ich hier einfach nur mein Leben. Ich versuche mich zu schützen. Aber dir sollte klar sein, dass ›nur Freunde sein‹ nicht das ist, was ich wirklich möchte.«

Ich schüttele den Kopf. »Warum einfach, wenn es auch kompliziert geht! Ich war ja von Anfang an dafür, dass wir einfach eine kleine Affäre haben sollten.«

Daniel seufzt. »Wenn es denn so einfach wäre.«

Ich hebe etwas ratlos die Hände, als wolle ich sagen: Dann mach einen besseren Vorschlag.

Sein eindringlicher Blick ruht auf mir. »Lass es mich so ausdrücken, Amy: Es ist schon eine ganze Weile her, dass ich für jemanden das empfunden habe, was ich für dich fühle. Ich kann es nicht anders beschreiben. Du hast zu allem etwas zu sagen, wir sind auf einer Wellenlänge. Du kannst so wunderbar über Bücher reden. Du gehst scheinbar leicht durchs Leben und die Ideen fliegen dir nur so zu, als bräuchtest du bloß mit den Fingern zu schnippen, und alles fügt sich. Deine Kinder sind fabelhaft, du hast wahre Freundinnen, du bist schön und gut und wirst mit jedem Tag, den wir zusammen verbringen, schöner … Sag ehrlich, findest du das fair?«

Ich klappe den Mund wieder zu und versuche, mich nicht von seinen Komplimenten überwältigen zu lassen. »Das hast du wirklich nett gesagt, danke«, bringe ich etwas mühsam hervor.

Daniel schüttelt den Kopf. »Ich hatte mir echt fest vorgenommen, dich auf Abstand zu halten.«

Mir schwirrt der Kopf, und ich weiß kaum, was ich denken soll. Das Gespräch entgleitet mir. Alles fühlt sich an wie ein Fiebertraum. Daniel greift wieder nach meinen Händen und diesmal ziehe ich sie nicht zurück.

»Ich will nicht auf Abstand gehalten werden«, sage ich. »Wenn ich mit dir zusammen bin, werde ich unruhig und bekomme dieses Flattern im Bauch. Du machst mich nervös und lässt meine Hormone verrücktspielen. Eigentlich warte ich schon die ganze Zeit darauf, dass du es dir anders überlegst und mich … keine Ahnung, an dich reißt und küsst vielleicht?«

Er schaut mir in die Augen, um sich zu vergewissern, dass ich es ernst meine. Dann legt er mir wie in Zeitlupe die Hand an die Wange, streift meine Lippen, hebt sacht mein Kinn.

Ich will *Nein* sagen – denn ich möchte ja nicht, dass er verletzt wird, und er soll wissen, dass ich, ganz gleich, was heute Nacht zwischen uns geschieht, Ende des Sommers fort sein werde. Aber kein Wort kommt mir über die Lippen.

Er schaut mich noch immer suchend an. »Ich glaube, dann küsse ich dich jetzt«, flüstert er. »Und über den Rest mache ich mir morgen Gedanken.«

Ich atme erleichtert auf. »Ja, bitte«, sage ich. Und weil ich nicht eine Sekunde länger warten kann, beuge ich mich vor und küsse ihn.

16. Kapitel

Liebe Mom,

ich habe mir das Buch gekauft, von dem du erzählt hast. Es wurde auch verfilmt, aber ich habe die DVD brav ignoriert und nur das Buch bestellt, wie so eine kleine Streberin, und was soll ich sagen? Es klingt echt öde. Wer verliebt sich denn in einen Typen, der im Rollstuhl sitzt? Moment, hat der »Bekannte«, von dem du in deiner letzten Mail geschrieben hast, vielleicht eine Behinderung? Und steht »Bekannter« für »Freund«? Ich nehme an, du willst meine Gefühle nicht verletzen, aber außer ihm hast du den ganzen Sommer nicht einen einzigen Mann erwähnt. Und wenn das hier das Lieblingsbuch seiner Tochter ist, heißt das, du hast seine Kinder schon kennengelernt? Es ist also was Ernstes? Wird er mein neuer Daddy? Ich wünschte, du wärst ausnahmsweise weniger zurückhaltend und würdest mir zumindest einen klitzekleinen Anhaltspunkt geben.

Ich sag auch kein Wort zu Dad, und da wir gerade von ihm sprechen: Joe und ich sind schon ganz aufgeregt wegen unserer Sommercamps. Ist dir eigentlich klar, dass Joe zum letzten Mal geflogen ist, als wir die Tour zum Arches-Nationalpark gemacht haben? Da war er sieben! Natürlich erinnert er sich kaum noch, und jetzt soll er ganz allein nach Alabama fliegen, mit Zwischenstopp in Atlanta. Das mit dem Umsteigen stresst ihn jetzt schon total. Er versucht, es Dad nicht zu

zeigen, weil er nicht undankbar sein will, aber was er von der letzten Flugreise in Erinnerung hat, ist, wie Dad beim Zwischenstopp ausgeflippt ist, weil Joe und ich beim Essen rumgezickt haben, und wie Dad plötzlich verschwunden war, weil er ein Bier und seine Ruhe brauchte, und wir deshalb unseren Anschlussflug verpasst haben und über Nacht in Las Vegas festsaßen. Ich fürchte, das hat Joes Vorstellung von Flugreisen nachhaltig geprägt.
Ich habe ihm jetzt sozusagen heimlich einen Plan vom Flughafen in Atlanta ausgedruckt und die Wege eingezeichnet, die er zwischen den Gates zurücklegen muss. Außerdem wollte ich dich fragen, ob ich Joe mein Handy mitgeben kann. In Binghampton brauche ich es nämlich nicht, weil tagsüber beim Training eh striktes Handyverbot herrscht, was schlimmer klingt, als es ist, weil ich da sowieso niemanden kenne, mit dem ich schreiben könnte, und vermutlich niemand etwas mit der jüngsten und schlechtesten Springerin (also mir) im Camp zu tun haben möchte. Und wenn ich mit jemandem von daheim sprechen will, mache ich das mit meinem iPad vom Zimmer aus.
Wenn Joe mein Handy dabeihätte, würde er sich bestimmt weniger Sorgen machen. Ich habe ihm nämlich gesagt, wenn er seinen Anschlussflieger verpasst und in Atlanta hängen bleibt, braucht er bloß dich anzurufen, und du würdest dich schon um alles kümmern.
Oder, was natürlich auch eine Möglichkeit wäre, nur so ein Gedanke: Ich könnte Joe mein Handy gleich ganz vermachen und mir von Dad das neue iPhone mit 3-D-Kamera kaufen lassen. Und weil ich jetzt schon weiß, was du sagen willst – nein, Mom, mit zwölf ist er nicht *zu jung für ein eigenes Handy. Wer in seiner Freizeit hochkomplexe Mathe-*

aufgaben löst, hat seine Kindheit offiziell beendet, wenn er denn jemals eine hatte. Als ich zwölf war, hatten jedenfalls alle außer mir schon ein Handy, und das war NICHT lustig, als Einzige keins zu haben. (Habe ich vielleicht mal erwähnt. Und wenn nicht, dann erfährst du es eben jetzt.)
Aber das können wir ja auch noch besprechen, wenn wir das nächste Mal telefonieren. Oder soll ich es einfach mit Dad klären?

Liebe Grüße
von deiner intriganten, aber brillanten Tochter Cori, die dir vermutlich schon morgen die erste Nachricht von ihrem neuen iPhone sendet

Talia:
Daniel?! Schon wieder?!

Amy:
Ja, schon wieder Daniel.

Talia:
Hast du das gehört, Lena?

Lena:
Ich fürchte ja.

Talia:
Was sollen wir bloß mit ihr machen?

Lena:
Schon mal die Hochzeit planen.

Amy:

JETZT HÖRT ABER AUF!

Oh, ich glaube, er ist wach ...

Ich lege mein Handy schnell zurück auf den Nachttisch, und zwar mit dem Display nach unten, denn wie ich meine Freundinnen kenne, geht das jetzt noch eine ganze Weile so weiter.

Allerdings bin ich nicht schnell genug.

Daniel dreht sich um, greift nach meiner Hand, die eben noch das Telefon gehalten hat, und zieht mich wieder an sich. Ich kuschele mich an ihn und vergrabe die Nase an seiner Brust. Er gähnt. »Du bist mit deinem Handy schlimmer als meine Schüler«, sagt er. »Schaust du da wirklich gleich als Erstes nach dem Aufwachen drauf?«

Ich will schon zu meiner Verteidigung ansetzen, mache den Mund aber gleich wieder zu. Er hat ja recht. Ich führe mich auf wie ein Teenie. Aber ich fühle mich auch so. Oder ein bisschen älter vielleicht. Neunzehn, zwanzig. Ich war mit meinem Schwarm im Bett, bin gerade mit ihm aufgewacht. Ich habe den Arm um ihn gelegt, er seinen etwas fester um mich. Seine Haut ist warm, ich fühle mich schläfrig und aufgekratzt zugleich.

»Ich bin einfach aufgeregt«, beichte ich. »Du bist so süß.«

Er lächelt. »Und du bist eine Wucht. Ich bin übrigens angenehm überrascht, dass du noch hier bist. Letztes Mal hast du mich ja quasi im Morgengrauen vor die Tür gesetzt.«

»Das erste Mal war ein Ausrutscher, letzte Nacht war keiner. Ich war Herrin meiner Sinne und wusste sehr genau, was ich tue.«

»Ich glaube, du wusstest das Mal zuvor auch sehr genau, was du tust. Oder habe ich mich da so sehr getäuscht?«

Ich schüttele den Kopf. Natürlich wusste ich, was ich tue. Wir waren zwar ein bisschen betrunken, aber so sehr dann auch wieder nicht. In dem Moment, als wir zusammen waren, war alles in Ordnung. Allerdings konnte ich da noch nicht ahnen, wie seltsam sich alles am Morgen danach anfühlen würde. »Aber diesmal bin ich nicht über mich selbst schockiert – ich hatte Zeit, mich geistig darauf vorzubereiten.«

»Vorsätzliche Verführung also?«

»Die Bluse ist schuld«, sage ich und zeige auf den halb durchsichtigen Fummel, den ich gestern anhatte und der jetzt etwas verloren in einer Ecke des Schlafzimmers auf dem Boden liegt. »Ich glaube, die ist so gedacht, dass man noch ein Oberteil drunterzieht, wenn du weißt, was ich meine.«

»Nein, es war nicht die Bluse«, versichert er mir. »Das warst einfach du, wenn du du selbst bist.«

Ich grinse von einem Ohr zum anderen. Dann runzele ich die Stirn. »Und jetzt? Wie weiter?«

»Was weiter? Miteinander schlafen? Das will ich doch sehr hoffen.«

Ich werde rot. »Das auch, ja. Aber ich meinte überhaupt, von wegen ›nur Freunde‹ und so. Statustechnisch, wenn du so willst.«

Daniel betrachtet mich einen Moment. »Ich wäre liebend gern nicht mehr nur ein Freund von dir.«

Ich seufze tief. »In fünf Wochen fahre ich zurück nach Pennsylvania und mache mir jetzt schon Sorgen, wie sich das anfühlen wird, wenn die Zeit des Abschieds naht. Vor allem, wenn wir so weitermachen wie jetzt.«

Daniel nickt. »In fünf Wochen geht der Ernst des Lebens wieder los. Und ich bin mir jetzt schon sicher, dass uns der Abschied wahnsinnig schwerfallen wird.«

»Puh«, sage ich.

»Du sagst es«, erwidert er.

Dann schweigen wir eine ganze Weile.

»In fünf Wochen kann man schon ziemlich viel erreichen«, taste ich mich vor. »Ich habe mal in einem Monat das gesamte Werk von George Sand gelesen.«

»Ein löbliches Unterfangen, aber ich glaube, ich möchte die Zeit, die uns bleibt, lieber anders füllen.«

»Mit Edgar Allan Poe?«

»Ich dachte eher an einen alten Klassiker aus dem Sanskrit.«

Ich schüttele den Kopf. »Das Kamasutra ist ein ziemlich umfangreiches Werk. Wir kämen bestimmt bloß bis *Die Arten der Nägelwunden.*«

»Es reicht ja, wenn wir uns die Bilder anschauen.«

»Gute Idee. Dann bliebe uns auch mehr Zeit, um noch mal ins Theater zu gehen. Oder ins Konzert. MoMA oder Guggenheim wäre auch nicht schlecht, wenn wir schon bei Bildern sind.«

»Oder wir bestellen uns Frühstück und sichten beim Kaffee erst mal im Kulturteil die Neuerscheinungen«, schlägt er vor.

»Ja!«, rufe ich verzückt. »*Tausendmal ja.*«

»Gut, dann bestelle ich was. Geht übrigens auf mich, mit meinen Zehntausend im Jahr«, sagt er und steht auf. Und es ist diese Mischung aus nacktem Hintern und der Tatsache, dass er meine kleine Jane-Austen-Anspielung nicht nur verstanden, sondern sogar noch eins draufgesetzt hat, die mich gleich wieder ganz wuschig werden lässt.

»Warte mal, Daniel – sag ihnen in einer halben Stunde.«

Er dreht sich zu mir um, und ich sehe es in seinen Augen funkeln.

»Sagen wir eine Dreiviertelstunde«, sagt er und liegt keine drei Minuten später wieder in meinen Armen.

Ich bin sehr versucht, den folgenden Monat wie eine Bildersequenz in einer romantischen Komödie zu schildern. Daniel und ich, wie wir mit geneigtem Blick Kunstwerke bewundern, durch den Central Park schlendern, redend und lachend, wie wir uns im Kino mit Popcorn bewerfen und irgendwann feststellen, dass wir uns ineinander verliebt haben. Doch was sich nach jener Nacht zwischen uns entwickelt, ist längst nicht so charmant anzusehen, dafür ernster, um nicht zu sagen komplizierter. Wir gehen zwar in Ausstellungen, sind dabei aber so sehr ins Gespräch vertieft, dass wir die Kunstwerke kaum angemessen würdigen können. Wir überlegen ewig, wo wir essen gehen wollen und sind am Ende so hungrig und genervt, dass wir uns bei *Gray's* Papaya-Hotdogs holen. Wir verbringen viel Zeit wartend auf Bahnsteigen, und wenn uns der Gesprächsstoff ausgeht, spielen wir Wordfeud, bleiben beim X hängen und kommen von da auf die Etymologie von relaxen und *Zoolander* als etwas, auf das sich alle Generationen einigen können. Wir springen in die erstbeste Subway, freuen uns, dass der Waggon so leer ist und stellen dann fest, dass ihn jemand als Toilette genutzt hat oder dass die Klimaanlage nicht funktioniert oder eine mexikanische Combo ihn zum Proberaum umfunktioniert hat für die immergleichen fünf Akkorde.

Eine Woche lang regnet es jeden Tag, und wir igeln uns in Talias Wohnung ein, lesen in Jugendbücher rein, die für das Flex-Anthologie-Projekt geeignet sein könnten, und manchmal, wenn Daniel zum ersten Mal etwas von Jacqueline Woodson für sich entdeckt oder ich mich in *Das Mädchen, das den Mond trank* vertiefe, vergehen Stunden, in denen wir kaum ein Wort miteinander wechseln, aber es ist ein friedliches, sehr einvernehmliches Schweigen. Wir verlaufen uns in Chinatown und landen in einem Restaurant, dessen Hygienestandards vom Gesundheitsamt als ungenügend eingestuft wurden, was wir aber erst bemerken, nachdem wir schon bestellt haben. Wir wollen einen Spaziergang im Park machen und trinken stattdessen den ganzen Nachmittag Martinis im *Plaza*.

Über die Zukunft sprechen wir nicht, kein Wort darüber, wie es weitergehen soll. Wir reden über uns, erzählen uns gegenseitig, was unser Leben reich und erfüllt macht, aber wir tun so, als wäre der September noch lange hin, und wir könnten ewig so weitermachen, bis ans Ende unserer Tage durch vierzig Grad heiße U-Bahn-Tunnel laufen, den Gestank und das Glück der Stadt in uns aufsaugen. Einzig bei den Videokonferenzen mit Kathryn kollidieren wir kurz mit der unmittelbaren Zukunft, denn Kathryn plant eifrig für das Pilotprojekt in Chicago, in das wir so viel Arbeit und Leidenschaft gesteckt haben und das gleich am ersten Schultag starten soll. Für Daniel und mich ist das seltsam weit weg, wir genießen noch den Sommer, der gar kein Ende nehmen will.

Bis eines Tages die Müllabfuhr streikt und der Abfall sich in den Straßen zu türmen beginnt, was romantische Küsse in verborgenen Schleichwegen zu unfreiwilligen Begegnungen ganz anderer Art macht. Denn wenn plötzlich eine Ratte über deine Füße läuft, und es dir überhaupt nichts ausmacht, weil du mit dem wunderbarsten Menschen der Welt zusammen bist, und nichts und niemand dir etwas kann, spätestens dann weißt du, dass es passiert ist: *Du bist verliebt!* Jeden Tag nehmen wir uns vor, uns morgen nicht zu sehen, schließlich sind wir erwachsen und keine verknallten Teenies. Und am Abend sagen wir dann: *Na gut, übermorgen vielleicht*.

Seine Tochter Cassandra schickt ihm oft Nachrichten via Snapchat vom Haus ihrer Mutter in Westchester, wo sie den Sommer verbringt, und mit oft meine ich eigentlich andauernd. Sie fotografiert jedes Essen, fragt nach Filmtipps, will wissen, ob ihre Mutter während ihrer Schwangerschaft auch so hübsch war und schickt zehn Minuten später die Entwarnung hinterher: »Keine Sorge, Dad, ist nur PMS.«

Leicht irritiert stelle ich fest, dass jedes Mal, wenn er zum Handy greift, es eigentlich immer sie ist, meist mit irgendeiner speziellen Frage. Das Mädchen scheint zu glauben, ihr Vater wisse alles. Und wenn ich ehrlich bin, ich glaube es auch. Er kennt sich mit der Architektur New Yorks aus, kann die verschiedenen Wolkenformen am Himmel benennen und einem mal eben im Vorbeigehen etwas zu den nach Ehrenbürgern der Stadt benannten Straßen erzählen, zum Beispiel dem Jerry Orbach Way (53rd Street) oder dem Billie Holiday Place (139th). Sein Favorit ist die Martin Gold Avenue, benannt nach dem selbst sehr langlebigen Streiter für Seniorenrechte, der bis ins hohe Alter und auf eigene Kosten die graffitiverschmierten Briefkästen der Bronx mit frischer Farbe versah. »Außerdem hat er viele Brandbriefe an die Kongressabgeordneten seines Wahlkreises geschrieben«, schließt Daniel, »allerdings weiß ich nicht, wie erfolgreich er damit war.«

»Jetzt, wo du es sagst«, erwidere ich. »Mir ist in der Bronx noch kein einziger graffitiverschmierter Briefkasten aufgefallen.« Woraufhin er mich fragt, ob ich schon mal in der Bronx war, und ehe ich es mich versehe, sitzen wir in der Subway nach Uptown, um uns mit seiner Tochter zum Lunch zu treffen.

Mein erster Eindruck von Daniels Tochter ist, dass sie sehr schön ist. Bildschön. Und das sage ich als Mutter einer Tochter, die sich auch nicht zu verstecken braucht. »Wie hübsch deine Tochter ist«, bekomme ich oft zu hören, wenn Cori außer Hörweite ist, und meistens schwingt etwas Überraschung in den Worten mit. Cori ist tatsächlich hübsch, aber ich nehme sie vermutlich ganz anders wahr, sehe sie oft mit unschmeichelhafter Badekappe, als sportliches Mädchen mit breiten Schultern und kräftigen Schenkeln, die sich Ohrstöpsel aus den Ohren pult oder mit konzentrierter Miene und grimmigem Ernst im Blick die Leiter des Sprungturms hinaufklettert. Oder sie lümmelt mit Handtuchturban und im flauschigen Pyjama auf meinem Bett herum und sagt mir, was ich anziehen soll – oder eher was nicht – und macht sich über meine Schuhe lustig. Was ich damit sagen will: Sie ist keine Schönheit im dekorativen Sinne wie eine schöne Vase oder ein teurer Teppich. Ihre Schönheit zeigt sich eher im Lebendigen, in der Bewegung. Dasselbe könnte man vermutlich auch von Cassandra behaupten, aber mein erster Eindruck sind eben Daniels hohe Wangenknochen, das rabenschwarze Haar und die Ballerina-Figur. Als wir in das kleine vietnamesische Restaurant kommen, wartet sie schon an einem Vierertisch und schaut nur kurz von ihrem Handy auf, ehe sie ein Foto von uns macht, einfach so. Ich bin, gelinde gesagt, etwas irritiert.

»Das ist sie also?«, fragt sie Daniel, nachdem er sie zur Begrüßung umarmt hat. Meine Irritation wächst. Soll ich jetzt so tun, als wäre ich nicht da oder was?

Daniel lacht. »Amy Byler höchstpersönlich.« Er deutet mit einer Geste auf mich, als wäre ich der Hauptpreis in einer Gameshow. »Beste Bibliothekarin, zweifache Mutter und nicht zuletzt unerschrockene Retterin deines Vaters aus der wohl längsten Durststrecke seines Lebens.«

»Nett. Sie kommt vom Land?«, fragt Cassandra, ohne mir auch nur einmal ins Gesicht zu sehen, aber ihre Feindseligkeit kommt auch so bei mir an. Tja. In Sachen Ecken und Kanten hat Daniel wohl nicht zu viel versprochen.

»Pennsylvania, ja. Und Ende des Monats fährt sie schon wieder zurück, also verlier nicht gleich dein Herz an sie.« Ich stehe stumm daneben und folge dem Gespräch mit dem unguten Gefühl, mich langsam aufzulösen, bis ich als formloses Etwas im Boden verschwinde. Bestimmt würden sie es nicht mal merken.

»Dann wirst du mich also jetzt nicht darum bitten, sie Mom zu nennen?«

»Wenn du so weitermachst, dürfte sie dich eher bitten, ihr ein Taxi zu rufen«, erwidert Daniel.

Ich räuspere mich. Die beiden drehen sich zu mir um, als wäre ich gerade erst zu ihnen gestoßen. »Dann will ich mal meine Tarnkappe absetzen«, sage ich. »Entschuldigt, dass ich euer Gespräch einfach so belauscht habe – ich hatte ganz vergessen, dass ich das Ding aufhabe.« Ich tue so, als würde ich einen Hut ablegen, setze mich dann Cassandra gegenüber und strecke die Hand aus.

Sie lächelt etwas dünn. »Schön, dich kennenzulernen. Ich habe schon so viel Gutes über dich gehört, und vermutlich ist es dir zu verdanken, dass sich die Frequenz unnötiger ›Wollte nur mal hören, ob bei dir alles okay ist‹-Nachrichten seitens meines Vaters deutlich reduziert hat, was doch schon mal sehr erfreulich ist.«

»Das nehme ich einfach mal als Kompliment«, sage ich und versuche, mir meine Nervosität nicht anmerken zu lassen.

»Gern. Dieses Treffen bedeutet für mich zudem Pho für lau, du hast also meinen Segen, und wir können gern mit Phase zwei weitermachen.«

»Sie weiß ja wirklich, was sie will«, bemerke ich zu Daniel. »Ist sie so zu allen deinen Freundinnen?«

Cassandra schnaubt. »Alle seine Freundinnen, der war gut. Lachst du auch über seine Lateinerwitze?«

»Was hat Marcus Antonius jeden Morgen zu seinem Hund gesagt?«, kommt es da schon wie aufs Stichwort von Daniel, und er liefert die Antwort auch gleich selbst: »Chappi-diem!«

Cassandra und ich verdrehen die Augen.

»Du bist die Erste«, lässt sie mich dann wissen. »Also die Erste, die er mir vorstellt.«

Daniel schüttelt kaum merklich den Kopf. »Es gab schon welche«, stellt er klar. »Ich habe nur nie die Notwendigkeit gesehen, mit ihnen in das Restaurant zu gehen, in dem meine Tochter an fünf Tagen die Woche auf der Lauer liegt.«

»Die Pho ist wirklich gut hier«, erklärt mir Cassandra mit Unschuldsmiene, und ihre Augen funkeln genau wie die ihres Vaters, wobei sie abgeklärter wirkt als er. Und wie Cori scheint sie sehr schlagfertig und eloquent. Die beiden würden sich bestimmt bestens verstehen, solange keine Konkurrenz zwischen ihnen aufkommt. Cori lässt sich nicht gern die Butter vom Brot nehmen und Cassandra, so vermute ich nach nicht mal fünf Minuten, schon gar nicht.

»Dann nehme ich das auch«, sage ich. »Würdest du für mich bestellen? Ich kann das Wort nie richtig aussprechen. Wenn ich Pho sage, klingt es immer irgendwie *faux*.«

»Oh Dad«, ruft Cassandra, nachdem sie kurz höflich über meinen Witz gelacht hat. »Datest du jetzt schon die weibliche Version deiner selbst?«

»Nicht ganz, sie kann kein Latein«, erwidert er. »Aber sie mag dieselben Bücher wie ich. Und es scheint ihr nichts auszumachen, den halben Tag lesend in der Subway zu sitzen. Außerdem versteht sie es sehr gut, Unwissenheit auf all jenen Gebieten vorzutäuschen, auf denen ich mich für einen Experten halte.«

»Die Frau fürs Leben«, spottet Cassandra. Dann wendet sie sich an mich. »Hat Dad dir irgendetwas über mich erzählt? Hat er dich darüber aufgeklärt, dass ich sein Augenstern und der Nabel seiner Welt bin?«

Ich nicke. »Er hat gleich beim ersten Date klargestellt, dass ich dir nie das Wasser reichen könne, und wenn du einmal verheiratet wärst und Familie hättest, müsste ich in die Dachkammer ziehen und dürfte mich glücklich schätzen, deinen Kindern die Schuhe zu binden und die Haare zu flechten.«

Sie lacht.

»Aber wer bindet den Kindern *meiner* Kinder die Schuhe und flicht ihnen die Haare?«, drehe ich den Spieß um. »Ich habe zwei: Corinne und Joseph. Kann dein Vater schöne Zöpfe flechten?«

Und dann erwähnt sie ganz beiläufig etwas, von dem ich nicht sicher bin, ob ich es wissen sollte. »Damals, als Mom uns verlassen hat«, sagte sie, »blieb Dad gar nichts anderes übrig. Aber er hat es ziemlich schnell gelernt und ist jetzt richtig gut darin.«

Etwas irritiert wende ich mich an Daniel. »Ich dachte, ihr hättet geteiltes Sorgerecht?«

»Jetzt schon«, erwidert er. »Georgia ist zurückgekommen. Ein bisschen wie bei deinem Ex, John, nur dass Georgia eine Ehefrau mitbrachte.«

Das höre ich wirklich zum ersten Mal. »Wie lang war sie denn weg?«

Daniel atmet tief durch. »Da muss ich überlegen. Cassie?«

Sie braucht nicht lange nachzudenken. »Als sie wegging, war ich in der Ersten, als sie zurückkam, in der Vierten.«

Also drei Jahre. Genau wie John, und doch hat Daniel es kein einziges Mal erwähnt. Ich frage mich, ob das bedeutet, dass es noch immer ein wunder Punkt bei ihm ist. »Und?«, frage ich, »wie war das, als sie plötzlich zurückkam? Fiel es euch nicht schwer, sie einfach wieder in euer Leben zu lassen?«

Die Frage ist eigentlich an Daniel gerichtet, aber Cassie ist schneller. »So leicht habe ich es ihr natürlich nicht gemacht«, sagt sie eher beiläufig. »Ich war tierisch wütend und habe sie ein Jahr lang richtig auflaufen und bitten und betteln lassen.«

Das kann ich mir vorstellen und muss an Coris iPhone-Deal denken – auf den John, das muss ich ihm zugutehalten, sich gar nicht erst eingelassen hat – und all die anderen kleinen Erpressungsmanöver und Eskapaden, mit denen sie ihren Vater die letzten beide Monate auf die Probe gestellt hat. »Und was hat dich am Ende umgestimmt?«, will ich von Cassie wissen.

Sie zuckt mit den Schultern. »Na ja, nach einer gewissen Zeit dachte ich, jetzt habe ich sie lange genug zappeln lassen. Und irgendwer musste mich ja zum Schachclub fahren, während Dad bei der Arbeit war.«

Ich lächele erfreut. »Mein Sohn Joe spielt auch Schach. Er ist gerade bei seinem Dad. Keine Ahnung, wie er es mit dem Zappeln-Lassen bei ihm hält, aber ich könnte es ihm wirklich nicht verdenken. John hat sich vor drei Jahren auf ähnliche Weise wie deine Mutter aus dem Staub gemacht.«

Aus der Art, wie sie nickt, schließe ich, dass sie das bereits weiß. »Dad ist davon überzeugt, dass Menschen, die ihre Familie im Stich lassen, im Grunde nur vor sich selbst davonzulaufen versuchen«, sagt sie. »Er findet, wir sollten nachsichtig mit ihnen sein, denn sie haben nicht nur jene Menschen verloren, die sie lieben, sondern werden zudem sich selbst nie entkommen.«

Ich nicke. »Das hätte wortwörtlich von meiner Freundin Lena sein können. Sie würde allerdings noch hinzufügen, dass all jene, die zurückkommen und Reue zeigen und es besser machen wollen als beim letzten Mal, eine zweite Chance verdient haben.«

»Tja«, meint Cassie mit einem Achselzucken. »Ich hab ihr auf jeden Fall eine zweite Chance gegeben und bereue nichts. Mom ist jetzt so was wie meine beste Freundin. Und mit zunehmender Reife« – hier zieht Daniel bloß die Augenbrauen hoch – »verstehe ich auch, worum es bei ihr ging. Wie gefangen man sich als junge Mutter fühlen kann, weil die kulturell tradierten Netzwerke, die Müttern früher Halt und Unterstützung gaben, sich immer mehr auflösen. Plötzlich ist man mit dem Kind ganz auf sich allein gestellt. Seit ich mich ein bisschen in das Thema eingelesen habe, erkenne ich das Problem bei den Müttern meiner Freunde. Die sind so unglaublich frustriert, als hätten sie sich das alles ganz anders vorgestellt.« Sie wirkt kurz verunsichert, als schwane ihr, dass sie sich gerade ziemlich weit aus dem Fenster gelehnt hat. »Oder bei dir«, fährt sie dann ungerührt fort. »Diese Geschichte mit der Mamazipation. Das basiert doch auf dem Gedanken, man könne nur zu seinem wahren Selbst zurückfinden, wenn man auf möglichst großen Abstand zu seiner Familie geht.«

Das überrumpelt mich jetzt doch etwas. »Na ja, ganz so

schlimm ist es bei mir nicht«, versichere ich ihr. »Ich habe mich nicht in meinem Leben gefangen gefühlt. Ich war einfach nur erschöpft davon, immer alles allein machen zu müssen. Gut, damit hast du recht. Und auch mit dem Wegbrechen tradierter Netzwerke, der fehlenden Vereinbarkeit von Familie und Beruf, dem Zusammenhalt der Generationen, gestiegenen Erwartungen, nicht zuletzt an uns selbst, bei den eigenen Kindern alles besser und richtig zu machen«, zähle ich auf und überlege, was ich *eigentlich* sagen will. »Und mein Job – ich mache ja dasselbe wie dein Dad, und der Lehrberuf *ist* anstrengend –, aber was die Mamazipation angeht, also das war im Grunde gar nicht meine Idee, da bin ich so hineingerutscht. Zuerst wollte ich nicht mal nach New York, aber meine Freundinnen können sehr überzeugend sein. Ich hatte keine andere Wahl«, schließe ich etwas lahm.

Cassandra quittiert es mit diesem völlig desinteressierten Schulterzucken, das nur Teenager beherrschen. »Ich wollte damit bloß sagen, dass ich vollstes Verständnis dafür hätte, wenn dir nach Abstand gewesen wäre – und jetzt, wo du hier bist, scheinst du ja auch ziemlich Spaß zu haben.«

Ich schaue sie an und rufe mir in Erinnerung, dass das Mädchen sechzehn ist, gerade mal ein Jahr älter als Cori. Sie mag wie eine Erwachsene klingen, weil sie in der Stadt aufgewachsen ist und viel gelesen hat, aber das allein ist noch kein Nachweis von Reife. Sie versteht meine Situation nicht wirklich. Wie sollte sie auch.

Aber hat sie nicht vielleicht doch recht?

Unser Schweigen dehnt sich. Ich schaue Daniel an und sage, in der Hoffnung, das Thema damit abzuschließen: »Deine Tochter hat nicht unrecht. Ich habe tatsächlich Spaß. Aber die ganze Aufregung um die Mamazipation und diesen

Hashtag ist ja kein Dauerzustand – in ein paar Wochen kräht da kein Hahn mehr nach.«

Daniel verzieht den Mund zu einer schmalen Linie und nickt. »Schon verstanden«, sagt er ungewohnt leise.

Cassie nimmt es mit einem Achselzucken. »Ich mein ja bloß«, sagt sie, und wenn ich eins von Cori gelernt habe, dann dass jeder Satz, der mit *Ich mein ja bloß* beginnt, mich in aller Regel ziemlich aufregt. »Eine klassische Emanzipation läuft am Ende ja auf die Entscheidung hinaus, ob man sich von gewohnten Mustern, und damit auch ein Stück weit von seinem alten Leben, freimachen und etwas daran verändern will. Ich wüsste nicht, warum es bei einer Mamazipation plötzlich anders sein sollte.«

Ich sehe die Frage in Daniels Augen. Zieht er in Betracht, dass auch ich vor einer solch tiefgreifenden Entscheidung stehe? Hält er es für möglich, dass ich hierbleibe? Er wirkt etwas traurig, und ich bin auch nicht gerade ein Ausbund an Fröhlichkeit. Es war nicht geplant, aber nun ist passiert, was ich vor ein paar Wochen noch für undenkbar gehalten hätte: Ich habe mich im Laufe des Sommers verliebt – in Daniel. Und manchmal, wenn ich morgens aufwache und ihn neben mir im Bett liegen sehe, weiß ich wirklich nicht, wie ich das alles hier hinter mir lassen soll.

»Nein, das ist etwas anderes«, sage ich, auch wenn mir noch in diesem Moment klar wird, dass das nicht ganz stimmt. Bald werde ich vor genau dieser Entscheidung stehen. Sehr bald sogar. Daniel, New York, laue Sommernächte, Theater, Restaurants, Ausstellungen – das alles neigt sich mit jedem Tag etwas mehr dem Ende zu. Die Uhr läuft, mein altes Leben wartet auf mich. Oder nicht? Ich werde mich entscheiden müssen.

Und ich frage mich: Habe ich, genau wie John, genau wie

Cassies Mutter, nicht einfach nur versucht, vor mir selbst davonzulaufen?

Aber wenn das so sein sollte, warum fühlt es sich dann so an, als hätte ich dabei erst wirklich zu mir gefunden?

17. Kapitel

Liebe Mom,

ich habe Ein ganzes halbes Jahr *ausgelesen und fand es ziemlich traurig. So richtig schlimm-schön traurig.*
Und dann dachte ich, wenn der Sommer vorbei ist, wird es bei uns wahrscheinlich auch ganz schön kompliziert, richtig?
Bestimmt hätte ich da schon früher draufkommen können, aber mit dir und Dad dürfte es jetzt wohl nichts mehr werden, oder? Denn wenn du in New York datest, heißt das vermutlich, dass du Dad doch keine zweite Chance geben willst. Stand das für dich überhaupt mal zur Diskussion?
Und die Frage aller Fragen: Wenn du Ende des Monats nach Hause kommst, und Dad merkt, dass er bei dir keine Chance mehr hat, haut er dann wieder ab?
Ich weiß, dass wir ganz am Anfang über diese Möglichkeit gesprochen haben, aber das scheint mir jetzt ewig her. Es hat sich so viel verändert, und Dad ist ganz anders als erwartet. Wir haben eine tolle Zeit mit ihm, er ist witzig und mittlerweile auch ganz entspannt. Wir bedeuten ihm wirklich etwas, das merkt man, und er weiß, dass er einen Fehler gemacht hat. Er will es nicht noch mal verbocken. Aber er redet die ganze Zeit von dir, und er hat sogar ein Foto von dir auf dem Schreibtisch stehen. Ich glaube, ihm wäre es wirklich am liebsten, wenn alles wieder so wäre wie früher.

Wie ist das denn bei dir? Ich habe mal gegoogelt und ein bisschen über Emanzipation gelesen. Also, wenn das mit der Mamazipation so ähnlich ist, wünschst du dir wohl eher nicht, dass alles wieder so wird wie früher. Zumindest nicht ganz genauso. Oder wie siehst du das? Gefällt dir dein neues Leben in New York, das du völlig frei gestalten kannst, am Ende besser als deine Existenz als Übermutti?
Na ja. Joe und ich haben das für uns schon geklärt: Egal, wie Dad sich entscheidet, wir werden damit leben. Aber sollte er sich für sein altes Leben entscheiden und seine Familie zurückhaben wollen, könntest du die Möglichkeit dann bitte zumindest in Betracht ziehen?

Alles Liebe,
Cori

Nach dem Treffen mit Daniel und seiner Tochter fahre ich allein nach Hause. Ich checke meine E-Mails, laufe ruhelos durch die Wohnung und denke über das nach, was Cassandra gesagt hat. Später hole ich mir Essen, gönne mir ein großes Glas von Talias Scotch, schaue *Notting Hill* auf Netflix und heule ein bisschen. Es ist das erste Mal seit Wochen, dass ich den Abend nicht mit Daniel verbringe, und es ist kein guter Abend.

Gleich am nächsten Morgen rufe ich Lena an. Bei Talia brauche ich es gar nicht erst zu versuchen, weil sie zu den Leuten gehört, die mit ihren Mobiltelefonen alles Mögliche machen, nur nicht telefonieren. Außerdem wäre sie nicht objektiv. Sie hat keine Kinder, keinen sonstigen Anhang. Ihr wäre es am liebsten, wenn ich wieder nach New York ziehen würde, um nahtlos an alte Zeiten anzuknüpfen. Sie kennt meine Familie nicht, sie kennt nur die Amy von früher, nicht mein jetziges, mein *eigentliches* Ich.

Jenes Ich, das sich nun in Daniel verliebt hat. Am liebsten würde ich jede Sekunde mit ihm verbringen. Ich habe überhaupt keine Lust, mit anderen Männern auszugehen – Männer, die für mich bestellen und mich damit langweilen, wie toll sie sind und wie viel sie verdienen, oder noch mehr emotionale Altlasten im Gepäck haben als ich. Ich könnte den ganzen Tag mit Daniel abhängen, Bücher lesen, mit ihm schlafen, mit ihm reden, Käsebrötchen essen und wieder von vorn. So hat es sich seit John mit keinem einzigen Mann mehr angefühlt. Vielleicht ja noch nicht mal mit John. Ich will das nicht in ein paar Wochen aufgeben. Ich will nicht zurück zu meinem zeit- und geldaufwendigen Haus, meinem undankbaren Job und den täglichen Mamataxifahrten.

Diese Mamazipation geht weit darüber hinaus, was ich davon erwartet habe.

»Klingt, als hätte es dich schwer erwischt«, sagt Lena.

»Ja«, sage ich. »Und er mag mich auch. Er ist nett zu mir. Er ist im Reinen mit sich selbst. Ich kann bei ihm so sein, wie ich bin, fühle mich weder abhängig noch eingeengt. Er kann gut zuhören, und ich kann mit ihm über alles reden, auch über den Job und die Kinder.«

»Aber das ist doch wunderbar.«

»Ist es nicht.« Ich tigere durch Talias Wohnung und schiebe die Balkontür auf. Weil der Balkon so schmal ist, hat Talia eine Armlehne des Liegestuhls entfernt, und zwar die auf der Fensterseite. Man schiebt also die Tür auf, zwängt sich auf den Stuhl, schließt die Tür wieder, legt die Beine aufs Geländer und kann dann so eingeklemmt wie entspannt den Himmel über Brooklyn genießen.

»Wo ist das Problem?«, will Lena wissen. »Weil er dort lebt und du hier?«

»Und ich bald nicht mehr hier sein werde, sondern dort.«

»Aber noch bist du doch da – also dort, wo er ist.«

Ich denke darüber nach, was das bedeutet, und sehe mich hier oben sitzen, etliche Stockwerke hoch über der Straße, eingekeilt auf einem handtuchbreiten Austritt, die Schiebetür so dicht vor der Nase, dass ich die Scheibe ablecken könnte, während sich auf der anderen Seite das Geländer in meine Schulter gräbt. Und wie so oft kommt mir Talias New York wie mein persönliches Wunderland vor.

»Aber bald werde ich nicht mehr da sein – also hier, sondern wieder dort.« Über mir strahlt der Himmel, und die Geräusche, die von der Straße heraufdringen, wirken wie von Watte gedämpft. »Du weißt schon, was ich meine. Ich dort, er hier.«

»Hier und dort und überall«, sagt Lena. »Wenn das zwischen euch was Ernstes ist, kann er doch zu dir ziehen.«

»Nein, kann er nicht«, seufze ich. »Er teilt sich das Sorgerecht mit seiner Ex. Seine Tochter ist sechzehn und geht auf die Bronx Science – das ist die beste staatliche Schule überhaupt. Sie wird New York also garantiert nicht verlassen, und wenn Daniel wegzieht, würde er sein Sorgerecht praktisch aufgeben, und das wird er nicht tun.«

Aus Lenas Schweigen schließe ich, dass sie sich ihre Antwort sehr genau überlegt. »Es soll auch Männer geben«, sagt sie schließlich, »die der Liebe wegen ihr ganzes Leben umkrempeln.«

Ich schnaube. »Das hatte nichts mit Liebe zu tun. John hat uns nicht wegen dieser Frau verlassen, auch wenn du das vielleicht denkst. Er wollte einfach nur weg – von uns, von sich, von allem.«

»Ich meinte auch nicht unbedingt John.«

Ich atme tief durch und versorge mein überreiztes Gehirn mit dringend benötigtem Sauerstoff. Feiner Gewürzduft dringt in meine Nase. Zimt. Kurkuma. In einer der anderen Wohnungen kocht wohl jemand bei offenem Fenster. »Das mag auf einige Männer zutreffen«, räume ich ein und plötzlich sehe ich Daniel vor mir, wie er hier seine Zelte abbricht, Cassandra zurücklässt, und es ist mir unerträglich. »Wenn er meinetwegen von seiner Tochter wegziehen würde, wollte ich ihn aber sowieso nicht mehr.«

Lena zögert, ehe sie das Naheliegende anspricht. »Ich frage es nur ungern, aber würdest du zu ihm ziehen?«

»Nein«, sage ich. »Niemals. Wie stellst du dir das vor?«

»Aber dir scheint es in New York zu gefallen. Und nicht nur wegen Daniel, will ich damit sagen. Du klingst glücklich, geradezu überschwänglich. Deine Nachrichten strotzen nur so von Ausrufezeichen, und vor zwei Tagen hast du mir ein Selfie von dir mit einem Pastrami-Sandwich geschickt.«

»Hast du gesehen, wie groß das war?«

»Ja«, erwidert Lena, »das konnte man kaum übersehen. Ich wollte eigentlich nur sagen, dass dir die Stadtluft ganz gut zu bekommen scheint.«

Ich zupfe an meiner Unterlippe und überlege, ob nicht etwas Wahres daran sein könnte. Gefällt es mir hier besser als zu Hause bei meinen Kindern?

Und da kommen sie auch schon, die Schuldgefühle, heiß und trocken wie ein Wüstensturm.

Denn da ist ein kleiner Teil von mir, ein winzig kleiner, in seinem Egoismus beschämender Teil, der lauthals *JAAA!* ruft.

»Lena«, sage ich. »Ich werde das mit Daniel beenden, jetzt gleich.«

»Was?«, ruft sie. »Moment, wie bist du denn jetzt so schnell zu diesem Schluss gelangt? Ich wollte dir nämlich gerade raten, einfach die Zeit zu genießen, die euch noch bleibt, und dir über alles Weitere dann später Gedanken zu machen. Das sollte meine ›Carpe diem, das Leben ist kurz‹-Rede werden, mit Rumi-Zitat und allem.«

»Ich mache gleich heute mit ihm Schluss. Ich lege jetzt auf und rufe ihn an.« Ich will aufstehen, aber weil es so eng ist, kippe ich rücklings in den Liegestuhl zurück und zappele wie ein Fisch auf dem Trockenen.

»Hey, Amy – nein«, höre ich Lena sagen. »Du machst jetzt nicht mit ihm Schluss. Sei nicht albern.«

»Ich komme nach Hause«, sage ich. »Ich komme diese Woche noch nach Hause.«

»Ganz ruhig«, sagt Lena. »Worum genau geht es eigentlich gerade? Mir kommt es vor, als würden wir irgendwie aneinander vorbeireden.«

»New York setzt mir zu«, antworte ich, »das ist alles.« Langsam bekomme ich Panik. Ich will einfach bloß zurück in die Wohnung, raus aus dieser verheißungsvollen Stadtluft, runter von diesem Witz von Balkon. Ich ziehe die Beine an und bringe mich Richtung Tür in Stellung, schiebe sie auf und lasse mich vom Stuhl ins Wohnzimmer kippen, lande etwas unsanft auf den Knien, ziehe die Tür wieder hinter mir zu und lehne mich dagegen, atme die kühle Stille ein, das Fehlen fremder Gerüche.

Ich schaue mich um. Talia ist jetzt schon so lange weg, dass mir ihre Wohnung beinah wie meine eigene vorkommt. Überall stapeln sich meine Bücher, auf dem Tisch steht mein Laptop, daneben liegen meine Unterlagen zur Unterrichtsvorbereitung. Auf dem Küchentresen haben sich etliche Sojasaucenfischchen angesammelt, dazu vier Take-away-Flyer, mein Müsli und eine Schale Erdbeeren vom Markt. An der Tür stehen meine vier Paar Schuhe und die Tasche mit meinen Sportsachen. Es fühlt sich an, als würde ich hier wohnen. Als wären meine Kinder aus dem Haus, irgendwo weit weg, und ich wäre nach New York gezogen, würde jetzt hier leben und arbeiten und ins Theater gehen, in Ausstellungen und abends nie vor acht essen und andere Leute dafür bezahlen, dass sie meine Wäsche machen.

Aber das bin nicht ich. Das ist nicht mein wirkliches Leben – und bevor ich das wieder vergesse, sollte ich besser nach Hause fahren.

Ich rufe Daniel an, erreiche nur die Mailbox und spreche ihm eine Nachricht drauf. »Daniel, ich muss mit dir reden«, sage ich, und weil er sich Sorgen machen würde, wenn ich sonst nichts hinzufüge, schicke ich noch eine kurze Erklärung hinterher. »Ich muss nach Hause, also richtig nach Hause, nach Pennsylvania. Mir fehlen die Kinder und …« Ich weiß nicht, wie ich mich ausdrücken soll. »Ich glaube, es wird nur umso schwerer, je länger wir zusammen sind. Wir haben da am Anfang Witze drüber gemacht, aber vielleicht war das mit uns ja von Anfang an zum Scheitern verurteilt.« Ich schweige eine Weile und überlege, ob ich auflegen und noch mal neu draufsprechen, die Nachricht löschen, es mir anders überlegen, mich mal was trauen, nicht albern sein, zur Vernunft kommen soll. Am Ende sage ich einfach bloß noch: »Du kannst dich ja mal melden, falls aus der Flex-Anthologie an deiner Schule etwas werden sollte.« Dann lege ich auf. Er wird die Welt nicht mehr verstehen, wenn er sich das anhört. Er wird sauer sein. Ich wäre an seiner Stelle stinksauer. »Gut, dass ich die los bin«, wird er sich sagen, und ja, ohne mich ist er besser dran. Und ich ohne ihn. Was soll es denn bringen, von einer Zukunft mit diesem Mann zu träumen? Joe ist jetzt zwölf, mir bleiben nur noch sechs Jahre mit ihm, bis er auszieht. Bei Cori sind es bloß noch drei. Ich werde diese kostbare Zeit mit meinen Kindern nicht an Sommerromanzen und Museumsbesuche und – was noch, Theater, Sex und Bagels? – verschwenden.

Ich komme mir albern und dumm vor. Mamazipation! Wo hab ich mich da reinverrannt? Ich habe meine Kinder vernachlässigt, ich sollte mich schämen. Kinder brauchen ihre Mutter. Ich werde zu Hause gebraucht. Ich kann mein altes Leben nicht einfach für einen gut aussehenden Kollegen und exzellente Sushi-Restaurants aufgeben. Nein, das kann ich nicht und ich darf es nicht. Es auch nur in Betracht zu ziehen lässt mich moralisch mehr als fragwürdig erscheinen. Und der Gedanke, dass es doch vielleicht ganz nett sein könnte, macht eine schlechte Mutter aus mir.

So sieht es aus. Schluss mit den Träumereien. Es ist höchste Zeit, meine Sachen zu packen und mich wieder meinem Leben zu stellen.

Ich checke meine E-Mails nicht mehr, ich gehe nicht über Los. Ich sammele alle Sachen ein, die sich von mir in Talias Wohnung angehäuft haben, versuche sie in meinen Koffer zu stopfen und scheitere. *Pure Beautiful* hat mir so unglaublich viel Kram gekauft, so unglaublich schönen Kram: die Radschuhe, meine Grundgarderobe und eine Profihaarbürste mit Wildschweinborsten. Und überall liegen Bücher, die entweder mir gehören oder der New York Public Library oder Daniel. Am Ende packe ich alles in drei umfunktionierte Lebensmittellieferkartons: hier die Büchereibücher, da die Sachen von Daniel und dort alles, was ich an mich selbst, nach Hause nach Pennsylvania, schicken will.

Und während ich alles so ordentlich verpacke, wie es mir in meiner hektischen Gemütsverfassung möglich ist, wird mir mit einem Mal klar: Ich habe gar nichts für die Kinder! Ich kann nicht mit leeren Händen nach Hause kommen, irgendetwas muss ich den beiden aus New York mitbringen. Warum fällt mir das erst jetzt ein? Warum habe ich in all den Wochen nichts für sie gekauft? Weil ich die letzten zwei Monate so gelebt habe, als hätte ich gar keine Kinder – darum. Weil ich mich mit reifen und weniger reifen Männern und allem dazwischen verabredet habe, weil ich jeden Tag shoppen und beim Sport war, als wäre ich ein Supermodel oder was auch immer. Weil ich lieber Unmengen an Büchern gelesen habe und im Theater war und in Ausstellungen. Weil ich eine Sommerromanze hatte.

Inwiefern bin ich damit besser als John?

John. Während ich losdüse, um diesen hippen Streetwear-Klamottenladen zu suchen, an dem ich bestimmt schon zehnmal vorbeigegangen bin, schreibe ich John eine Nachricht als kleine Vorwarnung. Cori dürfte nach zwei Monaten noch in ihre alte Größe passen, aber Joe ist bestimmt kräftig in die Höhe geschossen. John ist nicht sonderlich groß, aber mein Vater ist ein Hüne von einem Mann. Ich könnte ein Shirt in der Größe, die Joe im Juni hatte, und eins eine Nummer größer kaufen, für alle Fälle. Und wenn er auch neue Sportschuhe braucht? Gut, dass ich früher nach Hause fahre, so bleibt noch Zeit, um vor Schulbeginn alles zu besorgen. Und Cori muss wieder in ihren Schlafrhythmus finden, ehe dann im Herbst die Wettkampfsaison losgeht. Was liest Joe eigentlich gerade? Ich greife wieder zum Handy, um John mit diesen und noch anderen Fragen zu bombardieren, und sehe, dass er auf meine Nachricht bereits geantwortet hat.

Warum willst du denn jetzt nach Hause kommen?
Die Kinder brechen doch morgen ins Sommercamp auf.

Mein Herz setzt einen Schlag aus. Sommercamp? Wovon redet der Mann? Das müsste ich doch wissen. Habe ich irgendetwas für irgendwelche Feriencamps unterschrieben?

Aber natürlich – jetzt erinnere ich mich wieder. Sportcamp für Cori, hundert Dollar pro Tag, aber John zahlt ja, und da sie von Profis trainiert wird, ist der Preis vermutlich nur fair, auch wenn ich es mir ohne Johns Hilfe niemals hätte leisten können. Und Joe fährt ins Space Camp – Space Camp! Als ob wir Silicon-Valley-Millionäre wären. Das sind die Art Feriencamps, in die Eltern, die an der Country Day das reguläre Schulgeld zahlen, ihre Kinder schicken. Keine Camps für Stipendiaten. Und ich habe das alles beinahe völlig vergessen.

Es ist beschämend. Mein Ex, ihr vormals abtrünniger Vater, bietet ihnen in zwei Monaten mehr, als ich ihnen in drei Jahren ermöglichen konnte. Werden die beiden überhaupt wieder bei mir leben *wollen?* Vielleicht hat John ja längst die Besorgungsliste fürs neue Schuljahr abgearbeitet und ihnen neue Klamotten, Schuhe, Markenkulis und dreißig Schachteln unparfümierter Taschentücher gekauft. Ob er auch mit ihnen beim Arzt war, um den Check-up für den Sportunterricht machen zu lassen? Hat er Cori schon die in Trainingsphasen unabdingbare abendliche Ausgangssperre verordnet? Wahrscheinlich. Bestimmt hat er alles bestens im Griff, unser Superdaddy. Wahrscheinlich werde ich gar nicht mehr gebraucht.

Ich stecke das Handy in meine Handtasche – nein, nicht *meine* Handtasche, sondern die aus dem »Paradies« von *Pure Beautiful.* Als ich mir dessen bewusst werde, bekomme ich eine mittlere Krise. Jetzt schau dich nur an, wie du hier in diesem Teenieklamottenladen stehst in deiner schicken Hose und mit deiner Designertasche auf Pump und versuchst, dir die Liebe deiner Kinder zu erkaufen, und dabei nicht mal mehr ihren Tagesablauf kennst oder ihre Kleidergrößen, und was ist mit ihren Namen – vergisst du die als Nächstes? Wie konnte es so weit mit mir kommen? Und wie komme ich von hier wieder zurück?

Ich muss wieder an jenen Moment denken, als ich John im Frühjahr hinter dem Erste-Hilfe-Regal in unserer Drogerie gesehen habe. Ich hätte nicht mit ihm reden müssen. Ich hätte ihm weder eine zweite Chance geben, noch die Kinder ihn besuchen lassen oder ihnen erlauben müssen, gleich den ganzen Sommer bei ihm zu verbringen. Natürlich kann ich mir ruhig weiter einreden, ich hätte keine andere Wahl gehabt, aber Tatsache ist, dass ich meiner Verantwortung ganz gern den Rücken gekehrt habe. Genau wie John es vor drei Jahren getan hat. Ich habe mir eingeredet, dass ich einfach nur eine kurze Pause bräuchte, ein bisschen Zeit für mich, aber wenn ich ehrlich bin, hatte ich, kaum dass ich im Zug nach New York saß, Blut geleckt. Und aus der einen Woche wurden dann … etliche. Und ich habe jeden Tag geliebt. Ausschlafen zu können und essen zu gehen und nicht mehr über Rocklängen diskutieren zu müssen oder über laut geknallte Türen und mühsam unterdrückte Jungstränen. Ich habe jede Minute mit Daniel genossen, ebenso wie mich mit Matt zu treffen, und selbst meine diversen Dates mit verschiedenen Männern und all deren Macken. Nicht ein einziges Mal wollte ich in dieser

Zeit zurück nach Hause. Zumindest nicht ernsthaft, nicht tatsächlich. Und jetzt? Jetzt wünsche ich mir, ich könnte es ungeschehen machen. Ich hätte niemals alles aufgeben sollen, denn plötzlich ist da die Angst, dass es nie wieder so sein wird, wie es war. Und falls doch, dass es mir nicht mehr genügen wird.

Als ein Verkäufer kommt und mich fragt, ob er mir helfen könne, bin ich nah daran, ihm zu antworten, dass mir nicht mehr zu helfen sei. Ja, antworte ich stattdessen, ich suche etwas für eine Fünfzehnjährige und einen Zwölfjährigen, irgendein cooles Oberteil oder so. Er bringt mir ein paar Shirts, aber auch eine kleine Umhängetasche aus Leder mit eingestanztem Wasserturmmotiv, die sogar ich als wahnsinnig schick erkenne. »Ja«, sage ich sofort. »Das ist genau das Richtige für meine Tochter. Und jetzt brauche ich noch etwas, das genauso cool ist, für meinen Sohn …« Er verschwindet wieder und kommt mit einer Kuriertasche in Grau und Orange zurück. Ich schaue etwas skeptisch. »Orangefarbenes Nylon, sind Sie sicher? Schreit das wirklich ›Ich bin eine schrecklich schlechte Mutter, will aber alles wiedergutmachen?‹«

»Was tut das nicht?«, erwidert er nicht unfreundlich. »Hier, wie wäre es damit«, schlägt er dann vor und reicht mir einen Rucksack aus recyceltem Segeltuch, der sehr schick und authentisch aussieht. So was könnten auch meine Eliteschüler tragen.

»Perfekt, den nehme ich. Mein Sohn fährt ins Space Camp«, erzähle ich dem Verkäufer und reiche meine Kreditkarte rüber, meine eigene, nicht die von John, und ich weiß nicht, wann ich sie überhaupt das letzte Mal benutzt habe, weil in New York eigentlich immer Daniel, das Magazin oder eben John für meine Unkosten aufgekommen sind. Auch so ein versteckter Hinweis, dass ich vielleicht doch nicht ganz ich selbst war. Wie selbstverständlich ich andere Leute die letzten zwei Monate für meine kleinen Extravaganzen habe zahlen lassen, wie leichtfertig ich meine hart erarbeitete Unabhängigkeit über Bord geworfen habe. Das bin doch nicht ich!

»Space Camp, cool«, sagt der Verkäufer. »Wir sollten so eine Tasche aus alten Raumanzügen herstellen lassen, das wäre *der* Renner.«

Von Joe weiß ich, dass man das Material für Raumanzüge mit dem Lasercutter zuschneiden muss, weil es so robust und unzerstörbar ist. Und beweglich sind nur die Arme und die Gelenkpartien, alles andere ist so hart und schwer wie eine Ritterrüstung. Über Rucksäcke aus alten Raumanzügen könnte Joe nur lachen. Ich wünschte, er wäre jetzt hier und würde diesem schnurrbärtigen Hipster einen seiner Vorträge halten. Ich wünschte, ich hätte mir statt der zwei Monate einfach ein paar Tage mit den Kindern in New York gegönnt und John auflaufen lassen. Was hat mich nur geritten, den ganzen Sommer von meinen Kindern getrennt zu verbringen?

Gedanken dieser Art sind es, die mir auf dem Rückweg zu Talias Wohnung durch den Kopf gehen. Ich habe ein schlechtes Gewissen und komme mir ziemlich dumm und egozentrisch vor, aber zwischendrin meldet sich immer wieder eine kleine Stimme der Vernunft, die so hilfreiche Sätze einwirft wie *Aber dir hat es doch gefallen!* oder *Und wer hat sich dann in Daniel verknallt?* oder *Natürlich brauchtest du mal eine Pause!*.

Allerdings bin ich es so sehr gewohnt, mich schlecht und schuldig und wie der schlimmste Mensch auf Erden zu fühlen, dass ich nicht auf sie höre. Und als ich um die Ecke biege und Daniel vor dem Haus auf und ab gehen sehe, bin ich noch immer in diesem Strudel dunkler, negativer Gefühle gefangen. Statt einfach zu ihm zu laufen und mich in seine Arme zu werfen, bleibe ich stehen. »Nein, Daniel – nein. Du hättest nicht herkommen sollen. Und sei jetzt bitte nicht auch noch nett und verständnisvoll.«

Er sackt in sich zusammen, als hätte ich ihm alle Last der Welt um die Schultern gelegt. »Amy«, sagt er. »Warum? Sag mir wenigstens, was los ist.«

Ich will zu einer Erklärung ansetzen, bringe aber kein Wort heraus. Ich war dabei, mich in diesen Mann zu verlieben, von dem ich längst noch nicht genug weiß, noch nicht genug habe, und jetzt muss ich ihn schon wieder verlassen, und das schmerzt. Also gehe ich zu ihm, lege meine Arme auf seine Arme und lasse meine Stirn an seine sinken. Eine Träne kullert mir über die Wange, aber aus dieser Nähe macht es ja nichts, weil er sie so nicht sehen kann.

Wir bleiben sehr lange so stehen, bis eine Frau mit einem kleinen Hund vorbeikommt, der so eifrig einen von Daniels Schuhen beschnüffelt, dass ich schließlich sage: »Komm, lass uns lieber ins Haus gehen, bevor du noch für einen Hydranten gehalten wirst.« Wir lösen uns voneinander, und ich nehme seine Hand.

»Ist das mit uns …?«, fängt er an, aber ich komme ihm zuvor.

»Daniel, ich muss zurück nach Hause. Ich kann gern versuchen, es dir zu erklären, aber erwarte nicht, dass irgendetwas irgendeinen Sinn ergibt. Ich verstehe es selbst nicht. Es hat überhaupt nichts mit dir zu tun. Ich muss einfach zurück, es muss sein.«

Er nickt schweigend. Wir gehen ins Haus und nehmen den Fahrstuhl nach oben. In der Wohnung beginnt er das Chaos aufzuräumen, das ich angerichtet habe. Als er den Karton mit seinen Sachen sieht, reibt er sich den Nacken, verschwindet im Bad und kommt mit seinem Rasierer und Deo zurück, was ich als stilles Einverständnis mit meiner Entscheidung werte.

»Ich verstehe das«, sagt er, nachdem er alles in seinem Karton verstaut und ihn an die Tür gestellt hat. »Deine Kinder brauchen dich.«

Da schüttele ich den Kopf und fange wirklich an zu weinen. Er nimmt mich in die Arme, hält mich, schiebt mich auf die Ecke des Betts und setzt sich neben mich, streicht mir über den Rücken und ist einfach nur für mich da.

»Das ist es ja«, sage ich kläglich, als ich wieder zu Atem gekommen bin. »Du verstehst das falsch. Ich fahre nicht zurück, weil meine Kinder mich brauchen – ich fahre zurück, weil ich Angst habe, dass sie mich eben nicht brauchen.«

Daniel bringt mich zum Bahnhof und küsst mich zum Abschied. Um neunzehn Uhr komme ich zu Hause an, wo die Kinder mich schon erwarten. Es ist der letzte Abend, bevor sie zu ihren eigenen Abenteuern aufbrechen. Wir holen uns etwas zu essen vom Chinesen, und ich ertappe mich bei dem Gedanken, dass es schrecklich schmeckt und kein Vergleich ist zu dem, was ich in New York gegessen habe, aber danach sitzen wir noch ewig am Esstisch und reden. Wir lachen viel und spielen Karten, kommen aber vor lauter Erzählen nicht allzu weit. Um Mitternacht schicke ich die beiden ins Bett, es ist das erste Mal seit zwei Monaten, dass sie wieder zu Hause, in ihren eigenen Betten schlafen. Morgen sind wir in aller Herrgottsfrühe mit John am Flughafen verabredet. Joe steigt dann in den Flieger nach Huntsville, und für uns drei geht es noch mal drei Stunden mit dem Auto weiter Richtung Norden, um Cori für eine Woche im Sportcamp abzuliefern. John hat ihr gegen Aufschlag ein Einzelzimmer gebucht. »Dann hat sie nachts Ruhe und muss nicht rund um die Uhr Ohrstöpsel tragen«, lautet seine Begründung, und ich weiß natürlich, was er meint, denn Cori hat einen so leichten Schlaf, dass sie schon aufwacht, wenn nebenan kurz die Klospülung geht oder Joe zwei Zimmer weiter schnarcht wie ein Walross. Es ist sehr aufmerksam von John und zeigt mir, dass er in den letzten Monaten ein gutes Gespür für die Kinder entwickelt hat. All das, die Zeit, die er ihnen geschenkt hat, die vielen kleinen und größeren Geschenke und die Aufmerksamkeit, erinnert mich ein bisschen an die längst überfälligen Bibliotheksbücher, die wir in der Schule oft schon abgeschrieben haben und über die wir uns, wenn sie völlig unverhofft wieder auftauchen, ganz besonders freuen.

Aber weil es John ist und meine Unsicherheit tief sitzt, finde ich sofort einen Einwand. »Wie soll sie denn Freunde finden, wenn sie nicht mal eine Zimmergenossin hat?«

Er lacht. »So wie ich Cori kenne, findet sie so schnell Anschluss, dass wir von Glück sagen können, wenn vor lauter Trubel das Training nicht zu kurz kommt.« Und weil er damit natürlich recht hat, und ich *weiß*, dass er recht hat und ich nur kleinlich bin, belasse ich es dabei. Es war mir immer ein Rätsel, woher Cori das hat, von mir auf jeden Fall nicht.

Wir haben kaum ihre Sachen aufs Zimmer gebracht, als sie auch schon wieder auf und davon ist, um sich einem munteren Grüppchen im Fernsehzimmer anzuschließen. »Das war eine gute Idee mit dem Einzelzimmer«, sage ich zu John. »Du hast wirklich einen super Job gemacht mit den beiden.«

John mustert mich argwöhnisch, als traue er dem Frieden nicht. »Es war ziemlich harte Arbeit. Ich weiß nicht, wie du das so lange allein geschafft hast.«

Irgendjemand musste es ja machen, könnte ich jetzt sagen

und bei ihm noch mal richtig schön Schuldgefühle wecken, aber wozu? Die Wut, die meine Beziehung zu John seit drei Jahren angetrieben hat, ist ebenso verraucht wie das Wunschdenken, das bei mir in den ersten Tagen nach seinem plötzlichen Wiederauftauchen so viel Verwirrung gestiftet hat. Ich sinne weder auf Rache, noch bin ich auf ein Happy End aus. Ich will einfach nur friedliches Einvernehmen. »Es war schön, dass wir uns diesen Sommer die Arbeit teilen konnten«, sage ich also, auch wenn es sich noch immer wie Scheitern anfühlt, mir das einzugestehen. »Danke, dass du zurückgekommen bist und mich überredet hast, mir mal eine Pause zu gönnen.«

John klappt fast die Kinnlade herunter, aber er fängt sich schnell wieder. »Ich muss mich auch bei dir bedanken, dass du früher nach Hause gekommen bist. Als hättest du geahnt, wie dringend du gebraucht wirst. Ohne Zuspruch von seiner Mutter dürfte es wohl sehr schwierig geworden sein, Joe heute Morgen überhaupt an Bord zu bekommen.«

»Coris Handy dürfte auch eine nicht ganz unwesentliche Rolle gespielt haben«, sage ich. »Vor zwanzig Minuten hat er mir übrigens eine Nachricht geschickt, aus dem Flugzeug kurz vor dem Start nach Huntsville – das mit dem Umsteigen hat also geklappt, das war ja seine größte Sorge. Jetzt kann er sich entspannen und den Rest der Woche genießen.«

»*Das* war sein Problem?«, fragt John und scheint völlig vergessen zu haben, wie er bei unserem letzten gemeinsamen Flug ausgerastet ist und mich nach sechs Stunden Flug beim Zwischenstopp mit vier Koffern und zwei Kindern hat stehen lassen, weil er seine Ruhe und ein Bier brauchte. »Seltsam.«

Am Abend hat John noch zwei Telefonkonferenzen, weshalb wir uns zwei getrennte Zimmer im nächsten Hotel nehmen. Er lädt mich zum Essen ein, aber ich gebe dem Zimmerservice den Vorzug, und in dem Moment wird mir etwas klar, was mir neue Kraft gibt und eine Riesenerleichterung ist: Ich will ihn nicht mehr, stelle ich nüchtern fest, der letzte Rest Verlangen nach meinem Ex hat sich verflüchtigt.

Am nächsten Morgen brechen wir zeitig auf, damit John zurück am Schreibtisch ist, bevor die Londoner Dependance Feierabend macht.

Auf der Rückfahrt reden wir lange über die Kinder. John erzählt mir, was sie den Sommer über Schönes gemacht haben, von den langen gemeinsamen Wochenenden und wie er Cori zum Camping überredet hat und es ihr wider Erwarten gefallen hat. Er spart nicht an Lob für mich, und es geht mir runter wie Öl. Allerdings nagt jedes freundliche Wort von ihm auch an meinen Schuldgefühlen: Während der letzten zwei Monate habe ich diese wohlgeratenen Kinder eben sträflich vernachlässigt.

Er raspelt weiter Süßholz, versichert mir, wie recht ich hatte, als ich Cori vor fünf Jahren dazu ermutigt habe, mit dem Kunstspringen weiterzumachen, obwohl sie gleich im ersten Jahr wieder hatte aufhören wollen. Sie sei an der Herausforderung gewachsen und mittlerweile mit Leib und Seele dabei. Auch habe es ihn beeindruckt, wie wacker Joe sich, trotz der drei vaterlosen Jahre, in der Wildnis – er meint das Campingwochenende – schlage. »Bescheuert von mir zu glauben, dass nur ein Mann ihm beibringen könne, wie man Feuer macht«, stellt er, noch immer leicht erstaunt, fest.

Und so geht es munter weiter. Ich höre mir alles mit einer gewissen Genugtuung an, bedauere aber zugleich, wie viel mir entgangen ist, dass sie das alles mit ihm erlebt haben und ich nicht dabei war. Weshalb ich auch wenig zum Gespräch beisteuere, denn Schweigen scheint mir die bessere Option, zu groß wäre die Versuchung, ein spitzes »Schön für dich. Und wie soll es jetzt weitergehen?« einzuwerfen.

Denn wieder einmal scheint von ihm abzuhängen, wie es in meinem Leben weitergeht. Die Frage ist ja, bleibt John hier oder geht er zurück nach Hongkong, um nach diesem Sommer sein altes neues Leben wieder aufzunehmen? Und wie soll es nach der Scheidung weitergehen? Wird er auf geteiltem Sorgerecht bestehen?

Oder wird er noch mehr verlangen?

Ich spiele die Möglichkeiten im Geiste durch, versuche zudem, ihn nicht dauernd mit Daniel zu vergleichen. Aber ist es nicht so, dass ich jetzt lieber mit einem anderen hier säße, einem Mann, der verbindlich ist und bei mir bleibt?

Nachdem John mit seinen launigen Kindergeschichten durch ist, herrscht zunehmend angespannte Stille zwischen uns. Die Ungewissheit, wie es weitergehen soll, macht mir langsam Bauchschmerzen. Bei jeder kleinen Unebenheit der Straße, in jeder Kurve, hebt und senkt sich mein Magen, als müsse ich mich gleich übergeben. Schließlich fällt es sogar John auf.

»Amy«, sagt er. »Amy, was ist denn los?«

Ich atme tief durch. »Mir ist schlecht. Ich glaube, das lange Autofahren so früh am Tag bekommt mir nicht.«

John seufzt, und ich weiß, dass er mein Unwohlsein persönlich nimmt. Er lässt mein Fenster einen Spaltbreit herunter, der kühle Fahrtwind tut mir gut. »Danke«, sage ich.

»Brauchst du Erdnüsse?«, fragt er plötzlich, wie damals, während meiner Schwangerschaften mit Cori und Joe, als mir schon auf kurzen Autofahrten sofort übel wurde und ich einen kaum zu stillenden Heißhunger auf gesalzene Nüsse und Erdnussbutter hatte.

»Haha«, sage ich, fange aber sofort an zu rechnen und bin heilfroh, dass ich mir meine Spirale nie habe entfernen lassen. »Sehr unwahrscheinlich. Aber kann man's wissen?«, setze ich nach, plötzlich beseelt vom Wunsch, ihm unmissverständlich klarzumachen, dass es da einen anderen Mann in meinem Leben gibt.

Aber John beißt nicht an, vielleicht hat er es gar nicht mitbekommen. »Du erinnerst dich, wie wir mit den Kindern nach Orlando gefahren sind?«, fragt er stattdessen.

Disney World, oh Gott, wie könnte ich das vergessen? Wir hatten immer vorgehabt, es mit den Kindern mal zu besuchen, aber plötzlich war Cori schon zehn und uns lief die Zeit davon, in der sie sich dafür noch würden begeistern können. Weder Cori noch Joe waren große Disneyfilm-Fans, aber ich war als Kind mit meinen Eltern dort gewesen und erinnerte mich gern daran. Und auch für John war es ein Traum aus Kindertagen.

Also packten wir ein paar Sachen, buchten ein Hotel und fuhren los in Richtung Florida. Es war unsere erste längere Reise mit dem Auto, und den Kindern und mir wurde während der Fahrt prompt schlecht. Wir mussten zweimal rechts ranfahren, damit ich mich am Straßenrand übergeben konnte. Ich kaute kandierten Ingwer und trank 7up, dann schlug ich John vor, dass er mich ein paar Stunden fahren lassen solle, da ich glaubte, sein aggressiver Fahrstil, von mir gern auch als »Die Rache des Traktorfahrers« bezeichnet, würde mir auf den Magen schlagen. Doch auch als ich selbst am Steuer saß, war mir noch immer seltsam flau, und die Aussicht, einen weiteren Tag im Auto verbringen zu müssen, gab mir den Rest.

Beim nächsten Ort steuerte ich direkt eine Apotheke an, um mir eines dieser Pflaster gegen Reiseübelkeit zu besorgen. Der Mitarbeiter, der mich bediente, gab mir zwei zur Auswahl und meinte, sie würden in aller Regel gut vertragen – dann zögerte er kurz, ehe er fast beiläufig sagte: »Aber wenn Sie schwanger sind oder schwanger sein könnten, sollten Sie das vorsichtshalber erst mit Ihrem Arzt besprechen.«

Und da fiel es mir wie Schuppen von den Augen. John und die Kinder warteten draußen im Auto, die Klimaanlage lief auf vollen Touren, und eigentlich wollten wir gleich weiterfahren, obwohl wir, von meinen Kotz- und einer kurzen Pinkelpause bei McDonald's abgesehen, seit Stunden ununterbrochen unterwegs waren. Ich ging kurz raus und sagte John, er solle sich einen Parkplatz suchen und mit den Kindern drüben bei *Dairy Queen* ein Eis essen, ich käme gleich nach. Dann ging ich zurück in den Laden, kaufte einen Schwangerschaftstest und verschwand damit auf die Kundentoilette.

Ich war schwanger.

Der freundliche Apotheker verkaufte mir dann außer ein paar Akupressurbändern noch ein Antihistaminikum und einen Vitamin-B-Komplex, ich packte ein Sixpack Ginger Ale und eine große Tüte Kartoffelchips mit Essiggeschmack oben drauf. Und ein Snickers. Letzteres verschlang ich an Ort und Stelle, dann ging ich über die Straße zu *Dairy Queen* und bestellte mir den großen Erdnussbecher.

»Dein Appetit ist zurück!«, rief John erfreut, als ich damit an ihren Tisch kam, und auch wenn nicht alles zum Besten stand zwischen uns, so glücklich wie an diesem Tag sollten wir nie wieder werden.

»Jep«, sagte ich und bei seinem Lächeln wurde mir ganz warm ums Herz. »Ich glaube, das Mittel wirkt schon. Aber ich sollte besser nicht am Steuer sitzen, du kannst die Autoschlüssel also gern zurückhaben.«

Das Eis schmeckte himmlisch, und mein Magen hatte sich auch wieder beruhigt. Ich würde meinen Kindern mit diesem Ausflug schöne Erinnerungen bescheren und meinen Mann zum glücklichsten Menschen auf Erden machen. Eigentlich wollte ich ja kein Kind mehr, aber wenn jetzt doch noch eins kam, war es eben so. Ich war überrascht, aber es brach auch keine Welt für mich zusammen – und John würde sich riesig freuen, da war ich mir sicher. Er kam aus einer großen Familie und hätte gern einen ganzen Stall voll Kinder gehabt, ich hatte nach Cori allerdings eine kleine Pause gebraucht, um mich in meine neue Rolle einzufinden, und nach Joe hatte ich mit den beiden ohnehin erst mal beide Hände voll zu tun.

Ich brannte darauf, es John zu sagen. Nachdem ich Cori und Joe Geld für den Greifautomaten gegeben hatte, fasste ich John bei den Händen und platzte mit der Neuigkeit heraus, kaum dass die Kinder außer Hörweite waren. »Ich bin schwanger!«, sagte ich und strahlte ihn an. »Wir bekommen noch ein Baby!«

Jetzt, auf dem Highway, nur noch eine Stunde von zu Hause entfernt, werde ich fast ein bisschen sentimental bei dem Gedanken an damals. »Wie viele Erdnüsse ich auf dieser Fahrt verdrückt habe«, sage ich zu John. »Und die Chips!«

»Das Knistern der Chipstüte wollte gar kein Ende mehr nehmen. Ich hatte irgendwann Sorge, du könntest die weltweite Chipsproduktion an ihre Grenzen bringen.«

»Und du hast mich gefragt, wie viel Gewicht ich denn diesmal zulegen wollte.«

Er lacht. »Du wärst mir fast an die Gurgel gesprungen.«

»Ich hätte mildernde Umstände bekommen.« Und weil es so viele Fragen gibt, die ich ihm zu unserer, zu meiner Zukunft nicht stellen kann, frage ich ihn etwas über unsere Vergangenheit. »Vermisst du unser Baby manchmal?«

John schüttelt den Kopf. »Nein, Amy. So leid es mir tut, aber es hat einfach nicht sein sollen.«

»Ich weiß, das hast du ja schon damals gesagt. Aber ich dachte, du wärst glücklich. Am Anfang schienst du dich so darüber zu freuen.«

Plötzlich wirkt John düster und so müde, wie ich ihn schon lange nicht mehr erlebt habe. »Nein, habe ich nicht. Das kam dir bloß so vor.«

»Dann hast du nur so getan?«, frage ich.

»Ja, ich dachte, irgendwann kommt die Freude dann schon.«

Das höre ich zum ersten Mal, und ich muss es erst mal verdauen. Obwohl ich versuche, seine Worte nicht allzu sehr an mich heranzulassen, gelingt es mir nicht. »Was, wenn wir das Baby bekommen hätten?«, überlege ich laut. »Wäre dann nicht alles anders gekommen? Du hättest mich wohl kaum mit einem Windelkind sitzen lassen. Wir wären zusammengeblieben.«

John schaut starr geradeaus. »Das frage ich mich auch manchmal.«

»Das heißt, hätte ich das Kind behalten, hättest du auch mich behalten?«, rutscht es mir heraus, und ich kann selbst nicht glauben, dass ich diese schlimmste meiner Befürchtungen laut ausgesprochen habe. Dabei ist es eine der Fragen, wenn nicht *die* Frage, die ich mir die letzten Jahre immer wieder gestellt habe.

John seufzt und klingt jetzt wieder genauso erschöpft und genervt wie damals, kurz bevor er uns verlassen hat. Ich muss daran denken, wie er durchs Haus geschlichen ist, mit Leichenbittermiene und ständig diesen abgrundtiefen Seufzern, als sei ihm alles zu viel. »Nicht behalten«, schnaubt er. »Du tust gerade so, als hätte ich dich mit dem Originalbeleg wieder umgetauscht.«

»Ja, was hast du denn bitte dann gemacht? Ich habe unser Baby verloren, und du hast mich verlassen.« Mein Hals ist wie zugeschnürt. Plötzlich ist alles wieder da, der Schmerz, die Wut, die Enttäuschung. Ich blinzele und versuche meine Tränen zurückzuhalten.

»Nein«, sagt John. »Ich habe nicht dich verlassen. Ich habe mein altes Leben hinter mir gelassen – zu dem auch du gehörtest. Du, das Haus, diese Stadt, meine Verwandtschaft, meine Freunde und ja, auch die Kinder. Ich habe es einfach nicht mehr ausgehalten, Amy. *Alles*. Ich dachte, ein bisschen Abstand würde mir guttun, eine kleine Auszeit, so, wie du sie dir jetzt genommen hast. Nur dass es bei mir nicht mit zwei Monaten getan war, ich habe drei Jahre gebraucht.«

»Das ist doch etwas völlig anderes«, sage ich, obwohl ich selbst es während der letzten Wochen immer wieder miteinander verglichen habe.

John schüttelt den Kopf. »Ja, ist es. Du machst mit den Kindern einen besseren Job als ich. Du bist überhaupt ein viel besserer Mensch als ich. Mir kommt es fast so vor, als wäre es dein erklärtes Lebensziel, in allem mein genaues Gegenteil zu verkörpern.«

Ich merke, dass er verletzt ist. Aber er ist noch nicht fertig.

»Bist du das nicht langsam selbst leid, Amy? Du steckst nicht nur in der Vergangenheit fest, nein, dein ganzes Selbstbild fußt doch darauf, dass ich dir unrecht getan habe. Amy Byler, die von ihrem Mann verlassen wurde. Amy, die arme Märtyrerin.«

Amy, die arme Märtyrerin.

Seine Worte machen mich unbeschreiblich wütend. Denn er hat recht.

»Warum bist du zurückgekommen, John?«, will ich von ihm wissen. Das hätte ich ihn eigentlich vor drei Monaten fragen sollen. Ich hätte es ihm gar nicht so leicht machen dürfen. Ich hätte eine Erklärung verlangen sollen, nicht nur diese halbgaren Entschuldigungen. Aber ich bin wie auf Zehenspitzen um ihn herumgeschlichen, weil ich … Wie habe ich es formuliert? Die sensible Balance nicht stören wollte. Zum Henker mit der Balance! »Bist du wegen mir zurückgekommen?«

Er atmet tief aus. »Ich bin vor allem wegen der Kinder zurückgekommen, wegen Cori und Joe. Und ich liebe dich, Amy. Achtzehn Jahre Ehe steckt man nicht mal eben so weg.« Er nimmt die Hand vom Lenkrad und drückt in einer vertrauten Geste meinen Arm. »Ich dachte, wenn ich erst mal wieder hier bin, findet sich alles, und ich könnte versuchen, unsere Ehe zu retten. Weil es für die Kinder das Beste wäre, aber nicht nur deshalb. Du bist schön wie eh und je, Amy. Und eine tolle Mutter. Und du hast mir gegenüber mehr Geduld und Nachsicht aufgebracht als jede andere in deiner Situation.«

Ich schüttele den Kopf. Am Anfang des Sommers hätte ich genau das hören wollen, aber jetzt klingen seine Worte schal. »Lass das, John.«

Er nickt, und ich meine, eine Spur von Bedauern in seinem Blick zu lesen. »Das weiß ich inzwischen. Und ich glaube, die Kinder wissen es auch, und sie kommen gut damit zurecht.«

Ich atme vorsichtig durch. »Also was ist dein Plan?«, will ich von ihm wissen. »Wie soll es jetzt weitergehen?«

Er zögert kurz. »Wie es aussieht, werde ich Ende des Sommers nach Hongkong zurückkehren. Die Kinder werden mir schrecklich fehlen, aber irgendwann muss ich mich auch mal wieder im Büro blicken lassen, und ich bin mir sicher, ihr drei kommt auch ohne mich bestens zurecht.«

Seine Worte treffen mich wie ein Schlag. Ich wollte wissen, woran ich bin, und er hat es mir gesagt. Ich dachte, ich könnte die Wahrheit vertragen, doch jetzt fühle mich gleich doppelt betrogen. Nichts hat sich verändert. Ich habe Daniel, Talia, New York und alles, was ich dort für möglich hielt, was ich hätte sein können, zurückgelassen, um hierher zurückzukommen und mein Leben genauso vorzufinden wie es war, ehe John plötzlich wieder darin aufgetaucht ist.

Nur dass es jetzt noch schlimmer ist als zuvor, weil Joe, Cori und ich jetzt wissen, wie es sein könnte und was uns alles entgeht.

Danach fahren wir eine ganze Weile schweigend weiter. In meinem Herzen errichte ich eine Stadt aus Schmerz. Die Häuser ziehe ich hoch mit einem Zement aus Scham, Verlust und Reue, die Straßen sind in Angst gepflastert. In Gedanken wandele ich durch diese düstere Stadt, wate knietief durch Johns Worte, die ebenso ernüchternd wie verletzend sind, lasse die Häuser stumme Zeugen meines Kummers sein und reise zurück durch die Zeit.

Der Tag, an dem ich mich in New York von Daniel verabschiedet habe.

Der Tag, an dem ich John in der Drogerie traf.

Der Tag, als ich von Marika erfuhr.

Der Tag, als John mich aus Hongkong anrief und mir sagte, dass er nicht mehr nach Hause kommen würde.

Der Tag, als bei der Ersttrimester-Untersuchung kein Herzschlag mehr zu hören war.

An diesem letzten Monument der Vergangenheit – von dem nur John und ich wissen, denn wir hatten es noch niemandem gesagt – kommen meine Gedanken jäh zum Stillstand. Ich kann nicht weiter. Sie wollten wissen, ob die DNA des Fötus untersucht werden sollte. Ob ich in den Tagen zuvor Krämpfe hatte oder Blutungen, ob ich das Geschlecht wissen und ob ich erneut versuchen wollte, schwanger zu werden. Ich stand so unter Schock, dass all das nur so an mir vorbeirauschte. Es war meine erste Fehlgeburt, und ich konnte sie mir beim besten Willen nicht erklären. Ich nahm regelmäßig Folsäure, hatte seit der vierten Schwangerschaftswoche keinen Alkohol mehr getrunken, litt unter Morgenübelkeit, schmerzenden Brüsten, hatte vier Kilo zugelegt. All das teilte ich der Ärztin mit, als wolle ich den Beweis führen, dass alles nach Plan lief und sie sich irrte. Ich sei fast im dritten Monat, beharrte ich, als ob sie das nicht wüsste und es irgendetwas ändern würde. Ich hatte für das Baby sogar schon den Sparplan fürs College angelegt.

»Dein Handy klingelt«, sagt John jetzt neben mir im Auto und holt mich zurück in die Gegenwart, in der das Baby nie geboren wurde, in der mein Mann mich verlassen hat und ich mich die letzten fünf Jahre an diesen alten Verletzungen abgearbeitet habe, als hinge mein Leben davon ab.

»Was?«

»Das Geräusch aus deiner Tasche. Es klingt nach dem Vibrationsalarm eines Telefons.«

»Ja«, sage ich, »du hast recht. Das ist mein Handy.«

»Willst du nicht rangehen?«

Ich mache keine Anstalten. Es könnte Daniel sein. Oder Talia, die aus Florida zurück ist und sich fragt, wo ich abgeblieben bin. Oder Matt, völlig konsterniert, dass ich ohne ein Wort das Weite gesucht habe. Oder wen immer ich sonst noch im Stich gelassen habe.

Dann hört es auf zu klingeln und fängt gleich wieder an. Als ich das Telefon aus der Tasche geholt habe, sehe ich gerade noch, wie die Mailbox anspringt. Festnetz, unbekannte Vorwahl.

Ich höre die Nachricht ab, eher aus Pflichtgefühl, höre, was die unbekannte Frauenstimme mir sagt, und dann begreife ich. Das Telefon gleitet mir aus der Hand, ich bin wie erstarrt. »John, dreh um. Dreh sofort um. Cori hatte einen Unfall.«

»Was?«

»Da vorn kannst du wenden. Fahr zurück zum College.«

»Wer war das gerade? Was ist passiert?«, will er wissen, setzt aber schon den Blinker.

»Das war das Krankenhaus«, sage ich, blankes Entsetzen in der Stimme. »Cori«, stammele ich und packe ihn bei der Schulter. »Sie ist mit dem Kopf aufs Sprungbrett aufgeschlagen und derzeit nicht bei Bewusstsein.«

18. Kapitel

Cori war gerade drei geworden, als wir ihr erzählten, dass sie bald ein Geschwisterchen bekommen würde. Stell dir vor, sagten wir zu ihr, dann bist du eine große Schwester!

Zu dem Zeitpunkt hinkte Cori sprachlich ziemlich hinterher. Wir versuchten zwar, gelassen zu bleiben, aber da wir das alles ja zum ersten Mal machten, sahen wir in allem, was auch nur ein bisschen von der Norm abwich, sofort Grund zur Besorgnis. Ich verschwendete also kostbare Lebenszeit darauf, alles Mögliche über kindliche Entwicklungsstörungen zu lesen und meine Tochter mit mundmotorischen Übungen zu traktieren. Cori, ganz die Rebellin, stellte das Sprechen daraufhin fast vollständig ein, zeigte bloß noch auf die Dinge und sagte »Das da«, statt sie, soweit sie es schon konnte, beim Namen zu nennen. Der Rat verschiedener Logopäden lautete, einfach so zu tun, als wüssten wir nicht, was sie meinte. Wenn ich jeden ihrer Wünsche erfüllte, ohne dass sie ihn auszusprechen brauchte, würde das zu erlernter Hilflosigkeit führen. Ah ja, dachte ich, natürlich war die Mutter schuld. Oder vielleicht hatte sie auch nur gerade keine Lust zu sprechen, und wir konnten uns alle mal wieder abregen.

Aber verunsichert wie ich war, folgte ich am Ende doch dem Rat der Experten. Als Cori also auf meinen Bauch zeigte und »Das da« sagte, fragte ich »Was?« und sie fragte »Baby?«, worauf ich sie anstrahlte und ihr erklärte, ja, darin wachse das neue Baby heran. »Cori will das Baby nicht«, verkündete sie, und da sagte ich mir, *immerhin ein vollständiger Satz*, man kann das ja auch mal positiv sehen. Aber insgeheim machte es mir doch auch ein bisschen Angst.

John und ich hatten es zunächst nicht explizit aufs zweite Kind angelegt, aber als es dann doch länger als erwartet dauerte, bis ich erneut schwanger wurde, beschlossen wir, das ärztlich abklären zu lassen. Einen Termin hatten wir sogar schon. John wollte, dass ich mich zuerst untersuchen ließe. Wenn ich »abgecheckt« sei, würde er auch gehen. Er begründete das damit, dass »Eier schneller schlecht« würden, und man kann sich denken, dass solche Sprüche mich nicht gerade animierten. Unser Liebesleben machte eine ziemliche Talfahrt, ich begann John alles zu verübeln, er schien auch nicht sonderlich motiviert, und unser Vorspiel beschränkte sich bald nur noch auf Bemerkungen wie »Dann wollen wir es mal hinter uns bringen« und »Oh, es ist mal wieder so weit – na ja, nützt ja nichts.«

Irgendwann blieb glücklicherweise meine Periode aus, ich machte einen Test, der positiv ausfiel, und dann warteten wir noch drei Monate, ehe wir es Cori sagten, deren Begeisterung sich in Grenzen hielt. Zwischen mir und John stand es ohnehin nicht zum Besten, und manchmal, wenn ich ihn mir so ansah, fragte ich mich, ob ich eigentlich die Einzige von uns dreien war, die sich auf das Baby freute. Ich fühlte mich sehr einsam in dieser Zeit.

Doch als Joe ein halbes Jahr später zur Welt kam, schien alles gut zu werden. Alle waren sofort ganz vernarrt in den kleinen Kerl, und Cori, die zuerst so gar keine Lust auf ihr Geschwisterchen gehabt hatte, beanspruchte Joe bald ganz für sich. Trotz des Altersunterschieds konnten sich die beiden ganz wunderbar gegenseitig die Zeit vertreiben. Beim Windeln-Wechseln hielt Cori sich zwar vornehm zurück, aber sie liebte es, Joe zu füttern. Einmal, als John auf Geschäftsreise war und Joe mehr Hunger als ich Milch hatte, stand sie sogar mitten in der Nacht auf und wollte ihm ein Fläschchen machen. Während sie ihren kleinen Bruder im Beistellbettchen neben mir fütterte, plapperte sie dabei mit einem Wortschatz, den sie mir und John vorenthielt. »Na, Kleiner«, hörte ich sie gurren. »Zeit für deine Milch. Mmh, leckere Milch. Wir müssen ganz leise sein, damit Mummy weiterschlafen kann. Musst du Bäuerchen machen?«

Das leere Fläschchen stellte Cori auf den Nachttisch, kletterte an mir vorbei auf die andere Seite des Betts und schlief dort gleich wieder ein, als würden wir das jede Nacht so machen. Wenn John geschäftlich unterwegs war, und das war er unter der Woche meistens, waren wir drei ein eingespieltes Team. John indes war an den Wochenenden viel zu müde, um Joe nachts zu füttern. Allerdings nahm er Cori tagsüber mit in den Park oder ging mit ihr schwimmen oder zu Baseballspielen, damit ich mal in Ruhe schlafen konnte, während Joe seine Nickerchen machte. Ich sagte mir, dass ich froh über die kleinen Pausen sein konnte, die er mir damit verschaffte, aber ich vermisste Cori an diesen Tagen. Nie jedoch vermisste ich John.

Dass die Liebe einer Mutter sich von ihrem Mann auf die Kinder verlagert, ist nicht ungewöhnlich, das wusste ich. Ich wusste auch, dass diese Phase in aller Regel vorüberging. Waren die Kinder erst mal alt genug, um bei Freunden zu übernachten oder eine Woche oder auch nur das Wochenende bei den Großeltern zu verbringen, käme auch wieder Fahrt in das Liebesleben, versicherten mir andere Mütter. Ich versuchte also, mir kein schlechtes Gewissen machen zu lassen, wenn mir in den ersten Jahren nicht der Sinn nach Sex stand, wenn ich lieber früh schlafen ging als mit meinem Mann auszugehen oder ich tagelang nur in ausgeleierten Jogginghosen herumlief.

Aber nachdem John mich verlassen hatte, gab ich mir da nicht doch die Schuld daran, zumindest ein bisschen? Und vielleicht richtete meine Wut sich ja auch gar nicht so sehr gegen ihn als vielmehr gegen mich selbst?

All das geht mir durch den Kopf, während wir zum Krankenhaus rasen. Ich denke an Cori, und ich denke an all die Male, die sie vom Fahrrad gefallen ist, von der Schaukel oder von einer Leiter, auf der sie gar nichts zu suchen hatte, auf die sie aber natürlich trotzdem geklettert war. Und plötzlich bleibt bloß ein einziger Gedanke, doch der ist von verblüffender Klarheit: Was macht es jetzt noch, wer wann was warum getan oder unterlassen hat? John und ich haben etwas Wunderbares geschaffen, etwas, das größer ist als die Summe unserer Teile. Wir haben zwei wunderbaren Kindern das Leben geschenkt, Kinder, die ich mehr liebe als alles in der Welt. Und eines dieser Kinder liegt jetzt schwer verletzt in der Klinik, und da kommt es nicht mehr darauf an, wie es dazu kommen konnte, und niemand hat Schuld, weder John noch ich. Jetzt zählt nur noch, dass Cori aufwacht und wir so schnell wie möglich bei ihr sind, damit sie, wenn sie zu sich kommt, uns beide, ihren Vater und ihre Mutter, an ihrer Seite hat.

Das Krankenhaus ist ein großer, moderner Gebäudekomplex in unmittelbarer Nähe des Campus. Skulpturen am Eingang, alles schimmert blitzsauber, das Parken wird von einem Servicemitarbeiter erledigt, im Fahrstuhl sagt eine sanfte Stimme die Stockwerke an. Von alledem bekomme ich kaum etwas mit. Ich habe John im Auto sitzen lassen und bin zur Notaufnahme gerannt. Aber Cori ist schon verlegt worden. Ich renne an einen Schalter und rufe »Cori Byler?«, worauf einer der Diensthabenden den Kopf hebt und ebenso knapp erwidert: »Schädel-Hirn-Trauma? Vierter Stock.«

Schädel-Hirn-Trauma. Das ist eins dieser Worte, das bei uns Kunstsprungmüttern tabu ist. Dabei reden wir ständig von Gehirn*erschütterungen*: Was ist zu tun, woran erkennt man, ob es eine ist, ins Krankenhaus ja oder nein, welche Fragen müssen wem gestellt werden? Aber *Schädel-Hirn-Trauma* ist ein anderes Kaliber, ein Wort, das schon ein schlechtes Omen wäre, wenn man es nur *denkt*. Gehirnerschütterung bedeutet Bettruhe, einige Tage oder Wochen in der Schule fehlen, beim Training auf der Bank sitzen, ein paar Wettkämpfe verpassen. Schädel-Hirn-Trauma steht für Hirnschädigung. Im vierten Stock stürme ich in den Wartebereich der Station, als sei ich persönlich gekommen, Cori aus den Klauen des Todes zu befreien. »Wo ist sie?«, rufe ich. »Corinne Byler, Versicherungsnummer 320378, geboren am 27.9. …«

»Ganz ruhig«, sagt der Mann an der Anmeldung. »Sie sind die Mutter der jungen Patientin?«

Ich nicke.

»Wir haben schon auf Sie gewartet. Ich bringe Sie gleich zu ihr und rufe einen Arzt. Können Sie sich ausweisen?«

Ich bin kurz davor, den armen Kerl beim Kragen zu packen und ihn einmal kräftig zu schütteln.

»Ja«, sage ich. »Bringen Sie mich zu ihr.« Ich zeige ihm meinen Führerschein, und er händigt mir ein Besucherarmband aus. Hinter mir öffnen sich die Fahrstuhltüren, und aus dem Augenwinkel sehe ich John aussteigen. Ich habe die Treppe genommen, immer zwei Stufen auf einmal, und schnappe noch immer keuchend nach Luft. John wirkt ruhig, aber er ist blass, und seine Lippen sind schmal. »Und da kommt auch ihr Vater«, sage ich und zeige auf John. »Lassen Sie ihn am besten gleich mit rein. John, zeig ihm deinen Führerschein.«

»Einen Moment, ich bin gleich bei Ihnen. Ma'am, wenn Sie bitte schon mal mitkommen würden«, sagt er zu mir und lässt John warten. Er lotst mich durch zwei Türen, die sich nur mit Zugangscode öffnen lassen, dann an einigen Behandlungszimmern vorbei, bis er mich einem Pfleger übergibt. »Die Mutter von Cori Byler, Zimmer 428.«

Der Pfleger nimmt mich am Arm und führt mich einen anderen Gang hinunter. »Ihre Tochter hat sich bei einem Sportunfall ein Schädel-Hirn-Trauma zugezogen. Sie ist derzeit unter Beobachtung, bis abgeklärt ist, ob und wie schwer sie betroffen ist. Das CT steht noch aus, dann wissen wir mehr. Im Augenblick ist sie halb bei Bewusstsein, reagiert mit recht hohen Werten auf der Glasgow-Koma-Skala.« Ich habe keine Ahnung, was damit gemeint ist, bin aber auch viel zu sehr durch den Wind, um nachzufragen. »Ich will schauen, dass wir so schnell wie möglich einen Arzt zu Ihnen bekommen, um alles Weitere zu besprechen«, fährt er fort. »Sie können dann nachher zu Ihrer Tochter, aber wie gesagt, sie ist nicht ganz bei Bewusstsein und noch etwas desorientiert. Sie müssen sich das vorstellen wie bei jemandem, der gerade aus dem Schlaf gerissen wurde.«

Damit kann ich etwas anfangen, noch aus der Zeit, als Cori und später Joe Babys waren. Dann weiß ich ja, was mich erwartet, sage ich mir. Ich gehe da jetzt einfach rein.

»Das ist der Wartebereich der Intensivstation, es kann noch ein bisschen dauern. Sie können sich so lange gern einen Kaffee holen oder … Ma'am?«

Ich habe Coris Geburtsdatum längst auf dem Schild an der Tür von Zimmer 428 entdeckt, dazu das Kürzel für Schädel-Hirn-Trauma. Das war nicht schwer. Vorsichtig öffne ich die Tür und spähe ins Zimmer. Da ist Cori, sie liegt im Bett und schläft. Ich schlüpfe durch die Tür.

»Ma'am«, ermahnt mich der Krankenpfleger und folgt mir ins Zimmer. »Bitte warten Sie vorne. Sie regen sich und Ihre Tochter nur unnötig auf.«

Auf Coris Gesicht sitzt eine Sauerstoffmaske, an dem Infusionsständer neben ihrem Bett hängen drei Beutel, von denen aus Schläuche in ihren Körper führen. Die Geräuschkulisse erinnert an das Set einer Seifenoper. *Piep-piep. Wusch-wusch.* Coris Mund steht leicht offen, unter der Maske läuft ein Speichelfaden heraus. Sabber bedeutet Leben, sage ich mir. Ich fange an zu weinen.

»Der Anblick ist immer etwas verstörend«, höre ich hinter mir den Pfleger. »Deshalb meinte ich, dass Sie lieber draußen warten …«

»Ich bin nicht verstört«, erwidere ich. »Sehen Sie doch – sie atmet!«

Cori dreht den Kopf zu mir. Ihre Lider öffnen sich flatternd und schließen sich wieder. Sie kann mich hören. Ich schlucke meine Tränen hinunter, dann nehme ich ihre Hand und sage mit aufgesetzter Fröhlichkeit: »Jetzt schau dich nur an, du sabberst wie ein Golden Retriever! Mein liebes Mädchen, du hast mir vielleicht einen Schrecken eingejagt. Ich dachte, sie bringen euch bei, dass man mit den Füßen abspringen soll und nicht mit dem Kopf.«

Wieder öffnet sie die Augen, und ich meine ein Funkeln darin zu sehen, ehe sie ihr wieder zufallen. Ich drehe mich nach dem Krankenpfleger um.

»Sie sind schmerztherapeutisch auf dem neuesten Stand?«, frage ich scharf.

»Die Ärzte wissen schon, was Sie tun, Ma'am. Ich muss Sie allerdings bitten, jetzt in den Wartebereich zu gehen. Trinken Sie eine Tasse … Kamillentee. Es kommt dann gleich jemand, der alles Weitere mit Ihnen bespricht.«

Diesmal tue ich ihm sogar den Gefallen und gehe wieder hinaus. Ich bin die Einzige im Wartebereich. Im Fernsehen laufen Nachrichten, der Raum riecht nach Tankstellenkaffee. Die Stühle sind das einfache Krankenhausmodell. Ich setze mich auf einen und fange erneut an zu weinen.

Kurz darauf taucht John auf und setzt sich zu mir. Ich habe mir einen der extrabreiten Stühle ausgesucht, weil ich mich auf eine längere Wartezeit einstelle, und bin froh, dass er nicht versucht, an mich heranzurücken, sondern einfach den nächsten freien Stuhl nimmt. So sitzen wir zwar nebeneinander, aber mit dem nötigen Abstand. Ich stütze die Ellbogen auf die Knie, vergrabe das Gesicht in den Händen und weine weiter.

John streckt die Hand aus und reibt mir geistesabwesend den Rücken. »Hast du schon mit einem Arzt gesprochen?«

Ich schüttele den Kopf. »Noch nicht. Aber ich war kurz im Zimmer und habe Cori gesehen. Sie hat mich erkannt, John. Sie lebt!«

John gibt einen erstickten Laut von sich. »Himmel, Amy, ist das alles, worauf wir hoffen können?«

»Es ist schon mal ein guter Anfang«, sage ich. »Sie hat ein Schädel-Hirn-Trauma, John. Die Ergebnisse des CT stehen noch aus, erst dann kann man sagen, wie schwer sie verletzt ist …«, ich atme tief durch, »und ob sie bleibende Schäden davongetragen hat. Wolltest du das hören?«

John schweigt.

»Weißt du, während du weg warst«, sage ich, weil ich es nicht lassen kann, »ist auch so manches passiert. Die Kinder waren öfter krank, hatten kleinere und größere Unfälle, haben Dummheiten gemacht, mussten zum Arzt, in die Notaufnahme. Und dann diese Aktion mit dem Haarschneider …«

»Haarschneider?«

»Ja, Läuse«, sage ich. »Ich habe versucht, Joe die Haare ganz kurz zu scheren, um die Viecher wegzubekommen, aber es sah so schlimm aus, dass wir doch zum Friseur mussten, damit er sich wieder in der Öffentlichkeit blicken lassen konnte.«

»Aha«, sagt John. »Und was genau hat das jetzt mit Cori zu tun?«

»Ich will damit nur sagen, dass ich schon so einige Katastrophen mit den Kindern erlebt habe. Und es ist so: Wenn man sich vergewissert hat, dass alle noch leben und das Haus nicht in Flammen steht, sieht man weiter.«

»Ah ja, toller Tipp.« Er klingt verärgert, und ich frage mich, welches Recht *er* hat, *mir* böse zu sein. Aber bin ich nicht auch wütend auf ihn? Auf ihn und den Pfleger und den armen Kerl an der Anmeldung und wer noch gerade das Pech hat, mir in die Quere zu kommen und klarmacht, dass das alles nicht nur ein böser Traum ist.

»Für dich mag das die erste Krise mit den Kindern sein«, setze ich noch nach, »für mich nicht.«

»Krise dürfte eine kleine Untertreibung sein«, stellt John fest. »Sie ist noch nicht mal richtig bei Bewusstsein. Sie könnte, nach allem, was wir wissen, eine Gehirnblutung haben oder ein Ödem oder bleibende Schäden davontragen, an die ich kaum zu denken wage.«

Ich hebe den Blick zur Decke. Weiß er denn nicht, dass Eltern ihre schlimmsten Ängste niemals laut aussprechen dürfen? »Wohl zu viele Wiederholungen von *Emergency Room* geschaut, was?«, frage ich spitz. »Entspann dich bitte und mal nicht den Teufel an die Wand.«

John klappt die Kinnlade herunter. »Entspann dich? Das sagt die Richtige!«

»Lass es gut sein«, sage ich, denn ich sehe eine Ärztin den Gang entlangkommen, oder jedenfalls eine Frau in einem weißen Kittel. Sie bleibt vor uns stehen. »Ich bin Dr. Boch. Sind Sie die Eltern von Corinne Byler?«

John schweigt eingeschnappt, ich nicke und zeige mein Armband vor. »Das sind wir. Wie geht es Cori?«

»Wir haben uns das CT jetzt angesehen und leider eine Blutung festgestellt – eine Subarachnoidalblutung, die sich aber in aller Regel gut operieren lässt. Wenn Ihre Tochter den Unfall gestern hatte, muss die Blutung posttraumatisch eingetreten sein. Wahrscheinlich ist Cori erst mal nach Hause gegangen, hat sich wegen der Kopfschmerzen, die ein typisches Symptom sind, hingelegt und ist dann nicht mehr aufgewacht. Könnte es so gewesen sein?«

Ich nicke. So hat es mir jedenfalls die Trainerin aus dem Camp geschildert, als ich sie vorhin zurückgerufen habe. Cori sei nach der offiziellen Sperrstunde noch mal mit ein paar anderen an den Pool, habe herumgealbert und sich dabei den Kopf angeschlagen, die anderen Mädchen aber gebeten, es niemandem zu sagen. Dann sei sie wieder auf ihr Zimmer, ihr *Einzel*zimmer, und zu Bett gegangen, und als sie heute Morgen nicht zum Frühtraining erschienen sei …

»… Schlaganfall, Vasospasmen, Hydrocephalus sind in dem Fall mögliche Komplikationen …«, höre ich die Ärztin sagen.

»Was erzählen Sie da?«, fragt John dazwischen und an mich gewandt: »Spricht sie überhaupt Englisch?«

»Jetzt sei doch still und hör zu!«, fahre ich ihn an.

Die Ärztin schaltet einen Gang runter. »Mr. Byler, Ihre Tochter ist mit dem Kopf aufgeschlagen, und es kam zu einer Gehirnblutung – Blut hat sich zwischen der mittleren und der inneren Hirnhaut gesammelt. Das ist eine Komplikation, wie wir sie bei einem Viertel aller mittelschweren Schädel-Hirn-Traumata finden.«

»Nein«, sagt John. »Nein.«

Dr. Boch lässt sich davon nicht abbringen. »Wir konnten die Diagnose dank bildgebender Verfahren eindeutig stellen und sollten in Coris Fall so schnell wie möglich operieren.«

»Operieren?«, wiederholt John. »Auf keinen Fall, da brauchen wir erst eine Zweitmeinung.«

Ich merke der Ärztin an, wie sie innerlich langsam bis drei zählt. »Das ist Ihr gutes Recht, aber ich würde Ihnen raten, jetzt nicht unnötig Zeit zu verlieren. Wir wissen, wo das Problem liegt, wir wissen sehr genau, was zu tun ist, und wir sollten nicht mehr allzu lang damit warten. Erste Priorität war es, uns um die Vitalfunktionen zu kümmern, das haben wir getan, ihre Tochter ist stabil. Und damit das so bleibt, müssen wir operieren, um die Blutung zu stoppen.«

»Muss das wirklich sein?«, fragt John.

»Ja«, sagt die Ärztin knapp. »Es muss sein. Es handelt sich um einen komplizierten Eingriff, den ich jedoch schon etliche Male vorgenommen habe. Die Prognosen sind gut, aber versprechen kann ich Ihnen nichts. Ich habe eine sehr gute Erfolgsbilanz vorzuweisen und arbeite mit einem hervorragenden Team zusammen. Ihre Tochter könnte kaum in besseren Händen sein. Ich bräuchte lediglich Ihre Einwilligung und müsste Sie bitten, mir ein paar Fragen zu beantworten.«

»Legen Sie los«, sage ich.

»Nein«, sagt John. »Einspruch. Ich verstehe gar nichts mehr.« Etwas bestürzt stelle ich fest, dass er weint. Er ist völlig aufgelöst und steht wie ein Häuflein Elend neben mir.

Ich greife nach seiner Hand. »Ganz ruhig, John. Setz dich erst mal wieder hin, ich kümmere mich um alles Weitere.«

John schaut mich an, dann die Ärztin, dann wieder mich. »Du … du schaffst das?«

»Ja. Und es bleibt mir auch nichts anderes übrig, oder? Versuch dich zu entspannen. Ganz tief durchatmen. Oder wird dir etwa auch noch schlecht?«

»Nein«, schluchzt John und krallt seine Hand in meine.

»Gut«, sage ich. »Dann lass mich das jetzt erledigen, ich glaube, uns bleibt nicht so viel Zeit.«

»Ihre Frau hat recht«, sagt Dr. Boch. »Ich werde Ihnen natürlich all Ihre Fragen zu beantworten versuchen, aber je eher wir operieren, desto besser.«

»Im Moment haben wir keine weiteren Fragen«, versichere ich ihr, auch wenn das natürlich nicht stimmt, denn in meinem Kopf überschlagen sich die Gedanken, getrieben von blanker Panik, einer Angst, die mich komplett lähmen würde, wenn ich ihr nachgäbe. »Fragen Sie einfach, was Sie wissen wollen, und dann geben Sie mir ein paar Aufklärungsbögen, die ich mir in Ruhe durchlesen kann. Oder könnten Sie uns vielleicht jemanden schicken, der uns alles noch einmal ganz in Ruhe und verständlich erklärt? Nur damit wir Sie nicht länger aufhalten, und es endlich losgehen kann.«

»Ich schicke Ihnen jemanden«, verspricht sie. »Dann nur noch schnell meine Fragen: Raucht Cori?«

»Nein.«

»Nimmt sie, Ihres Wissens nach, irgendwelche Drogen?«

»Nein.«

»Könnte sie schwanger sein?«

»Nein.«

»Nimmt sie die Pille?«

»Ja.«

»*Was?!*«, ruft John.

»Hören Sie nicht auf ihn«, sage ich.

»Gibt es eine familiäre Veranlagung zu hohem Blutdruck?«

»Väterlicherseits.«

»Hatte Cori früher schon eine Gehirnerschütterung oder ein Schädel-Hirn-Trauma?«

»Nein.«

»Das ist gut. Dann muss sie aber wirklich eine astreine Springerin sein.«

»Allerdings, ja.«

»Das war dann auch erst mal alles. Wir machen sie jetzt für den OP fertig, und ich schicke jemanden, der Ihnen die Aufklärungs- und Anamnesebögen bringt, die Sie dann bitte ausfüllen und unterschreiben. Und Sie werden Geduld brauchen. Der Eingriff dauert seine Zeit, stellen Sie sich auf mehrere Stunden ein. Vorn an der Anmeldung erhalten Sie Informationen für Angehörige, und die Kollegen beschreiben Ihnen den Weg zur Cafeteria.«

»Danke«, sage ich.

»Einen Andachtsraum finden Sie oben im fünften Stock«, setzt sie noch nach, und spätestens da weiß ich, dass die Lage genauso ernst ist, wie ich es befürchte.

»Gut«, antworte ich mit einem Nicken. »Sie schaffen das, ja? Sie machen meine Tochter wieder gesund«, sage ich und hoffe, weder abgrundtief verzweifelt noch allzu fordernd zu klingen.

»Das ist meine Aufgabe«, erwidert die Ärztin, »und ich verstehe mich sehr gut darauf. Ihre Aufgabe ist es, die Ruhe zu bewahren und mich meine Arbeit machen zu lassen. Erwarten Sie noch jemanden? Vielleicht jemand, der sich um Ihren Mann kümmert?« Sie deutet mit dem Kopf hinüber zu John, der, wie ich erst jetzt bemerke, meine Hand losgelassen hat und sich würgend über einen der Abfalleimer beugt.

»Er ist nicht mehr mein Mann«, sage ich, auch wenn mir selbst nicht ganz klar ist, warum mir das ausgerechnet jetzt erwähnenswert erscheint. »Aber ich werde mich darum kümmern.«

Die Ärztin nickt. »Ihre Tochter ist in sehr guten Händen bei uns«, versichert sie mir erneut, und mir schießt der Gedanke durch den Kopf, wie absurd es ist, dass zu den vielen Aufgaben von Ärzten auch zählt, den Angehörigen klarzumachen, dass sie sie in Ruhe ihre Arbeit machen lassen sollten. Ich bin froh, jetzt nicht in Dr. Bochs Haut zu stecken. Und doch würde ich mich am liebsten an ihre Fersen heften, wenn sie gleich zu meiner Tochter geht.

»Darf ich mitkommen?«, frage ich.

»Sie können gern mitkommen und sie kurz sehen, ehe sie in den OP gefahren wird«, schlägt Dr. Boch vor. »Es gibt ja bekanntlich kaum eine bessere Medizin als einen Kuss von der Mama.«

Ich muss die Lippen zusammenpressen, um nicht in Tränen auszubrechen. Auch noch mit fünfzehn?, frage ich mich. *Selbst vor einer Gehirnoperation?* Die Ärztin legt mir sanft die Hand auf den Rücken und führt mich an Coris Bett.

»Das ist Coris Mutter«, sagt Dr. Boch zu den anwesenden Kollegen, als sie mit mir das Zimmer betritt, in dem jetzt reger Betrieb herrscht. »Sie wird ihrer Tochter die Hand halten, damit sie ganz beruhigt einschlafen kann. Sind die Kollegen von der Anästhesie schon da?«

»Hier«, meldet sich ein großer, hagerer Mann und stellt sich vor. »Ich setze ihr gleich diese Maske auf Mund und Nase, über die wir die Narkose einleiten und während der ganzen OP aufrechterhalten. Sie wird von dem Eingriff nichts mitbekommen und erst danach, wenn alles überstanden ist, langsam wieder zu sich kommen«, erklärt er mir.

»Passen Sie gut auf sie auf«, bitte ich ihn. »Sie ist ein Engel.«

Er nickt. »Ich weiß, das werde ich«, verspricht er mir und verkündet dann in den Raum hinein, sie seien so weit, die Patientin rüber in den OP zu bringen. »Sie können sich gern noch von ihr verabschieden«, sagt er zu mir, und ich beuge mich über Cori und umarme sie, gebe ihr einen Kuss, und obwohl sie die Augen geschlossen hat und nichts mitzubekommen scheint, sage ich ihr, sie würde das ganz fabelhaft machen, und ich würde später wieder nach ihr schauen. Und dann erzähle ich ihr, dass ich sie ganz doll liebhabe und stolz auf sie bin, und als ich anfange, alles aufzuzählen, was ich an ihr liebe – ihren Mut, ihre Stärke, ihre Ausdauer, ihre unverwüstliche Lebensfreude – geht der Narkosearzt doch dazwischen. »Gut, das muss reichen«, sagt er, schiebt mich sanft beiseite, und dann fahren sie Cori auch schon weg.

Und ich bin nur froh, dass alle sich mit auf den Weg zum OP machen und ich ganz allein im Zimmer zurückbleibe, denn so sehr ich mir auch wünsche, dass ihr all das erspart geblieben wäre und sie jetzt nicht unter dem Messer der Neurochirurgin läge, ist es doch, wie es ist, und da braucht meine Tochter mich vor diesem wichtigen, alles entscheidenden Moment nicht auch noch weinen zu sehen.

19. Kapitel

Liebe Cori,

während der letzten Monate wolltest du immer wieder von mir wissen, ob ich Dad zurücknehmen würde. Du hast gefragt, was die Mamazipation mit mir machen würde und ob ich danach wohl ein ganz anderer Mensch wäre. Du wolltest wissen, wie es nach dem Sommer weitergeht.

Ich wusste es selbst nicht und habe daher gar nicht erst versucht, dir deine Fragen zu beantworten. Doch dann kam alles anders. Du hast dich aus deinem Zimmer geschlichen, musstest unbedingt mit den coolen Mädchen nachts an den Pool, bist mit dem Kopf aufs Sprungbrett aufgeschlagen, und weil du natürlich wusstest, dass du zu dieser Zeit längst im Bett hättest sein sollen, hast du keinem eurer Betreuer Bescheid gesagt. Du bist einfach schlafen gegangen und dann nicht mehr aufgewacht. Und plötzlich scheinen mir deine Fragen ganz leicht zu beantworten, und die ganze Welt ist auf eine einzige, alles entscheidende Frage zusammengeschrumpft: Was wird aus meiner schönen, klugen, wunderbaren Tochter? Wirst du wieder gesund?

Es bricht mir das Herz, dass ich ausgerechnet jetzt, wo ich nicht mit dir sprechen kann, auf einmal die Antworten auf all deine Fragen weiß. Aber ich kann sie für dich denken und hoffen, dass sie dich auf diesem Wege erreichen. Dass du spürst, dass ich bei dir bin und dir versuche zu sagen, was du wissen wolltest.

Also, du wolltest wissen, ob ich Dad zurücknehme. Nein. Weil ich glaube, dass damit niemandem gedient wäre, auch euch nicht. Und ich werde es ganz sicher nicht tun, um ihn in eurem Leben zu halten. Denn wenn er dazu einen anderen Grund braucht als euch, können wir auch auf ihn verzichten, oder? Das haben wir nämlich nicht nötig. Aber wenn du denkst, dass es für unsere Familie wichtig wäre, dann setzen wir, dein Dad und ich, uns zusammen und hören uns an, was du zu sagen hast, denn du bist das klügste, mutigste und vernünftigste Mädchen, das ich kenne, und ich vertraue deinem Urteil und werde es auf jeden Fall mit berücksichtigen.

Ob ich mich durch die Mamazipation verändert habe? Ja, das habe ich, aber nicht so, wie du jetzt vielleicht denkst. Ich habe meine wilden Zwanziger nicht wieder aufleben lassen. Und ich habe es kein einziges Mal bereut, dass ich dich und Joe bekommen habe. Ich habe mich von den schicken Klamotten und High Heels und selbst den Designerhandtaschen aus dem Fundus des Magazins nur mäßig beeindrucken lassen, werde allerdings jetzt, wo ich den Unterschied kenne, nie wieder so schlecht sitzende BHs tragen, wie ich es jahrelang getan habe (und wenn es bei dir so weit ist, dass du BH-technisch was Vernünftiges brauchst, dann zahle ich dir das – es ist wirklich jeden Cent wert). Es hat mir gefallen, mich ab und an schick zu machen, ich mochte es, Zeit für mich zu haben und – hört,

hört – zu daten. Der größte Unterschied, den du an mir bemerken wirst, ist, dass ich versuchen werde euch beizubringen, oder besser noch euch vorzuleben, wie man sich ein schönes und gutes Leben macht – und zwar nicht nur im Urlaub, sondern Tag für Tag. Weil das als Mutter ebenso meine Aufgabe ist, wie euch ein Mal am Tag Gemüse vorzusetzen oder euch zu sagen, dass ihr gerade sitzen sollt.

Wenn es dir wieder besser geht – und das wird es, mein Schatz –, sollst du Spaß haben und Erfahrungen sammeln, du wirst aufs College gehen und dich verlieben und vielleicht ein Kind bekommen, ganz egal in welcher Reihenfolge. Und wenn du dann an mich denkst, fällt dir hoffentlich ein, dich niemals selbst aufzugeben, um eine vermeintlich perfekte Mutter zu sein. Denn damit ist niemandem geholfen. Und deshalb: Wenn dir danach ist, lass die Kinder in der Obhut einer halbwegs kompetenten Person und mach etwas nur für dich. Und wenn du auch zunächst nicht weißt, was das sein könnte, dann überleg weiter, bis du dann doch draufkommst. Es gibt etwas, versprochen.

Zu deiner letzten Frage: Wie geht es nach dem Sommer weiter?

Du kommst nach Hause. Das ist die einzige Antwort, auf die es jetzt ankommt. Und wenn du wieder zu Hause bist, sehen wir weiter.

Die ersten drei Stunden, die Cori im OP ist, vergehen sehr schnell, was daran liegt, dass ich vor lauter Weinen und dem Nachschlagen medizinischer Begriffe und dann wieder Weinen und noch mehr Nachschlagen und noch mehr Weinen, was alles sehr kraft- und zeitraubend ist, kaum zum Nachdenken komme. Erst gegen Mittag, als der Akku meines Handys fast leer ist und ich völlig dehydriert bin, tauche ich aus meiner Blase auf und kehre schließlich in den Warteraum zurück, wo John auf einem der XXL-Stühle eingeschlafen ist, während keinen Meter von ihm entfernt der Fernseher auf voller Lautstärke läuft. Ich bleibe stehen und betrachte ihn einen Moment. Er wirkt fix und fertig, wie ein Kind, das den ganzen Tag draußen getobt hat.

Wenn er die Gehirnoperation unserer Tochter verschläft, muss er wirklich *sehr* müde sein. Wahrscheinlich die Zeit mit den Kindern, sage ich mir, die hat ihm den Rest gegeben. Ich kann ihm das sehr gut nachfühlen, denn mir ging es jahrelang genauso. Allerdings ist dieses Herunterfahren bei John auch einfach eine Bewältigungsstrategie. Während meiner ersten Geburt hat er sich komplett ausgeklinkt, ebenso wenn er Stress im Job hatte oder als ich das Baby verloren habe. Für ihn hat das prima funktioniert. Wenn die Krise überwunden war, tauchte er mit neuer Energie wieder auf, als sei nichts gewesen – doch für mich war genau das einer der Gründe, warum ich mich in unserer Ehe so einsam gefühlt habe.

Und wie ich seine schlafende Gestalt jetzt so betrachte, bin ich fast ein wenig verwundert, dass ich wegen dieses Mannes einmal Tränen vergossen habe. Vor drei Jahren war es mir noch nicht klar, wie knapp ich einem Lebenslänglich mit einem Partner entronnen bin, der die größten Krisen unseres Lebens einfach verpennt und mich die schwersten Stunden allein durchstehen lässt. So gesehen war die bis dato schlimmste Zeit meines Lebens vielleicht das Beste, was mir passieren konnte.

Und jetzt das. Wenn Cori wieder gesund wird – und sie *muss* wieder gesund werden –, werde ich nie wieder einen reumütigen Gedanken an meine Ehe verschwenden. Ich werde dankbar sein für alles, was wir hatten, die guten Zeiten, die Kinder, die schönen Erinnerungen. Und ich werde John, ganz gleich, wohin es ihn nach dem Sommer ziehen wird, nach Kräften dabei unterstützen, den beiden ein guter Vater zu sein. Aber ich werde auch leben, diesmal wirklich einen neuen Anfang wagen und nicht länger etwas hinterhertrauern, das von Anfang an nicht ideal war. Einen Daniel werde ich hier in Pennsylvania zwar nicht finden, aber vielleicht lerne ich ja jemand anderen kennen. Oder vielleicht fahre ich auch hin und wieder nach New York …

Ich schließe einen Pakt mit mir: *Wenn Cori am Leben bleibt, werde auch ich leben.*

Und wenn nicht … nun, dann ist eigentlich auch alles andere egal.

Aber daran will ich jetzt gar nicht denken.

Als die OP dann in die sechste Stunde geht, starre ich bloß noch wie besessen zur Tür. Sowie ich Schritte höre oder draußen auf dem Gang eine Bewegung wahrnehme, springe ich auf, nur um mich gleich darauf zurück auf meinen Stuhl sinken zu lassen. Nachdem ich das eine Stunde so gemacht habe, beschließe ich, mir ein wenig die Beine zu vertreten, um nicht völlig durchzudrehen.

Ich gehe zur Anmeldung, um Bescheid zu sagen, dass ich eine Viertelstunde an die frische Luft müsse, worauf die diensthabende Krankenschwester mich bittet, kurz zu warten, weil doch meine Schwester schon auf dem Weg nach oben wäre. *Meine Schwester?* »Also … die Tante der jungen Patientin?«, setzt sie behutsam nach, als sie meinen verständnislosen Blick bemerkt.

Ah! *Lena.* »Vielen Dank, das ist ja wunderbar. Ich wusste nicht, dass sie kommen würde«, sage ich entschuldigend und gehe zu den Fahrstühlen, um Lena in Empfang zu nehmen. Und just in dem Moment gleiten die Türen auch schon auf, und da ist sie, meine Freundin, schließt mich in ihre Arme, und auf einmal fühle ich mich nicht mehr ganz so entsetzlich allein.

»Was machst du denn hier?«, frage ich, nachdem sie mich wieder losgelassen, dann erneut an sich gezogen und mir schließlich einen schon halb ausgetrunkenen Schoko-Milkshake in die Hand gedrückt hat. »Ist der für mich?«

»Der sollte für dich sein, aber ich war unterwegs schon so mit den Nerven runter, dass ich immer mal wieder einen Schluck brauchte. Es war eine lange Fahrt, musst du wissen, und am Anfang hatte ich das Schätzchen noch in der Kühlbox und konnte widerstehen, aber irgendwann schrie es mich förmlich an: ›Lass mich raus, lass mich raus!‹ – und na ja, was sollte ich machen?«

Ich muss trotz allem lachen. »Lena, das ist wunderbar, aber … woher wusstest du, dass wir hier sind?«

»Weißt du das nicht? John hat mir eine SMS geschickt.«

»Danke«, sage ich und schicke einen Stoßseufzer himmelwärts. »Manchmal macht er ja doch etwas richtig.«

»Sprichst du etwa mit Gott?«, fragt sie.

»Nein, das überlasse ich dir. Ich versuche nur, nicht völlig den Verstand zu verlieren, während wir auf den Ausgang der OP warten.«

»Wie lange dauert es denn noch?«

»Eine Stunde, zwei? Wir sitzen hier schon den ganzen Tag. Sie hat eine Gehirnblutung.« Jetzt kann ich mich nicht mehr länger beherrschen und breche in Tränen aus.

»Oh je«, sagt Lena und legt den Arm um mich. »Die arme Cori. Was ist denn passiert?«

Ich will es gerade erzählen, als es wieder *Pling* macht und die Türen des Fahrstuhls sich erneut öffnen.

»Talia?«, rufe ich entgeistert.

»Was ist denn hier los? Warum sind wir im Krankenhaus?«, will sie wissen und schließt mich auch erst mal in die Arme. Das ist so völlig untypisch für Talia, dass ich gleich wieder losheule. »Für dich«, sagt sie und drückt mir einen riesigen Plüschgeparden in den Arm.

»Was soll ich denn damit?«, frage ich verdattert.

»Das Sortiment dieses Krankenhausgeschenkeladens ist das reinste Horrorkabinett«, erwidert sie trocken. »Und ich dachte, dem Kleinen können wir wenigstens noch das Fell abziehen und dir eine schöne Jacke daraus machen.«

»Oh Talia, ich bin so froh, dass du hier bist.«

»Wenn dich eine Braut Christi anruft, flucht wie ein alter Seebär und dir befiehlt, dass du gefälligst deinen Hintern herbewegen sollst, dann bewegst du deinen Hintern her.«

»Ex-Braut«, stellt Lena klar.

»Du bist von Miami hierhergeflogen?«, frage ich.

»Nein, ich bin schon gestern nach New York geflogen, um dich zu überraschen und übers Wochenende ein bisschen Florida-Detox zu machen. Schau dir nur an, was die Sonne mit meinen Haaren gemacht hat!« Sie beugt den Kopf und zeigt auf ihre immer noch perfekten Locken. »Und dann bist du nicht mehr da! Dein ganzer Kram in Kartons und ich so

Was? – und dann hat auch schon Lena angerufen und ich so *Oh shit!* Ein Ex-Freund hat mir sein Auto geliehen, und ich bin sofort losgefahren, und dürfte ich dich vielleicht daran erinnern, dass ich keinen gültigen Führerschein habe? Ich hatte also einen ziemlich stressigen Tag, das kann ich dir sagen.«

Tränen laufen mir über die Wangen und ich schüttele den Kopf. »Ich auch«, versichere ich ihr.

»Das habe ich gehört. Was ist denn passiert?«

Und bevor ich ein zweites Mal ansetzen kann, den beiden alles zu erzählen, macht es wieder *Pling*, und diesmal drehen wir uns alle drei voller Erwartung zum Fahrstuhl um. Eine Krankenschwester steigt aus, sichtlich irritiert von unseren fragenden Blicken. Als sie aus der Lobby verschwunden ist, fange ich an zu berichten. »Cori ist gleich am ersten Tag im Sportcamp mit dem Kopf aufs Sprungbrett aufgeschlagen. Weil sie zu der Zeit gar nicht am Becken hätte sein dürfen, hat sie es keinem der Betreuer gesagt und ist einfach schlafen gegangen. Als sie am nächsten Morgen nicht zum Training erschienen ist, ist jemand auf ihr Zimmer und hat sie bewusstlos im Bett gefunden. Sie haben dann einen Rettungswagen alarmiert und die Trainerin hat mich angerufen, dass Cori im Krankenhaus ist.«

»Wie furchtbar«, sagt Talia.

»Cori ist ziemlich hart im Nehmen«, meint Lena. »Sie ist eine Mischung aus Bulldogge, Iron Man und Cheerleader. Wenn jemand das schafft, dann sie.«

»Wollen wir hoffen, dass du recht hast«, sage ich mit zittriger Stimme. »Sie ist … Ich kann doch nicht …«

Da umarmen Lena und Talia mich beide. Die eine flüstert mir tröstende Worte ins Ohr, die andere sagt: »Brauchst du auch nicht.«

Und wieder hält der Fahrstuhl auf unserer Etage, doch diesmal weine ich einfach weiter und klammere mich an meine Freundinnen, als hinge mein Leben davon ab.

Die Tür geht auf, Daniel tritt heraus.

»*Was?*«, rufe ich.

Talia und Lena lassen mich los. »Ist das …?«

»Daniel!«, sage ich.

»Ist es okay, dass ich hier bin?«, fragt er.

Statt zu antworten, laufe ich zu ihm. »Cori hatte einen Unfall«, sage ich und will ihm sofort alles erzählen, damit er weiß, was los ist. »Sie hat eine Gehirnblutung und wird noch immer operiert. Ihr Vater ist auch hier, aber er … er schläft gerade.«

»Oh, Amy«, sagt Daniel, hält mich einen Moment fest und weicht dann zurück, um mir in die Augen schauen zu können. »Wie geht es dir?«

»Wie soll es mir schon gehen?«, erwidere ich. »Wobei, jetzt wo ihr alle hier seid, geht es mir schon etwas besser.« Ich merke, wie Lena und Talia uns ganz ungeniert beobachten.

»Hat eine von euch ihn angerufen?«, will ich von den beiden wissen.

»Ich weiß nicht mal, wer er ist«, meint Talia.

»Das ist der sexy Schulbibliothekar«, klärt Lena sie auf, und Daniel errötet etwas. »Daniel«, fährt sie fort. »Er war das, der den ganzen letzten Monat in deinem Bett geschlafen hat.«

»Aha!«, sagt Talia. »Dann hast *du* deine Fitnessuhr bei mir liegen lassen! Ich hatte schon befürchtet, das Ding würde dir gehören, Amy.«

Ich lächele. »Nein, es ist seine. Daniel, darf ich dir Lena und Talia vorstellen?«

Er nickt den beiden kurz zu. »Freut mich. Ich wünschte, die Umstände wären andere. Wann kommt Cori aus dem OP?«

Ich schaue auf die Uhr. »Bald. Der Eingriff dauert schon sieben Stunden. Aber die Ärztin hat mich darauf vorbereitet, dass es sich bis in den Abend ziehen könnte – je nachdem, was gemacht werden muss. Vielleicht sollten wir uns wieder in den Warteraum setzen, damit wir sie nicht noch verpassen.«

»Jemand müsste allerdings hierbleiben«, sagt Daniel. »Matt wollte auch gleich hochkommen, von ihm habe ich es erfahren.«

»Matt?«, frage ich ungläubig. »Talias Matt?«

»Was ist mit Matt?«, will Talia sofort wissen, die unser Gespräch nur halb mitbekommen hat.

»Wir sind zusammen hergefahren«, erklärt ihr Daniel. »Er sucht gerade einen Parkplatz.«

Talia schüttelt den Kopf, als verstünde sie die Welt nicht mehr. »Dann geht ihr beiden doch schon mal rein und wartet auf die Ärztin«, meint sie. »Lena, wir warten hier auf Matt.«

Ich gehe wieder zur Anmeldung und sage der Schwester, es ist wieder eine andere als vorhin, dass Cori Bylers Familie jetzt da sei. »Zwei Tanten, ein Onkel und … äh, ihr Cousin«, sage ich, denn Matt ist zu jung, um einen glaubhaften Onkel abzugeben. Sie mustert uns und hebt die Brauen, was ich ihr nicht verdenken kann, denn Talia ist schwarz, Lena weiß, Daniel Asiate.

»Wenn Sie sich ausweisen können, trage ich Sie ein«, meint sie schließlich, nimmt Daniels Daten auf und lässt uns wieder auf die Station. Kaum haben die Türen sich hinter uns geschlossen, nimmt Daniel meine Hand. »Ist das in Ordnung, wenn ich mitkomme?«, fragt er. »Ich möchte mich keinesfalls aufdrängen, aber … Als Matt mich anrief und meinte, deine Tochter liege schwer verletzt im Krankenhaus, wie hätte ich da nicht herkommen können?«

»Gut, dass du gekommen bist. Aber woher kennt Matt dich?«

»Twitter«, sagt Daniel. »Ich … Damals im Juni, als #Mamazipation und deine ersten Bilder viral gingen, da habe ich *Pure Beautiful* eine Nachricht geschickt … dass wir ein nettes Date hatten, und ob sie vielleicht meine Telefonnummer an dich weiterleiten könnten.«

»Ach«, sage ich gelinde erstaunt.

Daniel zuckt mit den Schultern. »Es klingt verzweifelt, ich weiß, aber als ich diesen Hashtag in den Trends sah und dich auf den Fotos erkannte … Die Versuchung war einfach zu groß, es nicht wenigstens zu versuchen.«

»Davon hat Matt mir gar nichts erzählt.«

»Ich weiß. Das habe ich ihm heute auch erst mal unter die Nase gerieben«, erwidert Daniel trocken. »Aber gut, ich habe dich ja dann auf Facebook gefunden … und den Rest der Geschichte kennst du.« Er stockt kurz. »Versteh mich bitte nicht falsch, deshalb bin ich nicht hier. Ich will dich nicht unter Druck setzen. Ich komme einfach nur als Freund.«

Ich nicke. »Ich bin froh, dass du hier bist. Ob einfach als Freund oder mehr. Es ist nur … mein langer Schatten der Vergangenheit ist auch da.« Wir sind beim Warteraum angelangt, und ich deute mit dem Kopf durch die offene Tür.

Daniel bleibt gelassen. »Sehr gut. Cori braucht jetzt ihre Familie.«

»Du siehst, er schläft. In Krisensituationen fährt er immer völlig herunter. Vermutlich Selbstschutz.«

Daniel lacht. »Verstehe. Dann werden wir uns dem Schatten der Vergangenheit später stellen müssen. Ich bin mittlerweile ohnehin zu der Überzeugung gelangt, dass man irgendetwas falsch gemacht haben muss, wenn man in unserem Alter nicht ein paar Vorgeschichten mit sich rumschleppt.«

»Da könntest du recht haben. Mit meinen Vorgeschichten nähme mich allerdings keine Versicherung mehr«, sage ich. »Aber ich mache mir gerade ohnehin viel zu große Sorgen um meine Tochter, als dass ich mir jetzt auch noch darüber den Kopf zerbrechen könnte.«

Er drückt meine Hand. »Ich bin für dich da, so lange du mich brauchst. Wie wäre es, wenn ich deine Hand halte, dir Essen und Wasser bringe und versuche, deine Angst ein bisschen zu vertreiben?«

»Gern – ich sterbe fast vor Angst«, gestehe ich.

»Dann halte dich einfach fest.«

Ich schaue erst auf seine Hand, dann in seine Augen. *Ja*, frohlockt mein Herz. Hier sind die Menschen, die ich brauche: Lena und Talia, Daniel und ja, sogar Matt. Wenn wir mehr wissen, wenn wir sicher sein können, dass alles gut wird, möchte ich, dass auch Joe kommt, ich möchte, dass Cori, wenn sie aufwacht, erst mal über meine Tränen lacht, dass John den Kindern nichts weiter als ein guter, nein, der beste Vater ist, dass ich meine Lena immer in Reichweite habe und Talia mit riesigen Plüschgeparden auftaucht und Daniel meine Hand hält, ganz fest. Denn dort, wo diese Herzensmenschen sind, ob in New York, Pennsylvania oder in einem Krankenhaus mitten im Nirgendwo, da möchte auch ich sein.

Ich lasse meinen Kopf auf Daniels Schulter sinken. »Danke«, sage ich zu ihm, und noch während ich es sage, höre ich Schritte am Ende des Gangs, und die Schritte verwandeln sich rasch in eine Gestalt in blauer OP-Kleidung, und dann steht Dr. Boch mit unergründlicher Miene vor mir, holt erst mal tief Luft und sagt mir, was sie zu sagen hat.

20. Kapitel

Zehn Tage später

»Amy, bist du so weit?«

Wieder hält Daniel meine Hand, er hält sie ganz fest, doch ich schüttele den Kopf.

»Es ist noch zu früh«, sage ich. »Ich bin noch nicht so weit.«

»Wir sollten es ihnen langsam sagen«, findet er. Seine Lippen bilden eine schmale Linie. »Sie machen sich bestimmt sowieso schon so ihre Gedanken.«

Ich seufze. Gut, da könnte er recht haben. Trotzdem versuche ich mich noch ein bisschen zu drücken. »Sollten wir nicht lieber warten, bis sie wieder ganz klar im Kopf ist?«

»Sie hat die letzten Opiate vor Stunden bekommen und seitdem auch nicht nach neuen verlangt. Ich glaube, sie ist wirklich auf dem Weg der Besserung.«

Und dafür werde ich ewig dankbar sein und schicke zum Ich-weiß-nicht-wievielten-Male ein inniges Stoßgebet gen Himmel. »Gut, dann lass es uns ihnen sagen«, fasse ich mir ein Herz und lasse seine Hand so unvermittelt los, als habe ich mich daran verbrannt. Nacheinander betreten wir Coris Krankenzimmer, wo sie und Joe zusammen in ihrem Bett sitzen und sich Tierfilme auf Spanisch anschauen. Joe blickt kurz auf. »Wenn du mir gleich Bescheid gesagt hättest, wäre ich sofort nach Hause gekommen«, hält er mir vor, ehe ich überhaupt etwas sagen kann.

»Aber warum?«, erwidere ich, nicht zum ersten Mal. »Warum hättest du dir das Space Camp entgehen lassen sollen, nachdem klar war, dass Cori wieder gesund wird, aber erst einmal sehr viel Ruhe braucht?«

»Keine Ahnung. Ich habe irgendwie ein echt schlechtes Gewissen, dass ich nicht bei ihr war, als sie mich am meisten gebraucht hat.«

Cori knufft ihren Bruder in den Arm. »Ich habe nicht dich gebraucht, Joe, sondern Dr. Boch – oder hast du im Space Camp gleich noch deinen Doktor in Neurochirurgie gemacht?«

Joe zieht einen Flunsch. »Sei doch einfach froh, dass du so einen netten Bruder hast, Mann.«

»Klar«, sagt sie. »Bin ich. Und du bist auch genau im richtigen Moment hier aufgetaucht. Mom fing langsam an, mich wahnsinnig zu machen, Dad musste geschäftlich nach Chicago, also hängt jetzt alles nur an dir.«

Daniel schaut mich fragend an. »Im Ernst? Er ist schon wieder weg?«

Ich zucke mit den Schultern. »Ein paar dringende Meetings, wo er wohl unabkömmlich ist.« Meinen Verdacht, dass Daniels Dauerpräsenz John in die Flucht geschlagen hat, behalte ich für mich. »Aber er wird den Rest des Sommers mit uns in Pennsylvania verbringen. Und die Kinder sehen ihn auch an Thanksgiving und in den Winterferien.« Seit Cori über den Berg ist, haben sowohl John als auch ich das ausführlich mit den Kindern besprochen. Jaja, haben sie uns versichert, geht für sie völlig in Ordnung. Fänden sie cool, Weihnachten bei ihm in Hongkong zu verbringen. Nein, ihnen wäre schon klar gewesen, dass er nicht ewig bleibt. Ja, sie hatten Spaß die letzten Wochen über, aber das waren eben

Ferien, und wenn jetzt wieder der Alltag einkehrt, ist das irgendwie auch schön, und in ein paar Monaten sehen sie ihn ja wieder. Und dann im nächsten Sommer. Und dieser Sommer sei es doch gleich »doppelt wert gewesen«, wie Cori ausgesprochen hilfreich einwarf, denn wenn die Scheidung noch, wie geplant, vor Ende der Ferien durch sei, würde er mir Unterhalt für drei Jahre nachzahlen, und das sei doch auch nicht zu verachten.

Daniel weiß zwar, dass die Scheidung läuft, ist über den genauen Stand der Dinge aber nicht im Bilde, da er sich als »Freund« diskret aus Familienangelegenheiten herausgehalten hat, was dann vielleicht auch erklärt, warum er jetzt etwas konsterniert schaut. »So ist John eben«, setze ich in einem halbherzigen Versuch der Erklärung nach.

»Er ist nicht perfekt«, pflichtet Joe mir bei, »aber er ist unser Dad. Also kein schlechtes Wort über ihn, okay?«

»Okay«, sagt Daniel. »Und wo wir gerade dabei sein, also eure Mutter und ich sind eigentlich gekommen, um euch zu sagen, dass wir …«

»Dass ihr zusammen seid«, unterbricht ihn Cori. »Wissen wir längst. Echt, das wissen mittlerweile *alle*. Ich glaube, die Kardashians haben das eben auch schon getwittert. Ihr braucht es uns also nicht noch extra zu verkünden, ist peinlich genug, sich vorzustellen, dass deine Mutter Sex hat. Oder … müssen wir euch da noch was erklären?«

»Iiiih«, ruft Joe und schüttelt sich, wirft Daniel einen bösen Blick zu oder versucht es doch zumindest. Anscheinend ist ihm niemand gut genug für seine Mom. Ich hätte den Papst persönlich anschleppen können, und mein Sohn hätte noch immer etwas auszusetzen gehabt.

»Nein danke, kein Bedarf«, sage ich schnell. »Das kriegen

wir ganz gut alleine hin. Aber wie geht es euch denn damit, dass wir zusammen sind?«

Cori zuckt mit den Schultern. »Müssen wir jetzt nach New York ziehen?«

Ich schüttele den Kopf. »Das nicht. Aber wir werden alle zusammen öfter mal dort sein«, warne ich die beiden vor. »Und einmal im Monat verbringt ihr jetzt ein Wochenende bei Lena.«

»Cool«, sagt Cori. »Darf ich bei Lena Cola trinken?«

Ich überhöre das und betone noch einmal: »Niemand wird umziehen. Wir bleiben in unserem Haus, ihr geht weiter auf die Country Day, Daniel und Cassie bleiben in New York, und wenn Cassie nächstes Jahr mit der Schule fertig ist, sehen wir weiter.«

»Im Augenblick überlegt sie, sich für Temple und Princeton zu bewerben«, wirft Daniel ein. »Das würde natürlich vieles erleichtern, wenn sie in die Gegend hier zieht.«

»Wow«, sagt Cori ehrfürchtig. »Princeton.«

»Das ist kein Wettbewerb«, erinnere ich sie.

»Zumindest kein fairer«, erwidert Cori. »Ist ja nicht meine Schuld, dass ich Princeton dank meines Dachschadens jetzt nicht mehr schaffe.«

Ich muss lachen. »Das nenne ich mal eine faule Ausrede! Mit deinem Kopf ist alles in Ordnung – zum Glück. Ich habe auf jeder Untersuchung bestanden, die sie hier durchführen können.«

Joe hebt die Hand.

»Joe«, sage ich, »du brauchst dich nicht zu melden, wenn du etwas sagen möchtest.«

»Aber er ist Lehrer«, meint Joe mit einem schiefen Blick auf Daniel.

»Ich bin auch Lehrerin«, erwidere ich, fast ein wenig verwundert und mehr zu mir selbst.

»Ja bitte, Joe«, klinkt sich Daniel ein.

»Kann ich mich für die Bronx Science bewerben?«

Ich schaue Daniel an. Daniel schaut mich an. Und grinst.

»Wir sollten es vielleicht nicht gleich überstürzen. Daniel und ich kennen uns gerade mal drei Monate, kein Grund für dich, gleich bei ihm einzuziehen«, erkläre ich Joe kopfschüttelnd.

»Warum nicht?«, fragt Joe. »Bis dahin ist Cori doch auch mit der Schule fertig und hat einen Job im Nagelstudio.« Cori knufft ihn in die Seite und verdreht die Augen, Joe gibt sich unbeeindruckt. »An der Country Day gibt es in der Oberstufe nicht mal mehr Physik! Und die von der Bronx Science schlagen uns jedes Jahr beim Schachturnier absolut vernichtend.«

»Das sehen wir dann«, vertröste ich ihn. Aber vor meinem geistigen Auge male ich mir bereits aus, wie alles sein könnte. Wir würden in zwei Jahren nach New York ziehen, Joe an einer Schule brillieren, die ihn nicht nur akademisch fordert, damit er endlich mal zeigen kann, was in ihm steckt. Ich hätte dann eine neue Stelle als Schulbibliothekarin an einer Schule, die mit meinen Ideen tatsächlich etwas anfangen kann, ich könnte das Flex-Anthologie-Konzept an genau jenen Schülern austesten, denen es am meisten bringt. Daniel und ich würden zusammenziehen, in derselben Stadt leben, abends im Bett gemeinsam lesen. Die Vorstellung gefällt mir. Sie gefällt mir sogar sehr gut.

»Ich habe nicht vor, im Nagelstudio zu arbeiten«, stellt Cori klar. »Ich will ein Sportstipendium für die Penn State.«

Ich erhebe Einspruch.

»Natürlich erst, wenn ich vollständig genesen bin und die Ärzte mir grünes Licht gegeben haben«, lenkt Cori brav ein.

»Und deine leidgeprüfte Mutter Meisterin in transzendentaler Meditation geworden ist«, ergänze ich.

Cori wirft Joe einen genervten Blick zu.

»Mach dir wegen Mom mal keinen Kopf«, sagt der. »Sie ist jetzt viel zu beschäftigt mit ihrem neuen ›Freund‹«, er setzt mit den Fingern kleine Anführungszeichen in die Luft, »und ihren Fördergeldern von der NEA, die er ihr verschafft hat.«

Cori reißt die Augen auf. »*Was?* Du kriegst Geld von der NRA?«

»NEA«, sagt Daniel. »Das ist ein Kulturförderprogramm. Kathryn, eine Kollegin von uns beiden aus Chicago, hat mir nach der Tagung geholfen, einen entsprechenden Antrag auf den Weg zu bringen. Uns war sofort klar, als eure Mom ihr Flex-Anthologie-Konzept vorgestellt hat, dass die Sache Potenzial hat – von meinem persönlichen Interesse ganz abgesehen, denn an der Umsetzung zu feilen war der ideale Vorwand, um mich mit ihr zu verabreden«, setzt er mit einem Augenzwinkern in meine Richtung hinzu.

Ich schüttele noch immer ungläubig den Kopf. »Dass ihr beiden das praktisch ohne mein Zutun auf die Beine gestellt habt …«

»Geht es um diese E-Book-Leselisten, mit denen du an der Country Day angefangen hast?«, will Cori wissen. »Das fand ich nämlich ganz gut. Also relativ gesehen.«

»Genau«, sage ich. »Uns war nur nicht klar, wie wir das in einem größeren Rahmen finanzieren sollten, und da kam uns, oder vielmehr Daniel, die Idee: Statt die Verlage und Autoren um kostenlose Lizenzen für aktuelle und diverse Titel zu bitten, wäre es sicher nachhaltiger und vor allem fairer, jemanden zu finden, der für uns die Autoren bezahlt. Einen Träger, einen Verein, der es sich zur Aufgabe gemacht hat, Schriftsteller zu fördern ...«

»Als ich Kathryn die Idee unterbreitete, hat sie sofort eine Kollegin angesprochen, die jemanden kannte, der jemanden kennt, und so kam eins zum anderen«, sagt Daniel. »Und jetzt schwimmt eure Mom sozusagen in Geld, um die Flex-Anthologie als dreijähriges Pilotprojekt zu starten.«

»Soll das heißen, du bist hauptsächlich deshalb mit ihm zusammen, weil er dir deine feuchten Bibliothekarinnenträume erfüllt?«, fragt Cori ungläubig.

»Cori!«, sage ich und lache. »Nein, was mich wirklich überzeugt hat, sind seine Lateinerwitze.«

Daniel grinst. »Weshalb bewundern alle die alten Römer? Weil sie fließend Latein sprachen!«

Wir ringen uns ein kollektives Lächeln ab. »Das auch«, räume ich ein. »Und weil ich ihn sehr attraktiv finde, sagte ich das schon?«

Joe schaut Cori ganz geschockt an, Cori macht sehr überzeugende Würgegeräusche.

»Ach Cori«, sage ich. »Wie sehr mir deine eloquenten Kommentare gefehlt haben. Habe ich dir eigentlich schon gesagt, wie froh ich bin, dass du dich diese Woche so tapfer geschlagen hast?«

»Dem schließe ich mich an«, pflichtet Daniel bei. »Mir wäre die Ehre deiner Bekanntschaft entgangen, was doch sehr schade gewesen wäre. Und deine Mom hätte sich ganz sicher nicht mehr bei mir gemeldet, Fördergelder hin oder her.«

»Das zeugt von einem ziemlich egoistischen Blick auf das Schicksal einer jungen Frau«, findet Cori.

»Du und Cassandra, ihr werdet euch blendend verstehen«,

verspricht Daniel. Ich nicke mit einem abgeklärten Lächeln, auch wenn ich mir da nicht so sicher bin. Aber das Schöne ist ja, dass es darauf nicht ankommt. Daniel hat mir den nötigen Freiraum gegeben, den ich brauche. Ich kann all das ausleben, was ich in New York für mich entdeckt habe, und trotzdem mein Leben in Pennsylvania weiterführen, meiner Verantwortung als Mutter gerecht werden. Mein Leben nach John muss weder aus Einsamkeit und Selbstaufopferung bestehen, noch müssen wir eine große, glückliche Patchworkfamilie werden. Es gibt noch einen Zwischenweg.

Und das verstehe ich erst jetzt. Auch wenn man das, was man hat, noch so sehr liebt – sein Leben, seine Kinder, seine Freunde –, darf man sich trotzdem mehr wünschen. Ich habe inzwischen kapiert, dass es völlig legitim ist, zu seinen Wünschen zu stehen und sich etwas zu gönnen, von allem etwas mehr haben zu wollen – Liebe, Freundschaft, ein erfüllteres Leben – und man seinen Kindern trotzdem eine gute Mutter sein kann. Wenn nicht gar eine bessere.

Durch Daniel, meine Freundinnen und durch Cori und Joe habe ich endlich verstanden, dass Muttersein keine einfache mathematische Gleichung ist: Ich kann zu hundert Prozent Mutter sein und – auch wenn es nicht einfach ist – trotzdem zu hundert Prozent ich selbst bleiben. Es hängt alles von meiner Einstellung ab – davon, dass ich, um gut für meine Kinder sorgen zu können, immer auch für mich sorgen sollte.

Und für diese Einsicht brauchte es bei mir mehr als ein Dorf. Dafür brauchte ich eine Mamazipation.

Hey Süße,

ich dachte, ich schick dir das mal, es wird dich umhauen. Seit Erscheinen des Hefts bekommen wir den ganzen Monat schon solche Zuschriften. Die meisten sind zwar an uns adressiert, manche aber auch explizit an dich. Meine Favoriten habe ich dir gleich obenauf gelegt. Und hast du in letzter Zeit mal in unseren Twitterfeed geschaut?

xx
Talia

PS: Es dürfte dich wahrscheinlich auch freuen, zu hören, dass Matt befördert wurde. Also rein theoretisch – besserer Jobtitel, bessere Bezahlung, auch wenn ich seinen Job um nichts in der Welt machen wollte: Er ist jetzt Trendstratege im Online-Marketing. Furchtbar. Aber irgendjemand muss es ja machen, und lieber er als ich. Er ist auf jeden Fall total happy und wird es auch super machen. Als kleines Dankeschön dafür, dass du das Gesicht unserer Mamazipationsstory warst, hat er dir ein Care-Paket mit Klamotten aus der *Pure Beautiful*-Kleiderkammer geschnürt, und ich habe auch noch ein paar Sachen für Cori dazugepackt. Viel Spaß damit. Und denk an deine Augenbrauen!

Liebes *Pure Beautiful*-Team,

ich schreibe sonst eigentlich keine Leserbriefe, aber ich wollte euch unbedingt sagen, wie toll ich euren »Ist es Zeit für deine Mamazipation?«-Artikel fand. Mir war das vorher überhaupt kein Begriff, aber sowie ich davon erfuhr, habe ich gleich als Erstes meinem Mann davon erzählt. »Wir müssen über das Thema Mamazipation reden«, habe ich zu ihm gesagt, und wenn du da nicht mitziehst, dann verlasse ich dich. Und ganz ehrlich, in dem Moment habe ich es genauso gemeint. Ich habe drei wunderbare, wohlgeratene Kinder, aber die letzten sieben Jahre habe ich praktisch nichts anderes gemacht, als Windeln zu wechseln und Essen zu kochen, das mein Dreijähriger gleich wieder ausspuckt, also mache ich ihm was anderes, und dann kommt mein Mann von seinem wöchentlichen Kneipenabend mit den Jungs nach Hause – ihr lest richtig, jede Woche trifft der sich mit seinen Freunden – und hat natürlich so einen im Kahn, dass ich die Kinder auch noch allein ins Bett bringen muss. Außerdem geht er noch ein Mal die Woche zum Bowling, und Überstunden bei der Arbeit macht er sowieso, und deshalb muss er sonntags ausschlafen, und ich kann mal wieder zusehen, wie ich die Kinder zum Gottesdienst kriege, damit mir nicht auch noch meine Mutter in den Ohren liegt. Die weiß sowieso alles besser und meint, es sei überhaupt höchste Zeit, dass ich den Kindern »Grenzen aufzeige und konsequent bin«, nur, wo ist sie denn, wenn ich mal wieder supergesundes Essen auf den Tisch bringe und sage, so, das wird jetzt gegessen, aber keiner rührt die grünen Bohnen an? Dann ist sie nämlich die Erste, die an den Süßigkeitenschrank geht und Schokoriegel verteilt! Sehr konsequent! Und meine Jüngste hat noch nicht mal alle Milchzähne! Also, was ich damit sagen will: Wenn ich nicht bald eine Nacht nur für mich bekomme, in einem Bett, das ich ganz für mich allein habe und in dem ich mindestens acht Stunden am Stück schlafen kann, dann war's das, dann bin ich weg, und sollen sie mal sehen, wie sie allein klarkommen!

Danke, dass ihr diese Story gebracht habt. Obwohl ich sagen muss, dass ich es schon verrückt fand, dass eure Mamazipations-Mom auf einmal jeden Tag Sport gemacht hat, als sie die Kinder ein paar Wochen los war und der Vater sich gekümmert hat. Das würde mir ja nicht passieren.

Becca Aldt (Omaha/Nebraska)

Liebe Amy B.,

ich habe die Redaktion gebeten, meinen Brief an Sie weiterzuleiten, damit Sie erfahren, was für eine Inspiration Sie für mich und meine Freundinnen sind. Ich bin im Wartezimmer meines Zahnarztes auf Ihre Geschichte gestoßen und war so begeistert, dass ich gleich allen meinen Freundinnen davon erzählen musste! Wir nennen uns noch immer die »Montagsmamas«, weil wir uns vor sechs Jahre mit postnatalen Depressionen bei einer Gruppentherapie kennengelernt haben. Dank guter, teils auch medikamentöser Unterstützung sind wir mittlerweile zwar alle wieder frohen Mutes, aber Kinder großzuziehen bleibt eben ziemlich harte Arbeit und verlangt einem einiges ab. Doch wem sage ich das.

Wir sind zu viert und haben sofort beschlossen, uns gegenseitig zu unterstützen, damit jede von uns sich mal eine Woche Auszeit gönnen kann. Wir wollen uns abwechseln, so gut es unser Arbeitspensum erlaubt, und während eine von uns weg ist, bringen die anderen ihre Kinder zur Schule, organisieren reihum Übernachtungen und teilen sich alle Aufgaben, die sonst noch anfallen. Als die Kinder noch ganz klein waren, haben wir angefangen, jeden Monat fünfzehn Dollar in einen »Wellness-Fonds« einzuzahlen, aber in all den Jahren noch kein einziges Mal Gelegenheit gefunden, alle vier zusammen denselben Abend freizunehmen, um uns ein schönes Spa-Hotel mit allem Drum und Dran zu gönnen. Jetzt teilen wir das gesparte Geld also wieder durch vier, und so kann jede von uns sich eine Woche Hotelaufenthalt leisten, nur für sich, um einfach mal abzuschalten und auf andere Gedanken zu kommen.

Aus dem Artikel weiß ich, dass Sie sehr viel gelesen haben, aber wenn ich an der Reihe bin, werde ich jeden Abend ins Kino gehen, denn seit der Geburt meiner ersten Tochter habe ich kein Kino mehr von innen gesehen und kann mich kaum noch erinnern, wie echtes Popcorn riecht. Dabei habe ich es wirklich geliebt, ins Kino zu gehen! Meine Freundin Calla will ihre Woche im Schwimmbad verbringen und endlos Bahnen ziehen. Sie ist früher Wettkämpfe geschwommen, und jetzt lebt sie in einer Stadt, in dem das einzige Fitnessstudio mit Kinderbetreuung nicht mal einen Pool hat. Noelle hat ihren Jüngsten gerade erst abgestillt, und sie sagt, sie freue sich darauf, eine Woche einfach nur zu schlafen, aber ich könnte mir vorstellen, wenn sie erst mal zwei, drei Nächte nachgeholt hat, dürfte sie bestimmt auch noch Lust haben, endlich mal wieder ein Buch zu lesen oder lange Spaziergänge zu machen. Und Anne, mit der ich am besten befreundet bin, will auf jeden Fall ihre Gitarre mitnehmen.

Amy, keine von uns hat Verwandtschaft in der Nähe, und nicht jede hat im Augenblick einen so kooperativen Partner, der einfach mal eine Woche den ganzen Laden allein schmeißt. Aber bevor Ihr Artikel erschienen ist, wäre keine von uns auch nur auf die Idee gekommen, dass wir uns ein paar Tage Zeit nur für uns selbst nehmen könnten, geschweige denn, dass so etwas völlig in Ordnung ist, dass wir uns das erlauben dürfen. Aber nach dem Lesen Ihrer Geschichte wurde uns plötzlich klar, dass es nicht nur ganz legitim ist, sich als Mutter eine Pause zu gönnen, sondern geradezu eine Notwendigkeit. Und daher ganz herzlichen Dank, dass sie den Mut hatten, Ihre Geschichte zu veröffentlichen und uns den Anstoß zu geben, den wir so dringend brauchten.

Herzliche Grüße,
die Montagsmamas aus Baraboo, Wisconsin

Sehr geehrtes *Pure Beautiful*-Magazin,

ich schreibe eigentlich nur, um meiner Enttäuschung – oder eher noch meiner Verärgerung – Luft zu machen.
Ich finde es absolut unmöglich, wie Sie diese armselige Person zur Heldin stilisieren, über die in dem Artikel über sogenannte Mütter, die sich vor ihren häuslichen Pflichten drücken, berichtet wird. Mir ist natürlich klar, dass sich Ihr Heft irgendwie verkaufen muss – weshalb wohl auch immer öfter von Sex und Themen dieser Art die Rede ist, auf die ich, wie ich betonen möchte, keinen Wert lege –, aber dann einen sieben (!) Seiten langen Artikel über diese Frau vorgesetzt zu bekommen, die IHRE EIGENEN KINDER einem Mann überlässt, den sie seit Jahren nicht mehr gesehen hat, nur um dann mit halb New York ins Bett zu springen, und die außer albernen Makeovers und exzessivem Sport

nichts im Kopf zu haben scheint, also das schlägt dem Fass wirklich den Boden aus. Was glauben Sie denn, wenn das jede machen würde? Was, wenn andere Frauen – normale, gute, anständige Frauen –, plötzlich auch mit so etwas anfangen? Haben Sie da schon mal drüber nachgedacht, bevor Sie einen so leichtfertigen, wenn nicht gar hochgradig verantwortungslosen Artikel veröffentlichen? Da kann einem richtig schlecht werden – schämt euch, *Pure Beautiful!* Ihr solltet auch an die armen Kinder denken.

Hiermit kündige ich mein Abo mit sofortiger Wirkung.

Mit freundlichen Grüßen,
Deborah Stuckey, Phoenix/Arizona

Twittersuche #meinemamazipation

@eatpraysway
Ich würde für meine #meinemamazipation genau wie Amy B. ein paar Wochen in New York verbringen, aber mich deutlich besser kleiden @purebeautymag

@themommymess
So starte ich meine #meinemamazipation: ein riesiges Bett, dunkles, klimatisiertes Zimmer, Zimmerservice auf Abruf. Und Wein, viel Wein.

@lawyer_renee
Für #meinemamazipation würde ich mich bei einer kinderlosen Freundin in ihrem Haus mit

Seeblick einnisten, um zu schauen, was mir entgeht. Vielleicht segeln lernen. Oder nur schlafen.

@mom_of_matt
Schon der Gedanke an #meinemamazipation macht mich glücklich! Noch zwei Wochen bis zum Strand, Baby, und dann fängt's an. Danke @purebeautymag für die tolle Idee.

@noahthefarmer
Kriege ich auch eine #papazipation? Mein Kind ist zwar noch gar nicht auf der Welt, aber meine Frau arbeitet ständig an ihrem Kochbuch, und ich brauche Pause vom Küchendienst.
#meinemamazipation
Antwort von @nean: Nein.

@georgieporgie3
#meinemamazipation würde in Venedig beginnen. Oder nein, nicht Venedig. Toskana. Mit diesem einen Typen aus dem Film. Und Matt Damon.

@kathryninchicago
#meinemamazipation wäre überall da, wo meine Kinder nicht sind.

Danksagung

Ich möchte Chris Werner, Tiffany Yates Martin und dem ganzen Team bei Lake Union dafür danken, diese Geschichte mit so viel Schwung und Begeisterung hinaus in die Welt getragen zu haben. Holly Root, du bist die Beste.

Ich danke auch allen meinen Freundinnen und Freunden, deren Rat und Unterstützung es mir ermöglicht haben, dieses Buch zu schreiben, insbesondere Abbie Foster Chaffee, Kris Adams, Jennifer Ferreter, Mandy McGowan, Sara Naatz, Dr. Sandra Block, Lexy Spry und Aimie K. Runyan. Dank auch allen Leserinnen und Lesern, die mir von Buch zu Buch die Treue gehalten und mir geschrieben haben. Ihr inspiriert mich.

Den Tall Poppy Writers gebührt meine Dankbarkeit und meine Bewunderung. Ein dickes Dankeschön an Griffin Wimmer, der Hörbücher gehört hat, während ich den Text überarbeitete, und an Sally Harms für das Grandma Camp, damit ich in Ruhe das Buch in Form bringen konnte. Den Lehrerinnen und Lehrern meines Sohnes an der Isthmus Montessori, unserer Großfamilie, sei es anverwandt oder anderweitig, sowie allen Müttern, die ich in den letzten sieben Jahren kennenlernen durfte und die mich zu dieser Geschichte inspiriert haben, meine tiefste Anerkennung. Chris Meadows, mein Dank und meine Liebe für dich fließen so ruhig und stetig wie die Beermosas im Karben4.